LES RACINES
DE LA VENGEANCE

ŒUVRES DE CHARLOTTE LINK
AUX PRESSES DE LA CITÉ

La Maison des sœurs, 2003
Les Roses de Guernesey, 2004
Le Sceau du secret, 2005
Illusions mortelles, 2006
L'Invité de la dernière heure, 2007
Le Poids du passé, 2008
Le Soupirant, 2009
La Dernière Trace, 2010
L'Enfant de personne, 2011
Le Péché des anges, 2012
Une femme surveillée, 2013
La Vallée du renard, 2014
L'Emprise du passé, 2016
Une fille en cavale, 2018
Les Disparues de la lande, 2020

CHARLOTTE LINK

LES RACINES DE LA VENGEANCE

Traduit de l'allemand
par Corinna Gepner

Les Presses de la Cité

Publié en 2020 à Munich, Allemagne, sous le titre original *Ohne Schuld* par Blanvalet Verlag, une marque de Penguin Random House Verlagsgruppe GmbH, dans une version remaniée par Joachim Hoell.

Ce livre est une œuvre de fiction. Les noms, les personnages, les lieux et les événements sont le fruit de l'imagination de l'auteur ou sont utilisés fictivement. Toute ressemblance avec des personnes réelles, vivantes ou mortes, serait pure coïncidence.

Les Presses de la Cité, un département Place des Éditeurs
92, avenue de France 75013 Paris

ISBN 978-2-258-19685-8
Dépôt légal : avril 2022

Presses de la Cité | un département **place des éditeurs**
place des éditeurs

West Bromwich

Vendredi 3 novembre 2006

La policière qui répondit à l'appel d'urgence à 17 h 02 eut beaucoup de mal à comprendre ce que lui disait sa correspondante. La femme s'exprimait avec grande difficulté, d'une voix entrecoupée. Soit elle venait de courir à perdre haleine, soit elle était en proie à une extrême agitation – ou les deux. La seconde hypothèse semblait la plus probable.

— Doucement, dit la policière d'un ton apaisant. Respirez profondément. Essayez de vous calmer, s'il vous plaît.

À l'autre bout du fil, la femme tentait vainement de reprendre son souffle. Elle paraissait à bout de forces.

— Il… a un enfant… Il a un enfant avec lui, articula-t-elle enfin.

— Qui ça ? Et d'où appelez-vous ?

— De West Bromwich, Shaw Street. Mais il faut envoyer la police à Harvills Hawthorn. Tout au bout… la zone industrielle…

Elle suffoquait.

— Doucement, calmez-vous, répéta la policière.

Tous ses signaux d'alerte avaient viré au rouge. Il était question d'un enfant, et il était manifestement en danger. Mais inutile de bombarder son interlocutrice de questions. Si elle cédait à la panique, elle risquait fort de raccrocher. Et la policière avait déjà obtenu un semblant de description des lieux.

— Il y a des garages. Vides. Il est dans l'un d'eux avec une fillette.

— Quel âge a l'enfant ?

— Je ne sais pas… 3 ou 4 ans…

— Et ce n'est pas son père ?

— Non, lui c'est un jeune garçon. Mais il est malade. Il est dérangé, dangereux. Vous devez faire vite !

— J'envoie immédiatement quelqu'un sur place, lui assura la policière.

Elle leva les yeux. Une collègue qui avait écouté l'échange lui glissa tout bas :

— On nous a signalé une disparition il y a une heure et demie. Une fillette de 3 ans, qui jouait dans le jardin de la maison de ses parents. West Bromwich.

L'autre fit un signe de la main, sa collègue acquiesça. Elle se chargeait d'avertir la patrouille la plus proche.

— Connaissez-vous le nom du ravisseur ?

— Ian Slade.

— Et vous, comment vous appelez-vous ?

Pour toute réponse, la femme lâcha un rire bref et désespéré.

— Je ne peux pas vous le dire. Sinon il me tuerait.

— Nous ferons tout pour assurer votre protection.

— C'est impossible.

— Vous semblez très jeune. Quel âge avez-vous ?

— Peu importe.

— Vous appelez d'une cabine téléphonique ?

La policière venait d'entendre le cliquetis caractéristique d'une pièce de monnaie glissant dans l'appareil. Quelques vestiges d'un autre temps subsistaient encore ici ou là.

— Oui.

— Écoutez, je peux vous envoyer quelqu'un qui sera en mesure de…

— Non.

— Vous m'avez l'air d'avoir peur, peut-être que nous…

— Peur ?

Un sanglot résonna à l'autre bout du fil.

— Je suis terrifiée. S'il m'a vue, il m'aura reconnue.
— Nous ne pouvons vous protéger que si vous…
Le bruit sec qui suivit marqua la fin de leur échange. Elle venait de raccrocher.

Première partie

TREIZE ANS PLUS TARD

Vendredi 19 juillet 2019

C'était l'une des locataires de la résidence de vacances qui avait averti la police.

« On a entendu des coups de feu dans l'immeuble. Je crois que ça venait de chez les voisins. Je vous en prie, dépêchez-vous ! »

Juste après l'appel téléphonique, un autre coup de feu avait été tiré – des résidents l'avaient raconté à la patrouille dépêchée sur les lieux. Le bâtiment était situé en bord de plage, dans la baie nord de Scarborough. Le logement concerné avait été loué pour deux semaines par un certain Jayden White.

La police fit sortir tous les vacanciers logés là, évacua les commerces et les cafés situés au rez-de-chaussée du complexe et interdit l'accès à la promenade ainsi qu'à la plage devant l'immeuble. Il n'était que 11 heures du matin, mais la journée était très chaude et les vacances venaient juste de commencer : il y avait foule de baigneurs. Pourtant, l'évacuation ne prit que quelques minutes. La présence d'un homme armé et peut-être prêt à tout tenait du cauchemar pour n'importe quel policier. Par mesure de précaution, le Département des enquêtes criminelles, le CID, fut informé. Impossible de savoir la tournure que prendrait l'affaire, et personne ne voulait courir le risque d'être accusé par la suite d'une négligence coupable.

L'inspecteur principal Caleb Hale débarqua bientôt, flanqué de son bras droit, Robert Stewart. Celui-ci était passé inspecteur quinze jours plus tôt, et c'était difficile de l'ignorer.

Hale trouvait que cette promotion avait accru l'arrogance de son collègue. D'autres auraient plutôt parlé d'un gain d'assurance. Quoi qu'il en soit, l'inspecteur principal avait le sentiment qu'entre eux quelque chose avait changé, de l'ordre de l'impalpable. Il ne parvenait pas à mettre de mots dessus, mais il avait bien l'intention d'aborder la question avec lui dès qu'il en aurait le loisir.

C'est-à-dire pas pour le moment.

Il leva les yeux pour examiner la façade. Le complexe se composait de deux grands bâtiments, dont le premier était une construction en demi-cercle. On pouvait y louer des logements de vacances allant du studio au trois-pièces, avec vue sur la mer ou sur l'arrière pour les budgets plus modestes. Depuis les balcons côté plage, on apercevait le château de Scarborough qui se dressait fièrement sur la langue de terre séparant la ville en une baie nord et une baie sud. Les balcons donnaient aussi sur une multitude de commerces, de cafés, un restaurant et un glacier. Et sur la masse ondoyante des baigneurs. Du moins en été. L'hiver, l'endroit était complètement désert.

L'un des agents arrivés les premiers sur les lieux leur fit son rapport.

— D'après des témoignages concordants, les coups de feu ont été tirés dans un appartement situé au troisième étage. On le voit très bien d'ici, c'est celui qui est au-dessus du *fish and chips*.

Il pointa le doigt vers le haut et Hale leva les yeux dans la direction indiquée. Un appartement comme les autres, un balcon comme les autres. Cependant les stores vénitiens étaient baissés, et on ne discernait aucun mouvement. Hale plissa les yeux. Sur le balcon, juste une table et trois chaises.

— Le locataire du logement s'appelle Jayden White, poursuivit l'agent. Il est là pour quinze jours avec sa femme Yasmin et leurs deux petites filles. Le propriétaire n'a pas su nous dire l'âge exact des enfants. Il pense qu'elles doivent avoir 6 et 7 ans.

— C'est la première fois qu'ils viennent ici ? s'enquit Hale.

— Non, c'est la cinquième année consécutive. Toujours en été. Le propriétaire dit qu'il y a eu un problème avec la carte de crédit de M. White. Mais, comme il le connaît bien, il a accepté que White paie à la fin du séjour sans avoir donné de garantie préalable.

— D'où viennent les White ?

— De Sheffield. M. White y tient un café.

— Que disent les autres locataires à propos de la famille ?

Il était important de se faire une idée du contexte, mais il fallait agir vite. Quelqu'un avait tiré des coups de feu dans cet appartement. Un appartement dans lequel il y avait deux jeunes enfants.

— Les contacts n'ont pas été très nombreux, mais à en croire les témoignages recueillis jusqu'à présent personne n'a rien noté de déplaisant. Il s'agit d'une famille tranquille. Polie et très réservée. C'est aussi ce que dit le propriétaire.

— Vous avez parlé d'un problème avec la carte de crédit de M. White. De quoi s'agissait-il ? intervint Robert Stewart.

Le policier sembla hésiter.

— Le propriétaire a expliqué que jusque-là il avait toujours enregistré le numéro de la carte à titre de caution, mais que, cette fois, M. White a dit qu'il y avait un souci. Il n'a pas précisé lequel, mais il comptait payer en espèces à la fin de son séjour. Comme il n'y a jamais eu le moindre ennui avec lui, le propriétaire a accepté.

— J'aimerais bien lui parler, lança l'inspecteur principal.

— Il doit encore être dans le coin, répondit évasivement l'agent.

Hale s'abstint de lui faire remarquer qu'il aurait été judicieux de le retenir.

— Y a-t-il une possibilité d'établir un contact avec M. White ? demanda Stewart. Ou avec sa femme ?

Leur interlocuteur haussa les épaules d'un air résigné.

— Il y a une ligne de téléphone dans l'appartement. Nous avons appelé à plusieurs reprises, mais personne ne décroche.

— Est-on absolument sûr qu'il y a quelqu'un ? fit Hale.

Tout était si tranquille là-haut. Est-ce que les forces d'intervention n'étaient pas en train d'observer un appartement vide, dont les occupants seraient sortis nager quelque part ?

— Deux coups de feu, insista l'agent. Plusieurs résidents ont signalé le fait indépendamment les uns des autres. Et ils ont tous assuré que ça venait du troisième étage. L'appartement des White est le seul où personne n'a ouvert. Tous les autres ont été évacués et sécurisés par nos soins. S'il y a eu des coups de feu ça ne peut être que dans cet appartement.

— Hum, grommela Hale.

Il savait que déterminer l'origine d'un bruit n'était pas toujours aisé. Il scruta l'étage avec une attention accrue, comme si la façade lisse et le balcon silencieux pouvaient lui révéler quelque chose. Que se passait-il derrière ces stores baissés ?

— Monsieur, intervint Stewart, qu'est-ce qu'on fait ?

L'inspecteur principal essuya son front couvert de sueur. Il trouvait qu'il faisait terriblement chaud et, sur la promenade, il n'y avait pas un brin d'ombre. Il jeta un regard de convoitise aux parasols dressés devant un bar à l'extrémité de la rangée d'immeubles. Cela dit, il n'avait pas l'impression que les autres transpiraient autant. Il enviait Stewart, qui, en dépit de sa tenue très formelle, complet gris sombre et cravate, n'avait nullement l'air affecté par la chaleur. Hale avait ôté sa veste depuis déjà un bon moment, mais il ruisselait. Il n'aurait pas dû boire ce verre de whisky à 9 heures du matin. Assis à son bureau, il n'avait cessé de penser à la bouteille qui se trouvait dans le tiroir du bas bien fermé. D'une manière générale, il n'était guère indiqué d'avaler son premier whisky aussi tôt dans la journée. Mais par cette chaleur… Hale espérait que son haleine ne le trahissait pas.

Un autre policier s'approcha d'eux et lui tendit un bout de papier.

— Monsieur, la fille du gérant du café-glacier a le numéro de portable de Mme White. La semaine dernière, elle a gardé les enfants le temps d'une soirée pendant que le couple sortait boire un verre. Elle déclare qu'elle n'a pas été payée. Mme White n'avait pas de liquide sur elle. Elle avait promis de lui donner son dû le lendemain, mais elle ne l'a pas fait.

— Un problème avec la carte de crédit, pas d'argent pour payer la baby-sitter, résuma Stewart. Ça commence à faire beaucoup, non ? Les White auraient-ils des soucis financiers ?

— Possible, acquiesça Hale.

Cela n'augurait rien de bon. C'était souvent les difficultés de ce genre qui faisaient disjoncter les hommes. Et plus particulièrement les pères de famille. Il prit le papier.

— Je vais essayer de l'appeler.

Il sortit son portable, composa le numéro, activa le haut-parleur pour que son collaborateur puisse entendre l'échange. Était-ce un effet de son imagination ou Stewart le regardait-il d'un œil inquisiteur ?

Ce n'est pas le moment de penser à ça, se dit-il.

Après un nombre de sonneries interminable, il était sur le point de renoncer quand, tout à coup, une petite voix tremblante se fit entendre à l'autre bout du fil.

— Oui ?

— Madame White ?

— Oui.

On aurait dit un souffle.

— Madame White, je suis l'inspecteur principal Caleb Hale de la police judiciaire de Scarborough. Vous trouvez-vous en ce moment dans un logement de vacances du complexe Scarborough Beach Chalets situé sur Peasholm Gap ?

— Oui.

— Vos deux enfants aussi ?

— Oui.

— Et votre mari ?

Yasmin White laissa échapper un sanglot étouffé.

— Il… est là aussi.

— Madame White, vous êtes menacées, vous et les enfants ?

— Oui.
— Votre mari est-il armé ?
— Oui.

Hale s'essuya de nouveau le front. Quand le sergent Helen Bennett allait-elle enfin arriver ? Elle avait une formation complémentaire de psychologue, elle était mieux préparée que lui pour ce genre d'échanges. Elle avait pris quelques jours pour aller voir sa mère à Saltburn-by-the-Sea. Avertie de la situation, elle avait promis de les rejoindre au plus vite. Mais elle se trouvait dans un café avec sa mère quand ils l'avaient appelée et il fallait d'abord qu'elle la raccompagne chez elle. Si ça roulait bien, elle serait à Scarborough en une heure. Cependant sur cette départementale qui longeait la côte, on était constamment ralenti par les vacanciers qui lambinaient.

Selon toute vraisemblance, il allait devoir se débrouiller seul.

— Madame White, des résidents ont entendu des coups de feu. Votre mari a-t-il tiré ?
— Oui.
— Est-ce que quelqu'un est blessé ?
— Non, mais…

Elle baissa encore un peu plus la voix. Hale devait fournir un effort considérable pour la comprendre.

— Il faut que vous nous aidiez. Je vous en prie. Il est… il n'est plus lui-même. Il veut nous tuer.
— Madame White, quoi qu'il arrive, restez calme. Ne cédez pas à la panique. On est là pour vous aider. Pouvez-vous me dire à quel endroit de l'appartement vous vous trouvez ? Dans la pièce de devant avec balcon ?
— Non, je suis dans une des chambres. Elle donne sur l'arrière, sur la cour.
— OK. Vos filles sont avec vous ?
— Oui.
— Et où se trouve votre mari ?
— Je ne sais pas. Dans le salon, je crois.

— Est-ce que vous pouvez quitter l'appartement avec les enfants ?

— Non. La fenêtre est trop haute. On ne peut pas sauter.

— D'accord.

L'inspecteur principal indiqua par gestes à Stewart de se rendre à l'arrière de l'immeuble. Il y avait déjà des agents postés à cet endroit, mais il fallait que Stewart se fasse une idée par lui-même de la façon dont les choses se présentaient de l'autre côté. Une fois que son subordonné se fut éloigné, Hale se rendit compte qu'il respirait plus facilement.

— Avez-vous verrouillé la porte de la chambre ?

— Il a pris la clé.

— Pouvez-vous coincer quelque chose sous la poignée de la porte ? Une commode ? Une chaise ?

À présent, elle pleurait tout bas.

— Non, il l'entendrait.

— Est-ce que vous pourriez vous rendre avec les enfants dans la salle de bains ? Et vous y enfermer ?

— Non, ce serait trop dangereux. Il faudrait longer le couloir.

Elle était de toute évidence paralysée par la peur. Hale se la représentait accroupie dans un coin de la pièce, ses deux fillettes blotties contre elle, retenant son souffle et évitant de faire le moindre mouvement.

— On va vous sortir de là. Gardez votre calme.

Un déclic mit fin à la conversation. Yasmin White avait raccroché. Peut-être avait-elle entendu arriver son mari. Ou cédé à l'affolement.

À cet instant, Robert Stewart refit son apparition.

— Pour rejoindre l'arrière du bâtiment, il faut contourner l'entrée du parking souterrain puis passer sous un porche. Tout est joliment fleuri et il y a également des balcons. Mais pas dans l'appartement des White, le leur se trouve sur la façade.

— Et les appartements voisins ? Ils ont des balcons à partir desquels on pourrait atteindre la fenêtre de la chambre ?

Stewart secoua la tête.

— Non, ils sont trop éloignés. Si on veut envoyer quelqu'un dans l'appartement, il va falloir le faire d'en haut. À l'aide d'une corde fixée au toit. À mon avis, ce serait un peu moins dangereux et nettement plus réalisable.

— Si on pouvait au moins sortir les enfants de là…

Le portable de Hale sonna, affichant le numéro de Yasmin White. L'inspecteur prit aussitôt l'appel.

— Madame White ?

— Ici Jayden White. Vous avez parlé à ma femme.

— Monsieur White. Oui. Je suis l'inspecteur principal Caleb Hale, de la police judiciaire. Je suis heureux que vous preniez contact avec moi. Très heureux.

Jamais il n'avait autant espéré avoir Helen à ses côtés.

— Qu'est-ce que vous lui vouliez ?

— Je voulais savoir comment elle allait. Ainsi que les enfants. Les deux petites filles.

— Tout le monde va bien.

Jayden White parlait d'une voix uniforme, sans modulations. Hale songea qu'en temps ordinaire il s'exprimait sans doute très différemment. Il paraissait plongé dans la confusion la plus totale. Ou en état de choc. Posant la paume sur son téléphone, l'inspecteur glissa tout bas à Stewart :

— Il nous faut un psychologue. Ce type m'a l'air d'être dans un état de transe.

— Helen est en route.

— Ça prendra trop de temps. Essayez de dégoter quelqu'un d'autre !

Stewart leva discrètement les yeux au ciel. Hale comprit le message : *Il va falloir vous débrouiller tout seul, chef !*

— Monsieur White, vous voulez me raconter ce qui s'est passé ?

— Il ne s'est rien passé.

— Les voisins ont entendu…

— C'est des conneries, il n'y avait rien à entendre, répliqua

Jayden White, toujours sur le même ton monocorde. Des conneries. Ils feraient mieux de s'occuper de leurs oignons.

— Monsieur White, je comprends très bien que vous n'ayez pas envie que vos voisins se mêlent de vos affaires. Voilà pourquoi je vous propose que nous discutions vous et moi. Rien que nous deux.

— À quoi bon ?

— Il est toujours utile de parler. Les choses se décantent.

— Personne ne peut m'aider.

— Je suis certain que nous pouvons le faire.

Il n'y eut pas de réponse.

— Vous êtes toujours là, monsieur White ? s'assura Hale.

— Oui.

— Et si vous faisiez sortir votre femme et vos enfants ? Il fait un temps magnifique, elles pourraient aller à la plage. Je pourrais venir vous voir. Seul. On discuterait tranquillement tous les deux.

— Ma famille ne quittera pas l'appartement !

— D'accord. Mais est-ce que je pourrais tout de même entrer ?

De nouveau un long silence.

— Ça ne servirait à rien, finit par dire White.

Sa respiration se faisait laborieuse.

— Quel que soit votre problème, on trouvera une solution, insista Hale.

Il avait conscience qu'il se montrait pressant et s'exhorta à la prudence. Si White avait le sentiment qu'on le mettait sous pression, il risquait de commettre l'irréparable. Les gens qui se plaçaient dans ce type de situation étaient déjà acculés.

— Si vous le voulez bien, ajouta-t-il.

Il avait en tête ce que Helen avait dit un jour à propos d'un preneur d'otages – car, d'une certaine manière, c'était ainsi qu'on pouvait définir White : « Donnez-lui le sentiment qu'il a le choix. Laissez-lui une marge d'action. Ne l'étranglez surtout pas. »

— Il n'y a aucune issue, fit White.

Cette conviction semblait s'être ancrée dans son esprit. Il avait fermé la porte à tout ce que Hale pourrait proposer, évoquer ou demander : il n'y avait aucune solution, plus rien n'avait de sens, tout était fini.

— Je sais que je ne peux pas vous convaincre, reprit Hale. Mais croyez-moi, même dans les situations difficiles, rien n'est inéluctable. Donnez-vous, donnez à votre épouse et surtout à vos enfants une chance de vivre. Vous n'êtes pas du genre à tirer sur une femme et sur deux fillettes.

— Vous n'en avez pas la moindre idée, répliqua Jayden White.

Espérant qu'il ne commettait pas une erreur, l'inspecteur décida d'aborder l'unique sujet dont il avait connaissance concernant la famille White.

— S'il s'agit de difficultés financières, monsieur White…

— Je n'ai pas de difficultés financières, le coupa son interlocuteur.

— Ah, tant mieux, alors…

— C'est une catastrophe financière.

Et il raccrocha.

Trente secondes plus tard, de nouveaux coups de feu retentirent.

Samedi 20 juillet 2019

1

Le train de la London North Eastern Railway avait quitté la gare de King's Cross à Londres à 9 heures précises et prenait à présent la direction du nord. Soleil estival, ciel d'un bleu profond sans le moindre nuage : c'était une journée à profiter de son balcon, à se rendre à vélo au bord d'un lac ou à aller pique-niquer à la plage.

Xenia Paget soupira. Elle savait qu'à son arrivée à Leeds son répit prendrait fin. Pas seulement parce qu'il n'y avait ni lac ni mer aux environs de Bramhope, où elle résidait ; elle disposait tout de même d'un jardin et d'une terrasse. Mais, hélas, elle avait aussi un mari – et il considérerait comme un accès de paresse impardonnable qu'elle s'accorde une heure ou deux de chaise longue après presque trois jours d'absence. Pendant ce temps, il n'avait sans doute ni passé l'aspirateur, ni fait une machine, ni arrosé les fleurs. Il était d'avis que ces tâches lui incombaient et s'attendrait à ce qu'elle se remette immédiatement au travail.

Xenia se renfonça dans son siège. Autant savourer le voyage. Ces quelques jours de liberté lui avaient fait beaucoup de bien. Une telle occasion ne se représenterait pas de sitôt.

Si seulement le type assis en face d'elle, de l'autre côté du couloir, voulait bien cesser de la fixer. Depuis qu'ils avaient quitté Londres, il avait gardé les yeux rivés sur elle. Elle regarda par la fenêtre, ouvrit le livre qu'elle avait emporté, envoya des messages WhatsApp à son amie Maya chez qui elle avait séjourné… Mais chaque fois qu'elle levait la tête, elle rencontrait son regard. Des yeux noirs. Sombres, vides. Extrêmement inquiétants. C'était un homme plutôt jeune, pas plus de 25 ans, et il ne l'observait certainement pas comme ça par intérêt. Elle, une femme de 37 ans, en surpoids, vêtue d'une robe flottante de style hippie sous laquelle elle essayait de dissimuler ses formes généreuses. L'attitude de ce type n'avait d'ailleurs rien à voir avec le désir.

Elle était menaçante.

Que pouvait bien lui vouloir cet homme ?

Elle avait en vain cherché autour d'elle une place libre sur laquelle se rabattre. Ne voulant pas s'éloigner de sa valise, elle n'avait pas remonté le train jusqu'à la voiture de tête. Et embarquer son bagage avec elle aurait été trop voyant. Elle pressentait qu'il la suivrait s'il comprenait qu'elle espérait changer de place.

Bon, on arriverait bientôt à York, où elle avait un changement pour Leeds. Il était peu vraisemblable que son harceleur se rende au même endroit. Mais si c'était le cas, cette fois elle choisirait mieux sa place. On était en plein jour, il ne pouvait rien lui arriver. À Leeds, Jacob, son mari, viendrait la chercher à la gare. En temps normal, elle n'en aurait éprouvé aucun plaisir mais, ce jour-là, elle en était soulagée.

Elle referma son livre et le rangea dans son sac à main. De toute façon, elle n'arrivait pas à se concentrer. Elle leva prudemment les yeux. Le type la reluquait toujours. Il avait un air sournois et paraissait à l'affût, agressif. Un malade à l'esprit dérangé.

Elle frissonna. Si seulement elle avait eu plus d'assurance. Elle l'aurait fixé à son tour jusqu'à ce qu'il se sente complètement stupide. Ou elle l'aurait carrément interpellé. Mais elle ne s'en sentait pas le courage. C'était toujours pareil.

Soudain, elle entendit la femme assise à côté d'elle réprimer un cri d'effroi. Instinctivement, Xenia leva la tête vers l'inconnu.

Il tenait un pistolet, et s'apprêtait visiblement à s'en servir.

Xenia ne douta pas un instant que ce serait contre elle.

Elle eut le réflexe d'attraper son sac, se leva d'un bond et prit la fuite.

Il fait si beau dehors, songea Kate, et je suis là dans ce fichu train climatisé !

Elle était fatiguée, de mauvaise humeur, mais savait que c'était un peu injuste. Le voyage jusqu'à Leeds, changement à York compris, ne durait que deux heures et demie, elle serait donc loin de perdre sa journée dans le train. Et le week-end spa dans le parc national des Yorkshire Dales que ses collègues de Scotland Yard lui avaient offert pour son départ promettait d'être plutôt agréable – du moins pour quelqu'un de normalement constitué. Mais Kate se demandait souvent si c'était son cas. N'aurait-elle pas dû se réjouir à l'idée de passer deux jours dans un bel hôtel, de bien manger, de bénéficier de massages, de bains de boue, de bains de foin et de soins du visage avec rondelles de concombre sur les yeux ? Ce serait pour elle une grande première. Et elle craignait de ne pas tenir plus d'une demi-heure.

Le jeudi soir, elle avait organisé un pot d'adieu avec deux caisses de champagne et des petits-fours. Elle avait conscience que ses collègues l'avaient toujours trouvée étrange et que les épithètes « renfermée », « introvertie », « difficile à cerner » dont certains la qualifiaient étaient parmi les plus aimables. De fait, pendant les vingt ans qu'elle avait passés à Scotland Yard, elle avait fait figure d'outsider : en dépit d'un taux de réussite remarquable dans la résolution de ses enquêtes, elle n'avait jamais dépassé le grade de sergent détective. Il était d'usage qu'un supérieur propose les noms de ses collaborateurs pour l'examen de passage à l'échelon suivant et encourage ceux-ci à se présenter. Kate n'avait jamais eu cette chance. Elle avait dû elle-même en prendre l'initiative, ce qui lui avait donné le sentiment qu'on l'ignorait et qu'on se moquait d'elle. Du style : *Non mais pour qui elle se prend, elle croit pouvoir se passer de l'appui du chef* ? Pourtant, Kate n'était pas arrogante, loin de là. Elle avait plutôt l'habitude qu'on lui reproche son manque de confiance en elle.

Un vrai cercle vicieux.

Elle prit une profonde inspiration et tourna la tête vers la fenêtre. Un chapitre de sa vie se terminait, un autre débutait. Serait-il plus plaisant ?

— Il y a eu un crime abominable à Scarborough, hier. Un truc affreux.

Kate sursauta et avisa son voisin. Colin Blair. Peut-être le seul ami qu'elle avait, même si le terme « amitié » était un peu excessif. En réalité, ils formaient une sorte de communauté de survie, deux êtres incapables d'entretenir de véritables rapports sociaux et qui se retrouvaient de temps à autre le week-end pour échapper à la solitude. Ils s'étaient connus deux ans plus tôt sur un site de rencontres. Ça n'avait pas été le coup de foudre, ils ne s'étaient pas engagés dans une relation amoureuse, mais ils avaient tout de même noué des liens. Kate n'était pas sûre d'éprouver réellement de la sympathie pour Colin. En revanche, elle le comprenait. Et avait l'impression que c'était réciproque.

Le séjour spa offert par ses collègues en cadeau d'adieu était pour deux personnes. Kate s'était demandé s'il ne fallait y voir aucune intention particulière ou s'il s'agissait une fois de plus d'une façon détournée de lui mettre sa solitude sous le nez. Au bureau, on savait qu'elle n'avait aucune relation d'intimité avec qui que ce soit. Qu'elle n'avait pas d'amis et encore moins de partenaire ou d'époux. Où dégoterait-elle quelqu'un qui puisse l'accompagner pour un week-end dans un hôtel spa ? De fait, seul le nom de Colin lui était venu à l'esprit et elle avait fait appel à lui uniquement pour clouer le bec à ses collègues. Elle paierait discrètement un supplément afin d'avoir des chambres séparées, mais ça, personne n'avait besoin de le savoir. Sa collègue Christy McMarrow, chez qui elle s'était rendue la veille pour lui confier sa chatte Messy durant son absence, s'était montrée très étonnée.

« Ah bon, tu pars vraiment avec quelqu'un ? avait-elle demandé, perplexe.

— Oui, avait répondu Kate. Un ami. »

Et elle avait tourné les talons, laissant Christy bouche bée.

Du coup, elle avait Colin sur le dos, mais peut-être qu'à deux les bains de foin seraient plus supportables.

Colin, qui avait le nez sur son smartphone depuis le début du voyage, était apparemment tombé sur une information intéressante.

— Un crime ? s'enquit Kate. À Scarborough ?

— Un homme a tué toute sa famille. Sa femme et ses deux jeunes enfants. Des voisins ont entendu des coups de feu, et ils ont appelé la police. Mais en fait l'homme avait juste tiré dans le plafond. Ton nouveau chef a essayé de parlementer avec lui au téléphone.

— Caleb Hale ?

Kate avait postulé pour entrer dans son service et sa candidature avait été acceptée. Dans son entourage, personne n'avait compris sa décision : elle qui travaillait à Scotland Yard, un des services de police les plus célèbres du monde, demandait sa mutation dans la North Yorkshire Police, au CID de Scarborough ! Dans la région défavorisée du nord de l'Angleterre et dans un département de police inconnu au bataillon. Mais Kate savait ce qu'elle faisait. Caleb et elle avaient résolu deux affaires ensemble. Hale était peut-être le seul de toute l'institution policière de Grande-Bretagne à penser qu'elle était une enquêtrice géniale.

— Oui, l'inspecteur principal Caleb Hale. Mais il n'a rien pu faire. Le type a raccroché et a abattu aussi sec ses enfants et sa femme. Une « exécution en bonne et due forme », comme l'écrit le *Daily Mail*.

Colin secoua la tête.

— Complètement dingue.

— Et lui, est-ce qu'il s'est tué ? questionna Kate.

L'histoire était terrible, mais le phénomène pas si rare.

Les hommes qui ne trouvaient plus de sens à leur vie, qui se sentaient écrasés par le fardeau de leurs problèmes, étaient enclins à vouloir partir avec leur famille. De même, c'étaient généralement des hommes qui sortaient de scène en jouant les commandos-suicide sur l'autoroute, entraînant des innocents dans leur mort. Les femmes commettaient rarement des actes de cette nature : le plus souvent, elles se contentaient de mettre fin à leurs jours sans faire d'autres victimes.

— Non, répondit Colin. L'article dit qu'après son arrestation il a déclaré que c'était son intention mais qu'il n'avait pas pu. Bon Dieu, quel lâche tout de même !

— C'est horrible.

— La presse exploite l'affaire à fond. Une femme et deux fillettes mortes. Et la police, qui pendant tout ce temps se trouvait devant l'immeuble. « Est-on intervenu trop tard ? » L'article pose la question. Ton Caleb Hale risque de se faire taper sur les doigts.

Kate opina. C'était aussi sa crainte. Dans des affaires comme celle-là, on avait besoin d'un coupable. Ce coupable, c'était bien sûr le père de famille, mais on lui trouverait sûrement des circonstances atténuantes. Il était plus vendeur et plus spectaculaire de cogner sur la police. Si elle avait donné l'assaut, provoquant la mort des enfants, il y aurait eu aussi un tollé. Caleb Hale, qui dirigeait les opérations de secours, avait manifestement misé sur la négociation, ce qui n'avait pas empêché le drame. Dans un cas comme dans l'autre, il essuierait le feu des critiques. Dans ce genre d'affaires, l'opinion publique préférait fermer les yeux sur ce que Kate estimait aussi triste qu'inéluctable : dans la vie, quoi qu'on fasse, certaines situations étaient vouées à l'échec.

— Caleb va devoir encaisser, reconnut-elle. Mais il tiendra. Ça fait partie de son job d'affronter les blâmes et les attaques.

Le plus dur, ce serait les reproches qu'il ne manquerait pas de s'adresser à lui-même. Une femme et deux fillettes, sans défense, assassinées d'une manière atroce dans leur résidence de vacances. Et lui, qui se tenait à quelques mètres avec ses hommes, n'avait pas pu les aider. Le connaissant, elle savait que ces images le poursuivraient, qu'il serait obsédé par la crainte de ne pas avoir fait ce qu'il fallait. Or Kate ne savait que trop bien comment il réagissait face au stress, aux crises, au doute qui le rongeait : il buvait. Cela faisait des années qu'il était alcoolique. Il avait suivi une cure de désintoxication et se déclarait à présent alcoolique repenti. Mais Kate n'ignorait pas qu'il avait rechuté depuis longtemps. Toute la question était de savoir combien de temps cette situation pourrait durer.

— Mais maintenant, tu seras là, ajouta Colin. Les choses vont forcément s'arranger.

Kate lui sourit. Il pouvait parfois se montrer adorable.

Elle regarda sa montre. Dans quelques minutes, ils arriveraient en gare de York, où ils avaient un changement. Elle se leva.

— Je fais un tour aux toilettes. Tu veux bien garder un œil sur mon sac ?

— Bien sûr.

Kate remonta l'allée centrale entre les fauteuils tendus de rouge, puis traversa un wagon à compartiments. Alors qu'elle arrivait aux toilettes, elle entendit derrière elle un bruit de pas précipités. Quelqu'un courait. Elle se retourna.

Une femme se précipita vers elle, hors d'haleine, dégoulinante de sueur, les yeux exorbités. Elle trébucha et serait tombée si Kate ne l'avait rattrapée.

— Aidez-moi, je vous en prie, aidez-moi !

— Qu'y a-t-il ?

— Il… il me suit !

Du doigt, elle désigna le couloir derrière elle. Kate leva les yeux dans la direction qu'elle indiquait. Il n'y avait personne.

— Qui ça ? Attendez… Respirez, essayez de vous calmer.

— Je ne sais pas, chuchota la femme. Je ne le connais pas. Il est armé.

Croyant avoir affaire à une psychotique, Kate s'apprêtait à

tenter de la rassurer et à lui demander si elle était accompagnée quand la porte automatique du wagon s'ouvrit. Un homme apparut. Aussitôt, une balle siffla, manquant les deux femmes de très peu.

L'inconnue cria.

D'un coup d'épaule, Kate ouvrit la porte des toilettes, poussa la femme à l'intérieur, entra à sa suite, referma la porte et tira le verrou. Un deuxième coup de feu retentit à l'extérieur. La femme se mit à hurler.

Kate la coinça dans l'angle mort, derrière la porte, et se plaça devant elle. Son hypothèse était juste : un instant plus tard, une balle traversa le battant.

— Du calme, du calme.

Kate lui prit la main.

— Comment vous appelez-vous ?

La femme la fixa de ses yeux affolés.

— Xenia.

— OK, Xenia. Mon nom est Kate. Ici, nous sommes en sécurité. Calmez-vous.

Une autre balle fusa. L'homme ne pouvait pas atteindre directement les deux femmes dans le coin où elles étaient accroupies, mais si une balle ricochait sur une des parois opposées, Kate ne donnait pas cher de leur peau.

De nouveau deux coups de feu.

Kate jeta un coup d'œil à sa montre. Dans deux minutes on serait à York. Le train ralentissait déjà. Les voyageurs afflueraient dans les couloirs en direction des portes. Il fallait espérer qu'ils aient entendu les tirs et que personne ne viendrait dans leur direction. L'homme était peut-être un forcené prêt à faire feu sans discernement sur la foule. Kate fouilla dans les poches de son jean et poussa un gémissement en se rappelant que son portable était dans son sac, qu'elle avait laissé sur le siège à côté de Colin.

Une nouvelle détonation. Xenia tremblait comme une feuille.

— Xenia, vous avez un téléphone portable ?

— J'ai perdu mon sac à main en courant dans le train. J'étais dans le dernier wagon… Je ne sais pas où il est.

Elle se mit à pleurer.

— Ce n'est pas grave, rassurez-vous.

Façon de parler… Elles étaient coincées dans les toilettes du train avec un homme armé devant la porte. Et elles ne pouvaient pas appeler à l'aide. Mais le train entrerait en gare d'un instant à l'autre, et d'autres voyageurs avaient dû entendre les coups de feu. La police avait peut-être déjà été avertie.

Kate avisa soudain la fenêtre coulissante sur la paroi extérieure. Elle ignorait si on pouvait l'ouvrir, mais cela valait la peine de tenter le coup. Cela dit, pendant ce temps, elle constituerait une cible parfaite. Si le fou qui était dehors tirait, il pourrait l'atteindre dans le dos. Il fallait pourtant tenter le coup.

— Chuuut, ordonna-t-elle à Xenia. Il ne doit pas s'apercevoir que j'ai quitté notre planque. Je vais essayer d'ouvrir la fenêtre.

Xenia lui agrippa la main.

— Non, je vous en prie, restez ici.

— Je veux juste ouvrir la fenêtre. On pourra l'escalader pour sortir.

Xenia se mit à trembler de plus belle, mais elle acquiesça. Kate se rapprocha de la fenêtre en restant le plus courbée possible. On ne pouvait pas faire plus de deux pas dans cet espace minuscule, entre le lavabo en inox à gauche et en face la cuvette des toilettes avec la fenêtre au-dessus. Et derrière, la porte devant laquelle se tenait le tireur. Kate sentit la sueur l'inonder. Par chance, le grondement des roues était suffisamment bruyant pour couvrir les éventuels grincements. Kate saisit la barre et tira dessus. La vitre glissa silencieusement et sans trop de difficulté vers le bas.

L'air chaud et doux de l'été entra dans le réduit.

Je ne veux pas mourir, pensa Kate, je ne veux pas mourir.

Elle évalua les dimensions de l'ouverture. Elle-même parviendrait sans doute à passer, au prix de quelques efforts, car elle était petite et très mince. Mais Xenia n'aurait aucune chance. Inutile d'espérer même la pousser à l'extérieur.

Celle-ci avait compris la situation.

— Je vous en supplie, ne me laissez pas seule !

— Bien sûr que non.

Kate était policière, même si pour le moment elle était sans affectation : elle avait quitté ses fonctions à Scotland Yard deux jours plus tôt et intégrerait son nouveau poste à Scarborough au mois d'août. Pour l'instant, elle se trouvait dans une sorte de no man's land professionnel. Cependant jamais elle n'aurait abandonné une femme dans la situation de Xenia pour se mettre elle-même en sécurité.

Un nouveau coup de feu éclata et, presque au même moment, le train s'arrêta en gare de York dans un grincement de freins et de roues.

Kate ressentit une douleur au mollet droit, vive mais brève, et se dit l'instant d'après que cela avait dû être le fruit de son imagination. Elle regagna le coin où se trouvait Xenia. Il était toujours là.

Par la fenêtre ouverte elles entendirent des annonces de haut-parleur. Un autre train entra en gare. Des bruits de valises à roulettes sur les quais, des voix éloignées.

Le brouhaha habituel d'une gare.

— Il est toujours devant la porte, chuchota Xenia.

— Oui, mais les gens ont forcément remarqué ce qui se passait. La police a dû être avertie. Ils vont nous sortir de là. Ne craignez rien.

Elle se demanda ce que Colin faisait. S'était-il étonné qu'elle reste si longtemps aux toilettes ? Avait-il entendu les coups de feu ? Il devait être nerveux. Ils avaient un changement, le train pour Leeds partait dans tout juste vingt minutes. Elle espéra qu'il ne viendrait pas à sa rencontre, ce serait se jeter dans les bras du tireur.

Tout à coup, Xenia poussa un cri de frayeur et désigna la jambe de Kate.

— Mais vous saignez !

Kate vit qu'à hauteur de son mollet droit une tache brun-rouge semblait grossir sur son jean. La jeune femme se remémora la douleur aiguë qu'elle avait ressentie. Elle avait été touchée. Bizarrement, elle n'avait pas mal. Sans doute la conséquence du choc, l'afflux d'adrénaline.

— Une éraflure, assura-t-elle tout bas, quoique n'ayant aucune idée de la gravité de sa blessure. Ce n'est rien.

— Il va nous tuer. Seigneur, il va nous tuer !

— Avez-vous une idée de qui c'est ? Et de pourquoi il s'en est pris à vous ?

— Non. J'étais dans le dernier wagon. Il était assis en face de moi, de l'autre côté de l'allée. Il n'arrêtait pas de me fixer, c'était extrêmement désagréable et angoissant.

— Et vous ne l'aviez jamais vu auparavant ?

— Non.

— Hum, c'est très étrange.

En effet, les forcenés tiraient en général au hasard sur les gens qui se trouvaient autour d'eux sans se soucier de leur identité, l'essentiel pour eux étant de faire de nombreuses victimes. Cet homme, en revanche, avait Xenia dans le collimateur, ce qui indiquait l'existence d'un lien entre eux.

— Je n'entends plus rien, murmura Xenia. Dans le train, je veux dire.

Elle avait raison. On percevait les bruits de la gare, mais le train paraissait désert.

— Vous croyez qu'il est encore là ?

— Je ne sais pas. Je n'ai pas trop envie de glisser un coup d'œil dehors. Normalement on devrait entendre monter de nouveaux passagers. Comme ce n'est pas le cas, on peut penser que la police contrôle déjà la situation.

Xenia se détendit légèrement. Ses tremblements avaient diminué, sa respiration était un peu plus calme. Elles sursautèrent toutes les deux en entendant soudain cogner à la porte.

— Police ! Qui est là ?

Kate retint Xenia, qui voulait se précipiter pour sortir.

— Le sergent détective Kate Linville. Et une passagère.

Xenia eut l'air stupéfaite.

— Vous êtes… ?

— Je suis le sergent détective Jenkins, de la North Yorkshire Police. Vous pouvez ouvrir ? Nous avons la situation en main.

— Et si c'était *lui* ? s'enquit tout bas Xenia.

— Dans ce cas, ça fait longtemps qu'il aurait tenté le coup, répliqua Kate.

Elle s'approcha de la porte en boitillant. Sa jambe commençait à la faire souffrir. Elle repoussa le verrou. Dehors se tenait un homme vêtu d'un complet sombre.

— Sergent détective Linville ?

— Oui.

— Est-ce que quelqu'un est blessé ?

— J'ai une éraflure à la jambe, fit Kate. Ça mis à part, nous sommes indemnes.

— Alors comme ça vous êtes une collègue ?

— Oui, mais je ne suis pas en service, c'est par hasard que je me suis retrouvée dans cette situation.

Kate balaya le couloir du regard. Partout des policiers. Et c'était la même chose sur le quai.

— Plusieurs passagers ont passé des appels d'urgence pour signaler des coups de feu. Dès que le train est arrivé, on est venus prêter main-forte aux policiers de la gare.

Il marqua un temps d'hésitation. Kate devina ce qui allait suivre.

— Vous ne l'avez pas appréhendé ?

— Non, les gens sont descendus sur le quai et sont sortis directement, les deux collègues ont été complètement dépassés. On a essayé de maîtriser la situation, mais la plupart des passagers étaient déjà partis. Ceux qu'on a pu intercepter sont actuellement pris en charge dans une des salles de la gare. Il fallait d'abord qu'on ferme des voies, qu'on sécurise le périmètre, qu'on fouille le train.

Il essuya son front en sueur. La situation n'était pas brillante. Dehors, on avait un fugitif armé qui n'avait pas atteint sa cible.

Xenia avait encore pâli.

— Et s'il recommence ? lâcha-t-elle. Qu'est-ce que je fais ?

2

Le sergent détective Paul Jenkins avait aussi l'air dépassé, mais il faisait de son mieux pour essayer d'y voir un peu plus clair. Il se trouvait avec Kate et Xenia dans une petite pièce qui avait été mise à leur disposition par le personnel de surveillance de la gare. Pendant ce temps, ses collègues interrogeaient les passagers encore présents. Un grand nombre d'entre eux avaient profité de la confusion pour s'éclipser, soucieux avant tout de ne pas rater leur correspondance et de pouvoir faire ce qu'ils avaient prévu ce jour-là. Kate était descendue du train avec l'aide d'un ambulancier. Sur le quai, elle avait retrouvé Colin, qui s'était montré si soulagé de la voir saine et sauve qu'elle en avait été touchée. Il se cramponnait à son sac à main et avait eu la présence d'esprit de prendre leurs deux valises à roulettes.

« Dieu merci, tu vas bien ! s'était-il écrié. J'ai eu une de ces peurs ! Tu étais à peine partie aux toilettes qu'une femme a traversé le wagon en courant. Un homme la suivait. Et puis on a entendu des coups de feu. J'ai cru que… Bon Dieu… » Il s'était tu, incapable de trouver les mots adéquats. Un policier lui avait mis une main sur l'épaule et l'avait attiré à part.

« Je souhaiterais vous poser quelques questions, avait-il dit.

— Bien sûr, bien sûr ! » avait répondu Colin, tout feu tout flamme.

Kate avait subodoré qu'il livrerait en tant que témoin une version très enjolivée de ce qu'il avait vécu.

Elle l'avait prié de ne pas quitter la gare et de garder un œil sur leurs valises. Après avoir récupéré son sac à main, elle avait laissé le secouriste examiner sa jambe. Il s'agissait bien d'une éraflure.

« Vous avez eu de la chance, avait déclaré l'homme. Beaucoup de sang, du coup ça paraît plus grave que ça ne l'est en réalité. Je vais désinfecter la plaie, vous mettre un pansement et vous donner un antalgique. Mais il faudrait tout de même que vous alliez voir un médecin.

— Je le ferai », avait promis Kate.

Jenkins voulait interroger Xenia sans attendre, mais elle avait réagi de manière hystérique. « Pas sans Kate ! Je n'irai nulle part sans Kate ! » Celle-ci lui avait sauvé la vie. Elle était policière. Xenia semblait se cramponner à elle comme à une bouée de sauvetage dans la tempête de cette journée cauchemardesque.

À présent, elles se trouvaient toutes les deux dans la petite salle, où il faisait très chaud. Le soleil de juillet cognait sur la vitre côté sud, transformant la pièce avec ses meubles classeurs en métal et son bureau impeccablement rangé en un véritable four. Il n'y avait ni store ni rideaux. Au bout de quelques minutes, Kate se sentit comme un œuf au plat sur une plaque de cuisson brûlante. Génial… Le train pour Leeds était parti. Le week-end de remise en forme avait du plomb dans l'aile. Elle aurait de loin préféré rentrer chez elle, s'asseoir sur son balcon avec une boisson fraîche et surélever sa jambe douloureuse. Après avoir enfin ôté son jean raidi par le sang séché.

Mais le sergent détective Jenkins devait faire son travail. Elle était bien placée pour le savoir.

Il commença par relever l'identité de Xenia. Xenia Paget. Domiciliée à Leeds-Bramhope, Yorkshire. Mariée, sans enfants. Née le 10 mai 1982.

— Où êtes-vous née ? l'interrogea Jenkins.

Xenia eut une seconde d'hésitation.

— À Kirov, en Russie. Ex-Union soviétique.

Jenkins releva les yeux.

— Vous êtes russe ?

— J'ai la nationalité anglaise.

Xenia tendit la main à côté d'elle, là où aurait dû se trouver son sac, et se souvint qu'elle l'avait perdu dans sa fuite.

— Mon sac ! Il est resté dans le train ! Mes papiers sont dedans, mon passeport. J'ai un passeport britannique.

— Ne vous inquiétez pas, le train est bouclé, mes hommes le passent au peigne fin, la rassura le policier. On retrouvera votre sac et vous récupérerez toutes vos affaires.

Il sortit un mouchoir, s'essuya le front, desserra sa cravate.

— Bon sang, qu'est-ce qu'il fait chaud ici !

— J'ai épousé un Anglais, précisa Xenia. Jacob Paget. Voilà pourquoi j'ai pu demander ma naturalisation.

Kate nota qu'elle semblait y attacher une grande importance. Elle ne voulait manifestement pas qu'on puisse la soupçonner de résider illégalement en Angleterre. Elle parlait un anglais parfait. Lorsqu'on savait qu'elle avait grandi en Russie, on percevait en l'écoutant un très léger accent. Mais si on l'ignorait ou qu'on ne prêtait pas une attention particulière à sa façon de parler, on ne pouvait se rendre compte qu'elle était d'origine étrangère.

— Depuis quand vivez-vous en Angleterre ? reprit Jenkins.

— Depuis 2006. Je me suis mariée en juin 2006.

— Comment votre mari et vous…

— On s'est connus par l'intermédiaire d'une agence, expliqua-t-elle. Il voulait trouver une femme russe. Ça n'avait pas marché avec les Anglaises, alors il voulait essayer autre chose.

— Quel est votre nom de jeune fille ?

— Xenia Petrova Sidorova.

Jenkins, hésitant, nota son nom en épelant tout bas.

— Bien, madame Paget, dit-il enfin, ce qui m'intéresse avant tout, c'est ce qui s'est passé aujourd'hui dans le train. Un homme a tiré sur vous. Pourriez-vous me raconter précisément le déroulement des faits ?

Xenia répéta ce qu'elle avait raconté à Kate, la façon dont

l'inconnu avait gardé les yeux rivés sur elle depuis leur départ de la gare londonienne de King's Cross.

— Ça commençait vraiment à m'angoisser. Mais il n'y avait pas d'autres sièges libres, je ne pouvais pas changer de place. Et puis tout à coup, peu avant qu'on arrive à York, il a sorti un pistolet. J'ai bondi de mon siège et je me suis enfuie. J'ai laissé mon sac de voyage dans le filet à bagages.

Elle s'interrompit.

— Mon sac de voyage...

— Vous le récupérerez aussi, soyez tranquille.

— J'ai couru aussi vite que je pouvais. Quand j'ai atteint le wagon suivant, là j'ai osé me retourner. Il me suivait. Alors je suis repartie à fond.

— Vous avez traversé quasiment tout le train, c'est ça ?

— Oui, j'étais montée en queue. Juste avant de passer dans la voiture où j'ai rencontré Kate, je me suis encore retournée. Le type était à peu près à un demi-wagon de distance. Il avait toujours son arme à la main. J'ai été prise de panique, parce que je savais que je ne tarderais pas à arriver au bout du train. Je suis repartie et c'est alors que je suis tombée sur Kate. À ce moment-là, l'homme a commencé à tirer.

— Madame Paget, si j'ai bien compris, vous avez passé un long moment assise en face de l'individu en question. Il vous fixait, autrement dit, chaque fois que vous leviez les yeux, vous croisiez son regard. Je suppose donc que vous êtes en mesure de nous le décrire avec précision.

Xenia poussa un soupir.

— J'étais hyper inquiète, et déstabilisée, mais... Il était relativement jeune, ça m'a frappée. Dix bonnes années de moins que moi. Autrement dit, ce n'était pas le genre de type à me regarder parce qu'il me trouvait attirante.

— Je me garderais bien de tirer ce style de conclusion. Mais en l'occurrence, ce n'était effectivement pas parce qu'il voulait faire connaissance qu'il gardait les yeux fixés sur vous.

— Non, il voulait me tuer.

— Vous lui donnez donc dans les 25 ans. Pourriez-vous nous en dire plus sur sa taille ? La couleur de ses yeux ? De ses cheveux ?

— Il était très grand, robuste. Des cheveux noirs, épais et bouclés. Il ne devait pas être allé chez le coiffeur depuis longtemps. Il ne faisait pas très soigné.

— Vous dites ça à cause de ses cheveux ? Ou bien il y avait autre chose ?

— Son jean était informe et très élimé. Il me semble qu'il portait un sweatshirt, gris, taché.

— La couleur de ses yeux ?

— Je ne sais pas. Marron foncé, je crois. Mais c'était peut-être juste ses pupilles qui étaient sombres et dilatées. Il avait le regard complètement fixe, c'était tout à fait anormal.

— Nous allons essayer de dresser un portrait-robot avec votre aide.

— Bien sûr, je ferai tout mon possible.

— Parfait. Vous avez dit que vous habitiez à Leeds. Quelle est votre activité professionnelle ?

— Je n'en ai pas. Pas en ce moment. J'assure bénévolement une fois par semaine un cours de langue pour des réfugiés, mais c'est tout. Mon mari ne veut pas que je travaille.

— Et lui, que fait-il ?

— Il est syndic d'immeubles, il gère plusieurs copropriétés à Leeds et dans les environs.

— Je vois. Mais vous avez bien dû exercer un métier, non ?

— En Russie, j'avais commencé des études de langues. Les langues asiatiques. Je parle très bien le chinois et le coréen.

— Vous devez être particulièrement douée, fit remarquer Jenkins. Votre anglais est remarquable.

— Merci, susurra Xenia en rougissant de plaisir.

— Mais vous n'avez pas terminé vos études ?

— Non. Ma famille s'est retrouvée sans ressources. Mon père travaillait dans l'industrie de l'armement et, à la fin de la guerre froide, il a été obligé de se rabattre sur des petits boulots pour se maintenir à flot. Ça a été pareil pour ma mère. Et puis ils ont fini par perdre tous les deux leur emploi. J'ai quatre frères et sœurs plus jeunes, vous savez. Alors j'ai interrompu mes études et j'ai travaillé pour subvenir aux besoins de ma famille. J'ai été serveuse, j'ai fait des ménages. Mais il y a eu un moment où…

— Oui ?

— Je n'avais plus qu'une envie, c'était de quitter mon pays. Je n'avais pas d'avenir, là-bas. À l'époque, j'étais jeune et belle. Je me suis adressée à une agence anglaise qui faisait venir des femmes originaires de l'Est en Angleterre. Ça m'a paru être ma seule chance de pouvoir partir.

— Vous n'avez pas à vous justifier, fit observer Jenkins.

Kate détailla Xenia à la dérobée. Quelle tragédie, pensa-t-elle. Une personne intelligente, qui parlait sans doute couramment plusieurs langues, obligée d'être serveuse et femme de ménage et désormais mariée à un homme qui ne souhaitait pas qu'elle travaille. Était-ce pour cette raison qu'elle était si corpulente ? Compensait-elle ainsi son sentiment de vide et de frustration ?

Elle se rappela à l'ordre intérieurement. Tout cela n'était que pure spéculation. Elle n'en savait pas suffisamment sur Xenia pour pouvoir se représenter sa vie.

— Qu'étiez-vous venue faire à Londres ? reprit Jenkins.

Xenia eut l'air déconcertée.

— À Londres ?

— Oui, ce matin, vous avez pris le train à King's Cross.

— Ah oui. Je suis allée voir une amie. Je suis arrivée jeudi et repartie ce matin. Mon mari doit venir me chercher à la gare de Leeds.

Elle parut soudain inquiète.

— Oh là là, j'aurai beaucoup de retard, il faut absolument que je le prévienne.

— Je peux vous prêter mon portable, proposa Kate.

— Oui, merci.

Xenia se leva d'un bond.

— Est-ce que je peux sortir un instant ?

— Bien sûr, répondit le policier.

Quand elle fut dehors, Jenkins se tourna vers Kate.

— Que pensez-vous de tout ça ? Je m'adresse à vous en tant que collègue.

Kate prit le temps de la réflexion.

— Pour l'instant, il me paraît difficile d'y voir clair. Cet homme n'était pas un simple forcené, sinon il aurait tiré au hasard autour de lui et provoqué un carnage. Il en avait incontestablement après Xenia. Je me suis retrouvée dans sa ligne de mire uniquement parce que je me suis barricadée avec elle. Ça plaiderait pour l'hypothèse d'un acte ciblé. Autrement dit, il doit y avoir un lien entre lui et Xenia.

— D'après vous, ça pourrait être lié à la Russie ? Vous pensez que ça vaudrait la peine de vérifier ce qu'elle nous a raconté ?

— Ça vous obligerait à de longues et coûteuses recherches. Du moins en ce qui concerne la Russie. Peut-être qu'il serait plus judicieux d'interroger l'agence qui l'a mise en relation avec l'homme qui est devenu son mari.

— Elle leur doit sans doute de l'argent. Les Russes sont connus pour leurs méthodes musclées vis-à-vis de ceux qui ne paient pas leurs dettes.

— Mais l'agence était anglaise.

— Elle avait peut-être un partenaire en Russie qui l'a aidée à conclure l'affaire et qui aurait dû toucher une partie de la commission.

— Tout ça remonte à treize ans. Elle a dit qu'elle s'était mariée en 2006. À supposer que la commission n'ait pas été versée ou seulement en partie, et qu'en Russie quelqu'un se soit senti floué, ce serait étrange que cette personne n'ait pas réagi plus tôt.

— Peut-être qu'elle l'a fait, mais sans résultat. Ce qui expliquerait qu'elle soit devenue plus radicale.

— À vous entendre, on se croirait dans un film sur la mafia russe.

Jenkins haussa les épaules.

— Xenia Paget est originaire de Russie.

— Mais les services d'une agence matrimoniale ne coûtent tout de même pas une fortune. Si ça faisait treize ans que Jacob Paget était sommé de régler ses dettes et qu'on avait décidé de lui mettre la pression… Vous ne croyez pas qu'il aurait payé avant de se retrouver vraiment en conflit avec ces gens ?

— Je ne sais pas quel genre d'homme est ce Jacob Paget, objecta Jenkins. Il trouve peut-être que l'agence a été trop gourmande et il aimerait mieux se faire écarteler que de céder.

— En tout cas, ça vaudrait le coup d'avoir une discussion avec lui, en déduisit Kate après un instant de réflexion. Je soupçonne un problème. Quant à savoir si ça pourrait expliquer ce qui s'est passé aujourd'hui dans le train, c'est une autre question.

— Où voyez-vous un problème ?

— Je ne sais pas si on pourrait aller jusqu'à affirmer que Xenia Paget a peur de son mari. Mais elle semble faire profil bas.

— Qu'est-ce qui vous fait dire ça ? s'étonna Jenkins, perplexe. Son refus de la laisser travailler ?

— Ça pourrait être un indice. Si ce qu'elle raconte est vrai, alors c'est une jeune femme incroyablement douée pour les langues, qui pourrait sans doute exercer en tant que traductrice ou interprète. Pourquoi est-ce qu'elle se laisse mettre sur la touche ?

— Elle a peut-être ses raisons. Elle pourrait vouloir des enfants et donc s'éviter une source de stress. Aucune idée.

— OK, mais vous ne trouvez pas qu'elle a eu l'air presque paniquée quand elle s'est rendu compte qu'elle arriverait à Leeds plus tard que prévu et que son mari attendrait pour rien à la gare ?

— J'ai eu l'impression qu'elle ne voulait pas qu'il s'inquiète.

— Peut-être.

À cet instant, Xenia revint dans la salle et rendit son portable à Kate.

— Merci beaucoup.

Elle se rassit, l'air encore plus accablée qu'avant son coup de fil.

— Mon mari voulait savoir à quel moment je rentrerais. Est-ce qu'on en a encore pour longtemps ?

— Non, lui assura Jenkins. Je comprends que vous ayez envie de vous retrouver chez vous. Dites-moi juste le nom de votre amie de Londres. Et comment vous vous êtes connues.

— Elle s'appelle Maya Price. C'était notre voisine à Leeds. C'est comme ça qu'on est devenues amies. Mais il y a deux ans, elle est partie vivre à Londres. Plus exactement à Southend-on-Sea, près de Londres. Elle me manque beaucoup et, de temps en temps, je vais la voir.

— Pourquoi êtes-vous allée lui rendre visite le jeudi pour rentrer le samedi au lieu de passer le week-end avec elle ?

Xenia eut un instant d'hésitation.

— Mon mari préfère que je sois là le week-end pour que nous puissions passer du temps ensemble.

Kate et Jenkins échangèrent un regard. *Qu'est-ce que je vous disais* ? signifiait celui de Kate. *Qu'est-ce que ça prouve* ? disait celui de Jenkins.

— Très bien. Madame Paget, avez-vous remarqué quelque chose qui vous a paru étrange quand vous étiez à Londres ? Ou durant votre trajet aller ?

— Quelque chose d'étrange ?

— Est-ce que vous vous seriez sentie observée, par exemple ? Pas forcément de manière aussi ouverte que dans le train. Mais il arrive qu'on se sente regardé. Il pourrait aussi s'agir d'un fait auquel vous n'avez pas prêté attention sur le moment, mais qui après coup vous paraîtrait significatif.

— Non, répondit Xenia après un moment de réflexion. Je ne vois rien de tel.

— Et cet homme, vous êtes sûre de ne l'avoir jamais vu auparavant ?

— Sûre et certaine.

— Et pourrait-il y avoir quelque chose dans votre passé qui expliquerait cet événement ? Ici, en Angleterre, ou bien en Russie. Quelque chose qui aurait pu inciter quelqu'un à vous traquer dans un train et à vous tirer dessus ?

— Non.

À cet instant, une brève lueur traversa son regard. Très brève. Kate la perçut parce qu'elle avait les yeux fixés sur elle. Jenkins, lui, sembla ne s'apercevoir de rien.

Ah, pensa Kate, un souvenir vient de remonter à la surface. Mais elle ne veut pas en parler.

3

Le résultat de la prise de sang avait été sans appel : 0,7 g.

On avait demandé à Hale s'il acceptait de se soumettre à un examen sanguin, après l'intervention policière qui avait tourné au cauchemar : une femme et deux enfants morts, un coupable sanglotant sur le sol de la pièce, l'arme encore à la main.

« Je n'ai pas pu, gémissait-il. Je n'ai pas pu le faire. » Par là il entendait le fait de se suicider après avoir tué sa famille.

Une heure plus tard, l'inspecteur avait été convoqué chez le commissaire principal.

« Qu'est-ce qui a foiré ? avait aboyé celui-ci. Trois morts, dont deux enfants de 6 et 7 ans. Enfin quoi ! Vos hommes sont postés tout autour de l'immeuble, des coups de feu ont déjà été tirés, il est clair qu'il y a un timbré qui menace de flinguer sa famille. Et vous… vous ne faites rien. Vous attendez bien tranquillement qu'il exécute – c'est le mot – une femme et deux fillettes. Et alors, vous donnez l'assaut ! »

C'était injuste. Hale le savait et son supérieur aussi. Mais la pression de l'opinion publique se faisait sentir. Le commissaire allait devoir faire face à la vague d'indignation qui ne manquerait pas de s'élever dans les médias et l'on pouvait s'attendre à un vrai tsunami. Des enfants assassinés. On ne pouvait imaginer pire.

« Étant donné la situation, il me paraissait beaucoup trop risqué de forcer la porte de l'appartement, avait expliqué Hale. Ça se serait à coup sûr soldé par un bain de sang.

— Parce que ça n'a pas été le cas ?

— Si, malheureusement. Mais c'était la seule chance d'arriver à toucher cet homme. Il avait commencé par tirer dans le plafond et dans les murs. Pas sur sa famille.

— Doit-on l'en féliciter ?

— Ça voulait dire quelque chose. Au début, il n'était pas décidé à 100 %. Au contraire, même : à partir du moment où il avait tiré dans cet appartement, au milieu d'une grande résidence, il pouvait s'attendre à ce qu'un voisin avertisse la police.

— Et alors ?

— Je crois qu'il voulait parler. Qu'il cherchait de l'aide.

— Eh bien, c'est réussi. Au moment où vous l'aviez au téléphone, vous avez manifestement dit un truc qui l'a fait disjoncter.

— J'ai… »

Le commissaire avait jeté un coup d'œil sur une note qui se trouvait devant lui, sur le bureau.

« On m'a rapporté que vous l'aviez brutalement interpellé sur ses problèmes financiers. Et que c'est à ce moment-là qu'il a pété les plombs.

— Je voulais lui faire comprendre qu'il existait forcément une solution. Que même les soucis financiers pouvaient être résolus.

— Il faut croire que vous n'avez pas été assez convaincant. Au contraire même. En disant ça, vous avez actionné le détonateur. Bel exploit, Hale ! »

Le ton était mordant, furieux, sans appel.

Qui lui a rapporté ma discussion avec Jayden White ? s'était demandé Hale. Une seule personne avait écouté leur échange : l'inspecteur Stewart, son plus proche collaborateur, son bras droit. Cela étant, si le commissaire l'avait interrogé, il n'avait pas eu d'autre choix que de lui répéter fidèlement ce qui s'était dit. Hale n'en avait pas moins eu un sentiment désagréable.

« Monsieur, je ne sais pas… »

Le commissaire l'avait interrompu.

« Où était donc le sergent Helen Bennett ?

— Elle avait pris quelques jours pour aller voir sa mère à Saltburn. On l'a avertie et elle est repartie immédiatement pour Scarborough.

— Et vous n'avez pas été capable de garder Jayden White en ligne jusqu'à ce qu'une collègue compétente puisse prendre le relais ?

— Non. »

Le commissaire l'avait dévisagé en plissant les yeux.

« J'ai également entendu dire que vous étiez passablement ivre au moment où vous avez mené les opérations. »

Hale avait cru avoir mal entendu.

« Je vous demande pardon ? »

Son supérieur s'était raclé la gorge avec embarras.

« Inspecteur, permettez-moi de vous dire qu'on le sent. À l'instant même où vous êtes entré dans cette pièce, j'ai su qu'on m'avait dit vrai.

— Monsieur, je...

— Sacré nom de Dieu ! »

Le commissaire avait frappé du poing sur son bureau.

« Je croyais qu'on en avait fini avec ça. Que *vous* en aviez fini. Vous avez fait une cure de désintoxication et vous nous avez assuré de façon crédible que tout était rentré dans l'ordre. À bientôt 50 ans vous n'arrivez pas à résoudre ce foutu problème ? »

Hale n'était pas aussi proche de la cinquantaine que voulait le faire croire son chef, mais il n'était effectivement plus un jeune homme. Cela dit, ce n'était pas la question, le phénomène de l'addiction était indépendant de l'âge.

« J'ai intercédé en votre faveur pour vous permettre de réintégrer votre ancien poste, avait poursuivi le commissaire. Je vous ai fait confiance. Et maintenant, j'apprends que vous avez rechuté depuis déjà un bon moment. Qu'il ne vous a pas fallu plus de six mois après votre sevrage pour récidiver. Que vous buvez beaucoup, régulièrement. En service !

— Qui vous a dit ça ?

— Peu importe. La question est : acceptez-vous de vous soumettre à une prise de sang ? Vous n'y êtes pas obligé, je le sais.

— Monsieur…

— Si vous refusez, je trouverai le moyen de vous écarter, Hale. Ce n'est plus tolérable. J'en parlerai à tous ceux que je croise, j'inciterai tout un chacun à le signaler quand vous aurez bu. Mais si vous coopérez…

— Si je coopère ?

— Si l'alcootest est positif, ce que je soupçonne, vous serez suspendu. Mais je mettrai officiellement cette mise à pied sur le compte de l'issue lamentable de l'opération que vous avez dirigée. En dehors de nous deux, personne ne saura que vous étiez ivre. Vous aurez alors la possibilité de régler ce problème. Une bonne fois pour toutes. Du moins, je l'espère.

— Et ensuite ?

— Je ne peux rien vous promettre, mais c'est une chance à saisir.

— Personne n'en saura rien, avait souligné Hale avec amertume. Pourtant, il y a quelqu'un qui trouve visiblement plaisir à cafter.

— Là-dessus, je ne peux rien pour vous.

— J'ai compris.

— Vous êtes d'accord pour la prise de sang ?

— Oui, avait cédé l'inspecteur, épuisé, résigné.

— Très bien, avait répliqué le commissaire d'un air soulagé. C'est l'inspecteur Stewart qui reprendra l'enquête sur l'affaire White et qui tiendra la conférence de presse prévue demain matin à 10 heures. Je vous prierai de ne pas y assister. »

Robert, avait pensé Hale. Il n'était pas vraiment surpris. Mais profondément blessé. Robert Stewart. Il avait enfin obtenu la place qu'il convoitait.

Le samedi, la vague avait déferlé. La presse se déchaîna. Une mère et ses deux enfants assassinés. La police, avertie en temps et en heure, qui était restée inerte dans la rue, devant l'immeuble. *Pourquoi n'avez-vous rien fait ?* afficha le *Yorkshire Post* en une de son édition.

Au-dessous, la photo des victimes : Yasmin White, une jeune femme à l'air fragile, avec de grands yeux sombres dans un visage très sérieux. Ava White, 7 ans. Sina White, 6 ans. Des fillettes joyeuses aux boucles brunes et aux yeux également sombres.

Sont-elles mortes parce que la police a trop longtemps hésité ? lisait-on plus bas dans l'article. On mentionnait ensuite l'absence de la psychologue (*Aurait-elle pu empêcher le père désespéré d'accomplir cet acte terrible ?*) pour en venir à celui qui avait dirigé l'opération, l'inspecteur principal Caleb Hale : *Il a le sang de ces petites filles sur les mains.* Et, deux phrases plus loin, le journaliste affirmait que durant l'échange téléphonique avec le père, Hale s'était montré si agressif et si maladroit que c'était lui qui avait provoqué la catastrophe. Il n'était nulle part question d'alcool. Pas encore. Cependant Hale savait que ce n'était probablement qu'une question de temps.

L'après-midi du vendredi, Hale et Stewart ne s'étaient pas revus, chacun étant accaparé de son côté. L'inspecteur principal, lui, avait surtout été occupé à encaisser sans moufter les reproches et à voir sa carrière professionnelle voler en éclats. À présent, on était samedi soir et Hale, seul dans sa maison vide, sentait qu'il devait absolument avoir une discussion avec son subordonné. Il voulait savoir si c'était lui qui l'avait poignardé dans le dos.

Avant de sortir, il écouta ses messages. Au cours de l'après-midi, le téléphone avait sonné à deux ou trois reprises mais, n'ayant pas envie de parler de ce sac de nœuds à qui que ce soit, il n'avait pas décroché. La voix de Kate Linville d'abord : « Bonjour, Caleb, j'ai appris par la presse ce qui s'était passé hier à Scarborough, l'affaire de suicide élargi. Enfin, "suicide élargi" n'est pas le terme qui convient puisque l'homme, justement, ne s'est pas tué. J'espère que ça ne vous cause pas trop de problèmes. » Puis une hésitation. « Le *Yorkshire Post* ne se montre pas très tendre. Si vous avez envie de parler, appelez-moi quand vous voulez. Je suis joignable sur mon portable. Je vais devoir me farcir un abominable week-end de remise en forme dans les Dales, le cadeau de mes collègues du Yard pour mon départ. Malheureusement, les bains de boue, ce n'est pas trop mon truc. Par contre, le voyage a été palpitant. La presse de demain en parlera sûrement. » Nouveau silence. « Bon, alors à plus tard. »

Suivaient deux messages de son ex-femme, qu'il effaça sans même les avoir écoutés. Elle avait lu le *Yorkshire Post*, cela ne faisait aucun doute, et voulait probablement savoir s'il était sobre ou pas au moment de l'intervention. C'était parce qu'il buvait qu'elle l'avait quitté bien des années plus tôt.

Caleb hésita, se demandant s'il devait rappeler Kate. Puis il se dit que la discussion avec Stewart était prioritaire. Il avait besoin d'y voir clair.

Son adjoint habitait en centre-ville, dans un petit appartement au troisième étage d'un immeuble situé dans une rue relativement tranquille, parallèle à l'artère très passante de Victoria Road. Le hasard voulut qu'ils arrivent tous les deux au même moment – ils se garèrent même l'un derrière l'autre le long du trottoir. Stewart devait venir du bureau car, en dépit de la chaleur, il portait complet et cravate. Après ce qui s'était produit, il espérait sans doute passer un week-end tranquille. Le matin, il avait assuré la conférence de presse. L'après-midi avait sans doute été consacré à entendre Jayden White. Il affichait une mine fatiguée.

L'espace d'un instant, il parut vouloir prendre la fuite, mais il redressa les épaules et la tête. De toute façon, il n'y avait pas d'échappatoire. Robert Stewart se prépara à affronter la situation.

— Inspecteur Stewart, fit Hale avec une certaine raideur.

— Monsieur, répondit Stewart.

Ils se tenaient face à face sous le soleil déclinant. Odeur du sel et de la mer, de l'asphalte chaud et des roses qui fleurissaient dans un des jardinets. Un parfum de soirée estivale. La ville avait été ébranlée par un drame qui était désormais sur toutes les lèvres, mais rien ne transparaissait de la tragédie dans cette atmosphère paisible de fin de journée.

— Pourquoi ? risqua Hale au bout de quelques instants.

Stewart comprit tout de suite ce qu'il voulait dire.

— Ce n'est plus supportable, répliqua-t-il.

Puis, après une seconde d'hésitation, il ajouta :

— *Vous* n'êtes plus supportable.

— Vous pensez que j'étais ivre, hier ? Et que je n'étais donc pas en mesure d'assurer la direction des opérations ?

— J'ai senti à votre haleine que vous aviez bu. Et j'ai remarqué que vous n'étiez pas dans votre assiette. Vous étiez en nage et vous n'arrêtiez pas de regarder autour de vous à la recherche d'un coin d'ombre. Vous sembliez avoir du mal à tenir sur vos jambes.

Il n'y avait pas grand-chose à répondre à cela. Caleb ne se souvenait que trop bien de la brûlure du soleil. Et de cette sensation d'avoir la langue collée au palais. Une vraie torture, mais il n'en était pas moins convaincu que les choses se seraient passées de façon identique s'il n'avait pas bu. Sobre, il n'aurait pas agi autrement.

— Je ne me sentais pas bien, c'est vrai. Mais expliquez-moi, je vous prie, à quel moment ça m'a fait commettre une faute grave. Ou une faute, tout simplement.

— Vous n'avez commis aucune faute, monsieur.

— Mais…

— Il n'y a pas de « mais ». Vous n'en avez commis aucune. Vous n'avez pas attendu trop longtemps et vous avez eu tout à fait raison de vouloir d'abord miser sur une négociation par téléphone, au lieu de lancer immédiatement l'assaut alors qu'on ne savait quasiment rien de la situation. Le fait que le type ait brusquement rompu le contact et qu'il ait disjoncté a été une tragédie, c'est évident, mais personne n'aurait pu le prévoir.

— Pourtant, vous avez jugé nécessaire de dire au commissaire que j'étais ivre. Je ne comprends pas.

Stewart baissa les yeux sur ses chaussures noires impeccablement cirées, puis il releva la tête, lança un regard à son chef avant d'exploser.

— Ce n'est plus supportable ! Pour moi, je veux dire. J'ai toujours su ce qui se passait, toujours. La bouteille dans votre tiroir. Les verres sifflés en douce. Tout votre bureau sentait l'alcool. Votre haleine sentait l'alcool. Et moi, il fallait que je fasse bonne figure. Comme si de rien n'était. J'étais complice d'une chose que j'aurais dû immédiatement signaler. Ça ne vous a jamais dérangé. Que je sois obligé de couvrir des agissements que je trouvais inacceptables. Vous ne vous êtes jamais soucié de savoir ce que ça me faisait !

Hale avait tressailli devant la véhémence de Stewart. Mais le pire, c'était qu'il ne pouvait pas le contredire. Rien de ce qu'avait dit son adjoint n'était absurde, exagéré ou tiré par les cheveux. Il le comprenait.

— Je ne pouvais pas…

— Bien sûr que vous ne pouviez pas, l'interrompit Stewart. Il n'y avait rien à discuter. Officiellement, ce problème n'existait pas. Comment auriez-vous pu m'en parler ? Le deal implicite, c'était que je ne voie rien, que je n'entende rien, que je ne sente rien. Cette situation vous arrangeait parfaitement.

Cette dernière phrase parut pour le moins inappropriée à Caleb. Il n'avait cessé de se sentir sous pression, coupable, totalement esclave de son addiction. Sans parler du stress provoqué par les efforts qu'il devait fournir pour dissimuler son état à son entourage. À présent qu'il pouvait enfin lâcher prise parce que la situation lui avait échappé – son supérieur était au courant, lui-même avait été suspendu, il n'avait plus à feindre quoi que ce soit –, il remarquait pour la première fois à quel point tout cela l'avait épuisé. À quel point ce fardeau avait été pesant.

— La situation d'hier était épouvantable pour tout le monde, poursuivit Stewart. Un homme armé qui craque et se met à tirer dans sa résidence de vacances. Qui a de toute évidence décidé de se suicider et qui veut entraîner sa malheureuse famille dans la mort. Qui finit par tuer femme et enfants d'une balle dans la tête. J'ai un certain nombre d'années de service derrière moi, mais j'ai rarement été aussi bouleversé par une affaire. Voir ces deux gamines mortes…

— Je sais.

— Et nous, insista Stewart en pointant un doigt accusateur sur son supérieur, on est à l'extérieur de l'immeuble avec un responsable d'intervention qui a bu. Où est-ce qu'on peut trouver la force de mener ce genre d'opérations jusqu'au bout, de prendre des décisions difficiles, d'affronter la colère des médias quand tout foire, comme ça a été le cas hier ? C'est possible uniquement si on est irréprochables, au moins dans l'exercice de nos fonctions, si on n'a pas à s'accuser mutuellement de quoi que ce soit.

L'inspecteur hocha lentement la tête. Il ne voyait pas ce qu'il aurait pu opposer à Stewart.

— J'aurais trouvé plus loyal que vous m'en parliez, souffla-t-il enfin. Pour commencer. Que vous me sonniez les cloches. Que vous me laissiez encore une issue. J'aurais préféré que vous m'ayez dit hier ce que vous venez de me dire maintenant. En guise d'ultime avertissement. Pour me donner une chance.

— C'est ce que j'ai voulu faire pendant toutes ces années, rétorqua Stewart en détournant les yeux. Mais je n'ai pas osé. Vous étiez mon supérieur. Une autorité que je ne me sentais pas légitime de remettre en question.

— Eh bien, on y est. Je ne suis plus votre supérieur. On verra qui prendra ma suite à la tête du service. Peut-être même est-ce vous qui obtiendrez le poste !

Stewart fut un peu trop prompt à afficher un air d'indifférence. L'inspecteur comprit aussitôt.

— Je vois, vous êtes déjà en place. Alors tout ça en valait

la peine. Vous êtes sûr que la perspective d'une promotion n'a pas pesé dans votre décision de rétablir la morale au sein des troupes en vous débarrassant de l'élément gênant, autrement dit ma pomme ?

Sans laisser à Stewart la possibilité de répondre, Caleb remonta dans sa voiture, mit le contact et fit rugir le moteur. Peut-être ne s'était-il pas montré très juste à l'égard de son désormais ex-adjoint.

Mais il avait eu besoin de lâcher ce qu'il avait sur le cœur.

Peut-être que je suis en train de devenir un peu bizarre. C'est une chose que je redoute depuis longtemps déjà. J'ai eu 65 ans en janvier et cela fait douze ans que je vis seul. Il y a six mois, j'ai laissé tomber mon métier de conseiller fiscal. Je n'avais plus envie de continuer, et puis j'ai atteint un âge où d'autres arrêtent aussi de travailler. Financièrement je m'en sors à peu près. Pas de voyages coûteux, de toute façon ce n'est pas mon style.

Je n'avais pas pris conscience que je serais encore beaucoup plus seul sans mon travail.

J'aurais besoin d'avoir des amis et un passe-temps. C'est drôle, tout de même, que je n'aie pas réussi à nouer des amitiés ou à mettre sur pied quelque chose qui m'apporterait maintenant du réconfort. Est-ce que j'ai toujours été comme ça ? Aussi solitaire ? Aussi passif ?

Pas quand j'étais plus jeune, en tout cas. C'est cette histoire, cette terrible histoire. J'ai perdu pied. Et je n'ai jamais réussi à m'en remettre.

J'ai 65 ans, je suis un homme très seul. Quand je m'attarde trop sur le bilan de ma vie, je sombre dans la mélancolie. Il faudrait que je puisse me changer les idées. Mais de quelle façon ? Le matin, je me lève, je prends mon petit déjeuner et, quand j'ai lavé la vaisselle et nettoyé la cuisine, je me demande déjà pourquoi je me suis levé.

La journée s'étend devant moi comme une éternité.

Plus de structure. La seule personne que je vois régulièrement, c'est ma femme de ménage. Isla. Elle vient le mardi et brique la maison. Elle est passablement simplette mais gentille. En réalité, je n'ai pas besoin d'elle, j'aurais tout le loisir de faire moi-même le ménage. Mais si je la remercie, plus personne ne viendra à la maison et ce serait encore plus terrible.

Voilà où j'en suis : j'attends avec impatience ma femme de ménage.

Je suis divorcé depuis douze ans. Mon mariage avec Alice n'a pas survécu à la tragédie qui nous a frappés. On dit souvent que les coups du sort ont pour effet de souder les couples. Ce n'est pas toujours le cas, nous en sommes un exemple. Le chagrin, la culpabilité, les reproches... Tout cela nous a, l'un comme l'autre, peu à peu dévorés. Et a tué notre amour. Depuis notre séparation, Alice n'a plus donné signe de vie. Des connaissances éloignées m'ont rapporté qu'elle vivait désormais avec une femme en Cornouailles. En couple ou en amies, personne n'a su le dire. Alice a-t-elle trouvé le mariage avec moi si éprouvant qu'elle a par la suite renoncé aux hommes ? Je l'ignore.

Je crois que je suis devenu quelqu'un de très frileux. Je trouve que la vie ne m'a pas bien traité. Enfin, jusqu'à la quarantaine, tout s'est bien passé. Mais ensuite, ça a dérapé et rien n'est redevenu comme avant.

Mais il y a autre chose. Un fait qui m'inquiète beaucoup. Ça a commencé il y a environ trois semaines. Je me sens observé. À plusieurs reprises, alors que je regardais par la fenêtre de ma cuisine, qui donne sur la rue, j'ai vu un homme debout sur le trottoir d'en face. À cet endroit, il n'y a rien, ni arrêt de bus ni station de taxis, absolument rien qui justifie qu'on reste planté là. Au début, j'ai pensé qu'il attendait quelqu'un. Mais alors j'ai remarqué qu'il fixait l'immeuble. Il ne jetait pas des regards de droite à gauche comme lorsqu'on attend quelqu'un. Non, il avait les yeux rivés dans ma direction.

Le lendemain, je l'ai revu. Puis il a disparu pendant deux jours et je me suis moqué de moi-même en me disant que je m'étais fait des idées. Mais il est revenu, trois jours de suite. Après quoi il s'est de nouveau absenté. Cette fois, cependant, je n'en ai pas éprouvé de soulagement car, bien sûr, il a fait sa réapparition. Il est resté là, toujours à fixer l'immeuble.

J'ai envisagé de sortir et de l'aborder, puis je me suis ravisé. Qu'est-ce que je lui aurais dit ? « Pourquoi restez-vous là ? C'est ma maison que vous regardez ? » J'ai craint de me ridiculiser. Après tout il ne faisait rien de défendu. On a tout à fait le droit de rester planté quelque part et de regarder. Il n'y a aucune loi qui l'interdise.

J'ai donc campé dans ma cuisine. À l'observer au travers des rideaux. Je ne l'avais jamais vu, mais peut-être étais-je abusé par la distance. En tout cas, sa physionomie, ses cheveux noirs, sa taille, ses larges épaules n'ont éveillé en moi aucun souvenir.

Que veut-il ?

Sans doute existe-t-il une explication banale.

J'en parlerai à Isla la prochaine fois qu'elle viendra. Peut-être qu'elle aura une idée. Comme je l'ai dit, elle est un peu simplette, mais elle a les pieds bien sur terre. Elle ne perd jamais son calme.

Cela étant, elle ne sait pas tout de ma vie. Heureusement. Sinon, elle ne voudrait sans doute plus travailler pour moi. Mais du coup, elle ne pourra évidemment pas savoir si cet homme, là dehors... S'il a quelque chose à voir avec les événements d'autrefois. Pourtant, c'est justement pour ça qu'elle sera en mesure de me tranquilliser. Beau paradoxe. Une façon de se tromper soi-même. Demander de l'apaisement à quelqu'un qui n'est pas au courant des faits. Qui ne pourrait pas m'apaiser s'il en avait connaissance.

Voilà comment je suis. Je tords les choses jusqu'à ce qu'elles cadrent avec mes attentes, en apparence du moins. Au fond, c'est ça qui est à l'origine des catastrophes qui se sont produites dans ma vie.

Lundi 22 juillet 2019

Ce qu'il y avait de mieux, en été, c'était qu'il faisait jour très tôt. Et, deuxième source de joie : les grandes vacances.

Depuis sa plus tendre enfance, Sophia Lewis faisait partie des lève-tôt. Comme toujours à la saison chaude, elle enfourcha son vélo à 6 heures précises. Pour elle, il n'y avait pas de meilleure façon de commencer la journée. Effectuer un grand tour, respirer l'air frais, faire travailler son corps – puis rentrer à la maison, prendre une douche très chaude qui lui picotait la peau, avaler un grand bol de café. Voilà comment elle comprenait la vie.

Sophia avait 31 ans, elle était mince et en très bonne forme physique. C'était une femme qui aimait bouger et voyait dans le sport un élixir de vie. Professeure de mathématiques et de physique à la Graham School à Scarborough, elle était aimée de ses élèves et très estimée par ses collègues, en dépit de son jeune âge.

En montant sur son vélo en cette superbe matinée annonciatrice de chaleur, elle se dit soudain avec ferveur : ma vie est belle.

Le village de Stainton Dale se composait de fermes éparpillées sur un haut plateau surplombant la mer. De vastes prairies traversées de clôtures, de haies et de murets de pierre s'étendaient à perte de vue, émaillées de petits bois, d'étroits chemins, de ruisseaux bondissants. On se serait cru au bout du monde. Pour Sophia, c'était l'image même du paradis.

Le petit bureau de poste situé Prior Wath Road, à l'angle de l'église, constituait en quelque sorte le centre du village. On y achetait des timbres, des tickets de bus et quelques aliments de base. Non loin de là se trouvait une cabine téléphonique rouge, qui signalait également l'emplacement de l'arrêt de bus. Sophia vivait un peu plus haut sur Prior Wath Road, autrement dit en plein cœur de la localité. Son jardin empli de fleurs et de pommiers voisinait avec des prairies et des champs.

La jeune femme descendit la rue à vélo, passa devant la poste et prit la départementale. La route était généralement peu fréquentée et, à cette heure matinale, qui plus est en période de grandes vacances, il n'y avait personne. Sophia pédalait avec énergie. Il faisait encore un peu frisquet, le plateau était rafraîchi par l'air marin et Sophia ne portait qu'un tee-shirt avec son short noir de cycliste. Cette fraîcheur ne la dérangeait pas. Elle savait qu'elle se réchaufferait très vite.

Au bout de quelques minutes, elle quitta la départementale et s'engagea sur un large chemin gravillonné et cahoteux. Sophia longea une ferme tapie dans un escarpement. Le paysan était dehors et contemplait d'un air songeur ses poules, qui picoraient à ses pieds.

— Bonjour, madame Lewis ! cria-t-il en agitant la main. Ponctuelle, comme toujours !

— Déformation professionnelle ! lança Sophia en lui retournant son salut.

La plupart des gens d'ici la connaissaient. Elle avait grandi dans une banlieue de Birmingham, puis avait fait ses études à Manchester, où elle avait obtenu son premier poste d'enseignante. Cependant, lorsqu'elle était venue s'installer dans ce coin reculé de campagne, un an plus tôt, elle avait été accueillie à bras ouverts. Elle était appréciée. Et on l'admirait d'être si sportive.

« Elle est toujours en mouvement ! » disait-on.

Et c'était vrai.

Sophia s'enfonçait à présent dans un petit bois. À cet endroit, le chemin se rétrécissait considérablement et montait en pente raide. Mais une fois arrivé au sommet, on était récompensé de ses efforts, car le sentier redescendait tout aussi abruptement, puis les arbres s'éclaircissaient et l'on traversait une prairie d'où l'on avait vue sur la mer. C'était la partie du trajet que Sophia préférait.

Elle grimpa avec acharnement. Elle commençait à avoir vraiment chaud et les muscles de ses jambes tiraient agréablement. Elle effectua en danseuse la dernière partie de la montée – la plus difficile à cause des inégalités du terrain. Elle atteignit enfin la crête de la colline. Devant elle, le versant qu'elle s'apprêtait à dévaler. Alentour, des arbres, un paisible début de matinée estivale. Quelques oiseaux gazouillaient, au loin elle entendit le *tac-tac-tac* caractéristique d'un pivert. En dehors de cela, tout était silencieux. Elle se serait crue seule au monde.

Elle se remit en route, se pencha légèrement en avant et s'élança dans la descente. Sophia se concentra sur les bosses, les pierres et les racines, mais elle connaissait parfaitement le sentier, chaque obstacle lui était familier. Aussi pouvait-elle se permettre d'avaler la pente à un rythme d'enfer, ivre de vitesse.

C'était magnifique. Tellement magnifique !

Une fraction de seconde avant la chute, elle aperçut le fil métallique tendu en travers du chemin. Il était mince mais visible et il y eut comme un éclat argenté : quelques premiers rayons de soleil traversaient déjà les cimes épaisses des arbres et s'y réfléchissaient.

Trop tard. Elle n'avait plus le temps de réagir. De freiner. Encore moins à cette vitesse. Sophia fit un vol plané. Vit un tourbillon vertigineux d'arbres, de petits bouts de ciel bleu, de soleil, de sentier et de fougères. Elle tournoya sur elle-même, et eut encore le temps de penser qu'elle aurait dû mettre un casque. Puis elle s'écrasa sur le chemin. Elle ressentit une brève douleur, bien moins terrible qu'elle ne l'avait craint, une douleur bénigne. Tout compte fait, ce n'était pas si grave… Puis ce fut le trou noir et elle perdit conscience.

Elle n'entendit pas le coup de feu.

Mardi 23 juillet 2019

1

Encore trois jours avant le déménagement. Le camion arriverait vendredi. Kate balaya son appartement du regard. Le week-end de remise en forme offert par ses collègues avait bouleversé toute son organisation. Certes, elle avait passé un an à trier, classer, jeter et emballer un certain nombre d'affaires, mais elle avait prévu de consacrer le samedi et le dimanche aux grandes manœuvres. Moyennant quoi, elle avait passé une partie du week-end dans le train pour Leeds, à se faire tirer dessus par un dingue, puis en discussions interminables avec la police du North Yorkshire. Et pour couronner le tout : bain de boue et masque sur la figure. À deux doigts de craquer, elle avait refusé les autres séances de soins comprises dans le forfait qu'on lui avait offert – il y avait tout de même des limites – et s'était installée sur un banc dans le parc de l'hôtel avec Colin, la jambe surélevée. Son compagnon n'avait cessé de parler de ce qui était arrivé dans le train, échafaudant les théories les plus folles, mais cela ne l'avait pas dérangée : elle-même ne pouvait penser à rien d'autre.

« On devrait résoudre cette affaire nous-mêmes », avait déclaré Colin, qui s'attribuait des talents d'enquêteur.

Kate avait secoué la tête.

« C'est à la police de York de s'en charger. Et ils y arriveront très bien sans notre aide. »

De retour à Londres, elle avait passé toute la journée du lundi à faire des cartons. Puis, en ce mardi, elle s'était également levée très tôt pour continuer. Il lui restait encore pas mal de pain sur la planche, mais les choses prenaient tournure. Installée sur un des rayonnages vides de la bibliothèque, la chatte Messy observait d'un air offensé le spectacle de leur logement commun mis sens dessus dessous.

— Mais tu la connais, la maison de Scarborough, lui lança Kate. Et tu l'apprécies. On aura beaucoup plus de place, là-bas, et on commencera une nouvelle vie.

Messy miaula doucement et entreprit de se lécher une patte.

Kate retournait dans la demeure de ses parents, où elle avait passé son enfance. Elle avait hérité de la petite maison de Scalby, à Scarborough, cinq ans auparavant. Elle avait pensé la vendre, mais n'avait finalement pas eu le cœur de s'y résoudre. Elle l'avait louée à un couple, qui était parti sans laisser d'adresse en la laissant dévastée. C'était au milieu de ce chaos que Kate avait trouvé la petite chatte noire qu'ils avaient abandonnée. Touchée par son regard désespéré, elle l'avait gardée et, depuis, elles étaient inséparables.

Son portable sonna. Agenouillée devant un carton, Kate se releva et étouffa un cri. Sa blessure au mollet était encore douloureuse.

Un instant, elle espéra que Caleb, son nouveau chef, la rappelait enfin. Elle avait laissé plusieurs messages sur son répondeur. Mais l'écran affichait un numéro qu'elle ne connaissait pas.

— Kate Linville, dit-elle en prenant l'appel.

— Bonjour, sergent Linville, ici le sergent détective Jenkins, de la North Yorkshire Police. Vous vous souvenez sûrement…

— Bien sûr, sergent. Qu'y a-t-il ?

Pourvu qu'il ne la contacte pas pour lui annoncer des complications imprévues. Elle n'avait pas de temps à consacrer à cette histoire.

Jenkins poussa un soupir.

— Cette affaire devient de plus en plus obscure. Vous êtes au courant de l'agression dont a été victime hier une jeune femme de Stainton Dale, près de Scarborough ?

— Non.

Elle avait été si accaparée par ses cartons que la guerre aurait pu éclater sans qu'elle s'en aperçoive.

— À Stainton Dale, vous dites ?

Elle connaissait la région dans ses moindres recoins. Stainton Dale était un vrai paradis.

— Une enseignante qui vit là-bas. Et qui effectue chaque matin le même trajet à vélo. On avait tendu un fil métallique en travers d'un chemin forestier en pente raide, qu'elle a sans doute pris en roulant à fond.

— Seigneur !

— Elle a fait une chute terrible. On l'a conduite à l'hôpital. Elle est vivante, mais pas en état de parler. Fracture de la colonne vertébrale. Elle restera peut-être tétraplégique, mais pour le moment, les médecins ne se prononcent pas.

— Mais c'est épouvantable ! Est-ce que ça pourrait être des élèves à elle ? Vous avez dit qu'elle était enseignante, non ? Il arrive que les gamins fassent des choses incroyablement stupides.

— En temps normal, j'aurais exploré cette piste. Mais l'affaire est plus compliquée. Un paysan qui l'avait vue passer quelques minutes plus tôt a soudain entendu un coup de feu. Il s'est inquiété et a couru dans sa direction. Il l'a découverte assez rapidement, ce qui lui a sans doute sauvé la vie. Autrement, elle aurait pu rester là une éternité avant que quelqu'un ne passe.

— On a vraiment tiré sur elle ? En plus de sa chute ?

— Elle n'a pas été blessée. Mais les collègues de Scarborough ont trouvé une balle. Fichée dans une souche d'arbre, non loin de sa tête. Quelle que soit la personne qui a tiré, elle visait manifestement très mal. C'est bizarre, parce que la victime n'étant plus en état de réagir, le tireur aurait pu lui mettre l'arme directement sur la tempe. Mais le plus surprenant, et c'est la raison pour laquelle on a été avertis…

Il marqua une pause.

— Oui ?

— Une comparaison a été effectuée avec d'autres agressions récentes où on avait utilisé une arme à feu. Eh bien, il s'agit en fait de l'arme avec laquelle on a tiré sur Xenia Paget et sur vous. L'examen au microscope ne laisse aucun doute : la jeune femme de Stainton Dale a été attaquée avec l'arme utilisée samedi dans le train pour Leeds.

— Ça alors !

— Comme vous dites.

— Dans ce cas, il doit y avoir un lien entre Xenia Paget et cette…

— Sophia Lewis.

— Oui. Vous avez trouvé quelque chose ?

Jenkins poussa un nouveau soupir.

— À la demande de la police judiciaire de Scarborough, je me suis déjà entretenu avec Xenia Paget. Elle n'a jamais entendu ce nom. Elle ne connaît personne à Scarborough, encore moins une enseignante. Et son mari affirme la même chose.

— Et les amis et les collègues de Sophia Lewis ? Connaissent-ils Xenia ?

— On est en train de vérifier. Quoi qu'il en soit, désormais ces deux affaires se recoupent. Il doit s'agir du même criminel.

Tandis que Kate était plongée dans ses réflexions, Jenkins poursuivit :

— Vous m'avez dit que vous alliez prendre vos fonctions au CID de Scarborough début août. J'en ai eu confirmation par l'inspecteur Stewart, qui dirige l'enquête, et je lui ai donc proposé…

— Un instant, l'interrompit Kate. C'est l'inspecteur Stewart qui est en charge de cette affaire ? Pas l'inspecteur principal Caleb Hale ?

Jenkins marqua un temps d'hésitation.

— Vous n'êtes pas au courant ?

— De quoi donc ?

— L'inspecteur principal Hale a été temporairement suspendu.

— Mais pourquoi ? À cause de cette histoire avec le père de famille ?

— Officiellement oui. Mais pas seulement. C'est aussi… Ce sont des rumeurs, mais…

— Mais quoi ? Quelles rumeurs ?

— Il semblerait que Hale ait été ivre quand il se trouvait devant l'immeuble en train de négocier au téléphone avec le type. Voilà pourquoi. Dorénavant il peut faire une croix sur sa carrière.

Une heure après sa discussion avec Jenkins, Kate se sentait encore comme assommée. Assise au milieu de ses cartons, elle contemplait les murs, sur lesquels des carrés gris indiquaient l'emplacement où avaient été suspendus des tableaux.

Caleb Hale.

Il était sans doute le seul policier de sa connaissance à voir en elle une enquêtrice hors pair, à discerner son potentiel en dépit de l'incapacité qu'elle avait à faire valoir ses succès et à montrer ses compétences. Au cours de sa vie, Kate n'avait cessé de se mettre toute seule les bâtons dans les roues, en raison de son caractère renfermé, de sa timidité, de son manque de confiance en elle et en les autres. À Scotland Yard, elle avait contribué de manière décisive à la résolution de plusieurs affaires très complexes, pourtant le mérite en était toujours revenu à ses collègues. Si son supérieur la félicitait, elle accueillait ses éloges avec tant de mauvaise grâce qu'il finissait par croire qu'il s'était trompé dans son jugement. On ne la considérait pas comme une mauvaise policière. Simplement, elle restait invisible.

Mais pas pour Caleb. Elle s'était trouvée mêlée par hasard à deux de ses enquêtes et elle les avait résolues malgré lui, suivant la bonne piste tandis qu'il s'enferrait dans des hypothèses erronées. N'importe quel autre supérieur l'aurait ensuite évitée. Pas lui. Au contraire. Il n'avait eu de cesse qu'elle pose sa candidature pour travailler dans son département au CID de Scarborough.

« J'ai besoin de gens excellents, avait-il déclaré pendant l'une de leurs discussions. Or vous êtes excellente, Kate. »

Elle avait fini par s'exécuter, avait donné un grand coup de barre et pris un nouveau cap, se réjouissant à la perspective de travailler avec lui. Et voilà qu'il avait été suspendu. À cause de sa désastreuse addiction. Il n'était pas évident qu'il puisse un jour réintégrer ses fonctions.

Elle savait qu'après sa cure de désintoxication, cinq ans plus tôt, il avait rechuté. Niant l'évidence, elle avait espéré que personne d'autre qu'elle ne s'en était aperçu. Elle se rendait compte à présent de sa stupidité : elle qui ne le voyait pas souvent avait pourtant remarqué ce qui se passait. Or il était entouré d'une foule de gens qui travaillaient quotidiennement avec lui. Notamment Robert Stewart.

Lequel serait désormais son nouveau supérieur. Kate essaya de se le remémorer. Elle avait eu si peu affaire à lui qu'elle ne savait qu'en penser. Il ne lui avait pas été antipathique, mais elle ne le connaissait pas assez pour présumer de leur entente future.

Jenkins lui avait appris que Stewart souhaitait d'ores et déjà l'intégrer à l'enquête, sans attendre le mois d'août.

« Comme vous êtes encore à Londres, lui avait-il expliqué, on s'est dit que vous pourriez aller voir cette ancienne voisine de Xenia Paget. Maya Price, la femme à qui elle a rendu visite la semaine passée. Nous avons besoin d'en savoir plus sur Mme Paget. Peut-être qu'il y a dans son passé russe un événement qu'elle nous cache et qu'elle aurait éventuellement confié à cette amie. Ou peut-être que cette Maya Price a remarqué quelque chose d'inhabituel pendant le séjour de Xenia, quelqu'un qui lui aurait tourné autour, et qui lui aurait paru bizarre. Je lui aurais bien envoyé un de mes hommes, mais comme nous avons à présent une enquête en commun avec Scarborough, que vous commencerez là-bas dans quinze jours, que vous êtes encore à Londres et qu'en plus vous avez été directement impliquée dans l'affaire du train… Vous êtes la mieux placée. »

Kate dut convenir qu'il avait raison. Elle aurait pu refuser, prétexter qu'elle n'était pas en service, qu'elle avait son déménagement à préparer. Mais elle se rendit compte que comme entrée en matière avec ce Stewart, qu'elle connaissait à peine, ça n'était pas terrible. La première impression était souvent déterminante.

« Où est-ce qu'elle habite déjà, cette Maya Price ? avait-elle demandé avec un léger soupir.

— À Southend-on-Sea.

— Ah oui, c'est vrai. Ce n'est pas à Londres, c'est même assez loin, en direction de l'embouchure de la Tamise.

— Mais tout de même plus près que depuis York.

— Je déménage vendredi. Chez moi, c'est le bazar et j'ai encore mille choses à faire.

— Vous nous seriez d'une grande aide », avait répliqué Jenkins, manifestement indifférent face à sa situation.

Kate avait finalement accepté. Mais, ensuite, elle avait perdu du temps à rester sans rien faire, les yeux rivés sur le mur. Elle avait essayé à deux reprises de joindre Caleb mais, comme précédemment, était tombée sur sa boîte vocale.

Elle finit par se lever, se rendit dans sa chambre, troqua son survêtement taché pour un jean et un tee-shirt et chaussa ses baskets. En temps normal, elle s'habillait moins décontracté quand elle travaillait sur une enquête, mais ses vêtements étaient déjà presque tous emballés. Les développements que connaissait l'affaire la prenaient au dépourvu.

Elle sortit de son appartement en boitillant.

2

Maya Price habitait une coquette maison jumelée à Southend-on-Sea, dans une rue qui en comptait plusieurs, toutes identiques, et qui se trouvait non loin du fleuve. Les jardins étaient fleuris et une brise légère agitait doucement le feuillage des arbres. Un endroit idyllique, situé à quarante minutes de Londres. Les gens qui vivaient là travaillaient sans doute pour la plupart à la capitale, mais ils élevaient leurs enfants en dehors de la métropole, séduits par la verdure, le rythme de vie plus agréable, les pubs pittoresques installés à l'embouchure de la Tamise et la proximité des plages de la côte de l'Essex.

Kate gara sa voiture devant la maison et descendit du véhicule. La chaleur accablante qui pesait sur Londres se faisait plus supportable ici, grâce au vent iodé venu de la mer.

Kate avait rendu son insigne de Scotland Yard mais, ayant déjà reçu celui du CID de Scarborough, pouvait se présenter comme policière. Elle sonna à la porte en espérant plus ou moins que Maya Price ne soit pas là. Elle pourrait alors rebrousser chemin et se remettre à ses cartons tout en ayant montré malgré tout sa bonne volonté.

Cependant elle n'eut pas à attendre. La porte s'ouvrit presque aussitôt et une jeune femme apparut sur le seuil avec un bébé dans les bras, l'air surmené.

— Oui ?

Kate sortit sa plaque.

— Sergent détective Kate Linville, police judiciaire de Scarborough. Auriez-vous un moment à me consacrer ?

— La police judiciaire ? C'est à cause de ce qui s'est passé dans le train pour York ? Xenia m'a raconté. C'est terrible !

— Puis-je entrer un instant ?

— Je vous en prie, répondit Maya Price en reculant d'un pas. Laissez-moi juste coucher mon fils. Installez-vous au salon, j'arrive tout de suite.

La pièce se trouvait sur l'arrière et donnait sur le jardin, lequel n'était pas aussi bien entretenu que ceux des maisons voisines. Le gazon était trop haut, les parterres envahis par les mauvaises herbes. Le contenu du bac à sable prévu pour les enfants s'était répandu autour. Sur la terrasse se trouvaient quelques chaises d'extérieur ici et là ainsi qu'une table avec des piles de moules à sable et des bougies dont la cire avait coulé sur le plateau. Un certain désordre régnait aussi dans le salon : jouets éparpillés dans tous les coins, couvertures et oreillers froissés sur le canapé, un biberon et une petite assiette contenant de la purée de carottes sur la table. La télévision était allumée. Une émission de téléachat, où l'on faisait de la publicité pour des bijoux.

Maya Price rejoignit Kate. Elle avait l'air éreintée, la chevelure en bataille, le front en sueur.

— Trois enfants, expliqua-t-elle. Les deux premiers sont à la maternelle, le petit est encore ici. Il n'a que 8 mois.

Elle éteignit la télévision en rougissant légèrement.

— Il a beaucoup de mal à manger. Je passe des heures ici à essayer de lui faire avaler quelque chose. Si je ne regarde pas la télé, je deviens folle.

— Mais c'est tout à fait compréhensible, lui assura Kate.

Maya Price était dépassée, c'était évident. L'état de la pièce et du jardin en témoignait amplement.

La jeune femme débarrassa les chaises de deux ou trois grenouillères et des cubes qui s'y trouvaient.

— Asseyez-vous, je vous en prie. C'est terrible, cette histoire. Xenia a dû être terrifiée.

Elle examina Kate.

— Vous êtes la policière qui s'est barricadée avec elle dans les toilettes du train ?

— Oui, c'est moi.

— Oh là là ! Ça a dû être terrible pour vous aussi, non ? Xenia m'a dit que vous aviez pris une balle dans la jambe. En tant que policière, vous avez peut-être l'habitude, mais…

— Oui, enfin, ce n'est pas tous les jours qu'on me tire dessus.

Les deux femmes étaient assises l'une en face de l'autre à la table du salon. Maya Price avait placé un babyphone devant elle.

— J'espère qu'il se tiendra tranquille un petit moment. C'est… Un bébé, c'est très accaparant.

À en croire les cernes sous ses yeux, elle ne devait pas dormir beaucoup.

— Madame Price, Xenia Paget est venue vous voir juste avant cette affaire. Pourriez-vous me dire si vous avez remarqué quelque chose d'inhabituel ? Un fait auquel vous n'avez peut-être pas prêté une grande attention sur le coup. Un individu que vous auriez rencontré à plusieurs fois. Ou bien est-ce que vous avez eu le sentiment d'être observée ?

Maya Price fit un visible effort pour se souvenir.

— Je suis désolée, dit-elle enfin, mais je n'ai rien remarqué. D'ailleurs on n'est pas beaucoup sorties. C'est difficile avec le petit. On est allées une ou deux fois se promener avec lui au bord du fleuve. Mais on a passé l'essentiel du temps ici. Il faisait très beau, on était sur la terrasse. On a cuisiné ensemble et discuté, tout simplement.

— Votre mari n'était pas là ?

— Il a un cabinet d'ostéopathie ici, à Southend. Mais, la semaine dernière, il était en formation à Brighton. C'est pour ça que j'ai appelé Xenia et que je lui ai proposé de venir. Mon mari l'aime bien, ce n'est pas le problème, mais comme ça on était plus tranquilles.

— Pourquoi avez-vous quitté Leeds, si je puis me permettre cette question ?

— On a proposé à mon mari de reprendre ce cabinet. À Leeds, il était employé. Ici, il est son propre patron.

— Je vois. Combien de temps avez-vous été voisins, les Paget et vous ?

Maya Price réfléchit.

— Avec Xenia, treize ans. Avec Jacob, plus longtemps. Xenia est arrivée par la suite.

— Ils se sont connus par une agence de rencontres, n'est-ce pas ?

— Oui, Jacob a un problème avec les femmes, ce n'est un secret pour personne. Du coup, il lui est venu l'idée d'en chercher une qui vienne d'un pays de l'Est. Il trouvait qu'elles étaient « plus reconnaissantes ».

Le ton de Maya Price trahissait un dégoût certain.

Kate saisit la balle au bond.

— Vous ne semblez pas avoir une grande sympathie pour Jacob Paget.

— Je suis triste de ne plus voir Xenia tous les jours, mais Jacob, lui, ne me manque pas du tout !

— Pourquoi vous ne l'aimez pas ? Et qu'est-ce que vous voulez dire en parlant de ses problèmes avec les femmes ?

— C'est un maniaque, un radin, un râleur professionnel. Il cherche la bagarre à tout bout de champ. Il est constamment à dénoncer les gens qui font trop de bruit ou qui ne respectent pas je ne sais quelle règle. Il ne salue personne. C'est un tyran lunatique et odieux, il aime blesser les autres en les traitant avec mépris.

La jeune femme marqua un bref temps d'arrêt.

— Voilà ce qu'est Jacob Paget. En résumé.

— Pas terrible, fit remarquer Kate. Ça explique sans doute ses problèmes avec les femmes.

— Il en a rencontré une ou deux, mais aucune n'a tenu plus longtemps que quelques jours.

— Xenia, elle, est là depuis treize ans.

— Elle n'avait pas le choix. C'était son unique chance d'échapper à la misère et à l'absence de perspectives en Russie. C'est en se mariant avec lui qu'elle a pu obtenir la nationalité britannique. Mais pour ça il fallait qu'elle reste un bon moment avec lui.

— Bien sûr, répondit Kate. Mais maintenant qu'elle est citoyenne britannique, elle pourrait divorcer.

Maya Price haussa les épaules.

— Vous n'imaginez pas le nombre de fois que j'ai essayé de la convaincre. Mais…

— Mais ?

— J'ai toujours eu le sentiment qu'elle avait peur.

— Peur de *lui* ?

— Plutôt de ce qu'il serait capable de faire si elle lui échappait. Il est, comme je vous ai dit, absolument tyrannique. Xenia est sa propriété. Elle n'a rien le droit de faire sans son autorisation. Je crois qu'il disjoncterait si elle demandait tout à coup le divorce.

— Hum…, souffla Kate.

L'impression qu'elle avait eue au cours de l'interrogatoire de Xenia à la gare de York ne l'avait pas trompée : son mari la terrorisait.

Il faut absolument qu'on lui parle, se dit-elle. Xenia nourrissait sans doute l'idée de le quitter, ce qui ne pouvait que lui déplaire. Qu'il ait lancé un tueur à gages à ses trousses paraissait certes un peu tiré par les cheveux mais, au cours de sa carrière à Scotland Yard, Kate avait pour ainsi dire tout vu.

— En tout cas, Xenia a eu le droit de venir passer quelques jours chez vous.

Son interlocutrice se mit à rire.

— Oui, mais il en a fait toute une histoire. Les semaines qui ont précédé, il a annulé au moins cinq fois. Xenia a vraiment insisté, elle s'est montrée toute gentille, du coup il a donné son accord en grinçant des dents. Je vous assure, la veille encore je n'étais pas sûre qu'elle viendrait.

— Vous l'avez accompagnée à la gare le samedi matin ?

— Non, le petit n'arrêtait pas de hurler. Xenia m'a dit de laisser tomber et de rester à la maison. Elle est allée en train jusqu'à Londres, et elle en a pris un autre pour York à la gare de King's Cross.

Par conséquent, Maya Price ne pouvait pas savoir s'il s'était produit quelque chose de particulier à la gare.

— Est-ce que vous connaissez une certaine Sophia Lewis ?

— Sophia Lewis ? Non, ça ne me dit rien. Qui est-ce ?

— Elle enseigne à Scarborough et habite dans les environs. Hier, elle a été victime d'une agression.

— Mon Dieu, est-ce qu'elle est morte ?

— Non, mais grièvement blessée. Ce nom ne vous dit vraiment rien ?

— Non, je suis désolée.

— Elle ne pourrait pas avoir été une relation de Jacob Paget ?

Paget, l'éternel éconduit, qui se serait mis en chasse de toutes celles qui l'avaient déçu et donc cruellement humilié… Kate ne croyait pas vraiment à ce scénario mais, pour le moment, c'était l'unique fil qui dépassait de la pelote.

Maya Price fronça les sourcils.

— Je suis navrée, mais je ne vois vraiment pas. Il faut dire que je n'avais quasiment pas de contact avec Jacob, du moins avant l'arrivée de Xenia. Je ne connais pas le nom des femmes qui ont pu passer le week-end chez lui de temps à autre.

— Madame Price, est-ce que Xenia vous aurait parlé de quelque chose qui pourrait expliquer ce qui s'est passé dans le train ? Un événement de sa jeunesse en Russie, par exemple ?

— Non, rien. Elle a vraiment connu la misère et a bien galéré, mais il ne s'est rien passé de particulier.

— Quelqu'un qui lui en voudrait de s'être enfuie à l'Ouest et de s'y être mariée ? Un ancien petit ami ?

— Elle n'a rien dit de ce genre.

— Bon.

Kate se leva. Elle était déçue, l'entretien n'avait guère

apporté d'informations utiles. Cependant, elle avait quand même appris que Xenia était tout sauf heureuse en ménage et que Jacob était un individu extrêmement déplaisant. Ce n'était pas grand-chose, mais toujours mieux que rien.

Elle donna sa carte à Mme Price.

— Appelez-moi s'il vous revient quelque chose.

— Je n'y manquerai pas.

La jeune femme se leva à son tour. Du babyphone s'échappèrent quelques pleurs étouffés qui, en quelques secondes, se transformèrent en braillements assourdissants.

— Allez-y, fit Kate, je trouverai la sortie.

— Il crie énormément. Les deux premiers n'étaient pas si difficiles. C'est…

Elle s'interrompit, puis reprit brusquement avec une amertume, une rage, presque, qui surprit Kate :

— C'est un tel tabou, n'est-ce pas ? En tant que mère, on se doit d'être comblée, débordante de bonheur et d'enthousiasme, d'amour et de gratitude. Vous savez, mes trois enfants sont en bonne santé et c'est vraiment une chance, mais je suis tellement épuisée que je ne suis plus moi-même. Chaque journée est un combat, je reste plantée devant la télé à regarder des émissions idiotes tout en me répétant que, merde, il faut que je sois heureuse. Mais je n'éprouve qu'une sensation de vide…

Elle se passa la main sur les yeux.

— Excusez-moi, je ne voulais pas vous embêter avec ça.

— Vous ne m'embêtez pas du tout, lui assura Kate.

Elle se sentait un peu désemparée. Elle avait toujours rêvé d'avoir une famille, un mari, des enfants, une maison jumelée. Et voilà qu'elle se trouvait face à une femme qui possédait tout ce dont elle était privée et semblait n'en retirer aucune joie. Cela étant, les hurlements du bébé avaient désormais atteint un volume sonore insupportable. S'il fallait se coltiner ça nuit et jour, vingt-quatre heures sur vingt-quatre…

— Bien, lâcha la jeune femme, qui s'était reprise. Il faut que j'y aille. Je vous ferai signe si je pense à quelque chose.

Kate regagna la rue. Maya Price aurait-elle le temps et le courage de réfléchir à ce qui, dans l'existence de son amie, pouvait expliquer les événements du train ? Elle semblait prise dans une telle spirale de surmenage.

En tout cas, j'ai fait mon devoir, songea Kate.

3

Robert Stewart avait passé la matinée à interroger pour la dernière fois Jayden White, l'homme qui avait tué sa femme et ses deux filles. Après quoi, il avait ressenti le besoin urgent de prendre l'air. Il était sorti et avait allumé une cigarette alors même qu'il s'était promis d'arrêter définitivement de fumer. Mais il était tout à la fois si tendu, si frustré, si épuisé et si furieux.

Jayden White n'avait fait que geindre pendant toute la durée de l'interrogatoire. Pas parce qu'il venait de tuer trois personnes, non. Il s'était plaint de manquer de chance dans la vie, de son enfance difficile, de sa peur de l'échec scolaire, de la mort précoce de son père, de ses études interrompues. Et maintenant il y avait le café qu'il avait acheté en prenant un crédit très important, avec les clients qui n'avaient pas été au rendez-vous.

« C'est devenu de pire en pire. Les deux étés précédents n'ont pas été bons, mais cette année… Je ne suis pas le seul à le dire. Le chaos provoqué par le Brexit… Plus personne ne sait ce qui va se passer. Ces imbéciles de Londres… »

Stewart s'était penché en avant.

« Ces *imbéciles de Londres*, avait-il dit en insistant sur ces quelques mots, ne se sont pas barricadés dans un appartement avec trois personnes désarmées, dont deux n'avaient même pas 10 ans, pour finalement leur flanquer une balle dans la tempe. Je voudrais savoir, je voudrais essayer de comprendre comment on en arrive là. Comment *vous* en êtes arrivé là ? »

White avait presque fondu en larmes.

« Je voulais épargner à ma femme et à mes enfants les conséquences de notre faillite. La banque ne me lâche pas. Depuis des mois. Je n'ai plus d'argent. Je ne peux même plus payer mes employés. Et encore moins les intérêts et les mensualités du crédit que j'ai pris pour l'appartement. Et pour le café.

— Pourquoi avez-vous acheté un café *et* un appartement ? Ça ne faisait pas un peu beaucoup ?

— Les perspectives étaient bonnes. Je pensais que j'y arriverais. Je voulais que ma famille ait quelque chose à elle. Un vrai foyer… »

White s'était interrompu, incapable de poursuivre tant il s'apitoyait sur son sort.

« Je vois. Et comme vous vouliez éviter une catastrophe financière à tout le monde, vous avez abattu votre femme et vos filles. Mais vous, vous aviez prévu d'affronter courageusement tout ça, n'est-ce pas ?

— Non, je voulais vraiment mettre fin à ma vie. Il faut me croire. Je voulais qu'on quitte tous ensemble ce monde affreux. Mais… c'était trop dur, je n'ai pas pu. Je n'ai pas réussi à appuyer sur la détente.

— Oui, il est sûrement plus facile de coller une balle dans la tête à deux enfants sans défense que de se tuer soi-même. »

White avait éclaté en sanglots.

« Je me suis trompé sur toute la ligne. Je n'aurais pas dû avoir d'enfants dans un monde aussi moche. »

Stewart en avait eu assez. Il avait mis fin à l'interrogatoire, le prévenu avait été reconduit à la maison d'arrêt. Il n'y avait rien à en tirer sinon des jérémiades. Il se comportait comme s'il était la seule victime de l'affaire.

Stewart jeta sa cigarette par terre et écrasa le mégot. Il fallait en finir, cet homme lui pompait son énergie. L'affaire était claire, pas besoin de poursuivre l'enquête, le dossier pouvait être transmis au ministère public. L'inspecteur serait appelé à témoigner lors du procès, de même que Hale sans doute.

Tout suivrait son cours. Jayden White serait condamné à la prison à perpétuité, ce qui ne ramènerait malheureusement pas sa famille à la vie. L'inspecteur repensa aux corps cramponnés les uns aux autres que lui et ses collègues avaient découverts dans la chambre de l'appartement. Yasmin White, couchée sur ses filles, avait à l'évidence tenté de les protéger en leur faisant un bouclier de son corps. Elles n'avaient pas eu la moindre chance d'en réchapper.

Parfois, Stewart comprenait pourquoi Hale buvait.

Il regagna son bureau. Helen Bennett l'attendait. Pour l'heure, ils étaient dramatiquement en sous-effectif, du fait de la sanction prise contre Hale et parce que Kate Linville n'arriverait qu'en août. Et voilà que leur tombait dessus cette affaire de Stainton Dale – laquelle était liée à l'incident dramatique qui s'était produit le samedi précédent dans un train à destination de York. Du coup, ils se retrouvaient à devoir enquêter avec leurs collègues de York. Ce qui n'était peut-être pas un mal, en fin de compte, dans leur situation de pénurie.

Le sergent Bennett avait suivi une formation complémentaire en psychologie, mais dans l'immédiat elle faisait plutôt office de bonne à tout faire.

— On a reçu le rapport du sergent Linville, annonça-t-elle. Ce matin, elle est allée voir Mme Maya Price, l'amie de Xenia Paget, à Southend-on-Sea. Mais rien de nouveau. Mme Price ne voit pas qui pourrait avoir eu une raison de tirer sur Xenia Paget et elle n'a jamais entendu le nom de Sophia Lewis. De ce côté, aucune piste en vue.

— Hum, fit Stewart.

Il n'en était pas surpris. Au fil des années, il avait développé un certain flair, qui lui permettait de sentir très vite si une affaire était simple ou non. Celle-ci s'annonçait complexe et énigmatique, il le pressentait déjà.

— Et on a du nouveau au sujet de Sophia Lewis ?

Bennett secoua la tête.

— J'ai appelé l'hôpital. Elle a repris conscience, mais elle ne peut pas parler. Suspicion d'AVC. Ça peut apparemment se produire quand on fait une chute comme ça. Le centre de la parole semble atteint. Et elle restera probablement tétraplégique.

— Est-ce qu'elle survivra ?

— Le médecin m'a dit qu'elle n'était plus en danger. Mais on ne sait pas quand elle recouvrera l'usage de la parole. Et elle ne pourra plus jamais marcher ni remuer les bras.

Le sergent Bennett eut un frisson.

— C'est affreux. Peut-être qu'elle aurait préféré…

— … ne pas s'en tirer ?

Pour sa part, Stewart était sûr que lui n'aurait pas voulu se retrouver dans cet état.

— Qui que ce soit, la personne qui lui a fait ça n'aurait pas pu trouver plus cruel.

— J'ai reparlé avec le fermier qui l'a découverte, poursuivit Bennett. Sophia Lewis partait chaque matin à la même heure faire son tour à vélo, que ce soit en période scolaire ou pendant les vacances. Du printemps jusqu'à l'automne, tant que la lumière le permettait. Le fermier a dit qu'en la voyant arriver on savait l'heure qu'il était.

— Et qui était au courant ?

— Beaucoup de monde à Stainton Dale, et pas seulement les gens qui habitaient sur son trajet. Sophia Lewis ne vivait là que depuis un an, mais dans une petite communauté on ne passe pas inaperçu. Elle est très appréciée, tout le monde la connaît, ne serait-ce que de loin. On vient constamment déposer des fleurs et des cartes pour elle.

— Est-ce qu'elle a des ennemis ?

— D'après le fermier, non… Elle est vraiment appréciée par tout le monde.

— Bon, ça ne nous mène nulle part, il faut qu'on fouille dans son entourage professionnel. En temps normal, j'aurais dit que ce fil tendu en travers du chemin pourrait être une sale blague d'écolier. Un truc de dingue, on est d'accord, mais parfois les adolescents ne mesurent pas la portée de leurs actes. Mais il y a la balle de revolver. C'est une chose de tendre un fil et de trouver extrêmement comique que sa prof fasse un vol plané dans les buissons. Mais utiliser une arme à feu... Là, on change de dimension.

— Surtout si, quelques jours plus tôt, un homme s'est servi de la même arme pour tirer sur une femme dans un train. On n'est plus dans la blague de collégien.

— D'un ancien collégien peut-être ? Quelqu'un qui aurait loupé son brevet à cause d'elle ?

— Et qui essaierait de la tuer pour cette raison ? Et Xenia dans tout ça ? Elle n'est pas enseignante.

— Mais elle constitue peut-être une pièce du puzzle aux yeux d'un malade quelconque. On ferait un grand pas si on pouvait établir un lien entre Xenia Paget et Sophia Lewis. Il doit y avoir un point de convergence entre ces deux femmes malgré leurs différences.

— Pour le moment, hélas, Sophia Lewis n'est pas en état de parler.

— Mais il y a ses collègues. Et du côté de la famille ?

Helen Bennett haussa les épaules.

— Je suis en train de voir ça. Une voisine m'a dit que le père de Sophia était toujours vivant, mais pas sa mère. Pour le moment, je n'ai pas entendu parler de qui que ce soit d'autre.

— La police est chez elle ?

— Oui, depuis hier. Ils passent son appartement au peigne fin à la recherche d'adresses, de contacts. Mais, apparemment, Sophia Lewis est très seule au monde. C'est une personne sociable, mais qui n'a pas vraiment de proches.

— Est-ce qu'elle a un ami ? Un partenaire ? Un ex-mari ?

— On l'ignore.

Helen lui tendit une liste.

— Voici les noms de ses collègues à l'école. Enfin, ceux qui ne sont pas partis en vacances.

— Ça ne va pas chercher loin, fit remarquer Stewart.

Tout ça ressemblait à un sacré sac de nœuds.

— Je vais parler avec ses collègues. L'un d'eux est peut-être au courant d'une histoire, d'un événement où Sophia Lewis se serait fait des ennemis. Ce sera peut-être aussi le moyen de découvrir si elle a d'autres proches ou des amis. Il ne reste plus qu'à procéder pas à pas en espérant trouver un élément qui nous fasse avancer.

On est mardi. La femme de ménage est là. À peine est-elle arrivée que je lui parle de mes craintes.

— Dehors, il y a un homme qui observe l'immeuble en permanence !

Isla me jette un regard étonné.

— Un homme ?

— Oui, cheveux noirs, plutôt grand. Il se tient sur le trottoir d'en face et regarde de ce côté.

— Je n'ai vu personne.

Elle va dans la cuisine et regarde par la fenêtre.

— Il n'y a personne.

— Pas en ce moment, c'est juste.

— Mais vous avez dit qu'il y avait constamment quelqu'un !

Isla est du genre à prendre tout au pied de la lettre. Elle ne comprend pas que parfois on exagère exprès. Quand je dis d'un objet qu'il est « gigantesque », ce n'est pas parce qu'il a à proprement parler les dimensions d'un géant, mais parce qu'il est d'une taille exceptionnelle. Et quand je dis « en permanence », cela signifie en l'occurrence avec une fréquence inhabituelle. Mais il ne servirait à rien de vouloir lui expliquer ça.

— OK, pas en permanence, mais très souvent.

— En tout cas, pas en ce moment.

Je pousse un soupir.

— J'ai remarqué qu'il était là vraiment très souvent.

J'entrevois un léger doute dans son regard. Elle trouve que je suis très seul. Et sans doute juge-t-elle que cela me rend un peu bizarre.

— J'ai pensé que vous auriez peut-être une idée de qui ça peut être, dis-je. Et de pourquoi il m'observe.

— Comment savez-vous qu'il vous observe ? Peut-être qu'il regarde juste l'immeuble.

— D'accord, mais...

— Et dans l'immeuble il y a d'autres locataires.

Elle a raison, pourquoi n'y ai-je pas pensé ? Le bâtiment compte six appartements, trois sur rue, les trois autres – qui sont plus beaux et un peu trop chers pour moi – qui donnent sur le jardin, à l'arrière. Est-ce la fenêtre de ma cuisine que ce type surveille ou l'immeuble tout entier ? Il est trop loin pour que je puisse le déterminer. J'ai supposé tout naturellement que c'était moi qui étais visé. Est-ce que je deviens totalement parano ?

— Peut-être que c'est un admirateur silencieux de la jolie jeune femme qui habite au-dessous de chez vous, suggère Isla.

Au rez-de-chaussée vit une jeune femme extrêmement séduisante, qui a toujours l'air un peu triste. Elle est fraîchement divorcée et n'a à l'évidence pas encore surmonté la séparation d'avec son mari. Ou bien est-ce justement ce dernier qui est dehors ? Est-ce lui qui ne se remet pas de cette histoire ? Suis-je simplement le témoin des activités d'un harceleur, ou suis-je en train de vivre en direct un drame passionnel ?

— Oui, c'est possible, dois-je reconnaître.

— Vous voyez bien, répond Isla d'un ton apaisant.

Je n'aime pas qu'elle me parle comme une infirmière ou une aide-soignante en gériatrie. Gentiment, un peu comme si je n'avais pas toute ma tête.

Je la laisse à son ménage. Elle commence par la cuisine. De mon côté, je passe au salon et me laisse lourdement tomber dans un fauteuil. J'entends le bruit de l'eau qui coule, des chaises qu'on recule autour de la table. Ça fait tellement de bien de savoir qu'il y a quelqu'un à proximité, d'entendre qu'on s'active à droite et à gauche... C'est si quotidien, si normal, familier, rassurant.

C'était comme ça autrefois, quand Alice était encore là. Difficile de croire qu'il y a eu un temps où nous étions quatre, et même cinq si on compte Xenia. Toute cette vie autour de moi. Tout ce bonheur. L'avons-nous délibérément détruit, tous ensemble ? Non, ça a été le destin, un malheur, un terrible malheur.

J'ai effroyablement peur que l'inconnu qui se trouve dehors ait quelque chose à voir avec ça.

Mercredi 24 juillet 2019

1

— Comment est-ce que tu as pu nous embarquer dans une histoire pareille ? fit Jacob Paget d'un ton contrarié.

Il venait d'avoir une discussion téléphonique qui l'avait manifestement irrité.

— C'était ce Jenkins, de la North Yorkshire Police. Il a dit qu'il passerait, il veut nous parler.

Xenia épluchait des pommes de terre dans la cuisine. Elle jeta un regard désolé à son mari.

— Aucune idée.

— Quand on se fait tirer dessus, on sait forcément pourquoi.

Il lança cette affirmation comme s'il s'agissait d'un incident courant, reprochant ainsi à Xenia de rester figée dans la peur et l'ignorance.

— Je te jure, je ne sais vraiment pas, Jacob.

— Tu es sûre que tu n'as pas eu une liaison avec lui ? lança-t-il en plissant les yeux. Et comme tu as rompu, il a décidé de te flinguer ?

Pour un peu, Xenia en aurait ri. Où et comment aurait-elle pu entretenir une liaison avec un mari qui la surveillait de si près ? Par chance, elle parvint à dissimuler son rire sous un raclement de gorge. Jacob n'aimait pas avoir l'impression qu'on ne le prenait pas au sérieux.

— En tout cas, c'est la dernière fois que tu vas chez Maya, asséna-t-il. J'ai été contre dès le début. Il n'y a rien à attendre d'eux !

— Maya et son mari n'y sont pour rien.

— Oui, mais quand même, grommela-t-il.

Puis sans transition :

— Et cette autre femme dont ils n'arrêtent pas de nous parler, Sophia Lewis, tu ne la connais vraiment pas ?

— Non, je le jure. Je n'ai jamais entendu son nom. Je ne sais pas qui c'est.

— Hum.

Jacob donnait l'impression de ne pas la croire, ce qui n'était pas nouveau.

— Enfin, quoi qu'il en soit, ce Jenkins passera vers 14 h 30. Je ne sais pas ce qu'il espère, on lui a tout dit. Je ne vois qu'une raison : la police doit penser que tu lui caches quelque chose.

— Qu'est-ce que je lui cacherais ?

— Tu le sais. Tu le sais très bien.

— C'est-à-dire... ?

— Arrête, ne fais pas comme si tu n'y avais pas pensé !

— Mais après tout ce temps... Et je te jure que je ne connaissais pas cet homme. Je ne l'avais jamais vu.

— Il a pu changer. Après tout ce temps, comme tu dis.

Elle secoua la tête.

— Les yeux. Ce n'étaient pas ses yeux.

Jacob haussa les épaules.

— En tout cas, c'est toi qui es responsable de ce qui nous tombe dessus.

Elle savait qu'il était inutile de compter sur son empathie. Il n'avait pas de cœur. Elle n'en dit pas moins à voix basse :

— Tu pourrais simplement être content. Que je sois encore en vie. J'aurais pu mourir.

— Content ? Content de toute cette merde ? La police et tout le tintouin ?

— Content que je sois encore là.

Il poussa un bruyant soupir de mépris.

— Tu n'es pas irremplaçable, Xenia. Vraiment pas.

Elle réprima avec peine les larmes qui lui étaient montées

aux yeux. Comment se faisait-il qu'il parvienne encore à la blesser ? Après toutes ces années, elle aurait dû se constituer une solide carapace. Mais elle n'avait que lui. Peu importait les coups, elle s'accrochait à lui tel un chien à son seul maître.

— Regarde-toi, continua Paget. Quand je t'ai connue, tu étais encore tout à fait jolie. Maintenant, tu es obèse, tu portes des fringues impossibles et on a honte de se montrer avec toi dans la rue.

Cette fois, elle ne put retenir ses larmes.

— Je fais un régime.

— Ça fait combien de fois ? Mille ? Ça n'a jamais servi à rien. Tu n'arrêtes pas de grossir. Tu manques de volonté, voilà tout !

— Je n'ai pas assez de distractions, Jacob. Je suis si souvent seule. Je reste là à ne rien faire. Si au moins je pouvais travailler…

— Tu boufferais tout autant. Tu cherches simplement à te défiler.

— Mais je…

Comme il faisait un geste menaçant, elle se tut.

— Je t'ai sortie du caniveau, Xenia, gronda-t-il à voix basse. Ne l'oublie pas. Et si je te laisse tomber, tu te retrouveras vite tout en bas.

Elle déglutit.

— Je sais ce qui s'est passé autrefois, enchaîna-t-il. Si je crache le morceau, tu iras en prison. Le sergent Jenkins doit venir cet après-midi.

Xenia poussa un léger cri d'effroi, qui suscita un sourire chez son mari.

— Pas envie d'aller en taule, hein ? Alors ne m'emmerde pas, OK ? Je suis quasiment sûr que le type du train est lié à cette vieille histoire. Tu pourras t'estimer heureuse si elle n'éclate pas au grand jour. Parce que la police ne se gênera pas pour fouiner. Ne me provoque pas, Xenia. Sinon, je commettrai peut-être une erreur dans la discussion, tout à l'heure. C'est si vite arrivé. Un instant d'inattention…

— Jacob…

— Sois prudente, la prévint-il, narquois. Sois fichtrement prudente, c'est tout. Ne fais rien qui me fâche. Tu as compris ?

— Oui, répondit-elle dans un souffle.

— J'espère pour toi que tu ne l'oublieras pas.

2

De toutes les discussions que Stewart avait eues avec les collègues de Sophia Lewis, il ressortait que la jeune femme était réellement très appréciée. Pourtant, bien que sociable, elle se livrait peu. L'inspecteur s'était servi de la liste donnée par Bennett et avait pris contact avec les enseignants du collège Graham de Scarborough qui n'étaient pas partis en vacances. Ils n'étaient hélas pas très nombreux.

Tous sans exception avaient exprimé leur stupéfaction et leur effroi. Parmi eux, une jeune femme n'avait cessé de pleurer. « Excusez-moi, avait-elle dit en sanglotant, mais depuis que j'ai appris ce qui s'est passé, je ne pense plus à rien d'autre. C'est tellement affreux. Sophia débordait de vie. Tout ce qui comptait pour elle c'était bouger, faire du sport. Rien que de l'imaginer condamnée au fauteuil roulant... »

Impossible de se représenter ce que c'est, songea Stewart. On le sait uniquement lorsqu'on y est soi-même confronté.

Il avait attendu que la jeune femme se soit calmée pour lui poser la même question qu'à tous les autres : « Sophia Lewis a-t-elle des ennemis ? Parmi les élèves peut-être ? Elle enseigne les maths et la physique. Tout le monde n'aime pas ça, il faut bosser. Il y a sûrement des élèves qui l'ont rendue responsable de leur échec, non ? »

Ils avaient tous pris le temps de réfléchir avant de répondre.

« Bien sûr, avait reconnu un collègue qui enseignait les

mêmes disciplines. Mais parmi les élèves je ne vois personne qui aurait voulu l'assassiner à cause de ça. »

C'était là toute la question. Le coup de feu. Pour le fil, en revanche, la plupart des personnes interrogées avaient été d'avis que certains élèves auraient pu trouver ça drôle ou même penser qu'une chute douloureuse les vengerait d'un professeur qui leur aurait collé une mauvaise note.

« Elle n'est chez nous que depuis un an. Il y a des élèves qui ont de grosses difficultés dans les matières qu'elle enseigne, mais… »

Qu'on ait pu lui tirer dessus leur avait paru incompréhensible.

D'autant que l'arme en question avait été utilisée deux jours plus tôt dans le train de Londres pour York, s'était dit Stewart avec abattement. D'après les déclarations du sergent Linville et de Xenia Paget, et les témoignages de voyageurs qu'on avait pu recueillir, l'auteur des faits était un homme jeune, mais qui ne pouvait être un élève. Certes, il aurait pu s'agir d'un ancien élève. Mais, dans ce cas, pourquoi aurait-il tiré sur Xenia Paget, une femme au foyer d'origine russe qui vivait à Leeds ?

Encore une question que Stewart avait posée. « Le nom de Xenia Paget vous dit-il quelque chose ? Sophia Lewis a-t-elle fait mention d'une personne de ce nom ? »

Ses interlocuteurs avaient réfléchi, puis secoué la tête. « Jamais entendu parler. De qui s'agit-il ? »

L'inspecteur avait également voulu savoir si Sophia Lewis avait un homme dans sa vie, mais en vain.

« En ce moment, elle n'a personne, avait assuré la jeune collègue qui ne cessait de pleurer. Je l'aurais su. »

Stewart avait vu des photos de Sophia Lewis. Une très jolie femme.

« Mais elle a bien dû avoir des relations sentimentales, non ?

— Pas depuis qu'elle est arrivée ici. Mais ça ne fait pas si longtemps. Précédemment, j'imagine que oui. Elle parlait parfois d'"amis" qu'elle avait eus avant, mais sans préciser de quoi il retournait… Je crois qu'elle vit de manière très indépendante. »

C'était à désespérer. Une femme connue et appréciée de tous, qui fréquentait beaucoup de monde, mais dont la vie privée restait malgré tout impénétrable. D'après les documents trouvés chez elle, on savait qu'avant de venir à Scarborough, elle avait enseigné à Manchester, à la Chorlton Highschool. Manchester était une ville difficile – certains quartiers étaient dominés par des gangs qui sévissaient jusque dans les établissements scolaires. Il faudrait s'y rendre pour interroger ses anciens collègues. Et voir s'il existait un lien entre Manchester et Xenia Paget.

À midi, Stewart se rendit à l'hôpital où Sophia Lewis était toujours dans le service de soins intensifs. Il demanda à avoir un rapide entretien avec son médecin. Le Dr Dane paraissait épuisé et stressé, mais il le conduisit dans son minuscule bureau. Là, il l'invita à s'asseoir tandis que lui-même restait debout à la fenêtre.

— Dix minutes, annonça-t-il. Pas plus, inspecteur. Vous m'en voyez désolé, mais ici on court sans arrêt après le temps.

Stewart acquiesça d'un signe de tête.

— Je sais que je vous dérange, mais nous avons une affaire vraiment abominable à éclaircir…

— Bien sûr, je comprends. Ce qu'on a infligé à cette femme est inconcevable. Sa vie ne sera plus jamais la même.

— Le problème, c'est que pour l'instant on piétine. On a beau fouiller la vie de Sophia Lewis, on ne trouve rien à quoi se raccrocher. Mais le pire, c'est que le temps file. Les premiers jours qui suivent un crime sont les plus importants, or nous n'arrivons à rien faute de pouvoir parler avec la seule personne qui serait capable de nous aider. Sophia elle-même.

— Oui, mais elle n'est pas en état d'être interrogée. La chute a provoqué un AVC et, depuis, elle souffre d'aphasie.

— C'est ce que ma collègue m'a expliqué, mais comment se fait-il qu'une chute puisse avoir cet effet ?

— Ça n'a rien d'inhabituel. La violence du choc a entraîné une section de la carotide. Ça signifie que la couche interne de la paroi de l'artère a été déchirée. De ce fait, le sang pénètre dans la paroi, ce qui peut conduire à la formation d'un caillot. C'est ce qui s'est passé avec Sophia Lewis, avec pour résultat une embolie cérébrale qui a endommagé le centre de la parole.

— C'est atroce.

— Je suis certain qu'un jour elle pourra reparler. Ce qui est plus problématique, c'est la fracture de la septième vertèbre cervicale.

— La tétraplégie ? Vous êtes sûr qu'il ne reste aucun espoir ?

— Selon toute vraisemblance, non. Elle ne pourra plus bouger ni bras ni jambes, c'est malheureusement une quasi-certitude.

— Seigneur, marmonna Stewart.

Il ressentit soudain le besoin de desserrer sa cravate, mais se ravisa. Il ne voulait pas paraître pitoyable devant ce médecin qui affrontait quotidiennement les drames dont ils parlaient.

— Alors comment faire ? Il n'existe à l'heure actuelle aucune possibilité de communiquer avec elle ?

— Croyez bien que je le regrette, mais non. Elle ne peut ni parler, ni écrire, ni faire le moindre signe. Ses paramètres vitaux sont mauvais. Je ne pourrais pas prendre la responsabilité de vous autoriser à l'interroger, sous quelque forme que ce soit.

Stewart se rendit à l'évidence.

— Je vous remercie, docteur, dit-il en se levant. Je suis désolé d'avoir pris sur votre temps. Mais je voudrais vraiment choper celui qui a fait ça.

— Je le comprends tout à fait, répondit le Dr Dane. Moi aussi, je serais heureux que vous le retrouviez, vu ce qu'il a fait à ma patiente.

Pourquoi n'a-t-il pas achevé Sophia Lewis, songea Stewart, tandis qu'il ressortait de l'hôpital. Cela aurait été très simple, elle ne pouvait opposer aucune résistance. Et à l'heure qu'il est, elle serait morte. Pourquoi l'avait-il manquée ?

Parce que le criminel (ou la) savait que la condamner au fauteuil roulant plutôt que de la tuer serait un vrai supplice ?

Alors pourquoi a-t-il ou a-t-elle tiré ?

Était-ce la difficulté de loger une balle dans la tête de quelqu'un ?

Pourtant, s'il s'agit de la personne du train, c'est un homme. Qui n'a montré aucune inhibition.

Cela étant, ce n'est pas pareil de tirer à quelques pas de distance ou de coller une arme sur la tempe de sa victime et de presser la détente.

Stewart repensa à Yasmin White et à ses enfants. Jayden White, lui, n'avait eu aucun problème pour leur loger une balle dans le crâne.

Il frissonna en dépit de la chaleur. Tout à coup, son chef lui manquait. C'était ainsi qu'il continuait de l'appeler en son for intérieur. L'inspecteur principal Caleb Hale. Le chef. Quoique lui-même devenu chef dans cette enquête, il n'avait pas le sentiment de l'être. Pour une obscure raison, il avait cru que se retrouver sur le devant de la scène et avoir les rênes en main lui conférerait la maîtrise tranquille exigée par la fonction. Mais tel n'était pas le cas, au contraire : il se sentait plein de doutes et désemparé, et il aurait donné beaucoup pour avoir Hale à son côté afin de discuter avec lui comme par le passé. Au bout du compte, ils avaient formé une très bonne équipe, tous les deux.

Essuyant son front en sueur, il eut soudain hâte de voir arriver cette Kate Linville, qui devait prendre ses fonctions le 1er août. Pourtant, il la trouvait si insignifiante qu'il n'était même pas capable de se rappeler à quoi elle ressemblait. S'il n'avait tenu qu'à lui, il ne l'aurait pas recrutée, mais son chef avait vanté ses talents d'enquêtrice. OK, elle avait résolu deux affaires à Scarborough, sans y être habilitée, cela dit, et en usant de méthodes extrêmement personnelles. Mais peu importait, au final mieux valait encore une camarade d'armes aux méthodes discutables que pas de collègue du tout. Il ne pouvait pas véritablement s'appuyer sur Helen Bennett, à qui son travail de psychologue de la police avait quelque peu fait perdre le contact avec le quotidien des enquêtes.

Il prit une profonde inspiration. Rien n'y faisait, dans l'immédiat il allait devoir se débrouiller tout seul. Il sortit son portable pour appeler le sergent détective Jenkins à York. Il savait que celui-ci avait prévu de retourner voir Xenia Paget ce jour-là. Il lui demanderait de vérifier s'il y avait un élément qui la rattachait à la ville de Manchester.

3

— Que puis-je faire pour vous ? demanda aimablement l'agente Mia Cavendish.

Elle était presque heureuse de voir entrer quelqu'un au commissariat de Camborne. Ce jour-là, c'était le calme plat. À Londres, la Première ministre était en train de présenter sa démission, mais Mia Cavendish était à des années-lumière de tout cela. La région de Cornouailles était écrasée de chaleur, comme la plus grande partie du pays. Bon nombre de touristes avaient pris la route, mais tout paraissait vivre au ralenti. Sans doute faisait-il trop chaud.

La personne, une femme d'une cinquantaine d'années, s'approcha avec une certaine hésitation.

— Eh bien… Vous allez peut-être trouver ça ridicule, mais ma compagne a disparu. Depuis dimanche.

— Que voulez-vous dire par « disparu » ?

— Elle est partie de chez nous dimanche à midi. On habite à Redruth.

Redruth était la localité la plus proche.

— Pour aller où ?

— À Barnstaple, pour un atelier de trois jours où elle s'était inscrite. Constellations familiales, prise de conscience de soi, ce genre de trucs.

Sa description laissait penser que les deux femmes ne partageaient pas les mêmes vues sur le bien-fondé de ce type de démarche.

L'agente Cavendish prit un stylo.

— Quel est votre nom, s'il vous plaît ?

— Munroe. Constance Munroe.

— Vous habitez où à Redruth ?

Son interlocutrice lui indiqua son adresse.

— Et votre compagne ?

— Alice Coleman, 57 ans, même adresse.

— Et donc Mme Coleman est partie dimanche pour Barnstaple ?

— Oui, et on venait de se disputer.

— Je vois. Vous ne pensez pas grand bien de ce genre d'ateliers ?

Constance Munroe se mordit les lèvres.

— Pour être franche… non. Mais c'est surtout qu'Alice passe son temps à ça. À force de fréquenter ce type de séminaires, elle est de moins en moins souvent à la maison. Quand j'ai de la chance, ça a lieu pas trop loin de chez nous, comme cette fois, à Barnstaple. Mais elle est déjà allée jusqu'en Écosse, dans ce cas il faut aussi compter la durée du voyage. C'est tout juste si on arrive encore à se croiser.

— Mme Coleman travaille ? Elle semble pouvoir aménager facilement ses horaires.

— Avant elle travaillait dans un laboratoire médical. Mais, il y a deux ans, elle a pris une retraite anticipée parce qu'elle n'était plus en état d'exercer. Elle a les mains qui tremblent…

— Parkinson ? fit Cavendish avec compassion.

— Non, c'est plutôt psychosomatique. Alice souffre de dépression. Ce n'est pas nouveau, mais ça s'est aggravé avec les années. Les médicaments n'y font pas grand-chose.

— D'où les ateliers…, en déduisit la policière.

Elle espérait qu'Alice Coleman avait simplement pris le large après sa dispute avec sa compagne et qu'elle n'avait pas décidé d'attenter à ses jours. En cas de dépression, on ne pouvait jamais savoir.

— Et vous, qu'est-ce que vous faites dans la vie, madame Munroe ?

— J'enseigne dans une école pour sourds et malentendants à Truro. Je ne gagne vraiment pas beaucoup, mais je me retrouve à devoir tout financer. Alice a une toute petite retraite, qui part dans les ateliers et les voyages. Comme je dois payer le loyer et toutes les courses, je ne peux plus rien m'offrir personnellement.

Constance Munroe paraissait au bord des larmes.

— Mais le pire, c'est qu'elle est tout le temps partie et moi, je me retrouve seule. Et, cette fois…

— Oui ?

— Après notre dispute, comme je vous disais, elle est partie pour Barnstaple. Je lui ai prêté ma voiture.

— C'était très généreux de votre part, étant donné les circonstances.

— Alice souffre de claustrophobie dans les transports publics. Je n'ai pas voulu me montrer mesquine, pourtant ça m'oblige à prendre le bus pour aller travailler. Enfin bref, elle ne m'a plus donné de nouvelles. D'habitude, elle me dit quand elle est arrivée. J'ai pensé que c'était à cause de ce qui s'était passé. Le lundi, je lui ai envoyé un message WhatsApp pour voir si elle allait bien, mais elle ne l'a même pas lu. Du coup, ça m'a fâchée et j'ai laissé tomber. Mais elle était censée rentrer aujourd'hui. Elle avait prévu de partir après le petit déjeuner. Jusque chez nous, il faut compter deux heures et demie de route, trois si ça roule vraiment très mal. Du coup j'étais sûre qu'elle serait là quand je rentrerais de l'école, à 13 heures. Mais personne. Et pas de voiture.

— Je comprends votre inquiétude, mais tout ça ne justifie pas l'établissement d'une déclaration de disparition. Mme Coleman a pu s'attarder à Barnstaple pour bavarder avec une des participantes. Ou décider d'aller se balader sur la côte. Franchement, par une chaleur pareille, moi c'est ce que je ferais si j'en avais le temps !

Constance Munroe secoua la tête.

— Non, avant de venir vous trouver, j'ai appelé la responsable du séminaire. J'avais déniché son numéro dans les papiers sur le bureau d'Alice. Elle m'a appris qu'Alice ne s'était pas présentée comme convenu le dimanche. Ni les jours suivants. Elle n'a pas assisté à l'atelier.

— Et elle n'a pas annulé son inscription ?

Constance Munroe secoua de nouveau la tête.

— Non. Cette dame a essayé de la joindre plusieurs fois sur son portable, mais elle tombait toujours sur sa boîte vocale. Et elle n'avait pas notre numéro de téléphone fixe.

— Hum…

Voilà qui compliquait la situation. Alice Coleman avait paru tenir à cet atelier, au point de risquer une sévère confrontation avec sa compagne. Et voilà que contre toute attente elle se ravisait et se volatilisait sans dire un mot à personne ? Cela étant, c'est ce qui arrivait parfois après une violente dispute.

— Madame Munroe…, reprit-elle.

— J'ai si peur qu'elle ait eu un accident, la coupa son interlocutrice. Le jour de son départ, dimanche. Mais si c'était le cas, je le saurais, non ? Elle avait sur elle une foule de papiers où il y a entre autres notre adresse commune. Son portable, avec tous les numéros enregistrés, dont le mien. On m'aurait forcément avertie, n'est-ce pas ?

— Oui, c'est sûr. Je vais noter le numéro d'immatriculation de votre voiture et vérifier si ça a pu être le cas. Mais ça me paraît à moi aussi très peu probable.

Constance Munroe lui dicta le numéro. Son inquiétude était visible.

— Et s'il lui était arrivé quelque chose dans un endroit isolé ? Alors qu'elle était en voiture ? Et que personne ne l'avait trouvée ?

La policière fit une moue dubitative.

— Si on était dans le Grand Nord canadien, je ne dis pas… Mais en Cornouailles et dans le Devon, il n'existe quasiment plus de lieux complètement déserts. Malheureusement. Encore moins en cette période estivale.

— Alors la seule hypothèse qui reste, c'est celle du crime ?

— Ce n'est pas la piste que j'envisagerais, répondit Mia Cavendish avec un sourire apaisant. Vous vous êtes disputées, votre compagne était furieuse. Mais votre accrochage l'a peut-être amenée à réfléchir à cette histoire d'atelier. Et elle aura décidé de se retirer quelque part pour prendre le temps de se poser. C'est l'explication qui me paraît la plus plausible. Bien sûr, ce ne serait pas très juste envers vous, mais peut-être qu'elle ne se rend pas bien compte.

Constance Munroe poussa un profond soupir.

— Non, ça me paraît tout sauf probable. Alice souffre de graves problèmes psychologiques et elle a beaucoup de difficultés dans la vie. C'est vrai, sa dépression la rend parfois brutale parce qu'elle ne pense plus qu'à elle. Mais quel que soit son état, elle ne me laisserait pas plusieurs jours comme ça sans donner signe de vie. Elle ne garderait pas non plus ma voiture plus longtemps que prévu parce qu'elle sait que ça me complique vraiment le quotidien, y compris pour les courses. Je ne peux pas croire qu'elle irait aussi loin.

— Je vais creuser la piste de l'accident, lui promit l'agente Cavendish.

La quinquagénaire sortit une photo de son sac à main et la lui tendit.

— C'est Alice.

La policière examina le cliché. Un instantané pris quelque part au bord de la mer. Le vent jouait dans les cheveux mi-longs d'Alice Coleman. Il faisait beau, l'eau étincelait sous le soleil. Alice souriait. Son attitude semblait pourtant crispée, artificielle.

— Je garde cette photo, si vous le voulez bien.

Pour le moment, on ne pouvait pas lancer une vaste opération de recherches. Rien, en effet, n'indiquait la probabilité d'un crime.

— Il s'est passé quelque chose, j'en suis sûre, déclara Constance Munroe avec un air angoissé. Il n'y a pas d'autre explication. Si Alice ne me contacte pas, ça veut dire qu'elle a eu un problème. J'en suis absolument certaine, agente Cavendish. Et ça me terrifie !

Vendredi 26 juillet 2019

La maison n'était pas encore très accueillante, mais Kate avait fait le lit et placé des serviettes dans la salle de bains : elle pourrait dormir et se doucher au matin. La plus grande partie de ses affaires se trouvaient dans les cartons qui s'entassaient partout dans la maison. Dans le salon, deux petits canapés se faisaient face, séparés par une table basse. La télévision était branchée, mais ne fonctionnait pas. Après quelques essais infructueux avec la télécommande, agacée, elle avait fini par renoncer.

La chaleur n'avait pas diminué avec l'arrivée du soir. La porte de la cuisine, ouverte sur la terrasse et le jardin, laissait entrer un courant d'air chaud qui chassait la légère odeur de moisi régnant dans les pièces demeurées fermées pendant des mois. Kate, qui se ressentait encore du stress du déménagement, commençait lentement à se détendre. Le champagne que sa voisine lui avait offert en guise de bienvenue par-dessus la clôture du jardin n'y était peut-être pas pour rien. Cette femme seule, parfois un peu envahissante, avait toutefois rendu de grands services à Kate grâce à sa vigilance et à sa curiosité. C'était elle qui avait découvert que ses locataires étaient partis en laissant la maison dans un état lamentable. Elle aussi qui, cinq ans plus tôt, avait trouvé le corps du père de Kate. Celui-ci avait été assassiné chez lui en pleine nuit.

— Dans quelques jours, on se sentira vraiment bien ici, affirma tout haut Kate.

Ce qui relevait un peu de la méthode Coué. Car ce

déménagement et ce nouveau départ ne changeaient pas grand-chose : elle était toujours seule. Il n'y aurait comme d'habitude qu'un seul verre à dents dans la salle de bains et elle n'aurait à s'occuper que de son linge. À 44 ans, elle n'avait encore jamais eu de relation durable. Et elle soupçonnait que le train était définitivement parti.

Elle jeta un coup d'œil au jardin : couchée sur le gazon, Messy profitait du soleil du soir avec une satisfaction visible. C'était toujours ça. Kate commença à déballer un des cartons de la cuisine. La machine à café était déjà sur le buffet, mais elle avait besoin d'une tasse, d'une cuillère et du sucrier.

À cet instant, on sonna à la porte.

Sans doute la voisine qui revient, pensa-t-elle, légèrement agacée. Elle était gentille et attentionnée, mais Kate pressentait déjà qu'il faudrait lui fixer des limites si elle ne voulait pas se faire envahir.

Elle alla ouvrir. C'était Caleb Hale, avec deux cartons de pizza dans les mains.

— Je me suis dit que vous auriez peut-être faim après cette journée.

Avec un sourire, elle ouvrit grande la porte.

— Vous tombez à pic, répondit-elle.

Ils s'installèrent sur la terrasse et mangèrent à même l'emballage. Kate avait apporté de Londres une bouteille de vin rouge. Connaissant le problème de Caleb, elle ne lui avait jamais offert d'alcool jusque-là, mais sans avoir eu besoin d'en parler, ils s'accordèrent sur le fait qu'il n'était plus nécessaire de feindre.

— Vous commencez jeudi de la semaine prochaine ? s'enquit Caleb après avoir mangé un moment en silence.

Kate ne s'était pas rendu compte à quel point elle était affamée.

Elle secoua la tête.

— C'est ce qui était prévu, mais j'ai décidé d'y aller dès lundi. De toute façon, je suis impliquée dans une des affaires en cours et j'imagine que l'inspecteur Stewart ne sera pas fâché d'avoir de l'aide.

— En effet. Il vous baisera les pieds, Kate. Le sergent Bennett, qui me tient fidèlement informé – ça reste entre nous, hein –, m'a dit qu'il pataugeait complètement. Trop peu d'effectifs.

— Caleb, j'aurais souhaité…

— Je sais, la coupa-t-il. Je suis un imbécile. Ce n'est pas comme ça que j'avais imaginé les choses.

— Qui vous a dénoncé au commissaire ?

— Stewart. Au motif qu'il ne supportait plus cette situation.

— Ce qui n'est pas totalement absurde.

— Bien sûr, mais j'aurais trouvé plus loyal de sa part qu'il commence par m'en parler.

Kate garda le silence. Elle comprenait son amertume, son sentiment d'avoir été trahi par quelqu'un en qui il avait confiance.

Tout à coup, il reprit avec véhémence :

— Je n'ai commis aucune faute caractérisée dans l'affaire du type qui a abattu sa famille. Une fois sobre, je n'ai pas cessé de me repasser chaque instant du film dans ma tête. Je ne vois pas à quel moment j'aurais agi autrement. À quel moment j'aurais *pu* agir autrement.

— D'après tout ce que j'ai lu sur cette histoire, je ne vois pas moi non plus.

Il lui jeta un regard de désespoir et ajouta à voix basse :

— Pourtant, il y a eu des instants… Vous savez, je ne bafouillais pas, je ne titubais pas, je ne voyais pas double. En revanche, la chaleur me pesait et je rêvais d'ombre, ce qui était sûrement dû à l'alcool. Mais j'avais les idées claires. Je me demande quand même…

— Quoi ?

— Quand j'ai parlé à Jayden White. Est-ce que j'ai commis une erreur décisive en faisant allusion à son problème ? Je voulais lui redonner courage, pourtant c'est l'instant où il a craqué. Quand j'ai parlé d'argent.

— Mais j'aurais fait pareil, Caleb. Helen Bennett aussi en aurait parlé, et elle a été formée pour ce genre de situations. La seule chance de le faire renoncer à son projet, c'était de le calmer, d'apaiser ce sentiment de panique, cette impression d'être dans une impasse. Il fallait essayer de lui faire comprendre qu'il avait d'autres moyens d'échapper à cette situation désastreuse que de tuer sa famille et de se suicider. Voilà pourquoi il fallait en parler, Caleb. C'était la seule solution.

— Je sais. Mais est-ce que j'aurais eu une perception plus fine des choses si j'avais été sobre ? Dans un cas pareil, un bon négociateur sait quand il doit aborder un sujet ou le laisser tomber pour éviter les tensions. Il doit être capable d'entendre les signaux les plus infimes. Je suis incapable de dire si, en l'absence d'alcool, j'aurais senti que le niveau de stress de White augmentait, qu'il pouvait interrompre la communication à tout instant et disjoncter. Peut-être qu'il y a eu des indices. Et si je les avais perçus, j'aurais éventuellement pu réagir.

Difficile de le contredire. Kate savait qu'il avait raison : il n'avait peut-être pas été assez lucide pour discerner l'imminence de la catastrophe et tenter de l'éviter. Il se pouvait aussi qu'il n'y ait eu aucun signe annonciateur et que tout autre négociateur se soit retrouvé dans la même situation. En réalité, juger a posteriori de manière objective s'avérait impossible, on ne pouvait que se perdre en conjectures. Ce qui était terrible pour Caleb, c'était qu'à elle seule son alcoolémie le rendait coupable. Plus besoin d'envisager d'autres facteurs ni de s'engager dans une réflexion plus fine. L'inspecteur principal Caleb Hale avait échoué. Point final.

— Caleb, je…

De nouveau, il l'interrompit.

— Non, Kate, je sais que vous voulez me réconforter, mais vous savez aussi bien que moi qu'il n'y a rien à faire. Ne vous creusez pas la cervelle pour essayer de me donner l'absolution. Ça ne marcherait pas. Nous le savons tous les deux. Excusez-moi, j'avais juste besoin de dire ce que j'avais sur le cœur.

Parlons de l'affaire en cours. Je sais ce qui vous est arrivé dans le train. Je suis vraiment heureux que vous en ayez réchappé.

Kate lui fut reconnaissante d'avoir changé de sujet.

— Et moi donc ! Rendre l'âme dans des toilettes de train n'est pas mon but ultime dans la vie. Mais cette histoire est bizarre, non ? Surtout si on songe à ce qui est arrivé aussi à l'enseignante de Stainton Dale.

Il la scruta d'un air intéressé.

— Qu'est-ce que vous en pensez ?

— Vous êtes au courant ?

— Oui, comme je vous l'ai dit, Helen me tient plutôt bien informé. Mais je ne sais pas si vous voulez me parler de tout ça.

Soudain, Kate se mit à rire.

— Pourquoi pas ? C'est ce que j'appelle un retournement de situation, vous ne trouvez pas ? Je suis officiellement chargée de l'enquête et vous, vous m'aidez incognito.

Elle faisait allusion aux deux affaires qu'elle avait résolues autrefois à Scarborough. À l'époque, Caleb dirigeait l'enquête et elle s'en était mêlée alors qu'elle n'était pas habilitée à le faire.

Caleb rit à son tour.

— Mais vous semblez plus accommodante que moi en ce temps-là. Vous acceptez que nous parlions. Moi, je m'étais montré plutôt réticent.

— Pas tout le temps. Vous avez parfois discuté avec moi. Pour en revenir à ce qui nous occupe, je tâtonne. J'ai parlé avec l'amie de Xenia Paget, celle à qui Xenia a rendu visite avant de se faire tirer dessus. L'amie ne voit pas du tout ce qui pourrait être à l'origine de ce geste et elle n'a rien remarqué de suspect pendant le séjour de Xenia. Elle ignore sincèrement ce qui s'est passé. Cela dit, elle m'a confirmé que Xenia a épousé un tyran domestique et qu'elle est malheureuse. Mais aussi qu'elle hésite à divorcer. D'après son amie, elle aurait peur. Par contre, elle n'a pas su me dire s'il s'agissait de la crainte compréhensible qu'on ressent quand on veut tourner la page, ou s'il y avait autre chose.

— Étant originaire de Russie, elle a peut-être peur de vivre seule dans un pays étranger.

— Xenia parle parfaitement anglais, elle donne même des cours de langue à des réfugiés. Elle se débrouillerait très bien, ça ne fait aucun doute, probablement mieux même qu'avec cet homme qui l'étouffe.

— C'est peut-être justement le fait d'avoir été rabaissée qui lui inspire la peur d'être libre. Ce phénomène est fréquent chez ceux qui ont été maltraités. Ils n'ont plus confiance en eux.

— C'est possible. Je crois pourtant qu'il s'agit d'autre chose. Xenia nous cache quelque chose qui pourrait être important. Et il n'est pas certain que ce soit en rapport avec son mari.

— Avec Sophia Lewis alors ?

— Elle et son mari ont affirmé qu'ils ne la connaissaient pas et qu'ils n'avaient jamais entendu ce nom. D'après Jenkins, il n'y a pas lieu de croire qu'ils mentent. Je lui ai parlé hier au téléphone. Il a essayé de découvrir si Xenia ou son mari avaient un lien avec Manchester, où Sophia Lewis a longtemps vécu et où elle a enseigné. Chou blanc. Ils ne sont jamais allés à Manchester et ne connaissent personne là-bas.

— En tout cas, c'est ce qu'ils prétendent.

— Il faut effectivement envisager toutes les éventualités : rien ne prouve qu'ils disent la vérité.

— Si votre intuition est juste, Xenia Paget ne dit pas *toute* la vérité.

— En effet.

— Vous avez vu l'homme du train. Vous sauriez le reconnaître ?

Kate haussa les épaules.

— Je ne sais pas, tout est allé si vite. Je l'ai juste entraperçu. Je ne pense pas que je le reconnaîtrais, malheureusement. Mais il existe un portrait-robot. Xenia a pu donner de lui une description précise parce qu'ils ont été assis un bon moment l'un en face de l'autre. Le portrait a été publié dans plusieurs journaux de la région. Comme toujours, il y a eu plein de réponses, mais apparemment rien de sérieux.

— Comment vous allez procéder à présent, Kate ?

— J'aimerais me faire ma propre idée sur Jacob Paget. J'ai prévu d'aller les voir. Mais je vais surtout passer au crible la vie de Sophia Lewis. Ça ne va pas être du gâteau, parce qu'elle n'est pas en état d'être interrogée, mais il y a forcément un point commun entre elle et Xenia Paget et je suppose que si je le découvre ça me mènera au coupable.

— Vous avez une idée de ce que ça peut être ?

— Non, aucune. Et puis, il y a une chose qui me chiffonne : pourquoi le criminel n'a pas tué Sophia Lewis ? Ça aurait été si simple. Pourtant il a tiré carrément à côté. Pour quelle raison ? Dans le train, il a tiré plusieurs fois en plein sur Xenia, et ça n'a pas eu l'air de lui poser de problème. Qu'est-ce qui a été différent avec Sophia Lewis ?

— Il était trop près ? Le sang, la matière cervicale… Il faut pouvoir le supporter.

— Peut-être. Le fait est…

Elle s'interrompit, hésita.

— Je suis inquiète, reprit-elle au bout d'un instant. Il y a eu deux tentatives de meurtre contre deux femmes. Et dans un cas comme dans l'autre, le tueur a échoué. Les victimes sont toujours en vie. Elles pourraient représenter un danger pour lui. Xenia Paget, si elle se décide à révéler ce qu'elle nous cache. Et Sophia Lewis, quand elle sera de nouveau en état de communiquer.

— Vous voulez dire qu'il refera une tentative ?

— A priori oui, pour sa propre sécurité.

— Alors Sophia Lewis a besoin d'une protection policière à l'hôpital. Elle est hors d'état de se défendre.

— Oui, j'en ai parlé à Stewart. Ils vont mettre un policier en faction devant sa chambre. Inutile de vous dire qu'il a râlé vu l'état des effectifs en ce moment. En ce qui concerne Xenia, il n'est pas possible de lui assigner quelqu'un vingt-quatre heures sur vingt-quatre, mais Jenkins s'est arrangé pour qu'une patrouille passe toutes les heures devant chez elle. Et il l'a exhortée à être prudente. Mais vous savez ce que c'est…

— Un tueur déterminé parvient toujours à atteindre sa cible, oui. Le seul espoir, c'est que vous l'attrapiez rapidement, Kate.

Celle-ci poussa un soupir. La soirée était chaude et baignée d'une lumière dorée. C'était bon d'être chez soi, bon d'être en compagnie de Caleb. Cela aurait pu être un des rares moments de bonheur de sa vie, même bref. Mais la peur l'empêchait de se détendre et de profiter de la soirée.

— Si seulement j'avais un indice, souffla-t-elle.

Février 2001

Quelque chose clochait chez le petit garçon. On s'en est tout de suite rendu compte, Alice et moi. Il avait 3 ans, mais il en paraissait moins. Sa tête semblait particulièrement petite, même pour son corps chétif. Et l'expression de ses yeux était pour le moins étrange. Il avait quelque chose de trouble dans le regard.

— C'est peut-être parce qu'il a les yeux légèrement obliques, me glissa Alice à l'oreille. Ça lui donne un petit air asiatique.

— Oui, mais je ne pense pas que ce soit dû à la forme de ses yeux, chuchotai-je. Il a un regard flou.

On se devait d'être prudents. On était en Russie, dans une petite pièce surchauffée, avec des gens qui ne parlaient pas l'anglais – a priori. Mais notre interprète était derrière nous. Elle se débrouillait très bien dans notre langue et comprenait même quand on s'exprimait très rapidement.

— Mais quand on voit les conditions dans lesquelles vivent ces enfants…

Alice promena son regard sur le plafond bas, dont les coins étaient envahis de moisissure.

— Il est déboussolé, c'est tout. Et puis on est de parfaits inconnus pour lui.

Plus tard, on s'est avoué mutuellement qu'on avait eu un mauvais pressentiment, mais qu'on avait tout fait pour l'étouffer en travestissant la réalité.

— Le petit Sacha est adorable, dit Tatjana, l'interprète. Je le trouve charmant.

Il l'était effectivement. Cheveux et regard sombres, teint légèrement olivâtre. Il aurait pu être originaire du sud de l'Europe, italien ou espagnol, sans ces yeux obliques. Il comptait sans doute des Mongols parmi ses ancêtres. On se trouvait à Slobodskoï, à presque 1 000 kilomètres au nord-est de Moscou, à mi-chemin de l'Oural. À cet endroit, l'Europe commençait à céder au continent asiatique. Au cours des derniers jours, nous avions souvent vu dans la rue des gens qui avaient les mêmes yeux que notre futur fils.

Qui le deviendrait si on l'acceptait.

On avait tout essayé au cours des cinq années écoulées. On avait essayé d'avoir un enfant de manière naturelle. On avait essayé la fécondation in vitro. On avait essayé le don de sperme. Le don d'ovocytes. Le don d'embryons. À l'époque, on vivait dans un village à proximité de Nottingham, dans une vieille maison de campagne qu'Alice avait héritée de ses parents. Elle était située non loin de Cambridge et de Bourn Hall, la clinique de fertilité rattachée au centre hospitalier universitaire de Cambridge. Cette clinique était quasiment devenue notre second foyer. On connaissait très bien la plupart des infirmières et des médecins. Ils nous appréciaient. Ils partageaient notre affliction à chaque nouvel échec.

Deux ans plus tôt, par une glaciale matinée de janvier où les flocons de neige tourbillonnaient devant la fenêtre de notre chambre, Alice avait soudain déclaré : « Je n'en peux plus, Oliver. Je ne peux plus continuer comme ça. »

À ce moment-là, elle se faisait une fois de plus une injection d'hormones pour se préparer au prochain prélèvement d'ovocytes – le onzième ou douzième. Elle avait les jambes gonflées par la rétention d'eau et le ventre ballonné au point qu'on l'aurait crue enceinte. La prise d'hormones rendait son sang plus épais, ce qui l'obligeait à boire 6 litres d'eau par jour pour limiter les risques de thrombose. Quand elle se levait du lit, elle gémissait de douleur. Depuis longtemps déjà, je me demandais comment elle arrivait à tenir. Encore et encore. Pour se retrouver chaque fois déçue.

« Bien, chérie », avais-je répondu.

J'étais couché à côté d'elle, nous avions longuement contemplé les flocons en silence.

« Tu as raison. Ton corps a suffisamment donné. Ça ne peut plus durer. »

Elle avait fondu en larmes.

« Mais je veux un enfant.

— Tu vois bien que ça ne marche pas, avais-je soupiré. Peut-être qu'il faut s'y résoudre.

— Nous pourrions adopter. »

C'était une possibilité dont elle avait souvent parlé. Pour ma part, je n'étais pas partant. C'était s'engager dans un parcours interminable, coûteux – alors que nous avions déjà dû nous endetter pour payer les nombreuses tentatives d'insémination artificielle. Et puis comment savoir sur qui on pouvait tomber au terme d'une procédure d'adoption ? Je sais, on parle d'enfants, pas de voitures ou d'immobilier. Mais c'était justement pour ça que j'avais peur. D'où l'enfant viendrait-il, quelles épreuves aurait-il traversées ? Quels seraient ses antécédents, en aurait-il été affecté psychiquement ? À l'époque, je venais d'avoir 45 ans, j'avais 8 ans de plus qu'Alice. On n'était plus ce qu'on appelle jeunes, moi encore moins. Les services de l'adoption ne nous confieraient pas un bébé, mais un tout jeune enfant. Sans doute même pas un petit Anglais. Il faudrait s'adresser à l'étranger. Cet enfant, on obtiendrait bien sûr des informations sur lui. Qui seraient vraies ou pas.

C'était risqué.

Résultat des courses : en février 2001, on s'est retrouvés à Slobodskoï, dans cet épouvantable orphelinat à la Dickens, face à ce petit garçon maigre comme un clou, qui avait une tête bizarre et nous fixait de son regard voilé. Son nom avait été pêché dans la banque de données moscovite répertoriant les 700 000 enfants qui, chaque année, attendaient d'être adoptés. Avant cela, on avait dû se soumettre à l'interminable procédure établie par l'office de protection de l'enfance pour recevoir l'agrément et être autorisés à déposer une demande. Comme il fallait s'y attendre, il y avait relativement peu d'enfants anglais à adopter, les parents plus jeunes étaient privilégiés et on devrait patienter une éternité pour un résultat incertain.

D'où la Russie. Slobodskoï. Sacha.

Il fallait signer immédiatement la demande d'adoption, sur place, sans même avoir la possibilité d'échanger en privé. Cependant on avait la garantie de pouvoir se rétracter.

Le soir, à l'hôtel, on a enfin pu se parler ouvertement.

— Le gamin a un problème, dis-je. Il y a quelque chose qui cloche.

— Il m'a l'air de souffrir d'un retard de développement, répondit Alice. Peut-être que les enfants ne sont pas nourris comme il faut. Mais c'est rattrapable.

— Je ne crois pas qu'ils les nourrissent mal. La plupart d'entre eux ont l'air tout à fait normaux.

— Oui, mais il a été négligé quand il était bébé. Les répercussions sont durables.

On était en possession d'un certain nombre d'informations sur Sacha : il était le fils d'une prostituée de 17 ans qui était tombée enceinte d'un client. Pendant un an, elle avait essayé tant bien que mal de garder le petit avec elle et de subvenir à ses besoins. Mais le service d'aide à l'enfance avait fini par intervenir. Sacha était sous-alimenté et présentait un retard de développement. C'était ce que disait le rapport, dont on avait reçu une traduction. À l'époque, Sacha était incapable de faire ce que faisait normalement un enfant de 1 an, ce qui signifiait que personne ne s'était occupé de lui. Finalement, un tribunal avait privé la jeune femme de son autorité parentale et confié l'enfant à une institution pour le proposer à l'adoption. D'après l'interprète, la mère y avait consenti avec soulagement. Si on adoptait Sacha, il n'y avait pas à craindre qu'elle conteste le jugement avant qu'il soit exécutoire. En fait, l'affaire paraissait se présenter au mieux : on était près de voir enfin notre souhait exaucé. On allait avoir un enfant.

On savait aussi que, si on refusait Sacha, on se verrait proposer un autre enfant. Personne ne nous en tiendrait rigueur, tout le monde comprenait qu'en cas de doute il valait mieux le dire tout de suite plutôt que de passer les années suivantes à se débattre avec une famille dysfonctionnelle. Mais pouvait-on deviner à quoi ressemblerait l'avenir ? Sans compter que la nouvelle proposition pouvait tarder à arriver. Et puis la Russie interrompait fréquemment le processus d'adoption. En cas de difficultés dans les pays d'accueil elle était impitoyable. Par exemple, lorsque les parents n'envoyaient pas les rapports réguliers des trois premières années, auxquels ils étaient contractuellement astreints. Il était trop tard pour demander des comptes à ces derniers, mais la Russie pouvait toujours rendre la vie difficile à ceux qui patientaient dans la file d'attente. C'était un moyen de pression. Compréhensible, du reste. Le fait est, toutefois, que tout ça poussait les candidats à accepter les enfants qu'on leur donnait et à faire en sorte d'accomplir toutes les démarches au plus vite – même si un petit signal d'alarme se faisait entendre en son for intérieur.

Pour ma part, j'en entendais tout un chœur, et c'était pareil pour Alice. Cependant on était épuisés, vidés. Pour arriver jusqu'à cette localité de Russie, on avait parcouru un très long chemin, qui nous laissait sans forces. On n'avait plus d'énergie. On ne voulait plus avoir à se battre, on voulait enfin commencer à vivre. À vivre comme une famille.

En juillet 2001, un tribunal russe acta l'adoption de Sacha. Quinze jours plus tard, la décision était exécutoire.

On rentra en Angleterre avec notre fils en espérant des jours meilleurs.

Lundi 29 juillet 2019

1

La maison dans laquelle vivait Sophia Lewis était silencieuse et paisible en cette matinée ensoleillée et nul n'aurait pu deviner qu'une semaine plus tôt sa locataire avait été victime d'une grave agression. En voyant cette petite bâtisse en brique au toit très pentu au milieu de ce jardin fleuri, on ne pouvait imaginer qu'une petite existence bien tranquille.

Pourtant, il y a forcément eu quelque chose, songea Kate tandis qu'elle se dirigeait vers la porte sous l'épais feuillage de quelques vieux pommiers. Ce qui est arrivé à Sophia ne peut pas se produire sans une cause préalable. Quelque chose, dans sa biographie, doit être à l'origine de ce terrible accident.

Robert Stewart lui avait remis les clés de la maison, soulagé qu'elle prenne ses fonctions au CID trois jours plus tôt que prévu.

« Merci, sergent, avait-il dit. Vraiment. En ce moment, on a besoin de tous les bras disponibles.

— Pas de problème », avait répondu Kate.

Elle ne lui avait pas fait part de ses difficultés : la vie en solo, la solitude permanente, le sentiment de n'être nulle part chez elle. Au cours des dernières années, son métier était devenu pour elle le plus sûr moyen d'oublier le reste. Elle pourrait prendre son temps pour déballer ses cartons. Rien ne l'obligeait à se presser.

Stewart n'avait pas très bien compris pourquoi elle voulait voir la maison de Sophia Lewis. « Notre équipe l'a passée au peigne fin », avait-il objecté. Et elle avait eu le sentiment qu'en d'autres circonstances il lui aurait confié une tâche différente et aurait balayé sa proposition en la qualifiant d'absurde. Mais elle avait devancé d'elle-même la date de son arrivée, elle en faisait plus qu'elle ne le devait et il avait besoin d'elle. Il avait donc acquiescé en grinçant des dents.

Kate ne s'attendait pas à faire une découverte fracassante. Elle voulait juste sentir un peu mieux qui était Sophia Lewis. Mais elle avait gardé cette pensée pour elle, devinant que Robert, une fois de plus, n'aurait fait que secouer la tête.

Elle ouvrit la porte et pénétra dans un couloir carrelé. Sur la droite, un dressing avec sur les étagères du bas de nombreuses paires de chaussures, des baskets pour la plupart. Le couloir débouchait sur un grand salon avec une cuisine à l'américaine. Une pièce chaleureuse, constata Kate, des canapés clairs agrémentés de coussins colorés, un tapis écru, une vieille table en bois entourée d'un grand nombre de chaises, elles aussi pourvues de coussins aux teintes vives. La cuisine était moderne et propre, équipée de multiples ustensiles indiquant que Sophia Lewis était sans doute bonne cuisinière. Sur le comptoir qui séparait la cuisine du salon était posée une machine à café haut de gamme qui avait dû coûter une petite fortune. Kate ressentit soudain une forte envie de boire un café odorant bien corsé, mais elle se réfréna. Pas question de se servir ici.

Puis Kate se dirigea vers la salle de bains, habillée d'un carrelage de couleur pêche sur les murs et le sol. Peu de produits cosmétiques. Seuls un flacon de shampooing et un gel douche étaient posés sur le bord de la baignoire. On voyait aussi, sur l'étagère qui se trouvait au-dessous du miroir, un crayon khôl émoussé et du mascara dans un mug vert à l'effigie d'un groupe de pop inconnu de Kate. L'anse du mug était brisée. Juste à côté, un tube de crème pour le visage. C'était tout. Le placard en bois sous la fenêtre, près de la baignoire, ne contenait qu'une pile de serviettes. Pas d'autres produits de soins. Manifestement, Sophia Lewis était une femme sportive avant tout soucieuse de sa bonne forme. Le maquillage ne la concernait clairement pas. Parfum, produits anti-âge et autres, destinés à optimiser l'apparence physique, ne faisaient pas partie de son univers. Elle privilégiait le mouvement et le grand air.

La chambre confirma cette impression. Un lit, une armoire, un bureau. Dans l'armoire, une majorité de tenues de sport, survêtements, shorts de cycliste, sous-vêtements techniques, sweatshirts. Et bien sûr aussi des jeans, une ou deux jupes, des chemisiers, des pulls. Les vêtements que la jeune femme portait pour aller travailler. Au bas de l'armoire, plusieurs paires de sandales et de bottines de diverses couleurs.

Kate s'attarda autour du bureau. Les collègues avaient emporté l'ordinateur pour pouvoir le passer au crible, mais papiers, cahiers, ouvrages divers s'entassaient tant sur le bureau que sur le sol. Elle passa les piles en revue sans rien trouver qui puisse l'intéresser. Il s'agissait de livres de mathématiques et de physique ou de notes manuscrites pour la préparation des cours, d'interrogations, de cahiers de devoirs corrigés qui n'étaient pas tout récents. Kate examina ceux-ci de près afin de voir s'ils contenaient de très mauvaises notes ou des appréciations trop critiques. Cependant ces exercices n'étaient généralement pas notés et les commentaires de Sophia Lewis étaient constructifs, aimables et élogieux. Kate se dit soudain que ce devait être une femme très sympathique, impliquée et chaleureuse. Et qu'elle aurait bien aimé avoir une enseignante comme elle au cours de sa scolarité. Les maths n'avaient jamais été son fort.

Elle ouvrit quelques tiroirs, fouilla à l'intérieur, mais ne découvrit rien de palpitant. Sophia Lewis n'était à l'évidence pas le genre de personne à conserver son passé sous la forme de documents, de diplômes, de vieilles photos et de lettres. Elle avait quitté Manchester un an plus tôt pour emménager à Stainton Dale et, comme beaucoup d'autres, en avait profité pour faire un grand ménage. La maison donnait l'impression que sa vie avait commencé à ce moment-là. Kate se demanda si la jeune femme avait eu des raisons particulières de tirer un trait de manière aussi radicale sur son passé. Ou s'il s'agissait simplement d'un penchant pour l'ordre et le minimalisme.

Kate sursauta en entendant soudain toquer à la fenêtre. Un homme regardait à l'intérieur de la pièce. Kate lut sur ses lèvres quelque chose qui ressemblait à « Qui êtes-vous et qu'est-ce que vous faites là ? ».

Elle sortit son insigne de police et le plaqua sur la vitre. L'homme parut encore plus perplexe. Il indiqua par un signe qu'il allait faire le tour afin de rejoindre la porte d'entrée. Kate opina et alla lui ouvrir.

— Alors vous êtes de la police ? s'enquit l'inconnu.

Il devait avoir la quarantaine, portait un jean, un tee-shirt noir et des baskets passablement sales. Il semblait désorienté.

— Qu'est-ce qui se passe ? Où est Sophia ?

— Vous êtes… ?

— Nicolas, Nick.

Puis se souvenant qu'il avait un nom de famille, il ajouta :

— Gelbero.

— Sergent détective Kate Linville, North Yorkshire Police. Vous êtes une connaissance de Sophia Lewis ?

— Je suis un ami très proche. On avait rendez-vous. J'ai frappé à la porte, mais personne n'a réagi. Dites-moi ce qui se passe !

La chambre se trouvant sur l'arrière, Kate ne l'avait pas entendu arriver.

— Entrez donc, dit-elle.

Quelques instants plus tard, installé à la table de la cuisine, il écoutait Kate lui résumer la situation. Nick était livide, il avait l'air horrifié et stupéfait. À moins qu'il n'ait été un formidable comédien, on pouvait sans risque d'erreur le rayer de la liste des suspects potentiels : il était difficile de faire plus bouleversé. « Seigneur », ne cessait-il de répéter. Soudain, il se leva d'un bond.

— Il faut que j'aille la voir !

— Attendez, fit Kate. J'aurais encore quelques questions à

vous poser. Et puis, de toute façon, on ne vous laissera probablement pas l'approcher.

Nick blêmit.

— C'est tellement affreux. Elle restera paralysée ?

— C'est ce que craignent les médecins. Mais pour autant que je sache, en ce domaine on peut avoir des surprises. Il ne faut pas perdre espoir.

Nick poussa un gémissement. Il avait le front en sueur.

Il semble beaucoup tenir à Sophia, songea Kate.

— Elle préférerait être morte, je le sais. Elle préférerait être morte plutôt que de ne plus pouvoir bouger.

— Monsieur Gelbero, nous devons trouver celui qui lui a fait ça. Le problème, c'est que nous ne savons quasiment rien sur Sophia Lewis. Tout le monde l'aime et l'apprécie, mais personne ne sait quoi que ce soit sur sa vie avant son arrivée ici.

— Je la connais de Manchester, quand elle était prof à la Chorlton Highschool. Là-bas aussi elle était très aimée, aussi bien par ses élèves que par ses collègues.

— Vous étiez un de ses collègues ?

— Non, je suis producteur. Je produis des films documentaires, essentiellement sur l'environnement.

— Comment avez-vous rencontré Sophia ?

— On fréquentait le même club de gym. Je la trouvais magnifique et j'ai réussi à savoir à quels moments elle venait. Alors je me suis arrangé pour être là en même temps. Et ça a marché, on est sortis ensemble.

Kate sentit son cœur s'accélérer. Enfin quelqu'un qui faisait partie de la vie privée de Sophia Lewis !

— Vous avez vécu ensemble ?

— Malheureusement pas. Moi, j'aurais bien voulu, mais pour Sophia c'était inenvisageable. C'est une femme super indépendante.

— Monsieur Gelbero, nous avons évidemment envisagé l'hypothèse que le fil métallique tendu en travers du chemin soit une blague d'écolier qui ait mal tourné. Mais ça ne cadre pas avec le coup de feu qui a suivi la chute de Sophia. En plus, c'est cette arme qui a servi deux jours avant à tirer sur une femme dans un train de Londres à destination de York. Et le tireur était un homme adulte.

Nick eut l'air perdu.

— L'histoire du train ? Oui, j'ai lu ça dans le journal. Alors il s'agirait du même homme ?

— Nous l'ignorons. On sait juste qu'il s'agit de la même arme, ce qui laisserait effectivement supposer qu'on a affaire au même criminel.

Kate sortit son iPhone, chercha le portrait-robot établi sur les indications de Xenia et le montra à son interlocuteur.

— Vous connaissez cet homme ?

— C'est le type du train ?

Kate acquiesça. Nick examina le portrait avec une attention presque touchante.

— Non, malheureusement pas. Ce visage ne me dit rien du tout. Je ne l'ai jamais vu.

Kate dissimula sa déception.

— Et est-ce que vous connaissez une certaine Xenia Paget ?

— Xenia Paget ?

— Xenia Sidorova, de son nom de jeune fille. Elle est originaire de Russie.

Nick fouilla dans sa mémoire, puis il secoua la tête.

— Non, je n'ai jamais entendu ce nom.

— Sophia a-t-elle un lien avec la Russie ? Est-ce qu'elle y est déjà allée ? Est-ce qu'elle a des amis ou des connaissances là-bas ? A-t-elle suivi un cours de russe ou quelque chose de ce genre ?

— Non, pour autant que je sache elle ne connaît personne qui soit originaire de Russie et n'a aucun lien avec ce pays. Elle ne m'a jamais dit qu'elle voulait apprendre cette langue ni qu'elle avait envie de se rendre là-bas. Son rêve c'est l'Australie. Passer un an à explorer ce continent dans tous les sens.

Il avala péniblement sa salive.

— Enfin, elle en rêvait. Maintenant elle ne sera plus en état de réaliser ce projet.

— Vous avez dit qu'elle était très aimée. Mais il doit pourtant y avoir quelqu'un qui éprouve pour elle une haine féroce. Vous voyez qui ça pourrait être ? En raison d'un événement particulier de son passé ? Peut-être qu'elle a déjà fait allusion à une histoire et que vous n'y avez pas prêté attention. Des circonstances où elle aurait pu se faire un ennemi.

Nick regrettait visiblement d'être une fois de plus obligé de la décevoir.

— Non, enfin, il y a eu parfois des incidents à l'école. Des élèves qui se sont plaints d'une mauvaise note. Une fois, les parents d'un élève se sont pointés dans l'établissement avec un avocat au motif que leur fils aurait été injustement évalué par Sophia. Cet épisode l'a passablement secouée. Mais pas au point de se sentir vraiment menacée. Ça lui a pris la tête, c'est tout.

— Vous vous souvenez de leur nom ? Et de la date de l'incident ?

— Ça s'est passé pendant la première année de notre relation, en 2016 donc. Mais je ne me rappelle plus le nom des parents.

— Pas de problème. Je le trouverai par l'intermédiaire de l'école. Autre chose ?

— Non. Il faut dire qu'elle n'a jamais beaucoup parlé de son passé.

— Seul son père est encore vivant. Elle n'a pas de frères et sœurs. Tout le monde semble l'apprécier ici, les habitants du village comme ses collègues. Mais apparemment elle n'a pas d'amis vraiment proches.

— Effectivement. Ça a toujours été mon impression. À Manchester, elle connaissait beaucoup de monde – les collègues, les membres du club de gym, les voisins. Elle avait des relations amicales avec tous, mais sans qu'on puisse parler réellement d'amitiés. Elle ne se laissait pas vraiment approcher.

Elle était chaleureuse, aimable, toujours prête à donner un coup de main. Une vraie bonne camarade, en quelque sorte. Mais je ne crois pas qu'elle permettait à qui que ce soit d'avoir accès à sa vie intérieure. Ni qu'elle parlait d'elle. On est sortis ensemble pendant deux ans, mais je ne sais pour ainsi dire rien de son passé.

— Qu'est-ce qui a provoqué votre séparation ?

— Elle avait postulé pour un emploi à la Graham School, ici, à Scarborough. Sans m'en informer. Et, un soir, alors qu'on dînait ensemble, elle m'a dit tout de go que sa candidature avait été acceptée et qu'elle cherchait une maison à Scarborough ou dans les environs. C'est comme si j'avais reçu un coup sur la tête.

Nick s'interrompit. Le souvenir de cette soirée le rendait à l'évidence toujours aussi perplexe.

— Je me rappelle encore dans quel restaurant italien on était, à quelle table... De mon côté, j'avais prévu de lui proposer qu'on parte ensemble pour les vacances d'été. Et elle m'a sorti ça.

— C'est un comportement très étrange.

— C'est aussi ce que j'ai trouvé. On ne vivait pas ensemble, mais on avait une relation suivie. On se voyait le week-end, on parlait de nous. Ou du moins je lui parlais de moi. Elle, comme je l'ai dit, elle ne racontait pas grand-chose la concernant.

— Il se peut que ce soit son tempérament. Mais peut-être aussi qu'elle a eu un gros problème dans sa vie.

— Quoi qu'il en soit, elle a trouvé cette maison, signé le bail et quitté Manchester.

— Et elle a expliqué sa décision comment ? Elle a bien dû vous dire pour quelle raison elle voulait changer d'établissement, non ?

— Elle m'a simplement répondu que le changement était une bonne chose. Qu'il fallait se fixer de nouveaux défis. Rencontrer d'autres gens. Ce type de discours, en gros. J'étais hyper blessé. Car au fond ça voulait dire qu'elle tenait moins à notre relation que moi.

— Mais vous êtes restés amis ?

— Oui, mais ça a été de mon fait. J'ai gardé le contact, essentiellement par WhatsApp. Et comme cette semaine je venais dans le coin pour le boulot, je lui ai proposé qu'on se voie. Elle a accepté. En plus c'est les vacances scolaires.

— Et c'est ici que vous deviez vous retrouver ?

— J'avais prévu de passer la chercher pour aller déjeuner quelque part. J'ai été étonné qu'elle ne réagisse pas quand je lui ai confirmé notre rendez-vous ces derniers jours. Et puis j'ai pensé que ça l'avait agacée, parce que ce n'était pas vraiment nécessaire. Du coup, je ne lui ai plus envoyé de messages et je suis venu, c'est tout.

— Le portable de Sophia s'est cassé dans sa chute. On est en train de récupérer les données et d'examiner son ordinateur.

— Je ne comprends pas, dit Nick. Je ne comprends pas, vraiment.

— Quand elle est partie comme ça de Manchester, est-ce que vous avez eu un mauvais pressentiment ? En dehors du fait que vous étiez blessé et bouleversé. D'après vous, pourquoi est-ce qu'elle a déménagé ?

— J'ai tout de suite pensé à un autre homme. Qu'elle avait rencontré quelqu'un et qu'elle partait le rejoindre. Mais elle n'était pas du genre à ne rien dire. Elle avait beau être très secrète, elle était très franche dans la vie de tous les jours. Ce n'était pas le style de femme à voir quelqu'un d'autre pendant des mois sans le dire, puis à prendre la tangente sous un prétexte quelconque. Elle m'en aurait parlé.

— Et vous avez pensé à autre chose ? Vous avez dû beaucoup réfléchir à tout ça.

— J'ai passé des nuits entières à ruminer cette histoire. À me demander quelle erreur j'avais bien pu commettre. Pourtant elle m'avait assuré que ça n'avait rien à voir avec moi.

Il s'interrompit. Kate se garda d'intervenir, sentant qu'il essayait d'être aussi sincère que possible.

— Ça va peut-être vous paraître bizarre, reprit-il enfin.

Mais il y a eu des moments où il m'a semblé qu'elle avait peur. De quelque chose ou de quelqu'un. Même si elle n'a rien dit qui puisse le laisser penser.

— Qu'est-ce qui vous fait dire ça ?

— Quelquefois, elle était nerveuse, inquiète, pas comme d'habitude. Je ne rattacherais pas ça à quelque chose de précis, c'était juste dans sa façon d'être. Elle avait changé. Pas tout le temps, mais par moments. Oui, nerveuse, je crois que c'est le terme qui décrit le mieux son état. Nerveuse.

— À cause de son nouveau job ?

Cela n'aurait pas été absurde, songea Kate. Elle n'avait qu'à penser aux moments difficiles qu'elle avait connus lorsqu'elle avait décidé de quitter Scotland Yard pour prendre un nouveau départ à Scarborough.

Nick secoua la tête.

— Pas sûr. Je n'avais pas l'impression que c'était le changement d'établissement qui l'inquiétait, mais je serais bien incapable de vous expliquer ce que j'ai ressenti. C'est difficile à décrire, une intuition. Ce n'était plus la Sophia que j'avais connue. Comme si quelque chose avait déraillé dans sa vie. Oui, c'est ça, déraillé. Mais je n'ai pas la moindre idée de quoi.

2

— « Déraillé », grogna Stewart. Ça ne nous avance pas à grand-chose.

Ils se trouvaient dans son bureau. Kate, le sergent Helen Bennett et Robert Stewart. Kate venait de leur raconter sa rencontre avec Nick Gelbero. Robert, qui n'avait pas le plus petit indice auquel se raccrocher, s'était jeté sur le quadragénaire.

— Il y aurait peut-être un truc, là, non ? Il l'aimait et elle l'a quitté. Comme ça, d'une manière plutôt blessante. Et maintenant, il veut se venger.

Kate secoua la tête.

— Un an plus tard ? Et puis il a vraiment été choqué en apprenant ce qui s'était passé. On ne peut pas jouer la comédie à ce point.

— Il est dans le cinéma.

— Le film documentaire. Et il est producteur, pas acteur.

— Moi, je l'inscrirais sur la liste des suspects.

— Quelle liste ? laissa échapper Helen. Pardon, mais est-ce qu'on a vraiment une liste de suspects ?

C'était effectivement une bonne question.

— Jacob Paget ne me plaît pas, répondit Robert. Ce Nick Gelbero non plus. Vous savez très bien que la plupart des crimes sont commis au sein de la famille et du couple.

— Exact, approuva Kate. Sauf que là, nous avons deux femmes et deux partenaires différents. Ces deux femmes et ces deux hommes n'ont aucun lien entre eux. Aucun de ces couples n'a entendu parler de l'autre.

— Du moins pour ce qui concerne Xenia Paget, son mari et ce Gelbero, précisa Stewart. Sophia Lewis n'a pas encore pu s'exprimer sur la question. J'ai le sentiment que d'une manière ou d'une autre elle est la clé de toute cette histoire.

— Malheureusement, pour l'instant on va devoir faire sans elle, répliqua Kate.

— Comment voyez-vous la suite ?

Robert n'avait pas l'air de vouloir prendre d'initiatives. Mais, à vrai dire, il disposait de si peu d'indices que c'était compréhensible.

Et puis il ne s'est pas encore familiarisé avec le rôle de chef, se dit Kate. Jusque-là, il n'a pas franchement donné l'impression de diriger l'enquête.

Pour un peu, elle l'aurait plaint. Faire ses débuts avec une affaire pareille… Cela étant, sa compassion avait des limites. Il ne s'était pas montré très loyal avec Caleb en le dénonçant pour mettre la main sur son poste. À présent, il n'avait qu'à se débrouiller.

— Je vais faire un saut à Manchester, répondit-elle. Je veux parler avec le directeur de l'établissement où Sophia a enseigné. Il faut que j'explore la piste de ces parents furieux dont le fils aurait été injustement noté par Sophia. Je suis à peu près sûre qu'ils n'ont rien à voir dans cette histoire, mais je ne veux pas exclure cette hypothèse sans être certaine que c'est bien le cas.

— Bien, très bien.

Le portable de Helen bourdonna. Elle s'excusa et sortit de la pièce.

Robert feuilleta ses dossiers.

— Sophia Lewis est née à Birmingham. Est-ce qu'elle a encore de la famille là-bas ? Des amis ?

— Le père est toujours vivant. J'irai le voir. Pour le moment, on n'a rien de mieux à faire que de scruter le passé de Sophia pour essayer d'en tirer le plus d'infos possible.

— Et celui de Xenia Paget ?

— C'est plus compliqué. Elle a passé la plus grande partie de sa vie en Russie, qui plus est dans une région reculée. Se déplacer là-bas pour enquêter serait...

— ... extrêmement coûteux, compléta Robert. Peut-être en dernier recours. Enfin quoi, il doit quand même être possible d'amener cette femme à parler, non ? Quelqu'un cherche à la flinguer dans un train bondé et elle n'a aucune idée du mobile ?

Kate répéta ce qu'elle avait rapporté à Caleb.

— Je crois qu'elle a des soupçons. Mais elle ne veut pas en parler, elle a peur.

— Bizarre, tout de même. Elle est sur la liste des personnes à abattre d'une espèce de dingue et elle a peur de se confier à la police ? Qu'est-ce qu'elle a à perdre ?

— Elle a plus peur de nous que de lui, visiblement, lâcha Kate d'un ton pensif. Ce qui laisserait penser que, dans son passé, il y a quelque chose qui pourrait lui valoir des poursuites. Du moins c'est ce qu'elle imagine. Je vais chercher par quelle agence Jacob Paget a fait sa connaissance. Ça nous sera peut-être utile.

— Vous devriez insister pour qu'elle joue cartes sur table avec nous. Qu'elle comprenne que c'est important si elle veut qu'on puisse la protéger.

— Je passerai lui parler. Avant d'aller à Manchester.

— Cette affaire n'a ni queue ni tête, soupira Robert.

Il avait l'air dépassé.

Il faut que je dise ça à Caleb, pensa Kate avec un soupçon de satisfaction. L'instant d'après, elle se sentit puérile.

— Comment ça se passe avec l'affaire White ? demanda-t-elle pour changer de sujet.

Stewart parut aussitôt très soulagé.

— Tout est parfaitement clair. Jayden White est en détention provisoire. Il passera un long moment en prison, un très long moment. Malheureusement, ça ne ramènera pas sa femme et ses filles à la vie.

— Caleb devra témoigner ?

— Oui, c'est lui qui a mené l'échange décisif.

— Est-ce qu'il risque d'avoir d'autres problèmes ?

— Il se peut qu'il y ait une enquête interne, répondit Robert d'un ton évasif.

Ils se regardèrent. Hale parut soudain flotter entre eux, plombant l'atmosphère un bref instant.

— Donc…, reprit Robert en passant délibérément à autre chose – aussitôt interrompu par le retour de Helen.

— L'hôpital a appelé. Sophia Lewis a quitté le service des soins intensifs. C'est déjà une bonne nouvelle.

— Dieu soit loué, dit Kate.

— Est-ce qu'elle peut parler ? s'enquit Robert.

Helen secoua la tête.

— J'ai tout de suite posé la question. Malheureusement, c'est non.

— Merde ! lâcha Robert.

— Soyons patients, fit Kate.

3

Si je n'avais pas ce cours de langue, songea Xenia Paget, je crois que je deviendrais folle.

Elle adorait ses élèves. Et ils le lui rendaient bien. Ils venaient de Syrie, d'Irak, d'Afghanistan et même, pour deux d'entre eux, de Somalie. Xenia appréciait ce travail. Elle savait que son exemple représentait une source d'inspiration pour eux.

« Pendant les trois quarts de ma vie, je n'ai parlé que le russe, aimait-elle à expliquer. Et écoutez comme je m'exprime en anglais aujourd'hui ! Si j'y suis arrivée, vous y arriverez aussi. »

Elle était heureuse d'avoir affaire à des gens avec qui elle partageait un bout d'histoire : venir d'un pays étranger, lointain, qu'on avait quitté en raison de la guerre, de la misère ou, comme dans son cas, d'une absence totale de perspectives. Se retrouver au milieu de gens inconnus, au sein d'une culture inconnue avec des us et coutumes inconnus et, surtout, une langue inconnue. Xenia savait combien c'était déstabilisant et angoissant, et se souvenait à quel point on se sentait déraciné et perdu. Cependant elle avait pu vérifier que maîtriser la langue du pays d'accueil était la clé de tout : en permettant les échanges, cela ouvrait les portes et facilitait l'intégration. C'était le garant d'un nouvel avenir.

Ce soir-là, elle regagna sa voiture garée sur le grand parking désert situé devant le centre socioculturel de Headingley. Comme chaque semaine, elle repensait à la satisfaction que lui avait procurée la présence de ses élèves. Mais elle était consciente de ce qui lui faisait attendre la soirée du lundi avec autant d'impatience : c'était le seul moment où elle pouvait échapper à son foyer. À la mauvaise humeur de Jacob, à son despotisme et à sa méchanceté cynique. Deux heures par semaine pendant lesquelles elle se sentait libérée de son emprise. Où elle était elle-même. C'était comme si, durant ces deux heures, elle respirait à fond pour pouvoir supporter les sept jours qui suivraient en attendant le moment où elle s'évaderait de nouveau.

Il était déjà un peu plus de 22 heures. Normalement, le cours finissait à 21 heures mais, ce jour-là, une des femmes, Aabidah, originaire de Syrie, était arrivée avec un gâteau pour fêter son anniversaire. Si bien qu'après s'être appliqué pendant deux heures, tout le groupe s'était installé à une table dans la sinistre salle, avait mangé le gâteau, bu de la limonade dans des gobelets en carton et même allumé quelques bougies. Xenia s'était sentie comme dans un bain chaud et réconfortant jusqu'au moment où elle avait pris conscience qu'elle s'exposait à de gros ennuis en rentrant en retard. Elle avait envoyé à Jacob un message WhatsApp dans lequel elle parlait de l'anniversaire et expliquait qu'elle n'avait pu refuser l'invitation. À présent qu'elle était devant sa voiture à la nuit tombante, elle s'apercevait que son mari ne l'avait pas encore lu. Ce n'était pas bon signe. Il serait furieux et alors ce serait l'horreur. Jacob n'avait jamais levé la main sur elle, il préférait blesser verbalement et Xenia avait parfois l'impression que c'était encore pire. Il éprouvait un malin plaisir à critiquer son physique, qui s'était considérablement dégradé ces dernières années, et se moquait de son obésité.

« Comment est-ce qu'on peut se laisser aller comme ça ? avait-il encore lâché quelques jours plus tôt avec mépris. C'est tout bonnement écœurant. »

Elle lui écrivit aussitôt.

Je pars maintenant. J'arrive.

Peut-être entendrait-il le bip annonçant l'arrivée d'un message et consulterait-il enfin son téléphone. Xenia n'osait pas l'appeler. Il se déchaînerait immédiatement. Cela lui laissait un peu de répit.

Avec un soupir elle sortit du parking. Le retour à Bramhope ne prenait pas plus de vingt minutes. À présent, la nuit tombait rapidement. Elle alluma les phares. Elle aurait tellement aimé pouvoir rentrer dans une maison vide. Avec tout au plus un chat ou un chien. Elle se serait fait un thé, aurait regardé un peu la télé, se serait couchée avec un livre. Le genre de choses qu'on ne pouvait pas faire lorsqu'on était mariée avec un homme comme Jacob.

Au sortir de Headingley, un des quartiers périphériques de Leeds, la route serpentait entre des champs et des bois parsemés de fermes isolées et, çà et là, de quelques entrepôts appartenant à des entreprises de la ville. Il n'y avait quasiment pas de circulation. Xenia préférait prendre cette vieille départementale pour rentrer à Bramhope – qui rallongeait pourtant un peu le trajet – plutôt que la voie rapide, empruntée par la plupart des automobilistes. Même en sachant que Jacob serait fou furieux de la voir arriver en retard, elle n'essayait pas de faire au plus court. De toute façon c'était peine perdue.

Elle roulait très lentement, par crainte des chevreuils qui traversaient parfois la chaussée. Derrière elle, il n'y avait personne pour l'obliger à accélérer. Dans l'autre sens aussi la route était déserte.

La paix. Une paix magnifique. Le calme avant la tempête domestique.

Elle était si absorbée dans ses pensées qu'elle ne remarqua le véhicule placé en travers qu'au dernier moment. Paniquée, elle freina à fond. Sa voiture stoppa juste à temps. Xenia scruta le véhicule. Il occupait la route de telle sorte qu'on ne pouvait passer ni à droite ni à gauche.

Mais qu'est-ce que c'est que ça ? se dit-elle. Qui aurait l'idée de laisser sa voiture en plein milieu de la route ?

Elle regarda autour d'elle, mais ne vit personne. Cela étant, il faisait très sombre à présent. La voiture paraissait vide, mais rien n'était moins sûr.

Un accident ? Le conducteur serait sorti et se serait traîné dans les prés ? Mais pourquoi ?

Une panne d'essence ? Dans ce cas, il était peut-être parti rejoindre la station-service la plus proche. Mais il aurait garé sa voiture au bord de la route. Seul un homme ivre la laisserait ainsi en plein milieu de la chaussée.

Ou quelqu'un qui voudrait bloquer la voie.

Xenia fut envahie par un mauvais pressentiment. Il faisait nuit, elle était complètement seule. Elle ne pouvait pas poursuivre son chemin et ne savait pas non plus si elle parviendrait à faire demi-tour à cet endroit. Et si c'était à *elle* qu'on avait voulu tendre une embuscade ?

Un peu plus d'une semaine auparavant, quelqu'un avait bien essayé de l'abattre.

Comment pouvait-on savoir qu'elle se trouverait à cette heure à cet endroit, et que personne d'autre ne passerait ?

Quelqu'un savait pourtant que j'étais dans le train de Londres pour York, se dit-elle, affolée.

En défaisant précipitamment sa ceinture de sécurité, elle appuya sur le klaxon sans le vouloir. Le bruit transperça le silence de la nuit et Xenia poussa un cri d'effroi presque plus aigu. Elle se mit à tripoter frénétiquement tous les boutons et les leviers de commande qu'elle trouvait afin de déclencher le verrouillage centralisé – avant de se rappeler que celui-ci ne fonctionnait pas dans la vieille voiture que Jacob lui avait achetée d'occasion et qui ressemblait à un tas de ferraille sur roues. Elle se retrouvait coincée sur cette départementale déserte et si quelqu'un avait décidé de l'agresser, il n'avait qu'à ouvrir la portière pour la cueillir comme une fleur.

Prise de tremblements, elle s'exhorta mentalement au calme : peut-être tout cela était-il parfaitement anodin.

Cependant qu'y avait-il d'anodin dans une voiture garée la nuit en travers d'une départementale déserte ?

En tout cas, il n'était pas question de rester ici. Elle envisagea d'appeler Jacob pour lui demander de venir, mais il ne serait pas d'un grand secours. Il ne pourrait pas déplacer le véhicule. Ou peut-être que si ? Peut-être qu'en s'y mettant à deux ils parviendraient à le ranger sur le bas-côté. Mais il jurerait et pesterait tant et plus en la traitant d'imbécile, de manière totalement irrationnelle, comme à son habitude.

Il faut que j'essaie de faire demi-tour, en conclut-elle.

À cet endroit, la route était étroite. D'un côté, elle était bordée par un muret, de l'autre, par une butte herbeuse. Il fallait qu'elle parvienne à éviter le muret. Jacob contrôlait sans arrêt la voiture pour vérifier d'éventuelles éraflures ou bosses.

Elle recula légèrement et braqua à fond, puis répéta la manœuvre pour gagner quelques millimètres à chaque fois. Xenia se retrouva vite en sueur. À présent, l'obscurité était totale, elle ne distinguait plus rien.

Elle avait bien progressé et commençait à croire qu'elle y arriverait quand deux phares apparurent. Une voiture approchait, venant de la même direction qu'elle. Elle ralentit, puis s'arrêta à quelque distance.

Xenia ne voyait rien, les phares braqués sur elle l'aveuglaient. Le conducteur ne se souciait ni de les éteindre ni de mettre les codes. Elle avait l'impression d'être sur scène, la lumière des spots en plein dans les yeux. Elle reprit précipitamment sa manœuvre, mais un choc ainsi qu'un vilain crissement lui apprirent qu'elle avait percuté le muret. Cette fois, on ne pouvait plus parler d'éraflure ni de bosse : elle avait embouti l'arrière en appuyant trop vivement sur l'accélérateur.

Elle regarda en direction de l'autre véhicule, aperçut une silhouette devant les phares. Un homme, qui se dirigeait lentement vers elle.

Sans doute avait-il une arme.

Le moteur cala. Xenia ouvrit brutalement la portière,

abandonna toutes ses affaires, son sac à main, son portable, l'écharpe qu'elle avait prise au cas où la soirée serait fraîche. Tout ça n'avait plus aucune importance. Elle ne voulait pas mourir. Elle ne voulait pas être abattue là, coincée entre deux voitures. Elle voulait fuir. Fuir, c'est tout.

Elle essaya de gravir la butte, mais la pente était plus raide qu'elle n'en avait l'air et Xenia glissa à plusieurs reprises. Son surpoids était loin de la rendre agile. Elle grimpa à quatre pattes, s'accrochant aux touffes d'herbe, prenant appui sur des racines saillantes. À un moment, elle crut entendre quelqu'un lancer un appel, mais ne comprit pas ce qu'il disait. Le sang battait à ses oreilles. C'était bien un piège, au fond elle s'en était doutée dès le début. Peu importait comment ses ennemis s'y étaient pris, ils avaient réussi et étaient manifestement très déterminés.

Ils ? Étaient-ils plusieurs ? Ou juste un ? Lui ? À cause de cette histoire autrefois ? Elle n'aurait jamais dû être complice, elle avait commis un acte horrible et sans scrupules. Mais qu'aurait-elle dû faire ? Qu'aurait-elle *pu* faire dans la situation qui était la sienne à l'époque ?

Elle était enfin parvenue en haut de la butte. Devant elle s'étendait un champ qui heureusement avait déjà été moissonné. Elle se mit à courir. Le sol était inégal, elle ne cessait de trébucher, des tiges dures piquaient ses mollets nus. Elle perdit une chaussure, poursuivit sa course en dépit de la douleur. Elle s'en fichait. Tout comme elle se fichait d'être hors d'haleine, d'avoir un point de côté, le cœur qui tambourinait dans la poitrine. Elle irait jusqu'à l'autre bout du monde s'il le fallait, mais elle ne se laisserait pas assassiner.

Pourtant, elle dut s'arrêter, à bout de forces, et se plia en deux. Elle ruisselait et commençait à frissonner dans la fraîcheur de la nuit. Son pied nu était en sang, c'était du moins l'impression qu'elle avait.

Elle se redressa, s'efforça de respirer plus lentement. Pour la première fois, elle osa se retourner. Elle ne savait pas du tout à quelle distance de la route elle se trouvait. Derrière elle, il n'y avait que l'obscurité et le silence. Le vent passait dans les arbres, faisant bruire les feuilles. Une chouette hulula, une deuxième lui répondit. Rien d'autre. Elle ne semblait pas avoir été suivie.

Elle resta encore un moment à écouter, mais n'entendait rien d'autre que les battements de son cœur et le grondement du sang dans ses oreilles. Alors elle entreprit de faire le point. Elle avait atterri en pleine nuit dans un champ à la périphérie de Leeds, vêtue d'une légère robe à bretelles en coton, chaussée d'une seule sandale. Elle n'avait ni son sac, ni son portable, ni ses clés de voiture. Plus rien, donc. Elle avait tout abandonné sur place parce qu'un homme était descendu d'une voiture et s'était dirigé vers elle. Un homme qui, tout comme elle, s'était retrouvé dans l'impossibilité de poursuivre sa route. Fallait-il s'étonner qu'il ait quitté son véhicule pour examiner la situation de plus près ? Il avait aperçu une voiture garée en travers de la chaussée et un second véhicule qui essayait désespérément de faire demi-tour. Comment était-il censé réagir ? Il avait peut-être pensé qu'il s'agissait d'un accident. Du coup il était sorti de sa voiture. Pourquoi avait-elle cru qu'il voulait la tuer ?

— Je suis vraiment au bout du rouleau, marmonna-t-elle.

À présent, la question était de savoir ce qu'il convenait de faire. Tout en jugeant qu'elle avait eu une réaction disproportionnée sous l'effet de la panique, elle n'osait pas retourner à sa voiture. D'ailleurs elle ignorait si elle serait capable de la retrouver. Elle ne savait plus d'où elle était venue.

Devant elle, malheureusement assez loin, elle distinguait les lumières de Leeds. Réverbères, vitrines éclairées, cinémas encore ouverts... À cette heure, toutefois, la plupart des gens devaient dormir. Peut-être trouverait-elle un commissariat. Elle avait besoin d'aide. Les lumières. Il fallait marcher en direction des lumières. Là où il y avait des lumières, il y avait des êtres humains.

Son pied nu lui faisait horriblement mal.

Elle serra les dents et se remit en route d'un pas trébuchant.

En fait, Sacha était un bon petit. Très silencieux et replié sur lui-même. Il contemplait le monde avec de grands yeux et paraissait continuellement occupé à essayer d'assimiler ce qu'il voyait. À le comprendre. À l'intégrer dans un schéma de pensée qui nous était inconnu et ne correspondait pas à celui des autres enfants de son âge.

« Qu'est-ce qu'il a ? » nous demandaient les gens après l'avoir regardé pendant un moment. Il était évident que ce n'était pas un enfant « normal ». Et ce pas seulement en raison de son calme. Il avait l'air bizarre avec sa tête trop petite, le regard absent de ses yeux sombres et son corps maigre et sous-développé qui ne voulait pas grossir en dépit d'une bonne alimentation.

« Ça s'arrangera », répondait-on avec entrain, ce qui était une manière d'esquiver la question.

« Syndrome d'alcoolisation fœtale ? » suggérait Alice quand on était seuls.

On le fit examiner par deux spécialistes, qui affirmèrent l'un et l'autre pouvoir exclure cette hypothèse. Malheureusement, ils se montrèrent incapables de dire ce dont il souffrait. On avait trop peu d'informations sur son passé.

« Je soupçonne un accident à la naissance, dit un médecin de l'hôpital universitaire de Cambridge, qu'on alla également consulter. Un manque d'oxygène au cours de l'accouchement. C'est moins fréquent de nos jours, mais ça arrive encore.

— Et ça aurait entraîné une lésion cérébrale ? demandai-je avec circonspection.

— C'est tout à fait possible.

— Et qu'est-ce que ça signifie ? voulut savoir Alice.

— C'est difficile à dire. Lésion cérébrale est un terme qui recouvre tout un tas de choses. Il est possible qu'il ait davantage de difficultés d'apprentissage que d'autres, mais qu'il finisse par bien s'en sortir. Il se peut aussi qu'il soit préférable de le scolariser dans une école spécialisée. Il aura peut-être des problèmes à se faire des amis ou à nouer des relations. Pour le moment, on ne peut rien dire.

— Mais vous devez tout de même être en mesure d'établir un diagnostic plus précis, non ? insistai-je.

— Dans tous les cas, il a un retard de développement considérable. Et seul l'avenir dira dans quelle mesure ce retard sera rattrapable. »

Il fut impossible d'en savoir davantage. Personne, sans doute, n'en savait davantage.

Sacha avait à l'évidence des difficultés de compréhension. Et, bien sûr, il avait du mal à s'exprimer. Pourtant, ne dit-on pas couramment que c'est un jeu pour les enfants de cet âge d'apprendre une autre langue ? Alice eut l'idée de faire tester le vocabulaire russe de Sacha. Elle dénicha une russophone qui vint s'entretenir avec lui. Qui essaya du moins. Le résultat fut accablant.

« Son vocabulaire est très inférieur à celui d'un enfant de son âge en bonne santé. Il s'exprime par bribes et avec maladresse. Son élocution est difficile à comprendre. Il aura besoin de beaucoup de soutien. »

Au lieu de mener une vie de famille normale avec sorties au terrain de jeu, dégustation de glaces et anniversaires d'enfants, on passa bientôt l'essentiel de notre temps à conduire Sacha chez l'orthophoniste, le kiné, le chiropracteur et l'ostéopathe. Le soutien dont il avait besoin devint rapidement un travail à temps complet. Pour l'essentiel, ce fut Alice qui s'en chargea.

On s'était demandé qui de nous deux devait renoncer à son activité professionnelle pour s'occuper de Sacha, car on avait vite compris qu'on ne pouvait pas se contenter de l'inscrire au jardin d'enfants et de l'abandonner aux bons soins des éducatrices. Je m'étais laborieusement constitué une clientèle en tant que conseiller fiscal et gagnais un peu plus qu'Alice, qui était employée dans un laboratoire pharmaceutique.

« Financièrement parlant, il serait plus raisonnable que ce soit moi qui continue à travailler », avais-je dit avec précaution. Je savais que ce faisant je me déchargeais sur elle d'un rôle plutôt ingrat. Elle s'était inclinée en soupirant.

Et donc, le matin, je m'échappais avec soulagement au bureau pendant qu'Alice ratissait les Midlands de l'Est à la recherche de médecins et de guérisseurs. Le soir, quand je rentrais, je vantais les progrès de Sacha. En réalité, ils étaient pour ainsi dire inexistants, mais Alice, de plus en plus épuisée et frustrée, avait à l'évidence besoin d'encouragements et j'essayais de l'aider de mon mieux. Parfois, tout de même, il y avait une lueur. Sacha finit par assimiler quelques bribes d'anglais et on avait l'impression qu'il nous comprenait mieux qu'au début. Il avait aussi l'air un peu moins gauche quand il grimpait sur la petite balançoire que j'avais installée dans le jardin. Les gens du village, situé à quelques minutes de voiture de Nottingham, se comportaient avec une grande gentillesse envers Sacha, « l'orphelin de Russie ». Mais je voyais très bien le regard sceptique qu'ils posaient sur lui. Et la compassion qu'ils éprouvaient pour nous.

Au bout de un an environ, Alice se risqua à inscrire Sacha au jardin d'enfants. Elle estimait qu'il n'était pas bon pour lui d'être constamment avec elle sans avoir de contacts avec les enfants de son âge. Mais en vérité, elle était à bout. Elle n'avait plus d'activité professionnelle qui pouvait la stimuler, elle passait tout son temps en compagnie d'un enfant attardé et de thérapeutes qui lui faisaient faire des exercices laborieux auxquels elle était contrainte d'assister. Je sentais qu'elle allait très mal psychologiquement. On avait enfin un enfant, mais notre vie était si différente de ce qu'on avait imaginé que cela nous éreintait. J'attendais continuellement un miracle. Une avancée, un progrès soudain et spectaculaire chez Sacha, n'importe quoi. Quelque chose qui nous aurait projetés sur-le-champ dans la normalité d'une vie de famille heureuse.

« C'est quoi, la normalité ? » demanda un collègue auprès de qui je m'épanchais un jour que nous buvions une bière après le travail. Cette phrase est un grand classique quand on ne sait pas quoi répondre et qu'on se réfugie dans les lieux communs les plus éculés.

Irrité, je répondis : « Ce qui serait normal, c'est que notre fils, qui a maintenant 4 ans, aille au jardin d'enfants ou, mieux encore, à la maternelle. Que ma femme puisse reprendre son activité professionnelle. Que Sacha ait des amis avec qui jouer au lieu d'être dans les jupes de sa mère vingt-quatre heures sur vingt-quatre et de la faire dépérir de frustration. Le week-end, j'aimerais bien jouer avec lui au foot, lui apprendre à faire du vélo et à nager. On aurait envie de parler avec lui sans avoir à se demander tous les trois mots ce qu'il peut bien vouloir dire. Voilà ce qui serait normal. »

Le collègue n'avait plus rien dit.

On inscrivit donc Sacha au jardin d'enfants. Dans un premier temps, pas plus de deux heures le matin. Les autres étaient tous plus jeunes, mais bien plus avancés que lui. Quand j'allais le chercher parce que Alice, qui avait développé une « mauvaise humeur dépressive », selon la formule du médecin, restait parfois toute la journée au lit, l'écart qui existait entre notre fils et les autres m'apparaissait avec une clarté presque douloureuse. Il était si silencieux. Si maladroit. Si lent. De temps en temps il essayait apparemment de prendre part à un jeu, mais il ralentissait tout le monde. Ses camarades réagissaient avec colère ou l'ignoraient, si bien qu'il finissait par renoncer.

« À l'école, il lui faudra beaucoup de soutien pour pouvoir se débrouiller, me dit une des puéricultrices. Mais d'après moi, certaines choses ne s'amélioreront malheureusement pas.

— Au moins il n'est pas agressif, répondis-je, essayant de me redonner un peu de courage.

— La plupart du temps, non.

— Comment ça, la plupart du temps ? »

Elle me fit part de deux incidents. Sacha, qui avait été violemment bousculé, s'était soudain mis à gronder comme une bête sauvage et à donner des coups de poing. Par chance, personne n'a ait été blessé.

« Mais c'est très bien qu'il se défende quand il est attaqué ! répliquai-je.

— Il n'a pas été directement attaqué. Les enfants jouaient sans…

— … sans faire attention à lui, l'interrompis-je, fâché. Et il s'est défendu. C'est normal.

— Sa réaction était disproportionnée, inappropriée. »

« Gronder comme une bête sauvage »… « Disproportionnée »… « Inappropriée »…

Elle essayait d'en faire un monstre. Pas question que je marche dans la combine. Cette façon de le stigmatiser était ridicule.

Un mois tout juste après cet échange, par une chaude journée de juillet, Alice reçut un coup de fil. Elle se trouvait alors à Nottingham, où elle était allée faire du shopping. C'était la première fois qu'elle en avait manifesté l'envie depuis que Sacha vivait avec nous. Y voyant un signe enfin positif, je l'avais fortement encouragée à le faire. Alice semblait très lentement reprendre goût à la vie.

L'appel lui parvint alors qu'elle était dans la cabine d'essayage. C'était le jardin d'enfants.

Sacha avait essayé de noyer une petite fille dans la pataugeoire. L'incident était grave. On lui demandait de venir sans délai.

Mardi 30 juillet 2019

1

La sonnerie de son téléphone tira Kate de son sommeil à 1 heure du matin. Elle entendit à l'autre bout du fil quelqu'un sangloter et tenir des propos décousus. Le numéro affiché sur l'écran de son portable lui était inconnu et il lui fallut quelques instants pour arracher son nom à son interlocutrice.

— Xenia ? fit-elle, étonnée. Xenia Paget ?

— Est-ce que je peux venir vous voir ? Je vous en prie, laissez-moi venir chez vous !

— Mais où êtes-vous ? demanda Kate en se redressant dans son lit. Qu'est-ce qui se passe ?

— Je suis dans une voiture de police. À Leeds.

— Qu'est-ce que vous faites à cette heure-ci dans une voiture de police ?

À présent, Kate était pleinement réveillée et en alerte.

Merde. Ses craintes se vérifiaient. Xenia s'était de nouveau retrouvée dans la ligne de mire de l'inconnu.

En tout cas, elle paraissait saine et sauve. Et les collègues de Leeds étaient intervenus.

Le récit de Xenia fut passablement incohérent, mais Kate finit par comprendre ce qui lui était arrivé. À la suite de quoi Xenia avait rejoint un lotissement de la banlieue de Leeds, sonné à la première maison qui se présentait et supplié ses occupants d'avertir la police. Une patrouille était venue la chercher et, une fois au commissariat, elle s'était expliquée. On était au courant de l'agression dont elle avait été victime dans le train, aussi avait-on pris son récit très au sérieux. Deux policiers s'étaient rendus avec elle à l'endroit où se trouvait sa voiture. Le véhicule qui bloquait la chaussée était toujours là. En revanche, la troisième voiture et l'homme qui avait éveillé ses soupçons avaient disparu. Son sac à main, ses clés, son portefeuille et son téléphone étaient là où elle les avait laissés, sur le siège passager.

— Quand vous m'avez prêté votre portable, à York, j'ai appelé le mien pour avoir votre numéro, précisa Xenia. Vous êtes la seule personne à qui je veux parler, et chez qui je veux aller.

Pas de bol, pensa Kate. Mais elle se souvint qu'à ce moment-là elle n'avait pas eu le choix, il fallait bien que Xenia puisse téléphoner.

— Est-ce que je pourrais parler à un des policiers ? demanda-t-elle.

Xenia s'exécuta et lui passa un dénommé Wilson. Celui-ci semblait passablement énervé.

— On va embarquer la voiture qui bloque la chaussée, sergent. Et on est en train de ratisser le coin. D'essayer de découvrir à qui elle appartient. On est prêts à raccompagner Mme Paget chez elle, mais elle refuse de rentrer. Elle veut aller chez vous.

— Et sa voiture ?

— Un collègue est allé la garer sur une place de stationnement. Elle ne gêne plus la circulation. On va l'examiner de fond en comble, mais pour être franc je ne crois pas que ça nous apprenne grand-chose. Tout ce que Mme Paget avait laissé est là : portefeuille, clés, portable. Il ne manque rien. Je pense que personne n'a touché au véhicule, mais on va vérifier.

— Très bien. Demain, j'appellerai le sergent Jenkins. Pourriez-vous me repasser Mme Paget, je vous prie ?

Kate essaya de convaincre Xenia de se laisser reconduire chez elle, mais celle-ci devint presque hystérique.

— Non, non ! Surtout pas ! Je vous en prie ! J'ai embouti

l'arrière de la voiture en manœuvrant. Peut-être même démoli le châssis. Et je suis hyper en retard. Jacob sera fou furieux. Je ne peux absolument pas rentrer à la maison. S'il vous plaît, laissez-moi venir chez vous !

Kate finit par accepter. Elle n'était vraiment pas ravie : recevoir chez soi une personne impliquée dans une enquête n'était clairement pas conseillé – mais elle avait l'impression que Xenia était près de craquer. Elle se promit de veiller à ce qu'elle ne reste pas longtemps et à la faire rentrer chez elle au plus vite.

À moins, se dit-elle, mal à l'aise, qu'elle ait vraiment été victime d'une nouvelle tentative d'agression. Que la présence de la voiture en travers de la route n'ait pas été un hasard, pas plus que la brusque apparition de l'homme. Dans ce cas, il faudrait envisager d'autres mesures de protection qu'une simple patrouille passant toutes les heures devant sa maison.

Les policiers s'étaient pliés en grinçant des dents à la directive de Kate de conduire Xenia à Scarborough en pleine nuit au lieu de la déposer dans une banlieue de Leeds. Ils arrivèrent vers 3 heures du matin. Xenia avait l'air frigorifiée, affamée, à la fois épuisée et shootée à l'adrénaline. Elle refusa de se coucher. Kate lui fit un thé brûlant, s'occupa de son pied blessé, l'enveloppa dans une couverture de laine et l'installa sur le canapé du salon. Messy fit son apparition, sauta sur les genoux de Xenia et se mit à ronronner bruyamment. Xenia la caressa et fondit en larmes.

— C'est horrible, ce qui m'arrive, sanglota-t-elle.

Kate ne savait pas très bien ce qu'elle entendait par là : l'agression présumée, la voiture accidentée, son mari. Sans doute tout ça à la fois. Elle avait enfilé un jogging, fait une croix sur sa nuit et s'était assise en face de Xenia.

— On ignore ce qui s'est passé, expliqua-t-elle d'un ton apaisant. Cette histoire de voiture n'avait probablement rien à voir avec vous.

— Mais pourquoi quelqu'un irait se garer de façon aussi bizarre ?

— Aucune idée, mais réfléchissez : si ça vous avait concernée, il aurait fallu que ce quelqu'un ait été informé que vous donniez un cours de langue. Que vous partiriez plus tard que d'habitude parce qu'une de vos élèves fêtait son anniversaire. Personne ne pouvait être sûr que vous seriez la première à arriver au barrage, il aurait pu y avoir déjà toute une file de voitures. Je ne vois pas comment on aurait réussi à planifier ça.

Xenia parut se calmer un peu. Elle essuya ses larmes avec le mouchoir que Kate lui avait donné.

— Je ne veux quand même pas rentrer à la maison, répéta-t-elle.

— Tant que nous n'aurons pas éclairci ce qui s'est passé exactement au cours de la soirée, il n'est pas nécessaire que vous retourniez chez vous.

— Je peux rester ici ?

— Xenia…

— Je vous en prie, je ne peux vraiment pas rentrer.

— Mais vous ne pouvez pas passer votre vie à vous cacher.

Xenia tourna son regard vers la fenêtre. Il faisait très sombre, malgré la lueur des réverbères.

Kate lui resservit du thé.

— Vous êtes absolument sûre de n'avoir aucune idée de ce qui a pu pousser l'homme du train à vous tirer dessus ? Qu'il n'y a rien dans votre passé qui puisse avoir un rapport avec cette histoire ?

De nouveau Kate discerna dans son regard cette inquiétude qu'elle lui avait déjà vue à la gare de York. Il était évident que Xenia lui cachait quelque chose.

— Xenia ? insista-t-elle.

— Il n'y a rien, rien que je sache en tout cas.

Ce qu'elle refusait de dévoiler devait être terrible. Si terrible que, même sous le coup d'une peur extrême, Xenia n'était pas disposée à en parler.

Il faut absolument que je retourne voir Jacob Paget, songea Kate.

D'ailleurs, à ce propos...

— Quels problèmes vous avez avec votre mari ? Pourquoi vous ne voulez pas rentrer chez vous ?

Xenia se tapota de nouveau les yeux.

— C'est juste qu'il se comporte d'une manière horrible. Il m'humilie à longueur de journée. Il me trouve grosse et répugnante et il me le reproche à la moindre occasion. Et voilà qu'en plus j'ai abîmé la voiture. De toute façon, c'est ce qu'il dit toujours, que je suis une incapable qui ne sait rien faire correctement. Vous savez, je me gave d'antidépresseurs pour pouvoir le supporter.

Elle se remit à pleurer.

Kate se pencha en avant.

— Je n'ai pas à me mêler de vos affaires de couple, dit-elle prudemment. Mais si les choses sont aussi terribles, pourquoi vous ne divorcez pas ? Vous avez la nationalité britannique. Plus personne ne peut vous expulser de ce pays. Vous êtes incroyablement douée pour les langues. Je suis certaine que vous pourriez trouver un job en rapport. Vous êtes en mesure de subvenir à vos besoins.

— Sans doute, marmonna Xenia.

— Mais vous avez peur de sauter le pas ?

— Oui.

— Peur de la solitude ?

Kate aurait trouvé ça compréhensible. S'il y avait une chose dans sa vie qui lui paraissait terrible, c'était qu'il n'y avait personne qui tenait à elle. Qui l'attendait quand elle rentrait et à qui elle aurait pu raconter sa journée. Avec qui, le dimanche matin, elle aurait bu un cappuccino au lit et serait ressortie tard le soir pour se promener au bord de la mer. Qui lui aurait offert des fleurs et permis de résoudre une bonne fois pour toutes le problème de savoir ce qu'elle ferait pour Noël. Sans parler des jours de congé, des week-ends prolongés ou des vacances. Toutes ces choses qui constituaient pour Kate des obstacles terrifiants – obstacles dont elle ne pouvait rien dire à qui que ce soit. Une femme, a fortiori célibataire, devait se montrer forte, pleine d'assurance et indépendante. Kate pensait pour sa part que ce n'était pas incompatible avec le fait de souhaiter rencontrer quelqu'un. Elle avait entendu jusqu'à plus soif ces phrases rebattues : « Si tu n'es pas capable de t'aimer toi-même, personne ne t'aimera », « Tu dois apprendre à te débrouiller seule, alors seulement tu seras capable de vivre à deux ». Elle avait bien évidemment appris à se débrouiller seule dans la vie, comme tant d'autres. Mais ces derniers étaient-ils heureux ? Il était préférable de ne pas poser la question.

Xenia secoua la tête.

— Non, je n'ai pas peur de la solitude. Enfin, je ne pense pas que ce soit toujours agréable, mais ce serait toujours mieux que de vivre avec Jacob.

— Alors qu'est-ce que vous craignez ?

Xenia détourna la tête.

— Je ne sais pas.

— Qu'il vous persécute ? Qu'il vous harcèle ?

— Non, ce n'est pas ça.

— Alors quoi ?

— Je ne sais pas, j'ai peur, c'est tout.

Kate était convaincue que Xenia se dérobait, mais pour l'instant il ne semblait pas possible de l'amener à en dire plus. Elle se leva.

— Venez, il faut que vous dormiez un peu. La première chose que je ferai demain matin, c'est de chercher à en savoir plus sur l'incident de cette nuit. Peut-être que sur ce point au moins je pourrai vous tranquilliser.

Xenia ne parut pas convaincue, mais elle obéit à l'invitation de Kate.

— Est-ce que je peux prendre Messy avec moi ?

— Bien sûr.

Xenia disparut avec la chatte dans la chambre d'amis.

Kate se fit un café fort et s'installa dans sa cuisine, au milieu des cartons qu'elle n'avait toujours pas déballés. Dehors, la nuit virait peu à peu au gris. Si seulement la lumière de l'aube pouvait aussi dissiper l'obscurité qui régnait dans ses enquêtes en cours ! Si seulement Xenia voulait enfin parler…

Si elle lui permettait de rester quelques jours, l'occasion s'en présenterait peut-être. Certes elle passait la journée au bureau, mais il y aurait les soirées avec les dîners pris en commun, les moments d'intimité autour d'un thé. Kate savait par expérience que les gens finissent toujours par dire ce qui les tourmente. Xenia avait besoin de quelqu'un à qui se confier, c'était clair.

Sans doute n'avait-elle pas imaginé que ce serait une policière.

Mais avait-elle le choix ?

2

— Des jeunes qui avaient bu, expliqua Stewart. Je viens d'avoir la police de Leeds au téléphone. Quelques types qui se sont soûlés à l'occasion d'une fête d'anniversaire dans un pub. Ils ont voulu rentrer chez eux en voiture, alors qu'aucun d'eux n'était en état de conduire. Ils s'en sont rendu compte en cours de route et se sont garés – à ce qu'ils ont cru. La voiture bloquait la chaussée, mais aucun d'eux ne s'en est aperçu. Ils sont sortis parce qu'ils se sentaient mal, se sont traînés jusqu'à un champ. Là, ils ont vomi leurs tripes, si vous me passez l'expression, et sont restés couchés par terre. Sans rien voir de ce qui se passait sur la route. Xenia Paget aurait pu tomber sur eux. Les collègues de Leeds les ont vite retrouvés et les ont embarqués pour les placer en cellule de dégrisement.

— Xenia sera très soulagée d'apprendre ça, dit Kate.

Elle était dans le bureau de Robert, épuisée par sa nuit blanche. Cette information était-elle vraiment une bonne nouvelle ? Pour Xenia, bien sûr. Mais pour l'enquête, elle n'en était pas certaine. Une deuxième agression leur aurait fourni de nouveaux éléments. Pour le moment, ils continuaient de tâtonner.

— Le conducteur de la voiture qui s'est arrêtée derrière Xenia n'a pas pu être identifié, reprit Stewart. Mais l'idée qu'il puisse s'agir du tireur du train me paraît fantaisiste, pour ne pas dire improbable. C'était sans doute quelqu'un qui passait là par hasard, qui s'est retrouvé bloqué et a voulu voir ce qui se passait. Sans doute qu'il a fini par faire demi-tour et repartir.

— Oui, c'est aussi ce que je crois.

Kate se leva et prit son sac à main. Elle était si fatiguée qu'elle avait l'impression d'avoir les jambes en plomb.

— Je vais aller voir Jacob Paget. Je suis sûre qu'il sait quelque chose sur Xenia et qu'il s'en sert pour faire pression sur elle au point qu'elle n'ose pas le quitter. Pourtant, elle ne supporte plus de vivre avec lui. J'ignore s'il y a un rapport avec notre affaire, mais on verra bien.

Robert la regarda d'un œil intéressé.

— Vous pensez que Xenia Paget et son mari partagent un secret pas très propre ?

— D'après moi il y a dans le passé de Xenia quelque chose qui cloche. Et elle a horriblement peur que ça éclate au grand jour. Comme elle ne veut pas en parler à la police, je suppose qu'il s'agit d'un crime ou d'un délit. Jacob est peut-être au courant.

— En tout cas, c'est un point de départ, répondit Stewart en se passant la main sur le front. Il fait vraiment très chaud, vous ne trouvez pas ? Normalement, je devrais être en vacances depuis hier, mais compte tenu des circonstances, impossible de s'absenter. Quand je pense qu'à cette heure-ci je pourrais être au bord de la piscine à Majorque…

Tu n'avais qu'à pas débiner Caleb, songea Kate. Elle garda le silence en se bornant à le regarder. Comme s'il l'avait percée à jour, il demanda sans transition :

— Vous êtes en contact avec Caleb Hale ?

— Je l'ai vu la semaine dernière.

— Vous lui parlez de l'enquête ?

Kate resta sur ses gardes.

— Non, pas du tout.

Ce n'était pas tout à fait vrai, mais Caleb faisait désormais partie de sa vie privée et cela ne regardait pas Stewart.

— Nous avons discuté de l'autre enquête. L'affaire White.

— Je vois. Le point de vue de l'inspecteur principal Hale sur l'affaire qui nous occupe en ce moment m'aurait intéressé, mais vous ne pouviez évidemment pas l'évoquer avec lui.

Tu nages complètement, pensa Kate. Elle n'en était encore qu'à sa prise de fonctions, mais elle avait d'ores et déjà l'impression que Stewart était débordé – et qu'il le resterait. Il avait été pour Caleb un bon collaborateur, quelqu'un de fiable, mais il fallait lui dire quoi faire. Certes, il savait faire preuve d'initiative quand c'était nécessaire, mais assurer la responsabilité d'une enquête était tout à fait différent. Sans doute aurait-il donné beaucoup pour pouvoir s'entretenir avec son ancien supérieur.

— En effet, j'ignore ce qu'il en pense, répondit Kate, impitoyable.

— Hum, bien sûr. C'était juste une idée en passant, fit-il en s'éclaircissant la gorge. Et donc Xenia Paget a atterri chez vous ?

— Je n'ai pas réussi à la convaincre de rentrer chez elle.

— Ça pose tout de même un gros problème qu'une personne impliquée au premier chef dans une enquête soit logée chez un des membres de l'équipe en charge de l'affaire.

— En effet. Et si elle refuse catégoriquement de rentrer chez elle, il faudra que je trouve une solution. Cela étant, ça pourrait jouer en notre faveur. Si la crise s'aggrave entre les époux Paget, Jacob finira peut-être par cracher le morceau à propos de Xenia.

Deux heures plus tard, Kate arriva devant la maison mitoyenne des Paget à Bramhope. Voulant prendre Jacob Paget au débotté, elle ne l'avait pas averti de sa venue. C'était courir le risque qu'il ne soit pas chez lui, mais elle subodorait le contraire. Il était probablement fou furieux de la disparition de Xenia et, ne voulant pas manquer l'instant de son retour, devait l'attendre de pied ferme.

De fait, Kate avait à peine sonné qu'il ouvrit brusquement la porte. Ainsi qu'elle l'avait soupçonné, il était aux aguets. Il avait une mine épouvantable : pas lavé, les vêtements froissés comme s'il avait dormi tout habillé, il répandait une odeur désagréable, avait les cheveux en bataille et les yeux gonflés de fatigue.

— Oui ? aboya-t-il.

Kate sortit sa plaque.

— Sergent détective Kate Linville, North Yorkshire Police, CID de Scarborough. Puis-je entrer ?

Il la regarda fixement.

— Linville ? Kate ? C'est vous qui étiez dans le train, n'est-ce pas ? Ma femme n'arrête pas de parler de vous. Vous vous êtes barricadée dans les toilettes avec elle !

— C'est juste.

— Où est-elle ? Où est ma femme ?

— Puis-je entrer ? répéta Kate.

Jacob recula d'un pas.

— Où est-elle, bon Dieu ? J'ai reçu un appel de vos collègues : apparemment elle a eu une sorte d'accident la nuit dernière. Et ils l'ont conduite je ne sais où. La police est en train d'examiner la voiture. Enfin quoi, merde ! Je n'ai aucune idée de ce qui se passe !

— Je suis ici pour en parler avec vous, répondit Kate.

Jacob la conduisit de mauvais gré au salon, une symphonie de bruns et de jaunes, saintpaulia sur le rebord de la fenêtre, pas un grain de poussière et chaque objet bien rangé à sa place. Kate se dit que cette propreté et cet ordre méticuleux étaient signés Xenia, mais sous la pression de son mari.

— Alors ? aboya de nouveau Jacob.

Il resta debout à la fenêtre tandis que Kate prenait place sur un siège sans y avoir été invitée. Avec un discret soupir, elle chassa toute pensée de verre d'eau et a fortiori de café. Pas le style de Jacob.

Kate lui retraça en quelques mots les événements de la nuit passée. La colère de Paget augmentait à mesure qu'elle parlait.

— Qu'est-ce que c'est que cette réaction hystérique ? C'est incroyable ! Elle aperçoit une voiture en travers de la route, c'est juste quelques jeunes qui ont un coup dans le nez et elle flaire immédiatement une tentative d'assassinat ! C'est du Xenia tout craché, ça ! Excessive et déconnectée de la réalité.

— L'homme qui lui a tiré dessus dans le train n'est pas du

tout imaginaire, objecta Kate. Il était malheureusement très réel. La peur que ressent votre femme depuis cet événement est tout à fait naturelle, monsieur Paget.

Jacob grommela quelques mots indistincts, puis demanda :

— Et donc la voiture est esquintée ?

— Emboutie. En effectuant son demi-tour, Xenia a heurté un muret. Il faudra attendre le rapport de nos collègues pour avoir une estimation des dégâts.

— Formidable ! En plus, j'aurai les réparations à payer. Je n'arrive pas à comprendre qu'on puisse être aussi bête !

— Votre femme était en proie à la panique. Et, comme je vous l'ai dit, ça me paraît tout à fait normal.

— Je ne trouve pas. Mais peu importe. Où est-elle ?

— Xenia ?

— De qui croyez-vous que je parle ? Bien sûr Xenia ! Où est-elle ? Ça fait des heures que je l'attends.

— Xenia ne souhaite pas rentrer dans l'immédiat.

Jacob afficha une mine perplexe.

— Comment ça ?

— Elle a peur, monsieur Paget. De vous.

— De moi ? Pourquoi a-t-elle peur de moi ? C'est inconcevable ! Elle est devenue folle ou quoi ?

— Elle redoute précisément la réaction que vous avez là. Incompréhension totale, reproches, vous l'accusez d'hystérie. Votre colère à propos des réparations de la voiture. Tout ça l'affecte beaucoup.

Le visage de Jacob se colora.

— Mais je rêve ! Qu'est-ce qu'elle croit ? Que je vais exulter après avoir passé une nuit d'insomnie à m'inquiéter ? Je lui ai laissé au moins une centaine de messages sur sa boîte vocale. Après son cours, elle m'envoie un WhatsApp et puis elle disparaît de la circulation. Enfin quoi, j'ai cru qu'il lui était arrivé quelque chose de grave !

— Je comprends, répondit Kate d'un ton apaisant.

Il se mit à faire les cent pas.

— Vous ne comprenez rien, rien du tout ! Xenia est *ma femme*, et elle le restera !

— Accordez-lui un peu de temps, lui conseilla Kate. Elle a besoin de prendre de la distance. Et peut-être que ça vous fera également du bien.

Il s'immobilisa.

— Vous n'avez pas à me dire ce qui pourrait me faire du bien ou non !

— Monsieur Paget…

— Où est-elle ? Où est Xenia ?

— Je ne peux vous donner aucune information là-dessus pour le moment.

— Vous devez le faire !

— Je ne dois rien du tout.

Kate se leva. Jacob n'avait manifestement pas l'intention de s'asseoir et elle n'aimait pas avoir à lever continuellement les yeux vers lui. Cela dit, une fois qu'elle fut debout, pas de changement : Paget était très grand.

— Monsieur Paget, je vais être franche. Je crois que, dans la vie de votre femme, il s'est passé quelque chose dont elle ne veut absolument pas parler pour une raison que j'ignore. Elle affirme ne pas connaître le tireur du train et ne pas savoir pourquoi il en avait après elle. Moi, je ne la crois pas. Je suis sûre qu'il y a un truc. Elle a très peur d'en parler, encore plus que de se faire tuer.

Jacob plissa les yeux.

— Et alors ?

— Peut-être que vous savez de quoi il retourne ?

— Comment le saurais-je ?

— Ça fait treize ans que vous êtes mariés. Il serait vraisemblable que Xenia vous ait parlé de sa vie.

— Où est Xenia ?

— Je ne vous le dirai pas. Et je souhaiterais que vous répondiez à ma question, s'il vous plaît.

— Je ne vois pas à quoi vous faites allusion, répliqua Jacob.

Kate n'aurait su dire s'il mentait ou non. Les traits de Xenia révélaient tout de ses sentiments : peur, insécurité, détresse. Paget, lui, avait un visage indéchiffrable et rébarbatif.

— Où est Xenia ? insista-t-il encore.

Kate ne répondit pas.

— Par quelle agence l'avez-vous rencontrée ?

— Est-ce que je suis obligé de vous le dire ?

— Je peux très bien vous convoquer au commissariat.

— Happy End, répondit Paget de mauvais gré après une pause.

Il y a de ces noms, songea Kate, qui prit note dans son calepin.

— Et où puis-je la trouver ?

— À Liverpool.

— Parfait.

— Qu'est-ce que vous espérez découvrir ?

— J'essaie de rassembler des informations sur votre femme. Il faut que je sache ce qui s'est passé dans sa vie pour qu'elle se retrouve aujourd'hui la cible d'un tueur. Nous ne pouvons pas faire comme si de rien n'était.

— Il me semble que l'incident de la nuit dernière n'avait rien à voir avec elle, non ?

— Mais celui du train, si.

— Peut-être que ce type l'avait repérée, suggéra Paget. Un malade qui se cherche arbitrairement une victime. Ce serait possible.

— En effet. Mais ça pourrait aussi être tout autre chose, voilà pourquoi je cherche à en savoir plus.

— Je ne pense pas que l'agence sera en mesure de vous renseigner sur ma femme. Ils ne savent rien de leurs clients. Ça fait si longtemps, Xenia ne figure probablement même plus dans leur fichier.

— Je verrai bien.

Était-ce son imagination ou bien Paget réprimait de son mieux un soupçon de nervosité ? Il était vraiment difficile à percer à jour.

Elle lui tendit sa carte.

— Vous pouvez m'appeler à tout moment. S'il vous revient quelque chose que je devrais savoir. Ce que nous voulons, c'est protéger votre femme. À l'heure actuelle, c'est ce qui nous importe. Et pas si elle a enfreint la loi par le passé.

Il prit la carte.

— Je ne serais pas surpris qu'elle soit chez vous, dit-il, le regard haineux. Vous êtes sa grande héroïne, apparemment vous avez été très impressionnante dans le train. Elle ne se serait pas réfugiée chez vous, par hasard ?

— Vous n'apprendrez rien de moi. Et elle rentrera quand elle le décidera. C'est une personne libre, monsieur Paget.

— C'est ma femme et je la ramènerai à la maison.

Sans prendre la peine de répondre, Kate se dirigea vers la porte. Paget ne la raccompagna pas, il resta dans le salon, à la suivre de son regard perçant. Une fois dans la rue, elle poussa un soupir de soulagement.

— Comment Xenia fait-elle pour supporter ça ? marmonna-t-elle.

Elle était plus que jamais convaincue que Xenia dissimulait quelque chose de son passé. Aucune femme ne serait restée de son plein gré avec un pareil tyran. Kate avait l'impression qu'on pouvait à peine respirer en sa présence.

Elle consulta son portable. Colin lui avait laissé un message WhatsApp.

Je suis en congés cette semaine. Si je faisais un tour à Scarborough pour qu'on passe la journée de demain ensemble ? Tu ne commences que jeudi, non ?

Elle sourit. Elle le trouvait souvent agaçant, mais d'une certaine manière il était très fidèle. Depuis qu'il avait cessé de vouloir lui en imposer, il était devenu tout à fait fréquentable. Kate ne serait pas allée jusqu'à le qualifier d'« ami », mais elle s'était habituée à lui et l'avait accepté dans sa vie. Il l'aidait à se sentir moins seule – et réciproquement. N'était-ce pas une des principales raisons pour lesquelles les gens passaient du temps ensemble ?

Je suis désolée, mais ça va être compliqué. Il y a un sacré bazar au boulot en ce moment, du coup je suis déjà sur le pont. Ce sera pour une autre fois !

Elle appuya sur le bouton « Envoyer », puis regarda sa montre. Elle était déjà à mi-chemin de Manchester. Elle pouvait poursuivre sa route. Peut-être était-il possible de rencontrer la directrice de l'ancien établissement de Sophia. Elle composa le numéro du sergent Bennett, la pria d'essayer d'obtenir un rendez-vous. Et d'appeler l'agence Happy End pour vérifier que celle-ci avait bien servi d'intermédiaire entre Xenia et Jacob Paget. S'ils refusaient de donner des informations par téléphone, Kate aurait le temps d'aller les voir, Liverpool n'était pas très loin de Manchester.

Pour le moment, toutefois, il fallait qu'elle se remette de son entrevue avec Jacob Paget. Le simple fait de penser à cet homme lui donnait la chair de poule.

Le célibat n'est pas la pire des solutions, pensa-t-elle.

3

Les enfants s'approchèrent prudemment de la voiture. Tommy, 8 ans, resta en arrière. Rebecca et Neil, ses aînés, se montrèrent un peu plus audacieux, mais il faut dire qu'ils avaient déjà 12 et 14 ans. Ils avaient pris leurs vélos, quitté West Monkton par la sortie sud après s'être approvisionnés en muffins et bagels à la boulangerie. Ils voulaient se trouver un coin pour pique-niquer et passer la journée les pieds en éventail. Il faisait chaud, et presque tous leurs amis étaient partis en vacances. Pour eux, ceinture, parce qu'une fois de plus l'argent manquait. Pas juste ! Ils s'ennuyaient et passaient leur temps à chercher un peu de distraction. C'était le petit Tommy qui avait découvert la voiture.

— Regardez ! Ça fait des jours qu'elle est là !

Une Peugeot blanche. Elle était garée sur une petite place de stationnement au bord de la départementale, juste en face du portillon d'un pré à vaches. Le foisonnement des buissons la rendait peu visible.

— Elle doit être à un paysan, dit Rebecca.

— Elle était déjà là la semaine dernière, précisa Tommy. Et je l'ai revue avant-hier. Elle a toujours l'air pareille.

— Tu veux dire que personne l'a déplacée ? demanda Neil, les sourcils froncés.

— Ouais ! fit Tommy en acquiesçant énergiquement.

Le petit garçon passait beaucoup plus de temps à se promener dans le coin que son frère et sa sœur, il ne tenait pas en place. Du coup, il était au courant de tout.

— Bizarre, fit Rebecca.

Ils s'étaient arrêtés à distance respectable et avaient mis pied à terre.

— Y a quelqu'un à l'intérieur ? s'enquit Neil.

— J'crois pas, répondit Rebecca. Quoique...

Elle plissa les yeux.

— Ça se pourrait...

— Un cadavre ? suggéra Tommy, tout excité.

— N'importe quoi ! lâcha Neil. S'il y a vraiment quelqu'un, il doit être en train de faire une petite sieste.

— Depuis plus d'une semaine ?

— Peut-être qu'il travaille pas loin et qu'il vient se reposer ici à l'heure du déjeuner.

— Si on allait voir ? suggéra Rebecca.

Une découverte palpitante, c'était inespéré pour tromper leur ennui, mais ils hésitaient encore. Ils étaient complètement seuls au milieu des prés et des champs. Pas un véhicule, pas une présence humaine à des kilomètres à la ronde. Il n'y avait que cette étrange Peugeot blanche dont Tommy affirmait qu'elle était là depuis plusieurs jours. Le soleil se reflétait sur ses vitres, dessinant des ombres trompeuses. Un instant plus tôt, on aurait dit qu'il y avait quelqu'un à l'intérieur. À présent, elle avait de nouveau l'air vide.

— Allez, venez, ordonna Neil.

Ils laissèrent leurs vélos dans l'herbe, au bord de la route, et s'approchèrent lentement du véhicule. Pourquoi préféraient-ils être à pied, ils auraient été bien incapables de l'expliquer, mais ils avaient agi comme d'un commun accord : sans leurs vélos, ils se sentaient plus petits, plus silencieux, presque invisibles.

Neil fut le premier à atteindre la voiture, suivi de près par Rebecca. Comme il marquait de nouveau une hésitation, sa sœur passa devant lui et, prenant son courage à deux mains, glissa un coup d'œil à l'intérieur.

— Il n'y a personne ! s'écria-t-elle, déçue.

Neil la rejoignit bravement.

— Sérieux ?

— Oui.

En leur for intérieur, les enfants se sentirent soulagés, mais ils auraient été ravis de faire une découverte macabre. Quelque chose avec quoi ils auraient pu crâner à l'école, après les vacances.

À tout hasard, Rebecca actionna la poignée de la portière du côté conducteur. Celle-ci s'ouvrit.

— C'est pas fermé, constata-t-elle avec surprise.

— Et la clé de contact est là ! s'exclama Neil.

— On pourrait monter dedans et conduire, lança Tommy, enthousiaste.

Neil tempéra aussitôt ses ardeurs.

— Hors de question. On sait pas conduire, et puis c'est défendu.

— C'est quand même bizarre, commenta Rebecca. Une voiture ouverte qui est là depuis plusieurs jours, avec la clé de contact dessus… C'est pas quelqu'un qui serait juste sorti faire pipi.

— Tu crois que le conducteur s'est fait assassiner ? demanda Tommy en écarquillant les yeux.

Ils gardèrent le silence.

— On devrait appeler la police, dit enfin Rebecca.

4

Xenia sursauta en entendant sonner son portable. Elle n'avait récupéré son iPhone qu'en fin d'après-midi, avec son sac, ses clés et ses manuels de cours. La police scientifique et technique les avait restitués et un policier de Leeds passablement renfrogné avait dû faire le trajet jusqu'à Scarborough pour les lui rendre – avec autant d'enthousiasme que les policiers de la nuit précédente contraints de la conduire chez Kate. Apparemment, tout le monde aurait préféré qu'elle reste à Leeds et rentre chez elle sans faire d'histoires, comme une femme respectable. C'était sans doute aussi ce que Kate aurait souhaité, car elle ne paraissait pas particulièrement ravie d'avoir été obligée de l'héberger à l'improviste.

Et c'était assurément ce que Jacob aurait voulu.

En retrouvant son téléphone, elle avait constaté qu'il l'avait appelée à de très nombreuses reprises et avait laissé d'innombrables messages sur sa boîte vocale. Il avait lu son message WhapsApp en fin de soirée et s'était étonné de ne pas la voir rentrer. Cependant aucune trace d'inquiétude sincère. À mesure que le temps passait, il paraissait de plus en plus énervé. Finalement, lassée de ses insultes et de ses récriminations, Xenia avait effacé ses messages suivants sans même les écouter. À quoi bon s'infliger un tel traitement ?

Je n'en peux plus, je ne veux plus rentrer, pensa-t-elle, désespérée, je ne veux plus retourner auprès de lui. C'est au-dessus de mes forces.

Pour passer le temps, elle s'était mise à déballer les nombreux cartons, en espérant que Kate n'en serait pas fâchée. Elle avait commencé par la cuisine et remplissait à présent les placards avec les assiettes, les mugs, les plats et les couverts. Kate pourrait toujours choisir un autre système de rangement, mais au moins elle serait débarrassée des cartons. Une fois qu'elle les avait vidés, elle les pliait, puis les empilait sur la terrasse, devant la porte de la cuisine. Le temps était merveilleusement chaud et ensoleillé, le jardin, paisible et en fleurs. Messy avait grimpé sur un pommier et trônait fièrement, quoique avec un peu de crainte, sur l'une des branches torses. Xenia ressentait une paix presque indescriptible. Comme si son corps se délestait enfin de toutes les tensions accumulées ces dernières années. Elle avait oublié depuis longtemps ce que c'était d'être libérée de toute pression, de pouvoir respirer librement. La peur rôdait non loin, bien sûr, mais pour le moment Xenia avait trouvé asile dans un véritable havre de paix – la maison de Kate.

Elle ignorait systématiquement les appels de Jacob, qui tentait de la joindre constamment. Mais, lisant soudain le nom de Kate, elle répondit aussitôt.

— Sergent Linville ? Kate ?

— Bonjour, Xenia. Est-ce que tout va bien ?

— Oui, ça va, c'est tellement agréable chez vous.

— Tant mieux, répondit Kate d'un ton légèrement tendu.

Elle ne veut pas que je me sente *trop* bien chez elle, se dit Xenia.

— Où êtes-vous ? demanda-t-elle. Vous rentrez quand ? Je pourrais nous préparer à dîner.

— C'est très tentant, malheureusement ce ne sera pas possible. Je suis à Manchester. J'y reste cette nuit et, demain matin, il faut que j'aille à Birmingham. Ce serait un peu compliqué de rentrer.

Xenia fut déçue. Elle trouvait angoissant de devoir rester seule, la présence de Kate l'aurait rassurée.

— Mais prenez ce que vous voulez dans le frigo et faites-vous à dîner, poursuivit Kate. Et est-ce que vous pourriez vous occuper de Messy, s'il vous plaît ? Les conserves sont sur une des étagères de la cuisine. Et si pouviez lui mettre un peu de lait frais dans son écuelle, ce serait très gentil.

— Bien sûr, pas de problème.

Xenia remarqua que le sentiment de sécurité qu'elle avait ressenti commençait à se dissiper. On n'était qu'en début de soirée, il faisait encore jour. Mais sous peu la nuit tomberait et alors elle serait seule. Avec une chatte pour unique compagnie.

Mais personne ne sait que je suis ici, pensa-t-elle.

— Je serai de retour demain soir, lui assura Kate.

Une nuit, ça devrait aller, se dit Xenia avant de raccrocher.

Elle s'installa sur la terrasse et essaya vainement de recouvrer son calme. Le charme était rompu, elle se sentait de nouveau assaillie par la peur.

Je n'en verrai jamais la fin, songea-t-elle, jamais. Et si je disais tout ? Si je confiais à Kate ce qui s'est passé ?

Elle atterrirait en prison, ainsi que Jacob n'avait cessé de le lui marteler.

Parfois, elle envisageait de quitter l'Angleterre. De retourner en Russie, où elle avait encore sa famille, des amies d'autrefois. Elle avait toujours détesté Kirov, le froid, la tristesse, la pauvreté, mais là-bas, au moins, elle avait vécu libre. Personne ne l'avait intimidée, harcelée, menacée. Elle avait craint de se retrouver avec un mari et trois enfants dans un de ces minuscules appartements préfabriqués – et de voir l'exiguïté des lieux et l'absence de perspectives avoir raison à la longue de son mariage. Mais pouvait-on dire qu'elle avait trouvé mieux ici ? Elle habitait une maison mitoyenne sinistre dans une banlieue de Leeds, avec un homme qu'elle détestait et qui l'avait épousée uniquement parce qu'elle avait été la première femme à ne pas pouvoir lui échapper. Il ne voulait pas voir le moindre grain de poussière chez lui, le moindre bout d'herbe qui dépasse dans son jardin. Elle nettoyait, briquait, arrachait les mauvaises herbes à longueur de journée pour satisfaire son besoin maladif de contrôle. Ce faisant, elle vivait à l'encontre de sa propre nature, et se demandait quand son corps allait lâcher.

Elle poussa un léger cri en entendant soudain sonner à la porte et se leva si brusquement qu'elle en eut le vertige. Puis elle se ressaisit. C'était peut-être la voisine, ou un livreur.

Elle rentra dans la maison, traversa la cuisine et le couloir jusqu'à l'entrée. Là, elle glissa un coup d'œil par la petite fenêtre située à côté de la porte, mais en vain.

— Qui est là ? demanda-t-elle.

Pas de réponse.

— Qui est là ? répéta-t-elle en haussant la voix.

Toujours rien.

Peut-être n'avait-on pas sonné, elle avait dû se tromper.

Elle n'en éprouvait pas moins une inquiétude certaine. Réalisant que la porte donnant sur la terrasse était ouverte, elle fit volte-face et repartit en courant pour la fermer.

En arrivant dans la cuisine, elle se heurta à Jacob, qui venait d'entrer par-derrière.

— Tiens donc, lâcha-t-il. Je me disais bien que tu devais être ici.

Elle le fixa avec effroi.

— Qu'est-ce que tu fais ici ? articula-t-elle enfin d'une voix tremblante.

— Je suis venu te chercher, répondit-il en agitant ses clés de voiture.

Comment avait-il su où elle se trouvait ? Ça ne pouvait pas venir de Kate.

Comme s'il avait lu dans ses pensées, il poursuivit :

— Cette Kate Linville est passée à la maison dans l'après-midi. Elle m'a assommé de questions sur ton passé. Elle est maligne, celle-là, elle flaire quelque chose. Et je crains qu'elle ne lâche pas si facilement le morceau.

— Mais…

— Et quand elle est repartie, j'ai réfléchi. À la façon dont tu as parlé d'elle après l'histoire du train. Presque comme si elle était une sainte. Celle qui t'avait sauvée, ton ange gardien. Du coup j'ai pensé qu'il se pourrait que tu te sois réfugiée chez elle. Après le terrible drame de la nuit dernière...

— En fait, il s'agissait...

— Je sais, rien à voir avec toi. Tu as réagi avec ton hystérie habituelle. Tu as fait tourner tout le monde en bourrique et, en plus, ta voiture est foutue.

— Je suis désolée.

— Oui, tu es toujours désolée, répliqua-t-il en la considérant avec une froideur méprisante. Tu es désolée quand tu casses quelque chose. Tu es désolée d'être devenue si grosse que je n'ai plus envie de te toucher. Tu es désolée de me servir chaque jour de la bouffe qu'aucun individu normalement constitué ne pourrait avaler. Tu es toujours désolée. Mais tu sais ce qui m'énerve vraiment chez toi ? Que tu ne fasses rien pour que ça change. « Je suis désolée, je suis désolée ». C'est insupportable.

— J'essaie...

— Que dalle. Mais on en reparlera plus tard. Maintenant on rentre.

— Comment tu as trouvé l'adresse de Kate ? demanda-t-elle, la voix de plus en plus tremblante.

À l'idée de devoir repartir avec lui, elle se sentait défaillir.

Il eut un rictus. Il se sentait visiblement très cool et très malin.

— Comme je l'ai dit, elle est passée à la maison tout à l'heure et elle a indiqué qu'elle était du CID de Scarborough. J'en ai déduit qu'elle devait vivre dans le coin. À Scarborough même ou dans les environs. J'ai consulté l'annuaire sur Internet. Il y avait deux Linville, un dans le centre de Scarborough et un « Linville, R. » à cette adresse, à Scalby. Je suis d'abord allé à Scarborough, où je suis tombé sur une femme qui avait au moins 80 ans et ne connaissait aucune Kate. Puis je suis venu ici, même si ce « R. » me paraissait bizarre. La policière, mariée ? Il en faut vraiment pour tous les goûts, hein !

— Non, répondit Xenia. « R. », c'était son père, il vivait là. Kate lui avait raconté qu'il lui avait légué la maison.

Ses pensées voletaient désespérément dans son crâne tels des oiseaux en cage. Elle ne pouvait pas repartir avec lui, elle en mourrait.

— Enfin, peu importe, reprit Jacob. Je t'ai retrouvée, c'est l'essentiel. Dépêche-toi de rassembler tes affaires. Je veux rentrer, j'ai faim.

— Je ne peux pas rentrer avec toi, s'entendit-elle dire.

Il la regarda fixement.

— Pardon ?

— Je ne peux pas.

— Tu ne peux pas ?

— Non, je ne peux plus.

Il plissa les yeux.

— Tu es devenue complètement dingue.

— Possible, mais je ne peux plus.

Son expression devint glaciale.

— Dans ce cas, tu sais ce que je vais devoir faire, hein ? Je t'ai avertie.

Elle resta muette.

— Je vais être obligé de te dénoncer aux flics.

Elle ne disait toujours rien. Intérieurement, elle se sentait comme un ressort tendu à l'extrême.

— Bon, fit Jacob. Si tu tiens absolument à aller en prison… Et la presse va te démolir. Cette histoire est démente. Si on découvre ce qui s'est passé, tu es foutue.

Pour la deuxième fois, ce soir-là, on sonna à la porte.

— Bon Dieu, jura Jacob, mais qui c'est ?

Avant même qu'il ait pu réagir, Xenia se précipita pour aller ouvrir. Sur le seuil se tenait un homme qu'elle ne connaissait pas.

Il fut aussi surpris qu'elle.

— Vous êtes qui ? demanda-t-il au bout de quelques secondes.

— Xenia Paget.

— Ah… Je suis Colin Blair.

Il glissa un regard à l'intérieur.

— Kate est là ?

5

Kate se trouvait dans un pub du centre de Manchester, à deux pas de l'hôtel où elle avait dégoté une chambre. On pouvait difficilement faire plus minable comme endroit où dormir, mais il était incroyablement bon marché. Kate ne voulait pas commencer sa carrière au CID de Scarborough en forçant sur les notes de frais. Cela dit, dormir à Manchester n'avait rien qui pourrait paraître abusif à l'inspecteur Stewart. Birmingham était beaucoup plus proche de Manchester, la ville natale de Sophia Lewis, que de Scarborough, si bien qu'il aurait été stupide de repasser par chez elle pour repartir le lendemain matin. Sans compter qu'elle avait pour l'heure une invitée qui pouvait s'occuper de Messy. De ce point de vue, les choses s'arrangeaient plutôt bien.

Helen Bennett était parvenue à joindre la directrice de la Chorlton Highschool à Manchester et à fixer avec elle un rendez-vous pour Kate. Par chance, Lydia Myers n'était pas partie en vacances et avait proposé de recevoir Kate chez elle. Hélas, l'entretien n'avait rien donné. Mme Myers se souvenait effectivement du cas de cet élève dont les parents furieux avaient fait appel à un avocat. Mais elle jugeait impossible leur implication dans l'accident de Sophia Lewis.

« De toute façon, avait-elle ajouté, ça fait longtemps qu'ils ne vivent plus en Angleterre.

— Ah bon ?

— Ils sont partis peu après à Dubaï. Le père travaille là-bas dans la gastronomie.

— Et ils y sont toujours ? Leur fils aussi ?

— Pour autant que je sache, oui. Mais je pourrais vérifier. Une de nos collègues a gardé contact avec eux.

— Merci, ce serait très aimable. »

C'était réellement désespérant. Il semblait n'y avoir aucune piste à laquelle se raccrocher.

« Est-ce qu'il y a eu d'autres affaires de ce genre ? Un élève que Sophia aurait empêché d'obtenir son diplôme de fin d'études ? Qu'elle aurait mal noté et qui l'aurait alors menacée ? Sophia a semblé avoir peur à un moment donné. Elle n'en a sans doute pas parlé, mais son ex-petit ami pense qu'il s'est passé quelque chose. Une chose qui lui a fait prendre ses jambes à son cou et l'a incitée à déménager à Scarborough et à changer d'établissement scolaire. »

Lydia Myers s'était longuement creusé la tête, mais il ne lui était revenu aucun incident suffisamment marquant pour pouvoir être mis en relation avec les événements de Stainton Dale. Elle avait promis d'en parler à ses collègues, mais averti Kate que ça ne pourrait se faire qu'à leur retour de vacances.

Kate lui avait alors posé la question désormais habituelle :

« Est-ce que le nom de Xenia Paget vous dit quelque chose ? Ou bien Sophia l'aurait-elle mentionné ?

— Non, jamais entendu. Qui est-ce ?

— Une éventuelle connaissance. »

Après avoir pris congé, Kate avait cherché un hôtel, puis s'était installée dans un pub afin de prendre son premier repas depuis le petit déjeuner. Elle avait commandé des frites et une bière brune. Super sain, s'était-elle dit, amusée.

Le garçon venait de lui apporter son plat quand son téléphone sonna. C'était Helen, qui paraissait tout excitée.

— Sergent, je viens d'avoir la directrice de Happy End au téléphone, l'agence de rencontres.

— Oui, je sais. Et alors ?

— Eh bien, il semblerait que Jacob et Xenia n'aient pas dit la vérité. Ils ne se sont pas connus par son intermédiaire.

— Ah bon ?

— Non. Jacob est depuis longtemps dans leur fichier. À l'époque, on lui a présenté pas mal de femmes. Il est allé en Russie deux fois, mais ça n'a rien donné, il n'arrêtait pas de tout critiquer. La directrice se souvient bien de lui. Elle a poussé un soupir quand je lui ai donné son nom. « Un client très difficile », pour reprendre ses termes.

— Et ensuite ?

— Il y a bien une femme qui est venue en Angleterre, mais elle ne s'appelait pas Xenia Sidorova. Pour être sûre, j'ai envoyé une photo de Xenia par mail, eh bien la directrice m'a assuré que ce n'était pas elle. Cette autre femme n'est restée que deux semaines, après quoi elle est repartie. Elle n'a pas tenu.

— Ça ne m'étonne pas.

— En effet. L'agence lui a fait d'autres propositions, mais Jacob les a refusées d'emblée. Et il n'est plus retourné en Russie. À un moment donné, il a même arrêté de répondre. Du coup, l'agence ne lui a plus envoyé de photos ni de CV de femmes russes candidates au mariage.

— Ça alors, dit Kate. Bon, réfléchissons. Ce Jacob Paget me semble très près de ses sous. Est-ce qu'il aurait pu rencontrer une femme quand il est allé en Russie, la refuser puis la recontacter de son propre chef ? Pour ne pas avoir à payer la commission ? Je suppose qu'une agence ne pourrait rien faire contre ça.

— Je n'ai pas posé la question, mais j'imagine que ce serait possible.

— S'il était entré en relation avec Xenia de cette façon…

— … elle devrait figurer dans le fichier de l'agence. Xenia Sidorova, de Kirov. La directrice a vérifié. Elle n'a jamais été enregistrée chez eux.

— Peut-être sous un autre nom ?

— Non, ils demandent les papiers, plus exactement des copies certifiées conformes. L'agence semble sérieuse. Xenia aurait pu se présenter sous une fausse identité sur le site pour cacher son projet à son entourage, par exemple. Bon, ça aurait été compliqué, déjà à cause de la photo. Mais, dans tous les cas, l'agence aurait eu accès à son vrai nom. Or celui-ci ne figure nulle part.

— Pourquoi les Paget ont menti sur ce point ?

— Parce qu'ils se sont rencontrés d'une manière et dans des circonstances dont ils ne veulent surtout pas parler. À mon avis, ça pourrait être l'élément décisif.

— C'est de ça que Xenia a peur, conclut Kate. Et ça lui tape sur le système.

L'affaire de la pataugeoire fut montée en épingle tant par les employés du jardin d'enfants que par les parents de la petite fille concernée. À mon avis, la direction y avait surtout vu l'occasion de se débarrasser enfin de ce Sacha mal-aimé. On fut convoqués, Alice et moi, à une réunion extraordinaire, à laquelle devaient prendre part les parents de la fillette, leur avocat et la directrice de l'établissement. Alice refusa de s'y rendre.

« Ils ont mis en place un tribunal. Je ne veux pas me faire démolir. »

De toute façon, elle n'aurait pas été en état d'y aller, elle était à bout. La coupe était pleine. Alors qu'elle semblait remonter un peu la pente, cette histoire avait eu raison d'elle.

Que s'était-il passé exactement ?

Comme il faisait très chaud, ils avaient installé deux ou trois pataugeoires dans le jardin de l'établissement. Très petites, très peu profondes. Aucun risque qu'un enfant s'y noie, la plupart n'avaient de l'eau que jusqu'aux chevilles. On pouvait barboter un peu, se rafraîchir, s'amuser avec des animaux en plastique, asperger ses camarades. Ce genre de choses. Et bien sûr – la direction avait souligné ce point –, des éducatrices étaient présentes en permanence pour surveiller les enfants.

Apparemment, Sacha s'était montré enthousiaste. Il s'était assis dans l'une des petites piscines et n'en avait plus bougé. Il avait emporté son gobelet, qu'il remplissait d'eau et vidait tour à tour en riant et en lançant des propos incompréhensibles. (Ce récit m'avait déprimé. Sacha avait alors 4 ans, il en aurait 5 en septembre. Son retard mental était désormais patent.) À un moment donné, une petite fille de tout juste 3 ans, Careen, était venue le rejoindre. Tout semblait bien se passer.

Puis un des gamins qui escalaient la cage à poules était tombé en hurlant et tous les adultes s'étaient précipités vers lui pour voir si c'était grave. En fait, il s'était simplement ouvert le genou, mais la blessure saignait abondamment, si bien qu'une éducatrice avait couru chercher du désinfectant et des pansements. Dans l'agitation générale, les autres enfants étaient restés sans surveillance l'espace de quelques instants. Alors que le petit blessé se faisait soigner, une fillette était accourue, affolée.

« Sacha est en train de noyer Careen ! » avait-elle crié en gesticulant.

Les adultes avaient aussitôt filé vers le bassin où Sacha avait passé toute la matinée. Careen avait manifestement réussi à se dégager, car elle se tenait debout à côté de la pataugeoire, les cheveux mouillés, la figure écarlate, et hurlait à la mort. Sacha était toujours assis dans l'eau, son gobelet dans les mains. Lui aussi pleurait, mais tout bas. Pour sortir, il n'opposa aucune résistance.

Il ne dit pas un mot sur ce qui s'était passé. Pas un seul.

L'équipe disposait uniquement du récit de la fillette qui était allée chercher de l'aide, et de celui de Careen elle-même. Personne n'avait rien remarqué, ce qui ne signifiait rien car tout le monde jouait comme d'habitude sans s'occuper de « cet imbécile de Sacha ». De ce qu'il en était ressorti, Careen, fascinée par son jeu, avait voulu lui prendre son gobelet pour l'imiter, mais Sacha avait refusé de le lui donner. Au cours de la dispute, le gobelet était tombé dans l'eau et Careen s'en était emparée. Sur quoi Sacha avait bondi, avait atterri sur elle et du coup la petite fille s'était retrouvée sous l'eau.

« Mais enfin, Sacha ne l'a pas fait exprès, protestai-je lors de la réunion. En voulant récupérer son gobelet, il a trébuché. C'est effectivement très fâcheux, mais il n'avait évidemment

aucune mauvaise intention. Jamais il n'aurait voulu noyer une camarade. »

La mère de Careen ne voyait pas du tout les choses comme ça.

« Ma fille avait la figure sous l'eau. Elle s'est violemment débattue. Votre fils est resté couché sur elle de tout son poids. Vous m'excuserez, mais moi j'appelle ça noyer quelqu'un ! »

Elle avait haussé le ton et, en prononçant le mot « noyer », s'était presque mise à crier. Depuis le début de la confrontation, il y avait chez elle une agressivité folle. Son mari lui posa une main sur le bras, mais elle le repoussa.

« Si ce petit débile reste ici, je retirerai ma fille du jardin d'enfants. Et j'informerai la presse de cette histoire. Ça fera un énorme scandale, vous pouvez me croire ! »

La directrice eut l'air horrifiée.

« Monsieur Walsh... », dit-elle en se tournant vers moi.

Je savais d'ores et déjà qu'il s'agissait d'une cause perdue. Ils n'avaient probablement pas le droit d'éjecter Sacha. Au besoin, j'aurais pu contester cette décision en justice. La directrice craignait visiblement que les médias ne s'emparent de l'affaire. Car de fait, Careen aurait pu se noyer. Aucune des éducatrices n'avait remarqué quoi que ce soit. L'équipe avait-elle pris un risque en installant des pataugeoires dans le jardin ? Parce que, même lors de chamailleries innocentes – ce qui me paraissait avoir été le cas entre Sacha et Careen –, un accident grave n'était pas exclu. N'aurait-il pas fallu laisser une éducatrice garder un œil sur les enfants pendant que les autres s'occupaient du blessé ? Avec ces questions, j'aurais pu tout à fait créer des difficultés au jardin d'enfants. Mais à quoi bon ? Sacha ne trouverait plus de plaisir à être là. Il avait été d'emblée traité comme un indésirable et cela ne pourrait que s'aggraver. L'équipe ne voulait pas de lui, les autres parents non plus. Personne ne se donnerait la peine d'y regarder d'un peu plus près. Désormais, Sacha était le petit demeuré qui avait essayé de noyer une fillette. Comment pourrait-il à l'avenir trouver un semblant de normalité dans cet endroit ?

On le retira donc du jardin d'enfants et il resta à la maison avec Alice. Celle-ci était à présent si enfoncée dans la dépression que je m'inquiétais de plus en plus. Elle n'était plus que l'ombre d'elle-même. Elle continuait d'emmener Sacha chez l'orthophoniste, chez l'ostéopathe, chez des guérisseurs de tout acabit, mais elle le faisait d'une manière mécanique, sans joie, comme si elle n'agissait plus que par une forme de devoir et n'attendait plus rien de la vie.

Et tout ça parce que nous avions voulu un enfant, me disais-je parfois. Parce que nous avions ressenti le désir tout à fait normal d'avoir une famille.

Puis il y eut cette soirée pluvieuse d'octobre. En rentrant à la maison, je m'attendais à trouver comme d'habitude Alice allongée sur le canapé, complètement apathique, et Sacha assis devant la télévision. Comme Alice n'avait plus l'énergie suffisante pour s'occuper de lui, il passait le plus clair de son temps devant l'écran à regarder des inepties. J'ai souvent pensé que s'il n'avait pas déjà manifesté un retard de développement, celui-ci aurait été provoqué par toutes ces émissions.

Sur le chemin du retour, je m'étais arrêté pour faire des courses afin de préparer le dîner. Alice n'était plus en état de le faire depuis longtemps.

À ma grande surprise, elle n'était pas dans le salon. Je la trouvai sortant de la salle de bains. Elle portait un survêtement taché et avait les cheveux sales, mais son teint n'était pas aussi gris que d'habitude. Elle avait les joues rouges, l'air presque fébrile.

« Alice, m'exclamai-je, effrayé, qu'est-ce qui se passe ? »

Elle me regarda fixement.

« Ce n'est pas possible, marmonna-t-elle.

— Quoi donc ? »

C'est alors que je remarquai le bâtonnet blanc qu'elle tenait dans la main. Un bâtonnet de test. Je les connaissais bien, ces bâtonnets blancs – combien de fois les avait-on scrutés en vain ?

Elle me le tendit. Les deux traits étaient bien visibles.

« Alice..., fis-je, le souffle coupé.

— Je crois que je suis enceinte », lâcha-t-elle.

Elle avait l'air terrassée. Et plus incrédule qu'heureuse.

Le lendemain, une visite chez le médecin confirma le résultat du test. Alice était enceinte de deux mois. Notre enfant naîtrait en mai de l'année suivante.

Mercredi 31 juillet 2019

1

Xenia se réveilla en sursaut. Dans un premier temps, elle ne sut pas ce qui l'avait tirée d'un sommeil léger et agité. Elle tâtonna à la recherche de son portable, posé par terre à côté du matelas sur lequel elle dormait, et regarda l'heure. Il était presque 1 heure du matin.

Elle soupira. Comme elle aurait voulu qu'il fasse jour ! Peut-être qu'elle aurait réussi à dominer un peu sa peur, à défaut de régler ses problèmes.

La luminosité de l'écran lui permit de constater que Messy, qui s'était endormie à ses pieds, n'était plus là.

Xenia se redressa, balaya la pièce avec la lampe de son portable. La chatte était assise à la porte. Très droite, la tête dressée, la fourrure hérissée. Les oreilles inclinées vers l'avant. Tendue, inquiète, elle paraissait écouter quelque chose.

Xenia se leva et vint s'accroupir à côté d'elle.

— Qu'est-ce qui se passe, Messy ? demanda-t-elle tout bas.

Elle sentit la vibration du petit corps sous sa main. Messy gronda.

Quelque chose clochait.

Peut-être Jacob, qui était revenu et essayait de pénétrer dans la maison ?

L'arrivée de Colin Blair l'avait sauvée. Un ami de Kate, qui était venu lui rendre visite, croyant qu'elle n'avait pas encore pris ses fonctions. Apparemment, elle n'aurait dû débuter au CID de Scarborough que le 1er août. L'apparition de l'inconnu avait désarçonné Jacob. Xenia en était déjà à penser qu'il n'hésiterait pas à recourir à la force pour la faire rentrer avec lui. Mais en présence de Blair, il n'avait pas osé aller jusque-là.

« Tu viens ou pas ? » avait-il demandé, voyant que le visiteur avait déposé son sac à dos dans l'entrée et entendait rester en dépit de l'absence de Kate.

Tout en sachant que sa réponse constituait une déclaration de guerre, elle avait dit non.

« Tu le regretteras, avait sifflé Jacob. Tu le regretteras amèrement ! »

Il était remonté en voiture et reparti en trombe.

Colin l'avait suivi des yeux avec un air perplexe.

« Qu'est-ce qu'il a ? Je suis arrivé au mauvais moment ? »

Xenia avait secoué la tête.

« Au contraire, vous êtes arrivé pile quand il fallait. »

Quand Colin avait saisi qu'il avait affaire à Xenia et expliqué à cette dernière qu'il avait voyagé avec Kate dans le train pour York, la glace avait été définitivement rompue. Il s'était montré ravi de faire sa connaissance. De son côté, Xenia avait vite compris que son job d'expert informatique dans une entreprise londonienne ennuyait à mourir ce détective amateur. En fait, Kate le faisait rêver avec ses enquêtes.

« Malheureusement, avait-il déploré, je sais très peu de choses, parce qu'elle n'a pas le droit de parler de son boulot. »

Kate et lui s'étaient rencontrés deux ans plus tôt par l'intermédiaire du site Parship. Pas le coup de foudre, mais une forme d'amitié qui paraissait à Xenia plus affirmée du côté de Colin. Elle avait été étonnée d'apprendre que Kate avait essayé – peut-être essayait-elle encore, d'ailleurs – de trouver un partenaire sur Internet. Dire qu'elle avait vu Kate comme une célibataire convaincue, avec son métier passionnant, sa jolie maison et son chat ! Kate était finalement comme tout le monde. Bien sûr qu'elle souhaitait rencontrer quelqu'un.

La soirée avait été agréable. Colin avait pioché dans les maigres réserves de Kate et préparé un vrai bon dîner pendant que Xenia le regardait faire, assise à la table de la cuisine. Elle lui avait raconté l'histoire du train ainsi que l'incident de la veille, lorsque la voiture garée en travers de la route l'avait plongée dans la panique. Elle avait également parlé de son mariage, qui était devenu pour elle un enfer. Colin l'avait écoutée, en posant les bonnes questions. Elle l'avait trouvé sympathique, bien plus que Jacob ne l'avait jamais été.

Puis elle s'était retirée dans la chambre d'amis qui, pour le moment, ne contenait qu'un matelas à même le sol et une chaise dans un coin. Ainsi qu'un certain nombre de cartons non encore ouverts.

Colin s'était installé sur un des petits canapés du salon. Xenia était contente qu'il soit là. Seule, elle aurait trouvé la situation présente encore plus angoissante.

Messy fit entendre un nouveau grognement.

Xenia eut l'impression d'entendre un bruit venant d'en bas. La porte de la cuisine donnant sur la terrasse ?

Jacob ? Elle le croyait tout à fait capable d'essayer de pénétrer de nouveau dans la maison. Il ne savait pas accepter la défaite et le fait d'avoir dû repartir sans elle constituait pour son ego une blessure intolérable.

Cependant il y avait une autre éventualité. Le type du train. Qui avait échoué.

Elle se releva, ouvrit la porte avec précaution. Messy sortit comme une flèche et disparut quelque part dans l'obscurité. Xenia tendit de nouveau l'oreille, mais ne perçut plus aucun bruit. S'il n'y avait eu le comportement étrange de la chatte, elle aurait pu croire qu'elle s'était trompée. Messy avait pourtant bien entendu quelque chose.

Probablement une souris dans la cuisine, se dit-elle en tentant de s'en convaincre. Elle descendit l'escalier à tâtons, à peine éclairée par une lune pâle masquée de voiles nuageux.

En bas aussi, tout était silencieux si l'on exceptait les ronflements assourdis qui s'échappaient du salon. L'inconfort du canapé ne gênait de toute évidence pas Colin.

— Messy ? appela tout bas Xenia.

Pas de réaction. Elle se glissa dans le salon.

— Colin ? chuchota-t-elle.

Colin se réveilla en sursaut, alluma la lampe à côté du canapé et se redressa, les cheveux en bataille.

— Qu'est-ce qui se passe ? demanda-t-il, effrayé.

— Il y a quelqu'un, murmura Xenia. À la porte de la cuisine.

— À la porte de la cuisine ? Tu en es sûre ?

— Messy a un comportement bizarre.

Colin se leva, se rendit en boxer et tee-shirt à la cuisine, alluma la lumière. Assise devant la porte, Messy miaula.

— Je crois qu'elle veut juste sortir faire la chasse aux souris, fit remarquer Colin.

Il voulut ouvrir la porte, mais Xenia l'en empêcha.

— Pourquoi tu ne veux pas que j'ouvre ?

— Si jamais il y a quelqu'un...

— Qui ça ?

— Mon mari. Ou le type du train.

Colin hésita. Il avait rencontré ce douteux individu de Paget et s'était trouvé dans le train lors de l'agression. C'était donc tout à fait possible. Il trouvait la peur de Xenia on ne peut plus compréhensible.

— Et si on appelait la police ?

— Non ! s'exclama Xenia, épouvantée.

— Pourquoi ?

— Mais nous y sommes chez la police, répondit-elle en se détournant pour lui cacher les larmes qui menaçaient.

— D'accord, sauf que Kate n'est pas là.

Il la prit par le bras.

— De quoi est-ce que tu as si peur, Xenia ?

— On m'a tiré dessus. Toi aussi, tu aurais peur.

— Oui, mais pas de la police.

Elle enfonça ses ongles dans ses paumes pour calmer son angoisse.

— Il faut que je parte d'ici, Colin. Soit le type du train sait où je me trouve et alors je suis en danger. Soit c'est Jacob, et il me collera la police sur le dos.

— Mais pourquoi ? protesta Colin. Tu n'as rien fait. C'est *toi* qui es poursuivie par un dingue !

— C'est un peu plus compliqué que ça, chuchota-t-elle. Est-ce que tu pourrais m'emmener ailleurs ?

— Là maintenant ?

— Oui.

Colin réfléchit. Dans le fond, cette situation ne lui déplaisait pas. Le plus gros problème de sa vie, c'était qu'il ne se passait jamais rien. Or voilà qu'il se retrouvait embarqué par hasard dans une affaire criminelle. En réalité, depuis déjà une semaine et demie. Devoir retourner à Londres après l'agression du train, rester sans nouvelles de Kate et ne pas être informé des développements de l'affaire l'avait passablement frustré. Voilà pourquoi il avait débarqué à Scarborough sans se laisser arrêter par le message de Kate disant qu'elle n'avait pas le temps. D'accord, elle avait déjà commencé à travailler. Mais peu importe. Pendant la journée, il pourrait se rendre utile dans la maison, déballer des cartons, fixer des étagères aux murs et accomplir d'autres tâches du même style. Et le soir, quand elle rentrerait, elle parlerait peut-être un peu de tout ça.

Cependant la situation était soudain devenue plus palpitante. Il avait rencontré Xenia, la femme du train. Et celle-ci l'implorait de lui venir en aide. Colin se sentait tout à coup gagner des galons, un sentiment qu'il appréciait énormément.

— Mais pour aller où ? s'enquit-il.

Il y avait son appartement londonien, bien sûr. Mais trouver refuge là-bas signifierait s'éloigner considérablement. Et puis il craignait de se fâcher avec Kate. Elle ne serait assurément pas d'accord avec ce qu'il envisageait de faire. En pareille situation, elle exigerait qu'il la contacte sur-le-champ et n'essaie surtout pas d'agir de sa propre initiative. Il lui paraissait cependant malvenu de parler à Kate en présence de Xenia. Il aurait pu s'enfermer dans la salle de bains, mais cette idée lui répugnait. Xenia lui faisait confiance, il ne voulait pas la décevoir.

— OK, dit-il, tu as peur. Je comprends ça. Mais est-ce que ça ne serait pas mieux d'attendre demain matin ?

Cette proposition la plongea dans l'affolement.

— Non, Jacob peut avertir la police à tout instant.

— Bon, alors on s'en va. Mais on reste dans le coin, autrement Kate m'en voudra à mort. On se cherchera un *Bed & Breakfast*. Cela dit, personne ne nous acceptera à cette heure, il faudra passer la nuit dans la voiture.

— D'accord, pas de problème.

Elle n'avait plus qu'une idée : partir. La veille, Colin l'avait trouvée plus calme. Le bruit qu'elle avait entendu – ou cru entendre – semblait avoir libéré toutes ses angoisses. Elle lui paraissait agir de manière irrationnelle, mais il avait le sentiment de ne pas pouvoir lui opposer d'arguments. Peut-être qu'elle reprendrait ses esprits une fois qu'elle serait hors de la sphère d'influence de son mari. Elle avait l'air d'avoir plus peur de lui et de l'éventualité qu'il appelle la police que du dingue qui avait voulu l'assassiner dans le train.

Messy avait renoncé à vouloir sortir. Elle fila dans le salon et se roula en boule sur le canapé.

— On lui laissera suffisamment d'eau et de nourriture, dit Colin. Kate rentre quand ?

— Demain, répondit Xenia, puis elle se reprit : Aujourd'hui, on est déjà aujourd'hui.

— Bon, dans ce cas ça ira pour Messy. Mais je veux savoir ce qui se passe. Quel que soit l'endroit où on atterrit, je veux que tu me dises la vérité. Pourquoi la police te fait flipper… Bon, tu ne ressembles pas à une tueuse en série, mais il y a un truc pas net. Et au bout du compte, moi aussi j'aurai des problèmes. Tu me diras, hein ?

Elle acquiesça d'un signe de tête.

— J'espère qu'on arrivera jusqu'à la voiture, gémit-elle.

Sa remarque mit Colin mal à l'aise, mais il s'efforça d'avoir l'air rassuré.

— Il n'y a plus personne. À supposer qu'il y ait eu quelqu'un. Et puis on a allumé un peu partout. Je crois qu'on peut se risquer à sortir.

— Oui, souffla Xenia.

2

L'inspecteur Stewart venait tout juste d'entrer dans son bureau et s'apprêtait à ressortir chercher un café quand le téléphone sonna. Il jura tout bas. Il n'avait pas fermé l'œil de la nuit et se sentait épuisé. Il avait espéré pouvoir se retaper un peu avant qu'on lui demande quoi que ce soit.

— Le Dr Dane, annonça la standardiste.

Il se réveilla instantanément.

— Très bien, passez-le-moi.

Si le médecin lui annonçait que Sophia Lewis était enfin en état de répondre à ses questions, ce serait la meilleure nouvelle de la journée, et même de la semaine. Lewis n'était probablement pas la seule clé de ce sac de nœuds, mais l'autre clé, Xenia Paget, leur donnait du fil à retordre, si bien qu'ils piétinaient. Rien ne bougeait. Cette situation le rendait fou, elle l'empêchait de dormir. C'était la première fois que ça lui arrivait. Parce qu'à présent c'était lui, et non plus Hale, qui dirigeait l'enquête.

Je m'y ferai, se dit-il, j'ai juste besoin d'un peu de temps.

Hélas, Dane détruisit immédiatement tous ses espoirs.

— Elle n'est pas encore en capacité de parler, expliqua-t-il. Mais son état se stabilise. C'est un énorme progrès.

Stewart songea qu'il fallait être médecin pour se réjouir de ce que l'état d'un patient incapable de parler et de bouger paraisse se stabiliser. Être cloué de la sorte, et de surcroît sans pouvoir communiquer, représentait à ses yeux un cauchemar absolu. Respirer. Dans le fond, tout ce que Sophia Lewis pouvait encore faire, c'était respirer. Sa vie se réduisait désormais à cela : inspirer, expirer.

Peut-être pour toujours.

S'il avait été à sa place, Stewart aurait souhaité que sa respiration finisse également par lâcher.

— Elle n'est pas non plus en mesure d'écrire ? demanda-t-il, plus pour dissiper ses idées noires que parce qu'il espérait une réponse positive.

— Non, elle ne peut pas remuer les bras. Cependant il y a des signes de réflexes. Il est tout à fait possible que son état s'améliore.

— Mais elle ne…

— Non, elle ne retrouvera jamais sa vie d'avant. Elle restera paralysée. Mais avec beaucoup de kiné et d'exercice, elle pourra peut-être faire deux ou trois choses de plus que maintenant. Cependant je ne veux pas trop m'avancer. En fin de compte, on ne peut pas savoir.

— Avez-vous une idée, même vague, du temps qu'il faudra avant que je puisse lui parler ?

— Hélas non. Mais je vous appelais pour une raison précise : nous allons la transférer. Demain.

— La transférer ? Où ça ?

— Nous ne pouvons plus lui fournir de traitement approprié. Elle est stable, mais maintenant il faut travailler. Et le plus tôt sera le mieux.

— Un centre de rééducation ?

— Oui, à Hull. Il y a un très bon établissement là-bas. Une excellente prise en charge médicale, des kinésithérapeutes remarquables, un équipement de premier choix. Ici, nous n'avons rien de tout ça. Nous sommes un hôpital classique.

— Hull.

Il fallait compter un peu plus d'une heure de route. Mais ce n'était pas grave, il serait allé n'importe où pour pouvoir enfin l'interroger.

— Inspecteur, vous lui parlerez, dit Dane. Bientôt, j'en suis convaincu.

— Voilà qui est encourageant.

C'était effectivement prometteur. Cependant, la police et les médecins n'avaient pas la même notion du temps. Ces derniers savaient que le processus de guérison était long, que dans la majeure partie des cas le temps travaillait en faveur du patient. Dans une enquête policière, mis à part les cas exceptionnels, c'était tout l'inverse. Le temps qui s'écoulait bénéficiait le plus souvent au criminel. Les traces s'amenuisaient de jour en jour.

— Très bien, fit Stewart – il n'allait pas faire au médecin un exposé sur les contraintes du métier d'enquêteur. En tout cas, merci de votre appel, docteur. Je me mettrai en rapport avec les médecins de Hull afin d'être tenu informé de l'évolution de la situation.

— Parfait. Ah, une dernière question : allez-vous maintenir la protection policière ? Est-ce que l'agent qui est devant sa chambre l'accompagnera à Hull ?

Stewart réfléchit. En réalité, laisser un policier en faction vingt-quatre heures sur vingt-quatre dans un couloir d'hôpital était un luxe qu'ils ne pouvaient pas se permettre compte tenu du manque de personnel et d'argent. Pour autant cette mesure lui avait paru justifiée à l'hôpital de Scarborough. La presse avait parlé des graves blessures de Sophia si bien que le criminel pouvait deviner où se trouvait sa victime. Sophia Lewis était donc en danger. Désormais, la situation serait différente. L'assassin ne serait pas informé du transfert. Qui plus est, il y avait des centres de rééducation absolument partout.

Un instant, Stewart se demanda quelle décision Hale aurait prise en la circonstance, mais il repoussa aussitôt cette pensée. Maintenant, le chef c'était lui. C'était à lui de fixer le cap, il n'avait plus à s'en remettre à son prédécesseur.

Un prédécesseur alcoolique, compléta-t-il en son for

intérieur. Dont on pouvait mettre en doute la capacité à prendre encore de bonnes décisions. Il ne pouvait donc servir de modèle.

— Le policier restera de garde jusqu'à demain matin, assura-t-il. Ensuite on le retirera. Il n'accompagnera pas le transfert. En revanche, l'adresse du centre de rééducation devra rester strictement confidentielle.

— Parfait.

À peine Robert avait-il raccroché que son portable sonna. Décidément, on ne voulait pas lui laisser prendre ce fichu café.

— Oui ? fit-il avec impatience.

C'était Kate, qui appelait de Manchester. Elle lui fit part de ce que Helen avait découvert. À savoir que Jacob et Xenia Paget ne s'étaient pas connus par l'intermédiaire d'une agence, en tout cas pas celle indiquée par Jacob.

— Et alors ?

La question de savoir où et comment ils s'étaient rencontrés lui paraissait très secondaire. Il estimait que Kate accordait de l'importance à un détail qu'il ne valait pas la peine d'approfondir.

— On devrait essayer de découvrir pourquoi ils nous ont menti, expliqua Kate.

— OK. Xenia Paget est-elle toujours chez vous ?

— Oui. Cela dit, j'ai cherché à la joindre ce matin, mais ça ne répondait ni sur le fixe ni sur son portable. Peut-être qu'elle est dans le jardin et qu'elle n'a pas entendu. Vous pourriez éventuellement faire un saut là-bas ?

— D'accord.

Parfaitement inutile, mais ça valait mieux que de rester au bureau à ne rien faire.

— Merci. Je pars maintenant à Birmingham pour essayer de voir le père de Sophia Lewis. En rentrant, je m'arrêterai à Leeds pour repasser chez Jacob Paget. Qu'il m'explique pour quelle raison il m'a baladée.

— OK. Ah, au fait : demain, Sophia Lewis sera transférée

dans un centre de rééducation à Hull. On ne peut pas encore l'interroger, mais d'après son médecin son état est en voie d'amélioration.

— C'est une bonne nouvelle.

3

Lorsqu'elle ouvrit à l'agente Mia Cavendish, Constance Munroe apparut épuisée, avec les yeux gonflés et le visage gris. À l'évidence, elle avait passé la nuit à pleurer. La veille, Mia Cavendish était passée l'informer avec ménagement que sa voiture avait été retrouvée vide, non verrouillée, la clé de contact dans le verrou d'allumage, non loin de la ville de Taunton dans le comté de Somerset. Constance Munroe s'était effondrée. Alors qu'elle avait presque terminé son service, la policière avait passé deux heures avec elle. Mia était repartie seulement après que Constance avait pris un calmant. Ce matin-là, l'agente avait décidé de retourner la voir, pour se rassurer. Cette femme allait vraiment très mal.

Constance la fit entrer au salon, l'invita à prendre place sur le canapé et lui offrit du thé.

— Je ne vois pas comment cette histoire pourrait encore bien se terminer, dit-elle d'une voix tremblante. Pour quelle raison est-ce qu'on irait abandonner sa voiture sur le bord d'une départementale ? Sans la fermer. Avec la clé de contact sur le tableau de bord ! Il y a quelque chose qui cloche, vraiment. Où est-ce qu'elle a bien pu aller ensuite ?

— Quand elle est partie pour son séminaire, elle devait avoir des bagages, non ?

— Oui, un sac de voyage avec de quoi se changer.

— Il n'y en a pas dans la voiture. Ni de sac à main.

— Et alors ?

— Si quelqu'un avait voulu la voler... Il aurait peut-être pris le sac à main dans l'espoir d'y trouver de l'argent. Mais pourquoi le sac de voyage ?

— Et si elle s'était fait enlever ?

— Mais qui pourrait vouloir enlever Alice Coleman ?

— Je ne sais pas.

Avec délicatesse, la policière lui posa la main sur le bras.

— Constance, Alice a dû aller dans un tout autre endroit que celui dont elle vous avait parlé. Ça signifie qu'elle n'a jamais eu l'intention d'assister à ce séminaire.

— Vous croyez ?

— C'est ce qu'on dirait, non ? Peut-être que quelqu'un est venu la chercher. Quelqu'un avec qui elle avait rendez-vous.

— Mais pourquoi... ?

Constance s'interrompit, écarquilla les yeux.

— Vous voulez dire qu'elle m'aurait quittée ? Pour quelqu'un d'autre ?

— Ce serait inimaginable ?

Constance baissa la tête. Et fondit en larmes.

— Non, répondit-elle en se mettant à sangloter. On n'arrêtait pas de se disputer. Vous savez, agente Cavendish, je me sens tellement coupable. Je n'ai absolument pas compris à quel point Alice allait mal. Je savais qu'elle était dépressive, et souvent mélancolique. Ce n'était pas pour rien qu'elle fréquentait tous ces séminaires de psychologie, ces ateliers de constellations familiales et de découverte de soi. Elle se trimballait de sacrés problèmes. Et moi, qu'est-ce que je faisais ? Je lui reprochais d'être tout le temps absente et de me laisser seule. Au lieu d'entendre l'appel au secours qu'il y avait derrière tout ça.

— Arrêtez de vous torturer. On est tous happés par le quotidien. Rétrospectivement, on y voit plus clair. Mais sur le moment, c'est beaucoup plus difficile.

— Oui, mais j'aurais dû comprendre... Au lieu de lui chercher sans arrêt des poux dans la tête...

Ses pleurs redoublèrent.

Mia Cavendish reposa sa tasse et entoura de son bras les épaules de la quinquagénaire. Elles restèrent ainsi quelques instants sans parler jusqu'à ce que Constance se fût un peu calmée. Elle sortit un mouchoir, s'essuya le nez et se tamponna les yeux.

— J'imagine que pour la police l'affaire est réglée ?

— Pas tout à fait. La police scientifique et technique est en train d'examiner le véhicule. Cependant je ne pense pas qu'on découvrira un indice.

— Est-ce que je peux laisser l'avis de disparition ?

— Bien sûr, mais ça m'étonnerait qu'on la recherche. Rien n'indique qu'il y ait eu crime. C'est juste une femme adulte qui a très vraisemblablement décidé de changer de vie. C'est terrible pour vous, mais ça ne justifie pas qu'on lance une vaste opération de recherche.

— S'en aller comme ça... Je ne comprends pas. Vraiment...

— Depuis quand vous êtes en couple, avec Alice ?

— Tout juste sept ans.

— Et avant ça ? Alice vivait avec quelqu'un ?

— Elle était mariée avec un homme. J'ignore pendant combien de temps. Ils ont divorcé en 2007. J'ai souvent demandé à Alice pour quelle raison ils s'étaient séparés, mais elle est toujours restée floue. Ils n'étaient pas heureux ensemble, c'est tout. Peut-être parce que Alice s'était peu à peu rendu compte qu'elle était plutôt attirée par les femmes et que du coup elle ne se sentait plus capable de vivre avec Oliver.

— Oliver c'était son mari ?

— Oliver Walsh, oui. Elle n'a jamais beaucoup parlé de lui, mais dans le peu qu'elle en a dit je n'ai jamais senti de haine. Ils ont dû divorcer d'un commun accord, mais ensuite ils n'ont plus eu aucun contact.

— Et il vit où ?

Constance haussa les épaules.

— Ils habitaient dans un village non loin de Nottingham.

— Et après le divorce, Alice s'est installée en Cornouailles ?

— Oui, d'abord à Truro. Ensuite, elle a trouvé un emploi à Redruth. C'est là qu'on s'est rencontrées.

— De quelle façon ?

Constance eut un sourire douloureux.

— On avait toutes les deux un abonnement de théâtre. Et à chaque spectacle, on se retrouvait assises l'une à côté de l'autre. Pur hasard. Aux entractes, on a pris l'habitude de boire ensemble une coupe de champagne en parlant de tout et de rien. Et puis, à un moment donné, c'est devenu sérieux entre nous.

— Je vois. Alice n'a pas d'enfants ?

— Non.

— Concernant sa dépression… Vous avez sûrement essayé d'en savoir plus ? De découvrir ce qu'il y avait derrière ?

— Oui, mais sans grand succès. Peut-être qu'elle ne le sait pas elle-même.

— Peut-être aussi qu'elle aurait voulu des enfants. Et puis son mariage qui capote. C'est déjà suffisant pour provoquer un état dépressif.

— Oui… Pourtant je pensais qu'elle était heureuse avec moi. Malgré tout.

— Elle a encore de la famille ? Ses parents ? Des frères et sœurs ?

— Non, elle est fille unique. Et ses parents sont morts.

— D'accord…

Pour Mia Cavendish, ce n'était effectivement pas une affaire qui nécessitait l'intervention de la police. Alice n'était plus heureuse avec Constance, elle se sentait incomprise. Elle avait donc décidé de tourner la page. De manière radicale, sans aucun égard pour sa compagne. Sur une route déserte du Somerset. Par une chaude journée de juillet.

Il aurait été intéressant de savoir ce qui avait dérapé dans la vie d'Alice Coleman. Cependant, comme elle l'avait dit à Constance, il ne lui appartenait pas d'enquêter à ce sujet.

4

Alors qu'elle était sur une aire de repos de l'autoroute M6, juste après Stoke-on-Trent, c'est-à-dire à peu près à mi-chemin entre Manchester et Birmingham, Kate commença à s'inquiéter sérieusement. Elle s'était arrêtée pour aller aux toilettes et prendre un café. Adossée au capot de sa voiture, attendant de pouvoir boire sans se brûler, elle avait de nouveau essayé de joindre Xenia. Sur le fixe de sa maison et sur le portable de Xenia. Comme elle l'avait fait de bon matin, puis juste avant de se mettre en route. Mais elle tombait chaque fois sur la boîte vocale.

Peut-être qu'elle est sortie très tôt faire une promenade au bord de la mer, songea-t-elle. Dans ce cas, il se pourrait qu'elle soit absente toute la matinée.

De Scalby, il fallait bien trois quarts d'heure pour rejoindre à pied la baie nord de Scarborough. Xenia, qui n'était pas particulièrement sportive, mettrait sans doute plus longtemps. Cependant Kate avait un mauvais pressentiment. Xenia avait eu l'air si inquiète. Elle aurait certainement préféré rester dans la maison plutôt que de se risquer pour quelques heures à l'extérieur.

Était-elle sortie faire des courses ? Mais elle aurait dû être rentrée.

Kate but son café à petites gorgées en contemplant le ciel couvert, perplexe.

Son portable sonna. Elle espéra un instant que Xenia la

rappelait enfin, mais c'était l'inspecteur Stewart. Il paraissait agacé.

— Je suis devant votre maison, sergent, dit-il sans même la saluer. Il n'y a personne.

— C'est bizarre. Ça fait des heures que j'essaie de joindre Xenia. Elle ne répond pas sur le fixe. Mais si elle était à l'extérieur, elle devrait avoir son portable.

— Peut-être que sa batterie est déchargée.

— Vous pourriez aller dans le jardin ? Voir si tout est OK ? Et vérifier la porte de la cuisine qui donne sur la terrasse ?

Stewart poussa un soupir. Kate entendit le gravier crisser sous ses semelles lorsqu'il fit le tour de la maison. Puis il reprit :

— Il ne semble pas y avoir de problème. La porte est fermée, il n'y a personne dans le jardin. J'ai vu un chat dans la cuisine.

— Oui, c'est Messy.

Kate se mit à réfléchir fiévreusement. Elle avait l'impression que Stewart attendait qu'elle lui dise quoi faire. Super chef, ironisa-t-elle pour elle-même.

— Vous voulez bien sonner chez ma voisine ? dit-elle enfin. Elle vaut tous les chiens de garde. Elle en sait plus sur ce qui se passe à la maison que moi. Elle aura peut-être vu quelque chose.

Stewart n'eut pas l'air ravi du tout, promit cependant de s'exécuter et de rappeler ensuite.

Kate termina son café et remonta en voiture. L'absence de Caleb lui pesait plus que jamais. Ses théories et son approche n'étaient pas toujours justes et leurs divergences d'opinion n'avaient pas été sans provoquer des frictions. Mais il avait toujours une idée, un plan. Il allait de l'avant, toujours en mouvement, motivé. Robert, pour sa part, lui faisait l'effet d'un somnifère. Par le passé, quand il avait travaillé avec Caleb, il s'était montré tout à fait capable d'initiative, mais ses nouvelles fonctions semblaient le paralyser. Par crainte de commettre une erreur, il ne faisait pour ainsi dire plus rien.

Kate était repartie depuis dix minutes quand il la rappela.

— Oui ?

— Votre voisine est effectivement très vigilante.

Jolie manière de dire « parfois très curieuse et très indiscrète », pensa Kate.

— Hier, Xenia a reçu successivement la visite de deux hommes, poursuivit-il.

— Deux hommes ?

— Oui. Elle n'a pas pu me dire grand-chose sur le premier sinon qu'il lui a paru furieux et très déterminé. Un homme désagréable, a-t-elle fait remarquer. Est-ce qu'il pourrait s'agir du mari de Xenia ? Jacob Paget ?

— Il serait tout à fait possible que Jacob ait retrouvé sa trace et essayé de la ramener chez eux. Je m'en veux, j'aurais dû être là.

— Vous ne pouvez pas rester chez vous vingt-quatre heures sur vingt-quatre à surveiller Xenia Paget. De toute façon, ce n'était pas une bonne idée de l'accueillir sous votre toit.

Vous aviez mieux à proposer ? faillit rétorquer Kate. Mais elle ravala cette remarque, l'inspecteur Stewart était tout de même son chef.

— Et qu'est-ce qu'elle a dit sur le deuxième homme ? reprit-elle.

— Elle a raconté qu'elle l'avait déjà vu. À l'époque où vous n'habitiez pas encore à Scalby, mais où vous veniez de temps en temps. Il conduit une Mini bleue immatriculée à Londres et…

— Colin, c'est Colin. J'aurais dû m'y attendre. Je lui avais écrit que je n'avais pas de temps à lui consacrer, mais ça ne l'a pas empêché de rappliquer.

— C'est un ami à vous ?

— Une connaissance. De Londres. Il était avec moi dans le train pour York où il y a eu ces coups de feu.

— Je vois. En tout cas, il n'a plus l'air d'être là. Sa voiture non plus.

— La voisine l'a vu repartir ? Seul ou avec Xenia ?

— Elle dit que non. La voiture était encore là en fin de

soirée. Il lui a semblé que le conducteur passait la nuit chez vous. Ce matin, quand elle s'est levée, la voiture s'était envolée. Votre ami a dû s'en aller très tard hier soir ou très tôt ce matin.

Avec Xenia ? Kate réfléchit. Au fond, c'était une hypothèse rassurante. Colin était un vrai casse-pieds, mais il était parfaitement inoffensif. S'il avait passé un certain temps chez elle, cela signifiait que Xenia avait dû le laisser entrer, car il n'avait pas la clé. Ce qui impliquait aussi que Jacob – si c'était bien lui – n'était pas parvenu à emmener Xenia. Peut-être même était-ce l'arrivée de Colin qui l'en avait empêché. D'où la question : où étaient-ils à présent, Xenia et lui ? Pourquoi étaient-ils partis ?

— OK, merci, je vais essayer de joindre Colin. Je serai à Birmingham dans une demi-heure. Je vous rappellerai si l'entretien avec le père de Sophia Lewis donne quelque chose.

— Très bien, répondit Stewart d'un ton qu'il voulait pressé.

Pourtant je parie, se dit Kate, qu'il n'a aucune idée de ce qu'il doit faire maintenant.

Elle appela Colin sur son portable. Boîte vocale, aussi. Qu'est-ce que c'était que cette histoire ? Voilà que lui non plus n'était pas joignable !

Elle laissa un message lui demandant de la rappeler au plus vite et de lui donner des nouvelles de Xenia. Pour le moment, elle ne pouvait rien faire de plus sinon espérer qu'il répondrait. Colin était quelqu'un de fiable, qui plus est il ne voulait sûrement pas se la mettre à dos.

Elle tenta de se concentrer sur l'entretien qu'elle allait avoir avec le père de Sophia Lewis. Helen avait trouvé son adresse, mais n'avait pas réussi à le joindre par téléphone. Il fallait espérer qu'il était chez lui et qu'il pourrait lui fournir des éléments susceptibles d'apporter au moins un début de lumière dans cette affaire.

Geoffrey Lewis était chez lui. Il parut ravi de cette visite inattendue, invita Kate à entrer au salon et disparut dans la cuisine pour faire du café. Kate avait béni son GPS, car

Birmingham, deuxième plus grande ville d'Angleterre après Londres, était un vrai cauchemar pour les automobilistes. Par ailleurs l'agglomération, autrefois polluée par la fumée des cheminées d'usine, s'était transformée en une métropole multiculturelle en proie à de fréquents troubles sociaux. Geoffrey Lewis vivait à Winson Green, un quartier plutôt déshérité qui s'était acquis une notoriété nationale en étant le siège de la HM Prison Birmingham, surnommée la « taule de l'horreur ». L'État avait fini par prendre temporairement le relais après avoir retiré sa licence à l'opérateur privé qui imposait des conditions de vie indignes aux détenus – cellules surpeuplées, conditions d'hygiène inimaginables.

La maison de Geoffrey Lewis se trouvait dans Green Lane, la partie la plus défavorisée de cette très longue rue. Peu de verdure. Rangées de maisons aux plafonds bas et aux couloirs exigus, poubelles qui traînaient. Parfois même un lave-vaisselle ou un vieux panier pour chien. Les résidents paraissaient avoir perdu depuis longtemps l'envie d'améliorer leurs conditions de vie.

Le salon de Lewis était si petit qu'on pouvait à peine bouger, mais Kate fut touchée des efforts du vieil homme pour l'accueillir dignement. Lorsqu'il revint avec le café, il lui désigna un fauteuil placé sous la fenêtre. Certains des ressorts étaient cassés et le siège s'affaissa lorsque Kate s'assit. Geoffrey servit le café dans des petites tasses en porcelaine. Kate en prit une gorgée et se mit à tousser : elle n'en avait jamais bu d'aussi fort. Un vrai café turc.

— Monsieur Lewis, je viens vous parler de votre fille Sophia, dit-elle.

Il n'eut pas l'air effrayé, bien qu'elle se fût présentée comme policière.

— Sophia. Bien sûr. Avec plaisir.

— Elle a eu un accident.

— Ah...

À première vue, Geoffrey Lewis avait l'air d'un vieux

monsieur sympathique, légèrement distrait et un peu solitaire. Cependant Kate se rendit compte qu'il était déjà mentalement un peu ailleurs. Il était là, souriant, content d'avoir quelqu'un avec qui bavarder. Mais il ne comprenait pas bien de quoi il retournait. Kate sentit qu'il allait être difficile d'obtenir des informations pertinentes.

— Elle est encore à l'hôpital. En fait, ce n'était pas un accident à proprement parler. Quelqu'un s'est arrangé pour qu'elle fasse une chute grave.

Geoffrey Lewis eut l'air déconcerté.

— Ah bon ? Ce n'est pas gentil.

— Non, vraiment pas gentil, approuva Kate, songeant qu'il s'agissait d'un bel euphémisme.

— Le monde n'est pas un bel endroit, déclara Geoffrey Lewis.

Et il avala son café ultra fort comme si c'était de l'eau.

— Quand avez-vous vu Sophia pour la dernière fois ?

Il réfléchit un instant.

— Je ne sais pas très bien. C'était en hiver, il y avait de la neige. En février peut-être ?

— De cette année ?

— Oui, elle me rend souvent visite. Je suis très seul, vous savez. Ma femme est morte il y a neuf ans.

À cet instant, sa solitude envahit la pièce et se fit presque palpable. En dehors de sa fille, il n'y avait sans doute plus personne pour s'occuper de lui au moins de temps en temps. Et désormais, elle ne serait plus en mesure de le faire. Kate fut soudain envahie par une profonde et douloureuse tristesse. Quelle que soit la personne qui avait agressé Sophia, elle avait également atteint ce vieil homme.

— De quoi avez-vous parlé ?

Kate s'était ressaisie.

Geoffrey Lewis fouilla sa mémoire.

— Du temps. C'est ça. Parce qu'il faisait très froid. Glacial, même.

— Et de quoi d'autre ? Est-ce que Sophia a parlé d'elle ? Est-ce qu'elle a dit, par exemple, qu'elle avait peur de quelque chose ou de quelqu'un ?

— Peur ?

— Oui. Ou est-ce que quelqu'un lui en voulait ?

— Pas que je sache, déclara Geoffrey Lewis avec conviction. Tout le monde l'apprécie.

C'était l'image que tous donnaient de Sophia : celle d'une jeune femme aimée de tout le monde. Partout bienvenue. Pourtant, il devait bien y avoir une personne qui la détestait. Qui la haïssait.

— Quelqu'un a tendu un fil métallique en travers du chemin qu'elle prend chaque matin à vélo, expliqua Kate. Quelqu'un qui forcément lui voulait du mal.

— Peut-être que ce n'était pas Sophia qui était visée, objecta Lewis, montrant par là qu'il avait des moments de lucidité. Mais une autre personne. Comme ça, pour s'amuser.

— C'est possible, mais ça nous paraît très peu probable. À cette heure-là, il n'y avait que Sophia pour passer par là. Un grand nombre de gens le savaient. En plus, on lui a tiré dessus une fois qu'elle était à terre.

— Ah…

— Mais le tireur l'a manquée.

— Tant mieux.

L'échange était décidément difficile.

— Sophia a grandi dans cette maison ? demanda Kate.

Son interlocuteur secoua la tête.

— Non, à West Bromwich. Ça se trouve un peu en dehors de Birmingham.

— Ah. Et comment c'était là-bas ? Je veux dire, elle était aussi très aimée quand elle était plus jeune ?

— Oui, elle avait plein d'amis. Et elle était également très bonne en sport, vous savez. Elle faisait du handball en club, et de la course à pied.

C'était à désespérer. Quand, comment et où la parfaite

Sophia s'était-elle brouillée avec quelqu'un au point qu'elle se retrouvait aujourd'hui à l'hôpital, paralysée à vie ?

— Et quand elle était plus petite ?

— Hum... Dans notre rue, il y avait un gamin qui n'arrêtait pas de l'embêter. À 5 ans, déjà, il en avait après elle. Et plus tard...

— Oui ?

— Au club de hand. Un type qui lui courait après. Mais il ne l'intéressait pas.

— Il est devenu désagréable ?

— Pendant un temps, il traînait constamment devant chez nous. Sophia était très énervée. Mais il a fini par abandonner.

— Vous vous souvenez de son nom ?

— Euh... Sam ?

— Sam ? Sam comment ?

Le vieil homme secoua la tête.

— Je ne sais pas. Je ne suis même pas sûr qu'il s'appelait Sam. Mais par la suite il a déménagé, je crois.

Un certain Sam qui avait fait du handball et qui s'était amouraché de Sophia Lewis. Qui l'avait harcelée ? Le problème, c'était que la mémoire de Lewis lui faisait défaut dès qu'on tentait de creuser. Il était peu probable qu'il parvienne à se souvenir du nom du jeune homme même si on lui laissait tout le temps nécessaire. Sans doute oublierait-il même la question.

— Le nom du club de handball ? se risqua à demander Kate.

— Je ne sais pas. En tout cas il se trouvait à West Bromwich.

Il ne devait pas y en avoir trente-six là-bas. Quoi qu'il en soit, ce Sam constituait un point de départ. Même si cette piste ne donnerait probablement rien. Un jeune homme qui n'avait pas supporté de se faire éconduire ne cherchait pas à se venger sournoisement après plus de dix ans.

L'expérience avait cependant appris à Kate qu'il ne fallait exclure aucune éventualité.

— Et sinon ? poursuivit-elle. Elle n'a rien dit de particulier ? Quand elle est venue la dernière fois ? Ou avant ? À propos d'une chose qui l'aurait tracassée ou effrayée ? Est-ce qu'elle a parlé de quelqu'un en particulier ?

Lewis réfléchit. Il était visiblement désireux de l'aider, mais son cerveau ressemblait désormais à un maquis impénétrable. Et puis il devait être trop souvent seul. Sûrement lui arrivait-il de rester des semaines entières sans parler à quiconque, hormis trois mots ici ou là avec la caissière du supermarché. Pas étonnant que ses neurones s'étiolent.

C'est alors que sa mine s'éclaira.

— Oui ! Ça y est, je me souviens ! Elle m'a beaucoup parlé d'un homme.

— Il s'appelait comment ?

— Nick.

— Nicolas Gelbero ?

— Oui, c'est ça !

— Son ex-petit ami. Est-ce qu'elle a eu des problèmes avec lui ?

En apprenant ce qui était arrivé à Sophia, Nick s'était montré aussi surpris qu'horrifié. Pourtant Kate savait qu'elle ne pouvait totalement l'exclure de la liste des suspects. La majeure partie des crimes de sang se produisait dans le cercle de la famille, et plus particulièrement au sein du couple. Amour déçu, sentiments blessés. Nick s'était fait larguer très brutalement et ce, sans que Sophia lui fournisse de véritables raisons. Toutefois l'instinct de Kate, qui la trompait rarement, lui disait que Nick Gelbero n'était pas du genre à commettre un crime. Il était peut-être triste, il espérait peut-être encore renouer avec Sophia, mais il paraissait capable de se remettre d'une rupture sans devenir agressif, voire violent.

Il n'en demeurait pas moins dans sa ligne de mire, comme tous ceux qui, pour une raison ou pour une autre, avaient eu affaire de près à Sophia Lewis.

— Des problèmes ? répondit Geoffrey Lewis avec étonnement. Pourquoi des problèmes ?

Il n'y avait pas grand-chose à espérer de lui. Il ne comprenait à l'évidence pas bien ce qui s'était passé.

Kate lui posa sa dernière question.

— Est-ce que le nom de Xenia Paget vous dit quelque chose ?

Il secoua la tête.

— Non, rien du tout.

5

Ils avaient roulé en direction de Whitby, à seulement une demi-heure de Scarborough. Xenia était parvenue à se calmer. Ils avaient passé le reste de la nuit dans la voiture, sur un parking en surplomb de la mer. Colin n'avait pas réussi à fermer l'œil sur son siège inconfortable, mais Xenia, épuisée, avait fini par s'endormir profondément. Le jour s'était levé sur un ciel nuageux et couvert où le soleil ne faisait que de brèves apparitions. La mer clapotait avec nonchalance. Colin était sorti de la voiture, s'était étiré en réprimant quelques gémissements, puis avait longé la départementale à la recherche d'un snack ouvert. Il avait acheté deux grands gobelets de café et deux sandwichs au fromage, qu'il avait rapportés à la voiture. Entretemps, Xenia s'était réveillée. Debout au bord du parking, elle contemplait la mer. De loin, Colin l'avait vraiment trouvée disgracieuse. La longue et ample robe hippie sous laquelle elle tentait de dissimuler ses kilos superflus ne l'avantageait pas. De près, toutefois, on se rendait compte qu'elle avait un joli visage, de grands et beaux yeux et des cheveux brillants.

Avec 15 kilos de moins, avait songé Colin, elle serait vraiment pas mal.

Assis sur un banc en face de la mer, ils avaient tranquillement pris leur petit déjeuner, puis s'étaient baladés. Leurs portables ne cessaient de sonner, mais ils ne répondaient pas. C'était évidemment Kate qui appelait, et ils avaient bien conscience qu'il faudrait qu'ils se manifestent à un moment ou à un autre. Mais pour l'instant, ils ne voyaient pas ce qu'ils auraient pu dire. Et Colin n'avait aucune peine à imaginer ce que Kate penserait de son comportement. À cette idée, il rentrait involontairement la tête dans les épaules. Quoi qu'il en soit, à présent il était mêlé à cette histoire, et il ne pouvait pas laisser tomber Xenia.

Ensuite, ils s'étaient rendus à Whitby, où ils avaient déniché un *Bed & Breakfast* bon marché et absolument sinistre situé dans une rue très passante. Ils avaient loué deux chambres mais, comme il n'y avait pas de pièce commune où s'installer, ils étaient ressortis et se trouvaient depuis une petite heure dans un pub du port. Il était midi, les employés du coin commençaient à arriver pour déjeuner. Xenia et Colin avaient choisi une table près de la fenêtre et avaient commandé des cafés, mais rien à manger. Ni l'un ni l'autre n'avaient faim.

Colin avait consulté son portable à plusieurs reprises. Il avait reçu cinq appels de Kate. Elle lui avait laissé deux messages, en lui mettant la pression, et lui avait également envoyé un message WhatsApp.

Si tu es avec Xenia, rappelle-moi immédiatement. Ce n'est pas le moment de jouer les aventuriers. Il faut que je sache où elle se trouve !

« Jouer les aventuriers » ! Kate avait malheureusement tendance à le traiter comme un enfant. Cela dit, Colin se sentait de plus en plus mal à l'aise. Il s'était embarqué dans une histoire qui le dépassait peut-être un peu trop.

— C'est Kate ? s'enquit Xenia en désignant du regard le portable de Colin.

— Oui. Elle a l'air furax. Elle veut absolument savoir où tu es.

— Comment elle sait que tu es avec moi ?

Il s'était déjà posé la question.

— Je l'avais prévenue de mon arrivée. Et la voisine a dû me

voir, elle remarque tout. Kate est capable d'additionner deux et deux. En plus, comme je ne réponds pas à ses appels…

— Elle a aussi essayé de me joindre.

— On ne va pas pouvoir continuer éternellement comme ça, Xenia. C'est vraiment déloyal vis-à-vis de Kate. Et si ça trouve on est déjà en infraction.

— Mais on est libres, quand même ! On a le droit d'aller et venir comme bon nous semble.

— Oui, mais tu es impliquée dans une enquête policière. En plus, Kate t'a accueillie chez elle et t'a fait confiance. On n'est pas super corrects, là.

— C'est pas faux, reconnut Xenia.

Il se pencha en avant.

— Tu avais promis de m'expliquer… Pourquoi tu as peur de la police ? Comment ton mari te met la pression ?

Xenia détourna les yeux.

— Tu n'as pas à le savoir.

— Si, c'est bien pour ça que je te pose la question.

— Pourquoi est-ce que je te le dirais ? Je te connais à peine.

— Tu t'es enfuie avec moi de chez Kate. Tu m'as demandé mon aide. À cause de toi je vais avoir de sacrés ennuis avec la seule personne que je considère comme une amie. Je voudrais au moins savoir pourquoi je fais tout ça.

Xenia poussa un soupir. Elle n'arrivait pas à trancher.

— Bon, d'accord, finit-elle par admettre à voix basse. Mais c'est… c'est une histoire horrible. Quand je te l'aurai racontée, tu me détesteras.

— Ça m'étonnerait, répliqua Colin.

Xenia jeta un regard autour d'elle. Les autres clients étaient attablés suffisamment loin pour ne pas les entendre. Elle prit une profonde inspiration.

— Alors voilà…, commença-t-elle.

6

Kate ne savait pas très bien pourquoi elle avait filé vers West Bromwich. Elle voulait juste voir la maison où Sophia avait grandi. La localité se trouvait sur son trajet – elle retournait à Leeds pour rendre de nouveau visite à Jacob Paget et l'interroger à propos de l'agence matrimoniale. Obéissant à une inspiration, elle avait tourné en direction de West Bromwich. Geoffrey Lewis lui avait indiqué l'adresse. Sa mémoire restait partiellement fiable.

Lorsqu'elle travaillait à Scotland Yard, Kate avait pris l'habitude d'aller s'imprégner de l'atmosphère de lieux qui, à première vue, n'avaient pas de rapport direct avec l'enquête en cours. Parfois, sans résultats, mais en quelques occasions elle avait pu en tirer quelque chose, mieux cerner certaines personnalités, certains contextes. Son supérieur ricanait, en l'absence de bénéfices concrets. Kate savait pourtant que de cette manière elle affinait son intuition. Or, dans les enquêtes difficiles, c'était souvent l'intuition qui l'avait fait progresser et, parfois même, menée à leur résolution. Ses collègues avaient tendance à dédaigner sa façon de procéder et n'accordaient à ses succès qu'un minimum de reconnaissance.

Cette fois, pourtant, arrivée devant l'ancien domicile des Lewis, elle dut admettre que sa petite expédition ne valait peut-être pas le détour. Tout comme l'actuel logement de Geoffrey, la bâtisse, une maison mitoyenne basse et très étroite, était située dans un quartier défavorisé. Le crépi de la façade s'effritait par endroits, la gouttière rouillait allégrement et s'effondrait en son milieu. Lorsqu'il pleuvait, l'eau devait couler directement devant les fenêtres, sans doute en cataracte par forte pluie.

Ce pavillon apprit au moins une chose à Kate : Sophia venait d'un milieu extrêmement modeste et avait grimpé les échelons à la force du poignet. Ambition et ténacité à l'école, et discipline de fer dans le sport. Kate repensa à la jolie maison qu'elle avait louée à Stainton Dale, à sa popularité auprès de ses collègues et de ses élèves. Sophia avait su faire quelque chose de sa vie en évitant les écueils de la drogue ou des mauvaises fréquentations, si courants dans ce type de quartier.

Les mauvaises fréquentations.

Un garçon du voisinage qui en avait eu après elle, un autre, plus tard, qui était tombé amoureux d'elle malgré sa réticence. Des pistes éventuelles ?

Elle regagna sa voiture en boitillant. Quand elle la sollicitait un peu trop, sa jambe blessée la faisait souffrir. Comme un avertissement. Ne pas oublier : individu dangereux. À présent, elle allait secouer un peu l'antipathique Jacob Paget. Qu'il lui explique une bonne fois pour toutes où il avait fait la connaissance de Xenia et pourquoi il avait menti à ce sujet.

En chemin, elle réessaya plusieurs fois de joindre Xenia ou Colin.

Toujours la boîte vocale.

Jacob Paget avait quelque peu perdu de sa superbe. Lorsque Kate arriva, il était chez lui. Il la fit entrer au salon d'un air maussade et grommela :

— Qu'est-ce que vous voulez encore ?

Lorsqu'il apprit la raison de sa visite, ce qui lui restait de contenance l'abandonna.

— Xenia Sidorova n'a jamais été enregistrée chez Happy End, déclara Kate. Or c'est un organisme sérieux et très méticuleux.

— Bien sûr qu'ils sont sérieux, tenta de plastronner Jacob. Autrement je ne me serais pas inscrit chez eux.

— Où avez-vous rencontré votre femme, monsieur Paget ? demanda Kate, imperturbable.

— C'est vraiment important ?

— Oui.

Il s'agita.

— Je l'ai rencontrée, un point c'est tout.

— Où, monsieur Paget ? Manifestement pas par l'intermédiaire de l'agence Happy End. Vous en étiez un client assidu et elle vous avait mis en contact avec plusieurs femmes. Mais Xenia Sidorova n'était pas dans leurs dossiers.

Il la fusilla du regard.

— J'ai compris, oui !

— Alors ?

— Nous nous sommes rencontrés par hasard, répondit-il enfin à contrecœur. Je fais de la gérance d'immeubles pour une société immobilière à Leeds, Bradford et York. Dans un de ces immeubles...

Il s'interrompit.

— Oui ? insista Kate.

— C'était une construction neuve. J'y étais passé pour la réception de quelques travaux. On l'a trouvée dans un appartement en entresol. Elle campait sur une couverture, elle avait installé un réchaud à gaz et créchait là dans des conditions d'hygiène indescriptibles. Elle avait l'air passablement déglinguée. Les types de l'entreprise de bâtiment ont voulu appeler la police, mais je leur ai dit de laisser tomber, que j'allais m'en occuper.

Kate n'eut aucune peine à se représenter la situation. Jacob Paget, depuis toujours en échec avec les femmes, avait sans doute immédiatement compris sa chance. Une inconnue qu'il tirait du caniveau, qui verrait en lui un sauveur et qui se sentirait tenue à la reconnaissance – pouvait-il rêver mieux ? Aucune femme ne restait avec lui de son plein gré, mais là, la situation serait différente.

— Pourquoi elle se cachait dans cet immeuble vide ? demanda Kate. Et c'était quand exactement ?

— 2006, en février. Et elle ne se cachait pas. Elle avait besoin d'un toit au-dessus de sa tête.

— Mais pourquoi ? Et comment elle était arrivée en Angleterre ? Elle n'avait à l'évidence pas de travail.

— Elle avait débarqué avec un visa de tourisme et puis elle était restée. Elle ne voulait pas retourner en Russie, elle ne se voyait aucun avenir là-bas.

— Et qu'est-ce qu'elle a fait en Angleterre ? Apparemment elle n'avait pas trouvé mieux qu'en Russie.

— Elle ne savait pas très bien ce qu'elle voulait. Sinon qu'il n'était pas question pour elle de rentrer dans son pays.

— Elle parlait déjà anglais ?

— Pas aussi bien qu'aujourd'hui. Mais ça allait.

— De quoi vivait-elle ?

Il haussa les épaules.

De petits jobs, se dit Kate. Ou peut-être qu'elle faisait la manche ? Qu'elle volait ? Était-ce pour cette raison qu'elle avait une peur panique de la police ? Parce qu'elle avait peut-être chapardé quelques produits dans un supermarché il y avait plus de dix ans ? Ou parce qu'elle avait squatté un immeuble vide pendant un certain temps ?

Cette hypothèse lui semblait tirée par les cheveux. Xenia n'était pas stupide. Elle ne se serait pas laissé harceler par un homme comme Jacob pour des choses aussi insignifiantes.

— Pourquoi, demanda Kate, nous avez-vous menti à moi et à mes collègues à propos de votre rencontre ?

Il afficha un air encore plus désagréable que d'habitude.

— Parce que ça faisait mieux. Je n'avais pas envie de raconter qu'à l'époque ma femme était une sorte de SDF que j'avais dégotée dans un immeuble en construction.

— Je ne vous crois pas. Ce que je pense, c'est qu'avant ça il s'est passé quelque chose dans la vie de Xenia qui lui a fait perdre pied et à la suite de quoi elle s'est retrouvée plus ou moins à la rue. Et vous êtes au courant. C'est pour ça que vous avez essayé de cacher comment vous vous êtes rencontrés. Je suis certaine que vous ne m'avez pas tout raconté. En fait, à cause de cette vieille histoire, quelle qu'elle soit, vous faites pression sur votre femme.

Paget eut une grimace ironique.

— Libre à vous d'imaginer ce que vous voulez.

— Votre femme a été victime d'une tentative de meurtre. J'ai vécu ça de très près. Le tireur court toujours et on ignore tout de son identité. S'il apparaît que vous étiez en effet au courant de faits qui pourraient être liés à cette affaire, votre silence sera considéré comme une entrave à l'exercice de la justice. Ce qui est une infraction.

— Je vous ai dit ce que je savais. J'ignore pourquoi quelqu'un a tiré sur Xenia. Peut-être que c'était un Russe qu'elle a connu autrefois.

— Vous êtes marié avec Xenia depuis treize ans. Elle vous a sûrement parlé de son passé.

— Elle n'a jamais rien dit à propos de ça.

Il ne parlerait pas. Kate était absolument certaine qu'il savait quelque chose, mais pas moyen pour l'instant de lui faire cracher le morceau. Peut-être était-il effectivement tombé sur Xenia dans un appartement inoccupé. Peut-être mentait-il. Dans quelle mesure s'était-il lui-même rendu coupable d'un acte illégal ? Ou après tant d'années de complicité muette était-il trop impliqué pour pouvoir s'en tirer indemne ?

— Bon, dit-elle, vous refusez de coopérer. Peut-être changerez-vous d'avis, ce serait dans votre intérêt. Vous pouvez m'appeler à toute heure.

Elle lui avait donné sa carte lors de sa précédente visite, mais elle lui en tendit une autre. Il la prit et la posa sans un mot sur la table, à côté de lui.

— Quand est-ce que ma femme rentrera ?

— C'est à elle qu'il faut poser la question, lâcha Kate en se dirigeant vers la porte.

Comme chaque fois qu'elle était avec cet homme, elle avait envie de s'échapper au plus vite.

Comment Xenia a-t-elle fait pour supporter ça si longtemps ? se demanda-t-elle.

Elle finirait bien par le savoir.

Notre fille Lena pointa le bout de son nez en mai 2003. En dépit de tout ce qu'Alice avait connu, sa grossesse se déroula avec une étonnante facilité. Contrairement à ce que j'avais craint, il n'y eut aucune complication. Cependant, au cours de ces quelques mois, Alice se montra mélancolique. Elle était enfin enceinte, mais avait du mal à croire que tout se passerait bien.

« Il y aura sûrement un problème », disait-elle souvent en fixant le vide avec cette expression de désespoir que j'avais tant espéré voir enfin disparaître. Elle se soumettait consciencieusement aux examens nécessaires, ne buvait pas d'alcool, mangeait correctement, sortait se promener. Elle s'occupait de Sacha, qui devait entrer à l'école à l'automne, une perspective que j'attendais avec une impatience inquiète. Parviendrait-il à suivre une scolarité ordinaire ? Son retard mental devenait de plus en plus perceptible à mesure qu'il avançait en âge – la petitesse de son crâne, l'instabilité de son regard de plus en plus frappantes. Il avait aussi une forte tendance au repli sur soi. Il semblait vouloir saisir ce qui se passait autour de lui, car ses yeux voletaient de-ci de-là, pour y réfléchir plus tard à tête reposée. En même temps, il paraissait à l'écoute de lui-même, on aurait dit qu'il cherchait en son for intérieur de quoi comprendre le monde extérieur. Parfois, il restait des heures sans parler. Puis, soudain, il lâchait quelques mots qui, dans un premier temps, ne faisaient pas sens, avant qu'on s'aperçoive qu'il s'agissait d'un commentaire très intelligent sur une situation antérieure. Son vocabulaire était plus pauvre que

celui d'un enfant de son âge, sans toutefois que ce soit réellement inquiétant. Sacha oscillait en quelque sorte sur une ligne étrange entre handicap et retard d'une part et intelligence surprenante d'autre part. Sa personnalité demeurait une énigme – y compris pour les neurologues et les psychologues.

« Prenez-le tel qu'il est, nous conseilla un des médecins. Ne lui mettez pas la pression. Il évolue. À sa façon. Laissez-lui le temps dont il a besoin. »

Concernant Lena, les premiers examens effectués juste après sa naissance montrèrent que tout était normal. Soulagement intense. Les premières semaines et les premiers mois confirmèrent que notre enfant était en bonne santé. En revanche elle criait beaucoup.

« Un enfant braillard », dit le pédiatre avec compassion quand on lui parla du problème. Et, considérant nos mines fatiguées et les cernes sombres sous nos yeux : « Vous ne dormez pas beaucoup, hein ? »

Lena hurlait en effet une bonne partie de la nuit et on passait des heures à la promener dans l'appartement en lui parlant pour essayer de la calmer. En vain. Elle finissait par s'endormir d'elle-même, mais se réveillait souvent une heure plus tard et recommençait à pleurer. On commençait à ressembler de plus en plus à des fantômes. Ma secrétaire me surprit à deux reprises en train de dormir à mon bureau. Le soir, quand je rentrais à la maison, je trouvais Alice titubant d'épuisement.

Il y avait pourtant des moments de détente. Je passais des soirées entières à câliner Lena sur le canapé. Ses sourires radieux me faisaient craquer. En dehors de ses crises de pleurs, c'était un bébé joyeux. Et elle était si jolie. En fait, nos rêves étaient devenus réalité. Nous étions une vraie famille de quatre personnes. Avec un fils adoptif affligé d'un retard de développement et une fille en bonne santé qui criait un peu beaucoup. Ce qui était assez courant, nous avait assuré le pédiatre.

« Certains enfants sont comme ça, c'est tout. Ça lui passera, ne vous inquiétez pas. »

En janvier de l'année suivante – Lena avait à présent 8 mois –, on avait atteint un point d'épuisement critique. Alice avait l'air complètement dépassée. Manque de sommeil, bébé aux besoins intenses, et Sacha, qui avait fait son entrée à l'école, mais n'arrivait évidemment pas à se débrouiller avec ses devoirs. Alice essayait de l'aider dans son apprentissage de la lecture et de l'écriture tout en faisant en sorte que Lena se tienne tranquille. Elle était sur pilote automatique et s'apparentait de plus en plus à un robot.

« En fait, il faudrait qu'on ait une nounou, dis-je à un collègue avec qui j'étais sorti boire une bière par une soirée enneigée de janvier, pétri de mauvaise conscience – je voulais retarder le moment de rentrer. Une nounou, ou plutôt une jeune fille au pair, qui logerait chez nous et donnerait un coup de main à Alice vingt-quatre heures sur vingt-quatre.

— Vous auriez la place ? demanda mon collègue.

— Il y a la petite chambre d'amis », répondis-je d'un ton hésitant.

En fait, il s'agissait plutôt d'une sorte de débarras, contigu à la cuisine, mais disposant d'une fenêtre.

« Elle doit faire 9 mètres carrés.

— Ce n'est pas grand, me fit-il remarquer. Et une nounou vingt-quatre heures sur vingt-quatre… Ça revient cher, très cher. »

Je poussai un soupir. Je me demandais si une jeune fille anglaise accepterait de venir vivre dans une maison en pleine campagne et d'emménager dans cette pièce. Sans radiateur. Même si elle était chauffée par la cuisine attenante. Les conditions d'hébergement n'étaient pas franchement alléchantes.

« Tu devrais embaucher une étrangère, suggéra mon collègue. Des pays de l'Est. Elles sont beaucoup moins exigeantes. »

Son idée me donna à réfléchir. Ce n'était pas bête. On était plutôt ric-rac. Je subvenais seul aux besoins d'une famille de quatre personnes, avec un stress considérable. Je n'avais plus la force comme avant de démarcher de nouveaux clients. Je n'avais plus même l'énergie d'avoir une vie sociale. L'état de nos finances n'avait rien d'inquiétant, pas encore du moins, mais on devait faire attention.

« Votre fils vient de Russie, poursuivit mon collègue. Vous avez gardé des contacts là-bas ?

— Avec l'interprète qui nous a accompagnés dans la procédure d'adoption et à l'audience. On s'envoie des mails pour Noël. Rien de plus.

— Tu devrais lui poser la question. Elle connaît peut-être quelqu'un qui aurait envie de faire ce genre de boulot. Ça vous arrangerait et l'autre personne aussi. Un accord gagnant-gagnant, quoi. »

Je n'étais pas encore convaincu. Est-ce que j'avais vraiment envie qu'une étrangère vienne habiter chez nous ?

Mais ce soir-là, en rentrant, je trouvai Alice sur le canapé du salon avec Lena dans les bras. Elles dormaient toutes les deux. Je regardai Alice. Elle avait la tête renversée sur le dossier. Sa respiration était profonde et régulière. Je vis les cernes bleuâtres sous ses yeux, ses pommettes saillantes. Alice avait énormément maigri depuis la naissance de notre fille, je l'avais bien remarqué. Pour la première fois pourtant je vis à quel point. Elle avait une mine épouvantable. Les nombreuses tentatives d'insémination artificielle, la procédure d'adoption, les soucis avec Sacha, les nuits difficiles avec Lena… Cela faisait longtemps qu'elle ne fonctionnait plus que sur ses réserves. Si je voulais lui éviter le surmenage, je devais tirer le signal d'alarme.

Dès le lendemain matin, j'envoyai un mail à Tatjana, notre interprète dans la lointaine ville de Kirov. Je lui exposai notre situation et lui demandai si elle connaissait quelqu'un, qui connaîtrait quelqu'un…

Elle répondit le soir même, disant qu'elle avait une amie qui caressait depuis longtemps l'idée de quitter la Russie pour l'Ouest. Mais jusque-là, elle n'avait pas trouvé le moyen de le faire. Elle allait lui en parler.

Trois jours passèrent. Puis, un matin, je trouvai un nouveau message de Tatjana.

Son amie était super partante et voulait bien nous rejoindre sur-le-champ. Elle aimait les enfants et se disait prête à faire aussi le ménage et la cuisine. Il ne restait plus qu'à se mettre d'accord sur la façon de procéder.

C'est ainsi que Xenia Sidorova entra dans notre vie.

Seconde partie

Jeudi 1er août 2019

1

Elle se demandait souvent si les gens, autour d'elle, avaient conscience qu'elle percevait tout. Qu'elle comprenait tout. Ou bien pensaient-ils que son cerveau était aussi mort que le reste de son corps ? Cet assemblage inutile d'os, de muscles, de tissus. Inerte. Son corps, qui n'était plus un corps. Juste l'enveloppe de quelque chose qui, un jour, avait été fort, plein d'énergie, assoiffé de mouvement. Elle avait toujours pu compter sur son corps. Au point qu'elle n'avait jamais apprécié ce bienfait à sa juste valeur. En tout cas, pas suffisamment. Elle ne s'était jamais montrée profondément reconnaissante. De son corps si rarement malade. Qui ne la faisait jamais souffrir. Qui, chaque matin au lever, fonctionnait d'office. Qui tenait le coup toute la journée, quoi qu'elle fasse : courir, faire du vélo, enseigner, retaper sa maison, bêcher le jardin ou faire la fête et boire trop d'alcool. Son cœur avait toujours fait son boulot, tout avait toujours marché comme sur des roulettes sans qu'elle ait à se soucier de rien.

Est-ce que tout ça serait arrivé si elle n'avait pas tenu ce bonheur pour acquis ?

Car c'était ça le bonheur. À présent, Sophia le savait. Être tout simplement en bonne santé. Vivre. Bouger. Respirer. Sentir le soleil sur sa peau et le vent sur son visage. On n'avait pas besoin de plus. Elle n'aurait plus d'autre souhait, de toute sa vie, si seulement elle pouvait retrouver ce qu'elle avait perdu : un corps en bonne santé.

Elle ne pouvait presque plus rien remuer. Ni pieds, ni jambes, ni bras, ni mains. Ni doigts. Uniquement la tête.

En effet, elle pouvait désormais tourner la tête. Et respirer. Les médecins et le personnel soignant qui l'entouraient considéraient ça comme un progrès incroyable. Un véritable cadeau du ciel.

On la tournait, la retournait, la lavait. On lui brossait les cheveux, on lui coupait les ongles. Elle portait des couches parce qu'elle ne contrôlait pas ses intestins. On lui avait posé une sonde urinaire.

Et elle n'avait plus l'usage de la parole. Un caillot de sang consécutif à la chute avait causé une embolie cérébrale. Le médecin avait dit que ça reviendrait, avec un peu de temps. Elle espérait qu'il avait raison.

Cependant, même si un millier de choses lui traversaient l'esprit, Sophia avait surtout l'impression de vivre un cauchemar épouvantable. Elle allait forcément se réveiller. S'étirer confortablement dans son lit, puis se lever d'un bond, enfiler un short et sortir – le temps était magnifique en ce matin estival –, monter sur son vélo, emprunter les rues et les chemins familiers. Rien qu'elle et son corps en pleine forme, elle et cette superbe matinée…

Chaque fois qu'elle arrivait à cet endroit du film, quelque chose semblait se bloquer dans son cerveau. Comme si la pellicule se déchirait tout à coup. Elle se voyait passant devant la ferme, le paysan la saluait, les poules picoraient à ses pieds, elle gravissait la colline, l'effort était rude, elle était en sueur, puis elle arrivait au sommet et se lançait dans la descente. Le fil métallique, la chute. Et après… plus rien. Le vide total. L'obscurité. Elle ignorait ce qui s'était passé ensuite.

Trois jours plus tôt, le gentil médecin s'était assis sur le bord de son lit. Ou était-ce il y a deux jours ? Elle ne savait pas, ici tout se brouillait entre jour, nuit et éternité. En tout cas, il s'appelait Dane. C'était sous ce nom qu'il s'était présenté.

« Je suis le Dr Dane. J'espère que vous me comprenez ? »

Oui – ça avait été un cri intérieur. *Oui !*

« Si vous me comprenez, est-ce que vous pouvez cligner de l'œil ? Ou des deux en même temps. Peu importe. Pourvu que je voie vos yeux bouger. »

Elle pouvait les ouvrir et les fermer, c'était sûr, mais au moment où il le lui avait demandé, elle en avait été incapable. Elle avait rassemblé toutes ses forces, son cerveau avait envoyé un ordre désespéré à ses yeux – *clignez enfin, merde !* – mais rien à faire. Pourtant, d'habitude, ça fonctionnait. Furieuse, abattue, elle avait eu le sentiment de n'être plus qu'un bloc de pierre immobile.

Le Dr Dane avait soupiré.

« Bon, j'espère que vous me comprenez. Je vais vous raconter ce qui s'est passé, d'accord ? »

Oui !

Il lui avait alors parlé du fil qu'on avait tendu en travers de son chemin et dans lequel elle avait foncé.

« Vous avez fait un vol plané. Et vous avez atterri sur le sentier la tête la première. Comme ça faisait longtemps qu'il n'avait pas plu, le sol était dur comme de la pierre, c'est à peu près comme si vous étiez tombée sur du béton. Et malheureusement, vous ne portiez pas de casque. »

Un reproche empreint de tristesse transparaissait dans sa voix.

Elle n'en portait pas toujours, elle n'aimait pas ça. Mettre un casque lui donnait la sensation d'être à l'étroit, enfermée. L'automne et l'hiver, ça la gênait moins, il la protégeait même du froid et du vent. L'été, en revanche…

Et puis quelle importance, se disait-elle. Il ne va rien m'arriver.

« Vous vous êtes cassé la septième vertèbre cervicale. Je ne voudrais pas paraître cynique, mais dans votre malheur vous avez eu de la chance. Vous pouvez respirer sans assistance. »

Oui, et pourquoi est-ce que je ne peux pas bouger ? Quand le pourrai-je ? S'il vous plaît, dites-moi que c'est un état passager. Autrement ça n'aurait aucun sens.

« Qui plus est, on vous a tiré dessus. À ce que dit la police. Mais en vous manquant, apparemment exprès. »

Tiré dessus ?

« La police veut absolument vous parler. Le responsable de l'enquête n'arrête pas de m'appeler. Mais j'ignore quand ce sera possible. »

J'ai peur.

« Il y a un policier en faction devant votre porte. En permanence. Ici, rien ne peut vous arriver. »

Il n'avait pas dit quand elle pourrait de nouveau marcher, à quel moment quelque chose se remettrait à fonctionner dans son corps. Peut-être voulait-il éviter qu'on puisse lui reprocher par la suite d'avoir établi un pronostic erroné. Chez certains patients c'était rapide, chez d'autres, plus lent. Avec elle, ce serait rapide, parce qu'elle avait toujours été en bonne santé.

Dans sa tête, une voix malveillante lui chuchotait *tétraplégie, cas désespéré*. Mais elle la faisait taire. Le médecin n'avait pas employé ces termes. Si la situation l'avait justifié, il l'aurait fait, sans aucun doute.

La veille, il s'était de nouveau assis sur le bord du lit et lui avait expliqué qu'elle allait être transférée.

« Ici, on ne peut plus rien faire. Maintenant, vous avez besoin de kinés spécialisés dans les cas comme le vôtre. »

Et ils feront en sorte que je puisse bientôt retrouver mon ancienne vie ?

« Je ne peux rien vous promettre, Sophia. Mais je suis relativement confiant, quelques améliorations sont possibles. »

Qu'est-ce que vous voulez dire ? Des améliorations ?

« En tout cas, ne perdez pas espoir, avait-il ajouté en lui caressant brièvement le bras d'un geste gauche. Vous êtes vivante. C'est tout ce qui compte. »

Pardon ?

Quand elle n'était pas en train de penser à son état actuel et à son avenir, elle réfléchissait à cette agression et se sentait alors presque malade de peur. Un fil tendu en travers du chemin, ça aurait pu être l'acte irréfléchi d'enfants ou d'ados stupides. Mais on lui avait aussi tiré dessus ! Ça ne pouvait plus passer pour une blague inoffensive. Elle ne connaissait qu'une seule personne au monde qui avait des raisons de la haïr et, comme elle le tenait pour un dangereux psychopathe, elle le jugeait capable de tout. Absolument tout.

Je suis en danger, aurait-elle voulu crier. *Il faut que vous me protégiez. Il va recommencer.*

Il y avait un policier en faction devant sa chambre, avait dit le Dr Dane. Est-ce qu'il l'accompagnerait dans le nouvel établissement où l'on voulait la transférer ? Et pouvait-il lui assurer une protection suffisante ? Il ne se rendait pas compte de qui était son agresseur. Et elle ne pouvait pas le lui dire. Elle ne pouvait pas !

Elle avait envie de hurler. De serrer les poings.

Impossible. Pas un muscle, pas une articulation, rien dans ce foutu corps qui puisse bouger ne serait-ce que d'un millimètre.

Elle sentit quelque chose d'humide sur ses joues. Des larmes. Des larmes coulaient de ses yeux.

Une infirmière qui se trouvait à cet instant dans la chambre prit un mouchoir et lui tapota le visage.

— Qu'est-ce que c'est que ces larmes ? Vous n'allez tout de même pas me dire que vous êtes triste de nous quitter ? Vous allez dans un centre de rééducation absolument formidable. Rien que des gens très bien, et qui pourront vous aider.

Les larmes coulaient sans relâche tandis que l'infirmière continuait de les essuyer.

— Je vais vous préparer pour le transfert. Tout se passera bien. Vous ne devez pas renoncer.

Elle pleurait toujours.

Ça au moins, elle en était encore capable.

Elle pouvait pleurer sans fin.

2

— Et vous n'avez aucune idée de l'endroit où se trouve Xenia Paget ? demanda Stewart. Mais c'est incroyable !

Il tambourinait des doigts sur son bureau.

Croyant discerner dans sa voix un reproche sous-jacent, Kate sentit ses piquants se hérisser. Qu'aurait-elle dû faire selon lui ? Ligoter Xenia et l'enfermer avant de se rendre à Manchester et à Birmingham ? Cette femme avait le droit de se déplacer librement, après tout.

— Elle a été victime d'une agression, poursuivit l'inspecteur. Ce n'est pas une bonne chose qu'elle se balade comme ça.

Ah oui ? aurait-elle aimé répliquer. Mais elle se réfréna.

— Elle ne veut surtout pas retourner chez son mari, répondit-elle calmement.

— Mais ça ne l'oblige pas à se cacher !

— Vu le bonhomme, je dirais que si.

— Vous n'avez pas tiré grand-chose de lui, fit remarquer Robert.

— Il a tout de même reconnu qu'il n'avait pas rencontré Xenia par l'intermédiaire de l'agence, mais qu'il était tombé sur elle par hasard dans cet immeuble vide.

— Et à quoi ça nous avance ? À supposer que cette histoire soit vraie ?

— À supposer que cette histoire soit vraie, ça veut dire que Xenia est probablement arrivée en Angleterre avant 2006. Et il a dû se passer quelque chose qui a fait qu'elle est devenue

SDF et qu'ensuite elle a accepté d'épouser une enflure comme ce Paget – il fallait qu'elle soit vraiment désespérée !

— Et vous pensez que Jacob Paget est au courant ?

— J'en suis à peu près sûre, oui.

Robert continuait de tambouriner sur son bureau.

— On pourrait le convoquer.

— Pourquoi pas ? Mais quelle raison il aurait de nous dire quoi que ce soit ? On n'a rien contre lui.

— Si on retrouvait Xenia... Elle accepterait peut-être de parler.

— Pour le moment, elle a évité de le faire.

— Et vous dites qu'elle est avec votre ami ?

— C'est très probable.

— Et lui non plus vous n'arrivez pas à le joindre ?

Ce « lui non plus » avait une tonalité déplaisante.

— J'essaie sans arrêt. Je suis sûre qu'il ne tardera pas à me rappeler.

— Espérons.

— Il y a du neuf concernant Sophia Lewis ?

— C'est *vous* qui êtes allée à Birmingham !

— Malheureusement, ça n'a pas donné grand-chose. Le père est complètement à côté de la plaque. Il ne comprend pas ce qui s'est passé et n'a rien pu m'apprendre qui soit susceptible de m'aider. Je voulais dire : est-ce qu'il y a du neuf médicalement parlant ?

Cet aspect de l'enquête incombait normalement à Stewart – les discussions avec les médecins.

— On m'a simplement informé qu'on la transférait aujourd'hui. Je me mettrai le plus vite possible en contact avec son médecin traitant au centre de rééducation. Comme ça coince avec Xenia, tous nos espoirs reposent maintenant sur Sophia.

Et sur moi, crut comprendre Kate. Mais peut-être était-elle exagérément susceptible ce matin-là.

Stewart devait retourner voir le procureur à propos de

l'affaire White. Kate décida de faire un saut chez elle pour voir si Colin et Xenia étaient rentrés – ce dont elle doutait. Elle voulait également interroger sa voisine, car celle-ci en avait peut-être vu davantage.

Cependant, une fois en voiture, elle changea d'avis. Il lui restait du temps avant la réunion de midi et l'on pouvait espérer que Stewart serait suffisamment occupé avec le procureur. Elle passerait chez Caleb. Peut-être était-il chez lui. Il s'était toujours occupé d'elle lorsqu'elle traversait une crise. Il était temps qu'elle prenne à son tour de ses nouvelles.

Après avoir sonné à trois reprises, elle s'apprêtait à repartir quand il ouvrit. Un coup d'œil suffit à Kate pour constater à quel point il allait mal. Il n'était pas rasé, il avait le regard éteint, les yeux rougis d'avoir enchaîné les nuits sans sommeil. Il portait un short kaki qui n'avait pas vu une machine à laver depuis longtemps et un tee-shirt blanc maculé de taches indéfinissables. Il sentait la transpiration, n'avait pas dû se laver ni se coiffer depuis un moment. Cela étant, Kate ne perçut aucune odeur d'alcool. Grâce aux relents de sueur ou parce qu'il était encore relativement tôt ?

Il se passa les doigts dans les cheveux, ce qui n'arrangea rien.

— Ah, c'est vous, Kate. Je craignais que ce soit mon ex-femme. Elle se fait du souci pour moi et se pointe ici tous les jours pour voir comment je vais, mais je ne la laisse pas entrer.

Il fit une grimace irritée.

— Je déteste qu'on s'apitoie sur moi.

— Il n'est pas question de pitié, se hâta de répondre Kate. Je voulais juste faire un saut. Mais si je vous dérange…

— Non, non. Je dormais, mais il est temps de se lever, non ? Quelle heure est-il ?

— 9 heures et demie.

— La bonne heure pour un retraité.

— Vous n'êtes pas retraité, Caleb.

Il fit un pas en arrière.

— Entrez. J'espère que ma tenue ne vous gêne pas.

Il jeta un coup d'œil sur ses vêtements.

— Je crois que j'ai dormi avec.

Elle le suivit au salon, une vaste pièce meublée avec goût donnant sur le jardin grâce une grande baie vitrée et sur une cuisine à l'américaine qui s'intégrait harmonieusement à l'ensemble. Kate n'était venue qu'une seule fois chez lui, et en avait gardé une bonne impression. Mais pas cette fois. Partout des assiettes sales, des tasses à café et des verres. Des bouteilles sur la table. Du courrier non décacheté jeté négligemment dans les coins. Deux paquets qui n'avaient pas non plus été ouverts. Un pull était roulé en boule sur le comptoir en inox de la cuisine et quelque chose qui ressemblait fort à un slip trônait sur une étagère de la bibliothèque. Visiblement, Caleb partait totalement à la dérive. Kate préférait ne pas penser au nombre de factures urgentes qui devaient se trouver dans ces enveloppes.

— J'espère que vous avez déjà pris votre petit déjeuner, dit Caleb. Parce que je n'ai rien à vous offrir. Juste du café.

— Le café m'ira très bien, répondit Kate.

Caleb alluma la machine. Il ouvrit le réfrigérateur, en sortit une bouteille de lait, dévissa le couvercle, huma le contenu et fit une grimace de dégoût.

— Imbuvable. J'espère que vous le prenez noir votre café ?

Ce n'était pas le cas, mais Kate acquiesça.

— Pas de problème.

Il repêcha deux tasses propres sur une étagère, les deux dernières. Il paraissait avoir complètement renoncé à faire la vaisselle. Kate l'observait avec une certaine stupéfaction. Caleb était très bel homme et en avait toujours été conscient. En toutes occasions soigné et bien habillé, souvent de façon décontractée mais de bon goût. Il n'avait jamais réussi à se débarrasser de son problème d'alcool, pourtant il avait toujours paru sûr de lui et charismatique.

Il n'en restait plus rien. Il ne semblait pas seulement avoir perdu le contrôle de son environnement, il était en train de se perdre lui-même. Kate trouva ce spectacle plus douloureux que prévu. Quelques années plus tôt, elle avait été très amoureuse de lui et avait espéré la réciproque. Ce qui n'avait évidemment pas été le cas. Il était bien trop séduisant pour vouloir s'engager dans une relation avec une femme aussi insignifiante qu'elle. Kate avait fini par le comprendre. Il l'aimait bien, il l'appréciait et, d'une certaine manière, elle en était venue à tenir une place importante dans sa vie. Mais il n'éprouvait pas de désir pour elle. Et cela ne changerait pas. Kate devait se faire une raison.

Physiquement il était encore pas mal, mais là il avait vraiment mauvaise mine et semblait au bout du rouleau. Tout paraissait lui être devenu indifférent. Il avait besoin d'aide, mais encore aurait-il fallu qu'il l'accepte.

Il posa les deux cafés sur la table, balaya d'un revers de main quelques enveloppes qui se trouvaient sur une chaise et se laissa tomber dessus.

— Asseyez-vous, Kate. Il doit y avoir du sucre quelque part.

Il prit une boîte qui se trouvait devant lui, regarda à l'intérieur.

— Zut. J'espère que vous buvez votre café aussi sans sucre ?

— Le sucre est mauvais pour la santé, ironisa Kate.

Elle buvait son café sucré, mais dans cette maison elle pouvait déjà s'estimer heureuse qu'on lui propose quelque chose.

— Il faut que vous mangiez un peu, Caleb. C'est quoi vos repas ?

— Café, alcool.

— Pas bon, ça.

— Non, mais rien ne va en ce moment. Vous savez, je n'arrive pas non plus à dormir. Je m'endors parce que j'ai picolé, mais je me réveille très vite et alors je ne peux plus fermer l'œil. Je ne me rendors qu'au petit matin.

— Et moi, je débarque et je vous réveille.

Il eut un geste désinvolte.

— C'est une bonne chose. On ne devrait pas passer la moitié de la journée au lit.

Il se frotta les yeux, ce qui les rendit encore plus rouges.

— Je suis content que vous soyez là, Kate. Sincèrement.

Si elle s'était écoutée, elle lui aurait posé la main sur le bras, mais elle n'osa pas.

— Vous ne devriez pas ruminer autant. Ça va finir par vous rendre malade.

Il lui jeta un regard vide de tout espoir.

— Je n'arrête pas de me repasser la scène. Ma conversation téléphonique avec Jayden White. Encore et encore. J'essaie de me rappeler les mots exacts qu'on a échangés. Le ton de White. Les moindres variations dans sa manière de parler. Ses hésitations. Sa respiration… Kate, j'aurais dû m'en apercevoir. J'aurais dû m'apercevoir qu'il valait mieux ne pas évoquer son problème. Qu'en le faisant je provoquerais une catastrophe. J'aurais dû avoir conscience de l'instabilité de cet homme et de la situation. C'était trop risqué. Tout bonnement trop risqué.

— Caleb…

— Si je n'avais pas bu ce jour-là, ma perception des choses aurait été meilleure. Mais là, tout était embrumé. Apaisé. Comme dans du coton. Les effets habituels de l'alcool, quoi. Tout s'estompe, les angles s'arrondissent. C'est pour ça qu'on devient complètement accro. Mais dans ce genre de situation, ça peut avoir des conséquences dramatiques. On l'a bien vu. Ce n'est pas moi qui aurais dû m'en charger. J'aurais dû me rendre compte que je n'étais pas en état de le faire et demander à Stewart.

— Je ne sais pas s'il aurait été mieux placé que vous pour le faire…, marmonna Kate.

Caleb fronça les sourcils, soudain attentif.

— Un problème ?

Elle haussa les épaules.

— Ça ne tient sans doute pas qu'à lui. Je ne crois pas qu'on forme un binôme idéal.

Hale soupira.

— Ce n'était pas non plus ce qui était prévu. Je suis désolé. Je regrette vraiment qu'on ne puisse pas travailler ensemble.

— Vous reviendrez peut-être.

— Pour ça, il faudrait que je vienne enfin à bout de mon problème. Et même là, je ne sais pas si on me donnerait encore une chance.

Elle le regarda franchement. Au moins, elle ne l'avait pas trouvé ivre mort sur le canapé ou, pire encore, sur le sol de la cuisine. Il continuait de boire, probablement en quantité non négligeable – témoin les bouteilles et les verres artistiquement dispersés dans la pièce – mais, ce matin-là, il était quand même d'attaque. Ce qui signifiait que, la veille, il n'avait sans doute pas bu jusqu'à être inconscient.

— J'ai l'impression que vous faites vraiment des efforts, avança-t-elle.

Il soupira.

— Oui, Kate, je me bats. Je veux sortir de ce cercle vicieux qui détruit ma vie. Mais je ne me fais pas d'illusions : la seule solution serait le sevrage total. J'essaie de laisser tomber les trucs les plus forts, mais je bois encore beaucoup trop. Le problème, c'est que je tiens sacrément bien l'alcool. Il m'en faut vraiment beaucoup pour me retrouver par terre en train de bafouiller. La preuve, j'ai pu faire illusion au boulot. En partie du moins.

— Et si vous faisiez une cure de désintox ? Vous l'avez déjà fait une fois.

— Il n'a pas fallu six mois pour que je replonge.

— À l'époque, vous avez obéi à l'ordre de vos supérieurs. Cette fois, ce serait de votre propre initiative. Je n'y connais pas grand-chose, mais d'après ce que j'ai entendu, c'est un élément décisif dans ce genre de thérapie. D'avoir soi-même la volonté de s'en sortir.

— Oui, sans doute…, répondit-il, évasif.

Ils burent leur café brûlant et amer, puis Hale reprit :

— En dehors du fait que vous ne vous entendez pas très bien avec Stewart, vous progressez dans votre enquête ?

Kate secoua la tête.

— Pour ainsi dire pas.

Elle lui fit un résumé rapide de la situation, qu'il écouta, concentré.

— Sophia Lewis n'est pas en état de parler et Xenia Paget a disparu sans laisser de traces, dit-elle en conclusion. Et pour ma part, les pistes que j'explore n'ont rien donné jusqu'à maintenant. Aucune. Et surtout, je n'arrive pas à établir de lien entre Sophia et Xenia. Dans l'entourage de Xenia, personne n'a jamais entendu le nom de Sophia. Et réciproquement. Aucun recoupement possible.

— L'agresseur est probablement le seul dénominateur commun, fit remarquer Caleb. Elles ont toutes les deux eu affaire à lui à un moment donné de leur vie. Ça doit être ça.

— Xenia sait quelque chose. Jacob, son mari, aussi. Mais ils ne veulent parler ni l'un ni l'autre. Et Sophia ne peut pas. C'est à croire que tout se ligue contre nous.

— J'aimerais tant pouvoir vous donner un bon conseil, Kate, mais je ne vois pas ce que ça pourrait être. Je suis un peu perplexe à propos du coup de feu tiré sur Sophia. Exprès à côté de la cible. Alors que l'agresseur du train savait apparemment très bien viser.

— Absolument. Il a raté Xenia d'un cheveu. Et si je ne nous avais pas enfermées dans les toilettes, où il y avait un angle mort, elle ne serait plus là.

— Précisément. Et quelques jours après, le même type tire complètement à côté ? Sur une cible immobile ?

— Peut-être qu'il a tiré *avant*. Quand elle roulait à fond. À ce moment-là, elle était sûrement très difficile à atteindre.

— Pourquoi il aurait fait ça ? Il savait qu'elle ferait un vol plané et qu'elle se retrouverait forcément assommée. Et qu'il serait très facile de la tuer à ce moment-là.

— Un enfant aurait réussi à l'abattre, dit Kate. C'est à se demander s'il n'a pas hésité, en fait.

— Alors que dans le train il paraissait très décidé à tuer Xenia.

— Peut-être qu'après tout il s'est dit que la laisser en vie serait une punition bien plus dure. Si son mobile était la vengeance, la savoir en fauteuil roulant plutôt que morte pourrait lui plaire.

— Oui, mais à l'heure actuelle, il ne connaît pas la gravité de ses blessures.

— Il devait bien se douter qu'elle ne s'en sortirait pas avec quelques égratignures.

— Vous savez, ça ne colle pas, répliqua Caleb. Laisser en vie une femme tétraplégique est peut-être très jouissif si on est complètement tordu et qu'on a des envies de vengeance. Mais cette femme peut parler. Ou arriver à se faire comprendre d'une manière ou d'une autre. Ça aurait été trop risqué de ne pas l'achever. A priori c'est pour ça qu'il avait une arme. Son plan était de la faire tomber, puis de l'abattre. Pour être sûr de ne pas se faire choper. Ça me paraît à peu près certain.

— Mais alors pourquoi… ?

— Ce n'est pas donné à tout le monde de pouvoir tirer une balle comme ça, de sang-froid, dans la tête de quelqu'un sans défense.

— Le type du train ne semblait pas s'encombrer avec ce genre de considérations, fit observer Kate.

— Avez-vous pensé qu'il pourrait y avoir deux tueurs ?

— Deux tueurs ? Mais on a une seule et même arme !

— D'accord, mais ça ne veut pas nécessairement dire que c'est la même personne qui l'a utilisée dans les deux cas.

— Deux tueurs… deux histoires complètement différentes ?

— Ce n'est qu'une hypothèse. Mais qui mérite qu'on la prenne en compte. Et alors on n'aurait pas un tueur qui serait le point commun entre Xenia Paget et Sophia Lewis, mais deux tueurs qui se sont rencontrés. Avec chacun un compte à régler. Et qui se sont associés.

— Et où… ?

— Où peuvent se rencontrer les types de ce genre ? La plupart du temps, en prison.

— Ils sortent et…

— Et décident de mettre à exécution le plan qu'ils ont concocté en taule et qui leur a sans doute permis de tenir le coup psychologiquement. Tuer celles qui les ont envoyés derrière les barreaux.

— Ce n'est qu'une pure supposition, Caleb.

— Bien sûr. Ça voudrait dire que Xenia *et* Sophia ont contribué chacune à ce que quelqu'un soit condamné à une peine d'emprisonnement.

— Mais dans ce cas on le saurait. Helen a fait des recherches approfondies sur l'une et l'autre dans toutes les bases de données. Si ce que vous dites est juste, elles auraient porté plainte. Témoigné au tribunal. Il y aurait des traces, on serait tombés sur leurs noms. Mais elle n'a rien trouvé.

— Pourtant, cette théorie expliquerait bien des choses. L'ex-petit ami de Sophia Lewis a dit qu'elle était devenue nerveuse et renfermée. Elle a quitté Manchester sans raison apparente. Est-ce qu'elle s'est sentie menacée ? Savait-elle par qui ? Et concernant Xenia, c'est évident qu'il y a un truc louche. Elle a dû se retrouver mêlée à quelque chose de pas net, autrement elle parlerait ouvertement à la police.

— C'est sacrément tiré par les cheveux, répliqua Kate.

Elle était perplexe et dubitative. Pourtant les conjectures de Caleb n'étaient pas totalement absurdes.

— Bon, c'est bien beau tout ça, poursuivit-elle, mais vos réflexions ne me font pas vraiment avancer.

— J'en ai bien conscience. Mais ça met l'accent sur un problème que vous avez déjà repéré : s'il y a une part de vrai dans ce que je viens de dire, alors Sophia Lewis et Xenia Paget sont en grand danger. Elles savent toutes les deux qui leur en veut, ce qui pourrait être catastrophique pour leurs agresseurs. Elles en ont réchappé, et du coup elles représentent un risque grave pour eux. Ils vont vouloir les faire taire.

— Merde, lâcha Kate en se levant.

Elle eut un léger vertige – la faute au café fort et à la discussion avec Caleb.

— Il faut que je retrouve Xenia. Avant le tueur.

— Sophia Lewis est sous protection policière ?

— Oui, mais…

Kate fronça les sourcils.

— On la transfère aujourd'hui dans un centre de rééducation. J'espère que Stewart n'a pas rappelé l'agent qui était auprès d'elle.

Elle sortit son téléphone, appela son chef, attendit.

— Rien, son portable est éteint. Il est en réunion avec le procureur.

Elle tenta du côté de Helen et par chance parvint à la joindre. Hale écouta les bribes de leur échange.

— Vous ne savez pas ? OK, Helen, appelez tout de suite le Dr Dane. Je n'ai pas son numéro. Le transfert de Sophia doit impérativement s'effectuer sous protection policière… Oui, peu importe. S'il a été rappelé, envoyez quelqu'un d'autre… Oui, j'en prends la responsabilité. Bien, dépêchez-vous.

Elle raccrocha. Regarda Caleb.

— J'ai un mauvais pressentiment, dit-elle.

3

Sophia fut placée sur un brancard. On l'avait préparée pour le trajet. On lui avait fait sa toilette, installé une nouvelle sonde. Une des infirmières l'avait peignée avec un soin particulier. Un collègue étendit sur elle une légère couverture de laine.

Elle avait suivi toute la procédure en se demandant pourquoi personne ne lui avait encore dit une bonne fois pour toutes qu'elle serait bientôt guérie. Ce n'était pas ce que faisaient d'habitude les médecins et les infirmières ? Pour donner du courage aux patients ? Ou bien les pronostics étaient-ils encore trop flous ? Les médecins n'aimaient pas trop s'avancer, c'était parfois trop risqué. *Mais vous aviez dit qu'à Noël je serais complètement guérie…*

En fait, le Dr Dane ne pouvait rien affirmer, voilà pourquoi il ne se prononçait pas. Il était certain qu'elle guérirait, mais en combien de temps ? Et quelles *petites* séquelles lui resterait-il ? A priori elle aurait besoin de beaucoup de kiné pour retrouver sa mobilité d'avant l'accident et il ignorait la détermination et la ténacité dont elle ferait preuve. Il ne la connaissait pas. Il ne savait pas à quel point elle était forte et résistante. Il en serait étonné. Elle ferait partie des cas dont il parlerait à ses confrères et à d'autres patients. Il raconterait qu'elle avait été grièvement blessée. Qu'on s'était fait beaucoup de souci pour elle. Mais qu'elle avait montré ce dont elle était capable, qu'elle s'était battue, qu'elle avait donné le meilleur d'elle-même et qu'elle avait triomphé.

Oui, voilà quelle serait son histoire, se promit-elle.

Elle regarda l'infirmier qui lui avait mis la couverture.

Et se serait figée sur place si elle n'avait déjà été dans un état de paralysie totale.

Elle le reconnut. En dépit des années écoulées. C'était lui, aucun doute. Adulte désormais. Mais ses yeux n'avaient pas changé. Cette obscurité. Deux trous noirs. Sans aucune vie. Des yeux qui n'exprimaient qu'une totale insensibilité.

Elle les aurait reconnus, quoi qu'il arrive.

Il la fixait comme si elle était un animal ou une plante rare.

Elle avait toujours su qu'un jour elle le reverrait et cette pensée l'avait épouvantée. Mais même dans ses pires scénarios elle n'aurait jamais pu imaginer qu'elle se retrouverait devant lui tel un insecte tombé sur le dos. Incapable de bouger. Sans défense. Privée de son arme la plus efficace : ses jambes, rapides et vigoureuses, qui lui avaient permis de fuir quand elle avait eu peur. Il n'en restait plus rien. Aujourd'hui, elle était à la merci du premier venu. On l'aurait écrasée qu'elle n'aurait même pas été capable de crier.

Il eut un léger sourire. Il avait compris – sans doute l'avait-il lu dans ses yeux affolés – qu'elle l'avait reconnu. Qu'elle savait qui il était. Et qu'elle était en proie à la panique sans pouvoir l'exprimer. Sinon par le regard. Or aucune des personnes qui s'activaient dans la pièce n'y prêtait attention.

Il lui effleura très doucement la joue de son index droit.

— Bonjour, Sophia, dit-il tout bas.

Si bas que personne assurément ne l'entendit.

Sauf elle.

Jamais encore au cours des heures et des jours interminables qu'elle avait passés dans cet hôpital elle n'avait essayé avec autant de force de remuer quelque chose de son corps. Elle avait fait de nombreuses tentatives : un orteil, un doigt, une main... Elle s'était montrée patiente, tenace. À présent, terrifiée, elle s'efforçait de tout bouger à la fois – bras, jambes, tête, peu importait, mais *quelque chose*. Il fallait à tout prix que quelqu'un la remarque. Qu'elle leur fasse comprendre qu'une chose terrible allait se produire, qu'elle avait besoin d'aide, qu'ils ne devaient pas la laisser seule avec cet infirmier, pas une seconde.

Peine perdue. Impossible de sortir de sa paralysie et de son mutisme.

Il eut un rictus. Apparemment il avait saisi qu'elle se débattait – et qu'elle n'avait pas la moindre chance.

Elle roula des yeux et émit une sorte de croassement. Son rictus s'accentua.

Une infirmière s'approcha du lit.

— Bon, madame Lewis, de notre côté tout est prêt, dit-elle. Jack Gregory, l'ambulancier, va vous accompagner à Hull. Il a votre dossier. Il sait tout ce qu'il y a à faire. Vous pouvez être parfaitement tranquille.

Sophia émit un gargouillement, roula frénétiquement des yeux, essaya de cligner des paupières, mais comme lorsqu'elle avait tenté de répondre au Dr Dane, quelque chose se bloqua de nouveau, si bien qu'elles restèrent ouvertes.

Au secours ! Au secours ! Au secours !

Avisant ses yeux agités, l'infirmière lui adressa un sourire chaleureux et compréhensif.

— Vous voulez nous dire au revoir ? Je comprends. Au revoir, madame Lewis. Je vous souhaite bonne chance. Et surtout : ne renoncez jamais !

Je suis en danger ! Aidez-moi. Au nom du ciel, aidez-moi !

L'infirmière lui caressa le bras.

— Les gens comme vous, poursuivit-elle, deviennent plus forts quand ils sont frappés par le destin. Ils ne se brisent pas.

Arrêtez avec ces phrases toutes faites ! Ce type veut me tuer. Il a déjà essayé de le faire, c'est pour ça que je suis ici. Retenez-le ! Retenez-le, bon Dieu !

Elle cria. Aussi fort que possible. Mais quasiment rien ne sortit de sa cage thoracique et de sa gorge, seuls quelques vagues sons inarticulés.

— Le Dr Dane est en salle d'opération, dit l'infirmière. Mais je lui transmettrai votre salut.

Dites-lui plutôt que je vais crever !

D'autres infirmières s'approchèrent du lit pour la saluer. Sophia les fixa d'un air désespéré.

L'une d'elles, jetant un coup d'œil sur le tensiomètre, fit observer que la patiente avait une tension élevée et un pouls très rapide.

— C'est le stress dû au transfert, répondit une de ses collègues.

Non, mon assassin se trouve à côté de moi !

— Je vais lui administrer un calmant.

Sophia vit qu'une infirmière venait vers elle avec une seringue. Elle ne sentit rien lorsque l'aiguille s'enfonça dans son bras.

— Ça va vous détendre, madame Lewis. Un transfert, c'est un événement perturbant. Mais vous n'avez rien à craindre.

L'action du tranquillisant fut rapide. Sophia ne s'apaisa pas mais sentit que son cerveau commençait à tourner au ralenti. Son état était à présent presque plus terrible. Alors que son corps tout entier était déjà ligoté, maintenant c'était son esprit qui lui semblait pris dans un étau. C'était insupportable.

Quelqu'un fit avancer son brancard. Sans doute ce… comment se faisait-il appeler déjà… « Jack » ? Elle ne le voyait pas, il devait se trouver à la tête du lit. Qui d'autre serait présent durant le transport ? Sous l'effet du calmant, Sophia avait du mal à ordonner ses pensées. Il y aurait un chauffeur. Peut-être un second infirmier. Pour elle, il était clair que Jack n'avait pas l'intention de la faire arriver à bon port. Il frapperait durant le trajet. Mais de quelle façon ? Est-ce qu'il l'assassinerait sans bruit à l'arrière du véhicule ? Donnerait-il à ce meurtre l'apparence d'un accident ou bien possédait-il des compétences médicales suffisantes pour faire croire à une mort naturelle ?

Ils s'engagèrent dans le couloir. Sophia vit passer des gens, des visages indifférents qui la regardaient sans la voir. En dépit du calmant, elle tentait encore d'établir un contact visuel avec d'autres, d'implorer leur aide, mais en vain. C'était sans espoir. Elle n'était qu'une forme inerte qu'on transportait dans un couloir d'hôpital.

Ils arrivèrent devant l'ascenseur. Les portes coulissèrent. Pour Sophia, ce fut le début de l'enfer.

4

Xenia se redressa et se rendit compte avec frayeur qu'elle s'était endormie. Elle avait pourtant décidé de rester éveillée, mais après la nuit presque blanche qu'elle avait passée, elle avait été littéralement terrassée par la fatigue.

Son récit avait fait à Colin l'effet d'un coup de massue. Dans le petit pub de Whitby, on avait fini par les regarder de travers en constatant qu'ils restaient là, à parler, sans prendre la peine de manger ni même de commander d'autres boissons.

« Ça pour une histoire, avait dit Colin, hébété, c'est une sacrée histoire ! »

Ils avaient enfin demandé l'addition, puis étaient ressortis. Le temps était chaud et nuageux. Ils s'étaient sentis incapables de retourner dans l'affreuse pension avec ses chambres exiguës et étouffantes, sa moquette moutarde, son papier peint à grosses fleurs et sa réceptionniste désagréable.

« On pourrait aller à l'intérieur des terres », avait suggéré Xenia. Colin avait approuvé. Ils étaient partis pour les North York Moors sur des routes étroites qui serpentaient au milieu d'une nature encore sauvage, traversant des vallées pour remonter ensuite sur des hauts plateaux. Colin n'avait presque pas dit un mot. Par endroits, il n'y avait que peu, voire pas de réseau, si bien qu'ils ne recevaient plus de messages de Kate. Xenia était ravie : ils étaient vraisemblablement impossibles à localiser.

Ils avaient fait halte dans une charmante vallée, au bord d'un chemin de terre. Des murets de pierre délimitaient les prairies.

Des moutons bêlaient quelque part. Ravis, ils avaient avisé des campanules poussant en touffes épaisses le long d'un ruisseau.

« Paradisiaque, avait dit Xenia en regardant autour d'elle.

— On ne croirait pas que le monde puisse être aussi dégueulasse », avait répliqué Colin.

Il avait l'air épuisé. Par les événements de la nuit passée. Par tout ce qu'il avait entendu. Par la certitude qu'il était sur le point de se brouiller sérieusement et sans doute pour longtemps avec Kate. Il avait promis à Xenia de ne jamais rien révéler à personne mais, depuis, il s'était rendu compte qu'il était embarqué dans une sale affaire.

Il s'était pelotonné sur un tapis de mousse au pied d'un chêne et endormi en quelques minutes.

Xenia était restée sur le siège passager, la portière grande ouverte. Elle n'avait pas voulu s'allonger de crainte de s'endormir, elle aussi. Mais à un moment donné, sa tête avait basculé et, sans même s'en apercevoir, elle avait plongé, aussi épuisée physiquement et mentalement que Colin.

Lorsqu'elle se réveilla, elle sut tout de suite où elle se trouvait et ce qui s'était passé. Elle jeta un regard effrayé à Colin. Et s'il avait averti Kate ? Elle s'attendait presque à entendre les sirènes des voitures de police, mais non, tout était silencieux. Il n'y avait que le clapotis du ruisseau et le gazouillis des oiseaux. Ainsi que les légers ronflements de Colin.

Elle l'observa attentivement. S'il avait appelé Kate et s'attendait à la voir débarquer, peut-être même accompagnée d'un groupe d'intervention, il ne dormirait sans doute pas aussi profondément.

Xenia sortit du véhicule en retenant son souffle. Elle avait dormi dans une mauvaise position si bien qu'elle avait mal à l'épaule droite. Mais ne voulant pas risquer de réveiller Colin, elle s'abstint de remuer le bras pour la détendre. Il fallait d'abord qu'elle fasse le point.

Elle savait que ce n'était qu'une question de temps avant qu'il ne contacte Kate. Il ne supporterait pas la situation très longtemps. Kate comptait beaucoup pour lui, Xenia l'avait compris à la façon dont il parlait d'elle. Colin était fasciné, et elle était peut-être sa seule amie. Il était très seul, Kate l'était aussi, Xenia l'avait clairement senti. Voilà pourquoi ils s'étaient trouvés l'un l'autre. Colin ne mettrait pas cette amitié en péril, même s'il avait promis de ne rien dire. Il finirait par parler, sans doute très rapidement.

Xenia était en danger.

Pourtant, ça avait été si libérateur de se confier. Aussi libérateur qu'autrefois, quand elle avait tout raconté à Jacob Paget. Ne plus être seule à porter ce fardeau. Avoir quelqu'un qui écoutait et posait des questions. Qui comprenait son chagrin, son sentiment de culpabilité, la situation inextricable dont elle était prisonnière. Mais chaque fois qu'elle avait éprouvé le besoin de parler, elle s'était retrouvée piégée. Jacob la tenait d'une poigne de fer, il régentait sa vie et la laissait à peine respirer. Quant à Colin, il informerait Kate.

Elle jeta un coup d'œil à l'intérieur de la voiture. La clé de contact était sur le tableau de bord.

Puis elle tourna son regard vers Colin. Il s'était roulé en boule et tourné sur le côté. Son portable était sur le sol, tout près de son dos.

Elle s'approcha de lui en faisant le moins de bruit possible, ce qui n'était pas simple étant donné sa corpulence. Il fallait absolument qu'elle arrête de se bourrer de sucreries à la moindre occasion. Elle se baissa, ramassa le portable. S'immobilisa en retenant son souffle.

Rien. Colin ne bougea pas. Il respirait profondément et régulièrement.

Elle retourna à la voiture. Ce qu'elle projetait de faire était odieux, elle en avait conscience. L'abandonner dans cet endroit reculé et désert sans voiture ni portable... Il lui faudrait sans doute marcher jusqu'au soir pour rejoindre la route la plus proche et avoir la moindre chance d'y croiser un véhicule. Si personne ne passait, alors il serait obligé de poursuivre à pied.

Elle essaya de se rappeler quand ils avaient aperçu une habitation pour la dernière fois. C'était une ferme, quelque part en amont d'une vallée... Une jolie trotte.

Elle se mordit les lèvres. Il l'avait aidée, il avait été irréprochable avec elle. Mais c'était une question de vie ou de mort.

On était en été, il n'aurait pas froid, même la nuit.

Elle avisa la banquette arrière, aperçut une bouteille d'eau minérale. Encore presque pleine.

Très lentement, observant Colin du coin de l'œil, elle ouvrit la portière, prit la bouteille et la posa sur le sentier. Voilà, il aurait de quoi boire. Sans compter la proximité du ruisseau et la présence probable d'autres cours d'eau dans le coin. Il ne mourrait pas de soif.

Puis elle fit le tour de la voiture aussi discrètement que possible et s'installa au volant. Colin n'avait toujours pas bougé.

Le bruit du moteur ne manquerait pas de le réveiller. Mais le temps qu'il reprenne ses esprits et réagisse, elle serait loin.

Elle démarra le moteur, qui lui parut faire un vacarme assourdissant.

Elle tourna la tête : Colin se redressait lentement, regardant autour de lui d'un air désorienté.

Xenia écrasa l'accélérateur. La voiture fit un bond en avant, les pneus crissèrent. En regardant dans le rétroviseur, elle vit Colin se relever à toute allure. Il agita les bras, cria quelque chose qu'elle ne comprit pas.

Elle accéléra encore et partit en trombe.

Loin de lui et du danger qu'il représentait pour elle.

5

Kayla Byron passa la tête dans le bureau du Dr Dane.

— Docteur ?

Le médecin était occupé à dicter des lettres. Il leva les yeux d'un air distrait.

— Oui ?

— La Tremblay Clinic à Hull a appelé. L'ambulance qui devait amener Sophia Lewis n'est toujours pas là. Ils sont surpris, parce qu'elle aurait dû arriver il y a au moins deux heures.

— Quelle heure est-il donc ?

Dane ne portait pas de montre et son planning chargé lui faisait perdre la notion du temps.

— Bientôt 14 heures.

— Et ils sont partis quand ?

— À 10 heures. Ils auraient dû arriver à 11 h 30. Au plus tard à midi s'il y avait de la circulation. C'est très bizarre. J'avais réservé une voiture chez Winslow Ambulance, comme d'habitude.

Un service de transport privé, dont le Dr Dane connaissait très bien le responsable. Ils faisaient appel à lui depuis des années.

— J'ai appelé Mark Winslow. Il n'était pas au courant de ce retard. Il va essayer de joindre le chauffeur. J'ai pensé que je devais vous informer de…

Le téléphone sonna dans la pièce d'à côté. Kayla bondit à son bureau.

— Oui ? fit-elle. C'est très curieux, en effet. Et vous avez pu parler à l'infirmier ?

Un silence tandis qu'elle écoutait la réponse de son correspondant.

— Ah, mais il y a vraiment un problème, dit-elle.

Nouveau silence.

— Très bien, oui, tenez-nous au courant.

Elle raccrocha.

— C'était Mark Winslow. Il n'arrive à joindre ni le chauffeur ni l'ambulancier. Ce n'est pas normal et ça lui paraît inquiétant.

— En effet. Il y a du réseau sur tout le trajet.

— J'ai vérifié l'état de la circulation sur Internet. On ne signale ni bouchons ni déviations. Normalement ils devraient être arrivés.

— Grands dieux ! s'exclama Dane.

Il s'était levé de son bureau et arpentait à présent la pièce.

— L'état de Sophia Lewis ne lui permet pas de rester indéfiniment dans une ambulance et d'être brinquebalée je ne sais où. Ce n'est pas bon du tout.

— Je me demande..., fit Kayla.

— Oui ?

— Je repense à l'appel de la policière qui voulait que Sophia Lewis soit conduite à Hull sous protection. Alors que l'agent de garde devant sa chambre avait été rappelé.

— Je ne suis pas au courant, répondit Dane, surpris.

— Oui, vous étiez en salle d'opération à ce moment-là. Je m'en suis occupée, enfin, j'ai essayé. Mais l'ambulance était déjà partie. J'ai rappelé la policière et elle a dit que, dans ce cas, ils enverraient quelqu'un directement à Hull.

Dane ouvrit de grands yeux.

— Vous pensez qu'il est arrivé quelque chose à Sophia Lewis ? Et que ça pourrait venir de son agresseur ?

Kayla haussa les épaules.

— La police devait avoir une bonne raison de vouloir tout à coup prolonger sa protection.

— Bon sang, quelle histoire !

— Mark Winslow va avertir la police. Ça nous permettra de savoir si on a signalé un accident. Peut-être qu'il a fallu remorquer l'ambulance.

— Mais dans ce cas, le chauffeur aurait pris contact avec son chef. Et avec la clinique.

Ils échangèrent un regard.

— Je vais rappeler la policière que j'ai eue tout à l'heure au téléphone, le sergent Helen Bennett, reprit Kayla d'un ton déterminé. Je lui dirai que Sophia Lewis n'est pas arrivée à destination et que, pour l'instant, personne ne sait où est passée l'ambulance.

— Elle sera mise au courant quand Winslow Ambulance appellera la police pour savoir s'il y a eu un accident, objecta Dane.

— Il n'aura sans doute pas affaire au même service. Je l'appelle.

Après sa discussion avec Caleb, Kate avait brièvement envisagé de se rendre directement à son bureau. Mais comme il était déjà 14 heures et qu'elle n'avait pas déjeuné, elle décida d'acheter de quoi manger sur le port, puis de rentrer chez elle afin de parler à sa voisine. Et puis il n'était pas totalement exclu que Colin et Xenia, ou l'un des deux, aient refait surface. Elle avait essayé de convaincre Caleb de sortir manger un morceau avec elle, mais il avait refusé d'un geste.

« Pas faim.

— N'importe quoi, avait-elle protesté. Il n'y a rien à manger chez vous. Vous ne pouvez pas continuer comme ça !

— J'appellerai la pizzeria du coin », avait-il promis.

Ce qui sonnait plutôt comme une manière de botter en touche.

Vous devriez aussi vous doucher et vous habiller correctement, avait failli ajouter Kate, mais elle s'était retenue. Même s'il avait été suspendu, il n'en restait pas moins son supérieur. En tout cas, c'était la façon dont elle le considérait.

À peine était-elle remontée en voiture que son téléphone sonna. C'était Helen, qui paraissait hors d'haleine et très embarrassée.

— Sergent, il y a un problème…, commença-t-elle.

Kate se sentit aussitôt en alerte. Le ton de Helen n'augurait rien de bon.

— Oui ?

— L'hôpital vient d'appeler. L'ambulance qui transporte Sophia Lewis a du retard.

— Comment ça, du retard ?

— Elle n'est toujours pas arrivée au centre de rééducation à Hull.

— Et ils sont partis quand ?

— À 10 heures.

— Mais ce n'est pas possible, ils devraient être là-bas depuis longtemps.

Helen semblait passablement abattue.

— Je sais. Et sur le trajet il n'y a ni bouchons ni déviations, rien. Qui plus est…

— Oui ?

— Le patron du service d'ambulances ne réussit pas à joindre le chauffeur sur son portable. Ni l'ambulancier.

Kate sentit son cœur s'accélérer. Le « problème » évoqué par Helen prenait des allures de catastrophe potentielle.

— Et la protection policière ? demanda-t-elle. Le policier, il est joignable, lui ?

Elle entendit Helen prendre une profonde inspiration avant de répondre.

— Il n'y en avait pas.

Kate mit quelques secondes à digérer l'information.

— Pardon ? fit-elle.

— Après notre coup de fil, j'ai appelé l'hôpital. Mais l'ambulance était déjà partie. Du coup, j'ai envoyé un homme directement à Hull.

— Ce qui veut dire qu'il y a là-bas un policier qui attend ?

Que l'ambulance est partie sans escorte et qu'elle a disparu de tous les radars ? J'espère que c'est une plaisanterie !

Helen garda le silence.

— J'avais pourtant clairement dit…

Kate s'interrompit, puis reprit :

— Il fallait arrêter le véhicule. Lui demander de faire demi-tour ou d'attendre le policier, peu importe. Mes ordres étaient très clairs, sergent Bennett !

Kate et Helen avaient le même grade. Cependant, comme Helen était psychologue et Kate enquêtrice, c'était celle-ci qui avait la main au cours des investigations.

— J'ai pensé qu'il ne pouvait rien se passer durant le trajet, se défendit Helen. Et une fois à Hull, Sophia aurait eu de nouveau une protection. Comment son agresseur a-t-il pu savoir qu'on allait la transférer aujourd'hui de Scarborough à Hull ?

— Aucune idée, mais il a dû l'apprendre. Tout ça me paraît très inquiétant, je ne vous le cache pas.

Les pensées se bousculaient dans la tête de Kate.

— Lancez immédiatement des recherches pour les retrouver.

— OK.

— Et tant que nous y sommes… Colin Blair, Londres. Trouvez le numéro de sa plaque, je ne le connais pas par cœur. Il faut également localiser sa voiture.

— OK, répéta Helen.

Son ton indiquait clairement qu'elle ne comprenait pas de quoi il retournait.

Je me fiche que tu piges ou pas, songea Kate avec agressivité, du moment que, cette fois, tu fais ce que je te dis !

Elle allait raccrocher quand elle se ravisa.

— Le nom du service d'ambulances, vous l'avez sous la main ?

Elle entendit un léger bruit de clavier, Helen faisait manifestement une recherche sur son ordinateur.

— Winslow Ambulance. Vous voulez une adresse ou un numéro de téléphone ?

— Merci, je regarderai sur Google.

Cette fois, elle raccrocha. Changement de programme. Le saut par chez elle serait pour une autre fois. Priorité à Winslow Ambulance.

6

Sienna Burton était furieuse, si furieuse qu'elle savait très bien qu'elle n'aurait pas dû prendre le volant. Mais si elle était restée dans son appartement à Hull, elle aurait fini par exploser. Ce jour-là, on aurait dit que tout s'était ligué contre elle. En début de matinée, elle était tombée en sortant de chez elle sur le propriétaire, qui avait râlé, prétendant qu'elle négligeait son balcon au point que c'en était une honte pour la copropriété. Et aussi qu'elle avait sauté déjà deux fois son tour de ménage. Puis, dans la boutique où elle travaillait, elle avait eu un accrochage avec une cliente extrêmement arrogante, sur quoi sa cheffe lui avait signifié qu'il était inutile qu'elle revienne. On ne pouvait quand même pas la flanquer à la porte comme ça, d'un simple claquement de doigts ! Est-ce qu'elle avait réellement perdu son job ? Quoi qu'il en soit, après le clash avec sa patronne, elle avait quitté la boutique et était rentrée chez elle pour vider son sac auprès de son petit ami – qui était au chômage, passait ses journées à traîner devant la télé et ne se donnait pas la peine de chercher du travail. Liam aurait dû se montrer compréhensif. Au lieu de ça, il avait piqué une crise et l'avait engueulée, comme quoi elle était complètement cinglée, et que maintenant ils allaient devoir vivre tous les deux de l'aide sociale. Elle était complètement à côté de la plaque ou quoi ?

« Eh bien, tu pourrais peut-être te remuer pour trouver du boulot ! », avait hurlé Sienna, et Liam avait beuglé que c'était bien ce qu'il comptait faire, mais qu'elle n'aille pas s'imaginer qu'elle pourrait alors profiter de lui. C'était un comble, ça faisait des mois qu'elle l'entretenait ! Ils s'étaient violemment disputés, Sienna avait quitté l'appartement en larmes, elle s'était jetée dans sa voiture et avait démarré en trombe. Elle ne pleurait pas de chagrin mais de rage. Liam était une ordure, sa cheffe une vieille garce. La grosse cliente arrogante méritait de se faire renverser par une voiture et son propriétaire de crever, avec ses airs supérieurs !

Toute à sa fureur, Sienna sortit de la ville et s'engagea bien trop vite sur une départementale sans se soucier de la direction qu'elle avait prise. Elle s'en fichait, tout ce qu'elle voulait, c'était partir. Loin. Vraiment loin.

En dépassant le panneau de Market Weighton, elle se rendit compte pour la première fois de l'endroit où elle se trouvait. Elle connaissait cette petite ville. C'était là que Liam avait grandi.

Prise d'un nouvel accès de rage, Sienna appuya sur l'accélérateur et enfila à fond la rue principale, prenant les virages sur les chapeaux de roues. Elle voulait quitter ce foutu bled au plus vite.

Le brusque hurlement d'une sirène l'arracha à ses idées noires. Elle jeta un coup d'œil dans le rétroviseur. Merde, les flics ! Elle ne les avait pas remarqués, ils avaient dû réagir en la voyant passer devant eux comme une furie. Ils feraient mieux de me lâcher les baskets, pensa-t-elle, et de s'occuper des vrais criminels.

Sienna se demanda si ralentir et respecter la limitation de vitesse les calmerait. Pas la peine de rêver, maintenant qu'ils l'avaient dans le collimateur. Ils avaient coupé leur sirène, mais lui collaient aux basques.

Sienna s'aperçut alors que dans son énervement elle avait oublié de prendre son sac à main. Pas de permis, pas de carte d'identité. Si on l'arrêtait, elle passerait un sale quart d'heure.

Elle appuya de nouveau à fond sur l'accélérateur et partit comme une flèche, coupant dangereusement les virages. À la sortie de la ville, plus de flics à l'horizon.

La jeune femme sentait son cœur cogner à grands coups. C'était comme au cinéma. Elle en avait oublié sa colère contre Liam et les autres. Dément, elle avait semé une patrouille ! Elle se sentait euphorique. Mais alors elle songea que les policiers avaient probablement relevé sa plaque. Elle se ferait arrêter à la première occasion. Son taux d'adrénaline étant redescendu, elle prit aussi conscience du comportement dangereux qu'elle avait eu en traversant la ville.

Merde, c'était la cata.

Elle arriva devant un chemin de terre interdit aux voitures. Sans hésiter, Sienna s'engagea quand même sur le sentier caillouteux bordé de champs, qui semblait se perdre au loin. Elle avait besoin d'une pause pour réfléchir. C'était quoi le plus raisonnable ? Si le terme « raisonnable » avait encore un sens...

Sienna se retrouvait souvent dans des situations compliquées, en raison de son tempérament colérique. Mais cette fois c'était pire que tout ! Elle se brouillait souvent avec ses amis, mais jusque-là elle n'avait jamais défié la police. C'était une grande première.

Elle finit par s'arrêter. Le chemin était trop mauvais, elle craignait pour ses pneus. Sur sa gauche, une vaste étendue de champs. Sur sa droite, l'orée d'un petit bois, avec ses bouleaux aux troncs argentés et ses buissons de genévrier broussailleux. Ça tombait bien, elle avait une envie pressante, sans doute l'effet du stress.

Sienna sortit de voiture, fit le tour de son véhicule et se glissa entre les arbres et les buissons. Une odeur désagréable l'agressa – le lieu servait peut-être de toilettes à ceux qui passaient par là. Mais qui pouvait bien fréquenter ce chemin à part les paysans se rendant dans leurs champs ?

Elle allait s'accroupir derrière un buisson au feuillage épais quand elle la vit.

Une jambe. Dépassant d'une haie d'épineux. Une jambe dans un pantalon blanc et chaussée d'une basket beige.

Sienna la regarda fixement en se demandant si c'était une

hallucination. On ne trouvait pas comme ça de jambes dans les bois. Est-ce que c'était quelqu'un qui dormait ? Mais alors pourquoi la jambe avait-elle cette position si bizarre ?

Sa première impulsion fut de regagner immédiatement sa voiture et de repartir illico, mais quelque chose la retint. Elle observait sa trouvaille avec fascination. Puis elle s'approcha, remarqua alors les nombreuses branches brisées et les buissons aplatis. On aurait dit une petite trouée dans le bois. Avait-on tiré la jambe – et ce qui pouvait aller avec – jusqu'à cet endroit ?

À la fois paralysée et dévorée par une curiosité morbide, la jeune femme fit quelques pas de plus. Elle jeta un regard derrière le buisson et réprima un cri d'horreur.

Un homme. Un homme étendu sur le sol. Il portait un tee-shirt blanc, un jean blanc, des baskets beiges. Une de ses jambes – celle que Sienna avait vue – était allongée mais un peu tordue. L'autre était écartée sur le côté.

La tête de l'homme n'était qu'une plaie béante. Tout autour, l'herbe était d'un rouge sombre presque noir. Du sang. Des litres de sang.

— Oh, mon Dieu ! s'écria Sienna.

Elle fit volte-face et ressortit en trébuchant du petit bois. Elle se prit les pieds dans une racine, atterrit sur un genou et se cogna le menton contre le sol, mais se releva vite fait sans se soucier de la douleur. Il fallait partir d'ici, au plus vite.

Dans la panique, elle ne remarqua pas que son pantalon était déchiré, que du sang coulait sur sa jambe et que des petits cailloux, des brindilles et de la terre étaient restés collés à la blessure.

Elle aperçut sa voiture. Deux policiers campaient devant et regardaient dans sa direction.

— Vous vous êtes enfin arrêtée, c'est bien, ricana le plus grand des deux.

Leur véhicule était garé juste derrière sa voiture.

Sans sa découverte macabre, Sienna se serait demandé comment ses poursuivants avaient réussi à la retrouver dans cet endroit paumé. Mais là, c'était vraiment le cadet de ses soucis. Elle s'immobilisa et dit :

— Il y a un mort dans le buisson.

— Ah oui ? répliqua le grand.

Elle opina. Ne s'énerva même pas en constatant que le type ne la croyait pas. Elle restait plantée là, ne comprenant pas que le monde puisse continuer de tourner comme si de rien n'était.

— Il y a un mort dans le buisson, répéta-t-elle.

— Belle manœuvre de diversion, jeune dame, répliqua l'autre policier. Est-ce que vous réalisez que vous avez roulé à presque 110 kilomètres-heure en ville et que ça va vous coûter votre permis ?

De quoi parlait-il ? Elle avait roulé trop vite, et alors ? C'était important vu les circonstances ?

— Il y a un mort dans le buisson, insista-t-elle pour la troisième fois, avec le sentiment de ne plus pouvoir rien dire d'autre.

— Vous vous rendez compte que vous allez avoir de gros ennuis, lança le grand.

Bah, c'était rien à côté de ce qui était arrivé au pauvre gars derrière le buisson…

— Vos papiers, ordonna son collègue en tendant la main.

Ne voulant pas se répéter ad lib, Sienna essaya une autre formulation.

— Dans le buisson là-bas, tenta-t-elle avec un geste du bras, il y a un homme. Je crois que quelqu'un lui a tiré en pleine tête.

Le policier poussa un soupir. Son collègue examina Sienna avec un peu plus d'attention.

— Soit vous avez une case en moins, soit…

Il n'alla pas jusqu'au bout.

— Où ça, dites-vous ?

Hors de question qu'elle y retourne. Elle se contenta de leur indiquer la direction.

— Là-bas derrière !

Le policier s'avança, hésitant. C'était ridicule. Au bout de quelques mètres, toutefois, il lança :

— Ça sent bizarre ici !

Sienna s'assit par terre, les jambes repliées, et posa son visage sur ses genoux.

Le grand flic la tenait à l'œil.

Puis il y eut une exclamation venant du petit bois.

— Merde ! C'est vrai ! Il y a un macchabée ! Ah, nom de Dieu !

Le policier sortit son portable.

Quel cauchemar, songea Sienna.

7

Mark Winslow, le propriétaire de Winslow Ambulance, avait l'air très contrarié. Assis en face de Kate à son bureau méticuleusement rangé, il faisait des recherches sur son ordinateur. Les touches cliquetaient bruyamment sous ses doigts nerveux.

— Il n'y a jamais eu de problème, marmonnait-il, jamais.

Kate s'abstint de le contredire. Il devait à coup sûr en avoir eu son lot comme tout le monde, mais sans doute pas de ceux qui nécessitaient l'intervention de la police.

— Jack Gregory, dit-il enfin en déroulant la page. Oui, voilà. L'ambulancier. Et Ken Burton, le chauffeur.

— Et ils ne sont joignables ni l'un ni l'autre ?

— Non, c'est bizarre, normalement on est toujours en contact.

— Monsieur Winslow, l'ambulance transportant Sophia Lewis aurait dû arriver à Hull il y a plusieurs heures. Et il n'y a eu ni bouchons ni accidents ni quoi que ce soit d'autre.

— Je sais, c'est incompréhensible.

— Ces deux hommes, Burton et Gregory, depuis combien de temps est-ce qu'ils travaillent chez vous ?

— Ken Burton, ça fait une éternité. Il bosse ici depuis que j'ai créé la boîte. On était ensemble à l'école, on est de vieux amis.

— Et l'autre, Jack Gregory ?

Les paupières de Mark Winslow furent agitées par un tressaillement nerveux qui n'échappa pas à Kate.

— Monsieur Winslow ?

— Ça ne fait pas longtemps qu'il est là.

— Mais encore ?

— Depuis… tout juste une semaine.

Kate fut abasourdie.

— Mais alors vous ne le connaissez pas ?

— Non, avoua Winslow. Mais on n'embauche pas que des gens qu'on connaît bien.

— Il avait des références ?

— Il est très jeune. C'est son premier boulot.

— Mais il a bien dû vous transmettre son CV ?

— Bien sûr. Son diplôme d'infirmier. Et son passeport.

— Je peux les voir ?

Winslow se leva, s'approcha d'un placard, fouilla parmi les dossiers et sortit un classeur.

— Voilà, dit-il en tendant à Kate un document indiquant que Jack Gregory était diplômé d'un établissement privé de Liverpool.

— Et voici la photocopie de son passeport.

À première vue, il n'y avait rien d'anormal. Jack Gregory était né le 30 juillet 1995 à Manchester et devait donc avoir 24 ans. La photo du passeport montrait un jeune homme au regard avenant et aux épais cheveux foncés qui lui tombaient sur le front. Beau garçon et sympathique.

Mais finalement, un physique passe-partout.

— Et votre ambulancier correspond bien au Jack Gregory de la photo ? demanda Kate en mettant la photocopie du passeport sous le nez de Mark Winslow.

Celui-ci rougit légèrement.

— Je n'ai pas fait très attention… En fait… Il a les cheveux plus en bataille. Mais heureusement on ne ressemble pas tous à nos photos de passeport, n'est-ce pas ?

Kate ne lui fit pas le plaisir d'esquisser un sourire.

— La bouche, le nez, les yeux… C'est lui ou pas ?

Son interlocuteur examina la photo de près.

— Je ne pourrais pas dire, répondit-il enfin.

Kate en déduisit que cette photo ne ressemblait pas vraiment au Gregory qui s'était présenté à l'entretien d'embauche. Elle aurait parié que le passeport appartenait à quelqu'un d'autre. Et que le diplôme d'infirmier était un faux ou avait été volé. Pour commencer, il fallait vérifier s'il existait une déclaration de vol concernant le passeport. Kate prit son portable pour appeler Helen mais, à cet instant, l'appareil sonna. C'était Robert Stewart.

— On vient de trouver le chauffeur de l'ambulance, dit-il tout de go. Ken Burton, d'après ses papiers. Son corps était dans un buisson pas loin de Market Weighton. C'est une jeune femme qui l'a découvert. Il a été tué d'une balle dans la tête.

Kate se sentit prise d'un léger vertige.

— Merde, siffla-t-elle entre ses dents.

— Et toujours aucune trace du véhicule. Ni de l'ambulancier. Vous êtes chez Winslow Ambulance ?

— Je suis en train de discuter avec le directeur.

Dont l'ami d'enfance venait d'être tué. Elle allait devoir lui annoncer la nouvelle.

— Inspecteur, je suis sûre que le problème c'est l'ambulancier. Il s'est probablement servi d'un passeport volé.

Elle fournit à son chef toutes les informations nécessaires.

— On regarde ça tout de suite, répondit-il avant de raccrocher.

Winslow avait observé Kate pendant le coup de fil.

— Il y a du nouveau ? demanda-t-il, inquiet.

— Oui. Malheureusement.

Après une courte pause, elle poursuivit avec autant de ménagement que possible :

— On a trouvé Ken Burton. Il a été abattu.

— Quoi ? fit Winslow, stupéfait.

— Pas loin de Market Weighton. La voiture, Sophia Lewis et Jack Gregory sont toujours introuvables.

— Mais…

Mark Winslow était devenu livide.

— Comment c'est possible ? Vous dites qu'il a été abattu ?

Kate eut de la peine pour lui, il avait l'air complètement KO.

— Monsieur Winslow, je pense que Jack Gregory vous a abusé. Le passeport a sans doute été volé et le diplôme falsifié.

— Seigneur, gémit Winslow, Seigneur…

Sous le choc, il s'affaissa sur son fauteuil.

Kate se pencha en avant.

— Ne vous faites pas de reproches, monsieur Winslow. Vous ne pouviez pas le deviner et comment vous auriez pu vérifier ? Vous avez pensé que le jeune homme était sincère. N'importe qui l'aurait cru.

— Je n'ai pas imaginé un seul instant…, bafouilla Winslow. Seigneur… Ken… Il a fallu que ça tombe sur Ken !

Kate aurait bien voulu lui laisser un peu de temps pour se ressaisir, mais c'était un luxe qu'elle ne pouvait pas se permettre. Pour Sophia Lewis – si elle était encore en vie –, chaque seconde comptait.

— Monsieur Winslow, il faut malheureusement qu'on éclaircisse tout de suite quelques points. Donc, M. Gregory s'est présenté chez vous il y a une semaine. Vous aviez fait paraître une annonce ?

— Non. Il est venu de lui-même. Il a dit qu'il cherchait du boulot. Comme j'avais effectivement besoin de quelqu'un...

— Vous aviez besoin de quelqu'un, mais vous n'aviez pas posté une offre d'emploi ?

— Ça faisait un certain temps que je me débrouillais comme je pouvais, mais quelqu'un en plus ça tombait bien.

Winslow marqua une pause.

— Mon carnet de commandes n'est pas toujours très rempli, poursuivit-il. La boîte est relativement petite, il y a beaucoup d'entreprises plus grosses qui proposent des tarifs plus intéressants. Il m'est arrivé d'avoir besoin d'un employé supplémentaire, mais à d'autres moments non. Du coup, j'hésitais. Mais quand Jack Gregory s'est pointé, je me suis dit… J'ai sauté sur l'occasion. C'est horrible, vraiment horrible.

Il enfouit sa tête dans ses mains.

OK, songea Kate. Son entreprise ne marche pas très bien. Ça doit être pour ça qu'il a l'air si fatigué. Il a des insomnies.

— L'hôpital de Scarborough fait souvent appel à vous ? demanda-t-elle.

Il acquiesça.

— Surtout le Dr Dane. Je le connais très bien. Je suis infirmier de profession et j'ai travaillé dans son service pendant un certain temps avant de créer ma boîte. Il sait que les affaires ne sont pas faciles. Quand il doit organiser un transport de patient, ça passe toujours par moi. Je lui en suis très reconnaissant.

Jack Gregory, ou quel que soit son nom, a appris par la presse que Sophia était vivante et qu'elle était à l'hôpital de Scarborough, comprit Kate. Et alors…

Elle réfléchit à la façon dont les choses avaient pu se dérouler : après l'article du *Yorkshire Post* sur l'accident tragique de Sophia Lewis, un grand nombre de gens avaient appelé l'hôpital pour prendre de ses nouvelles. Des collègues, des élèves, des parents d'élèves. L'agresseur avait pu sans problème se mêler à eux. Par principe, un hôpital ne délivre aucune information, mais Kate se doutait bien qu'en se montrant habile il était tout à fait possible d'en obtenir. Jack Gregory avait manifestement eu vent du transfert de Sophia. Ou peut-être était-il arrivé de lui-même à cette conclusion. En laissant traîner une oreille à l'hôpital, il avait aussi réussi à savoir que le Dr Dane faisait toujours appel à Winslow Ambulance. Par ailleurs il s'était procuré un faux passeport avec une rapidité surprenante, mais peut-être qu'il s'en servait depuis longtemps. Dégoter en quelques jours un diplôme d'infirmier avait sans doute été plus difficile, mais Kate repensa alors à ce qu'avait dit Caleb : peut-être y avait-il deux criminels qui s'étaient rencontrés en prison. Avoir fait un séjour derrière les barreaux facilitait les contacts dans certains milieux, notamment pour obtenir rapidement de faux papiers.

Jack Gregory avait dû se dire qu'il passerait sous les radars. Qui irait soupçonner un jeune infirmier d'avoir des intentions criminelles ?

— Il y a une chose qui m'étonne, reprit Kate. Jack Gregory n'avait aucune expérience, par ailleurs vous ne le connaissiez pas. Sophia Lewis a besoin de beaucoup de soins. Et vous lui avez fait confiance tout de suite ? Vous deviez bien avoir un employé plus compétent, non ?

Winslow portait à présent toute la culpabilité du monde sur ses épaules.

— Il y tenait absolument. Pour me prouver qu'il était bon. C'était important pour lui. Il m'a promis d'assurer. Il avait l'air si… impliqué… Il n'était pas particulièrement sûr de lui et j'ai pensé que ça serait peut-être bien de lui faire confiance.

— Il n'était pas sûr de lui ?

Winslow avait l'air de plus en plus désespéré.

— Il était… comment dire ? Très timide. Il bégayait légèrement. En même temps, il était vraiment sympathique. Il inspirait confiance. Oui, voilà, c'est le mot juste.

Il leva les bras d'un geste résigné.

— Je lui ai fait tout de suite confiance. Ce n'était peut-être pas une flèche intellectuellement parlant, mais il paraissait avoir beaucoup d'empathie et de sensibilité. Il avait terminé sa formation avec de bons résultats. J'ai pensé… Visiblement je me suis trompé. J'ai du mal à comprendre.

— C'est effectivement difficile à comprendre.

— J'étais convaincu qu'il s'en tirerait bien. D'autant que ce n'était pas loin. Si Sophia Lewis avait été transférée dans une clinique du sud de l'Angleterre, j'aurais sans doute mis quelqu'un avec lui. Mais pour Hull ?

Il n'y avait pas de regrets à avoir pour ça. S'il y avait eu un autre ambulancier, celui-ci serait mort à l'heure actuelle, se dit Kate.

Ses soupçons concernant Jack Gregory s'étaient transformés en quasi-certitude. Il ne pouvait pas se permettre de laisser

Sophia Lewis vivante. Elle représentait un trop grand danger pour lui. Il avait donc tué le chauffeur d'une balle dans la tête. Gregory était un assassin dépourvu de tout scrupule.

Dans son état, Sophia Lewis était entièrement à sa merci. Kate eut la chair de poule en pensant à ce que la pauvre femme devait endurer – si elle était encore en vie. On ne l'avait pas trouvée à côté du chauffeur dans les buissons. Quant à savoir s'il valait mieux pour elle se trouver avec Jack Gregory désormais en fuite, la question restait ouverte.

Saisie d'une brusque inspiration, Kate chercha dans son smartphone le portrait-robot du tireur du train et le montra à Winslow.

— Est-ce que ça pourrait être Jack Gregory ?

Mark Winslow regarda attentivement l'image, puis secoua la tête.

— Non, absolument pas.

Kate repensa de nouveau à l'hypothèse des deux criminels.

— Est-ce que vous pourriez m'accompagner au commissariat et nous aider à établir un portrait-robot de Jack Gregory ? La photo du passeport ne nous avance pas à grand-chose.

— Oui, bien sûr... Ken… Vous savez, je suis complètement assommé. Je n'arrive pas à y croire.

Ce genre de chose était inconcevable, Kate le savait.

— Venez, dit-elle avec douceur en se levant. Je sais combien c'est dur pour vous. Mais on doit coincer ce type le plus vite possible. Et vous pouvez nous y aider.

Il se leva à son tour, il était livide.

— Et la pauvre Sophia Lewis dans tout ça, où est-ce qu'elle est passée ?

Kate n'osait pas y penser…

8

Elle avait filé sans destination précise. Il fallait juste qu'elle s'éloigne de Colin et de sa mauvaise conscience. Elle finit pourtant par se rendre compte que ce n'était pas en s'éloignant qu'elle effacerait ses remords. Voyant qu'il ne lui restait presque plus d'essence, elle s'arrêta à une station-service dans un petit village. Elle était nerveuse : peut-être qu'un avis de recherche concernant la voiture avait déjà été lancé ?

Colin n'avait plus de portable et se trouvait sans doute encore à des kilomètres de toute habitation, mais Kate avait peut-être déjà fait le nécessaire. Si elle avait essayé de le joindre avec autant d'obstination, c'était sans doute qu'elle devinait ou savait qu'ils étaient partis ensemble.

Elle se sentit soulagée après avoir fait le plein, payé au comptoir à un jeune homme qui avait à peine levé les yeux de son smartphone, et repris sa route. Ouf, sa photo n'était pas encore affichée dans toutes les stations-service.

Les panneaux routiers lui apprirent qu'elle se trouvait à proximité de Northallerton. Les heures de l'après-midi s'égrenaient, à un moment donné elle devrait penser à trouver un endroit où passer la nuit. Et à ce qu'elle allait faire. Fuir n'allait pas suffire sur le long terme.

Elle se dirigea vers une aire de stationnement d'où partaient plusieurs chemins de randonnée, se gara et se mit à réfléchir.

Cette sale situation durait depuis quinze ans. Quinze ans qu'elle était en fuite, qu'elle essayait de tenir le coup. Elle avait espéré qu'en maintenant le couvercle fermé l'horizon s'éclaircirait un jour, d'une manière ou d'une autre.

Maintenant, elle comprenait que c'était sans issue. Elle devait affronter son passé. Faire le ménage là où tout avait commencé. Alors seulement elle serait libre.

Elle enfouit son visage dans ses mains.

Entendit la voix de Jacob. « Tu iras en taule, tu en es bien consciente ? »

Elle n'avait jamais réussi à surmonter cette peur. Mais la police était désormais de la partie. Kate Linville ne lâcherait pas le morceau.

Et voilà qu'en plus j'ai volé une voiture et abandonné un homme dans un coin perdu, songea-t-elle.

Elle releva la tête.

— OK, dit-elle à voix haute. OK, tu ne peux pas rester ici des heures à te lamenter sur ce qui s'est passé. Il faut faire quelque chose.

Retourner au point de départ.

C'était parfois utile. Elle n'était pas la seule à avoir fait ce qu'il ne fallait pas. C'était le moins qu'on puisse dire.

Elle sortit son smartphone et se connecta sur LinkedIn. Elle s'y était inscrite dans l'espoir de tomber sur une offre d'emploi intéressante. De fait, il y avait eu quelques opportunités, mais Jacob avait toujours mis son veto. Il tolérait tout juste son cours de langue du lundi soir, sans doute parce qu'elle n'était pas payée et qu'il pouvait le considérer comme un passe-temps, non comme une profession. Il torpillait tout ce qui aurait pu lui apporter ne serait-ce qu'un soupçon d'indépendance.

Les doigts tremblants, elle entra un nom.

Peut-être qu'il avait un compte LinkedIn, lui aussi.

Peut-être qu'elle trouverait sa nouvelle adresse.

Peut-être qu'elle pourrait le localiser sur Google.

Vu où elle en était, c'était la seule chose qu'elle pouvait faire. En revenir au commencement.

À Xenia Sidorova.

Xenia Sidorova s'intégra rapidement dans notre famille. Je fus étonné de voir avec quelle facilité tout se déroulait à présent, car j'avais sans doute abandonné tout espoir que quelque chose puisse être simple dans ma vie après toutes ces années. Xenia était arrivée en Angleterre avec un visa de tourisme. J'étais allé la chercher à l'aéroport de Heathrow et avais constaté avec surprise qu'elle parlait anglais – un anglais un peu laborieux, incertain, mais déjà très correct. On n'avait pas de problèmes pour se comprendre. C'était une jolie fille, début de la vingtaine... Ou plutôt une jeune femme. Elle était bien en chair, poitrine volumineuse, hanches rondes, une peau douce et blanche, une tresse de cheveux blond foncé. Elle aimait les jupes longues, qu'elle portait avec des bottes en daim durant l'hiver, des sandales ou des ballerines en été. Son look était un peu démodé, ce que je trouvais charmant. Elle n'était pas mon genre de femme, pas du tout, mais elle était agréable et sympathique.

Elle emménagea sans protester dans la petite pièce contiguë à la cuisine. En Russie, m'expliqua-t-elle, l'endroit où elle vivait était beaucoup plus petit, notre maison et sa chambre lui paraissaient luxueuses. Loin de se comporter en invitée, elle mit immédiatement la main à la pâte. Elle vida le lave-vaisselle avant même d'avoir défait sa valise et, quand elle s'occupa ensuite de déballer ses affaires, elle invita Sacha à l'aider, permettant ainsi à Alice de se consacrer à Lena.

« On a fait bonne pioche », dis-je à Alice.

Elle attendait de voir. Elle s'était opposée à mon projet de faire venir une étrangère à la maison.

« On n'aura plus aucune vie de famille », avait-elle objecté. Je lui avais répondu que justement on pourrait recommencer à profiter.

« On aura de nouveau du temps pour nous, avais-je dit. Sans les enfants. »

Je n'avais pas réussi à la convaincre. Elle était restée réticente, tout en concédant à contrecœur que Xenia, à première vue du moins, était sympathique et efficace.

Les premières semaines passèrent et on s'habitua progressivement les uns aux autres. Xenia avait une façon agréable de rester en retrait. Elle passait des soirées entières dans sa chambre, et n'en sortait que pour faire un saut aux toilettes ou se chercher à boire dans la cuisine. Elle était incroyablement discrète. Et elle soulageait considérablement Alice. Quand je rentrais du bureau, elle était à la cuisine, Lena – parfaitement calme – sur un bras, remuant de sa main libre un plat à l'odeur appétissante, qui mijotait sur le feu. En ces premières journées de printemps encore froides, elle mettait chaque après-midi des vêtements chauds aux enfants et sortait avec eux faire de longues promenades, Lena dans la poussette, Sacha à pied à son côté. Elle rapportait des brassées de tulipes et de narcisses qu'elle achetait dans une ferme florale à la périphérie du village et que Sacha répartissait ensuite joyeusement dans des vases et des verres. Xenia se montrait parfaitement à l'aise avec son handicap. Elle prenait Sacha comme il était et le laissait faire ce qu'il aimait et dont il était capable. Il avait le droit de peindre dans sa chambre et ensuite elle affichait ses dessins sur les placards de la cuisine. Sacha était aux anges. Quand Xenia s'approchait du lit de Lena, la petite souriait et lui tendait les bras. Notre foyer avait enfin trouvé la paix – la paix et la décontraction.

Seule Alice restait aussi tendue qu'avant.

Quand je revenais du travail, je la trouvais comme autrefois assise, épuisée, dans un coin du canapé, alors que Xenia s'occupait des enfants et qu'elle aurait pu se distraire : sortir se promener, faire des courses, écouter de la musique, retrouver une amie. Réfléchir à l'éventualité de reprendre un travail. Mais chaque fois que j'abordais prudemment le sujet, elle bottait en touche.

« C'est trop tôt, disait-elle. Encore trop tôt. »

Elle avait l'air seule et déprimée, et je ne comprenais pas pourquoi. Un collègue à qui j'en parlai répondit que ces années de surmenage constant, de luttes et de déceptions avaient peut-être fait d'elle une dépressive chronique et que ce n'était pas si facile de passer à autre chose.

« Mais nous avons tout, maintenant ! m'étais-je écrié. Une petite fille en bonne santé ! Un fils adorable. Une nounou idéale. Qu'est-ce qu'elle veut de plus ?

— Les dépressions ne disparaissent pas comme ça, juste parce que le climat à la maison a changé. Pour être franc, je ne pense pas qu'Alice puisse s'en sortir toute seule. »

Mais Alice refusa de faire appel à un thérapeute.

« De toute façon il ne pourra pas m'aider. Peut-être que j'ai besoin d'un peu plus de calme. »

Mais du calme elle en avait à présent. Peut-être même trop. Xenia faisait tourner la maison et s'occupait des deux enfants pendant qu'Alice, assise sur le canapé, observait cette autre femme réussir ce qu'elle avait été incapable de faire. Je la sentais partir à la dérive.

Bon sang, ça n'en finirait donc jamais ?

Avant, j'avais peur qu'Alice ne sombre dans le surmenage. Maintenant, je craignais qu'elle crève d'ennui. Mon collègue m'affirma qu'elle était déjà en surmenage.

« Ça ne disparaît pas d'un coup parce qu'elle n'a plus rien à faire. C'est bien installé, elle a vraiment besoin d'aide. »

On tournait en rond.

En plus Lena, qui nous avait rendus fous avec ses hurlements, s'était transformée avec Xenia en une enfant joyeuse, qui riait et gazouillait. Elle continuait de crier quand Alice ou moi on s'approchait d'elle ou quand on la prenait dans nos bras, mais avec Xenia ses larmes séchaient aussitôt et sa colère retombait sur-le-champ.

« Pourtant on ne lui a rien fait, disais-je, désemparé. Pourquoi elle crie avec nous et pas avec Xenia ? »

On ne parvenait pas à résoudre ce mystère. Je prenais la situation moins à cœur. Xenia avait manifestement un don avec les enfants – et alors ? Cela n'empêchait pas Lena de nous aimer, Alice et moi, j'en étais certain, et plus tard ce serait pareil. Mais Alice, bien sûr, se sentait personnellement mise en cause.

« Occupez-vous de ça, Xenia, disait-elle chaque fois qu'il y avait quelque chose à faire concernant Lena. Avec moi, elle crie sans arrêt. »

« Tu ne devrais pas tout déléguer à Xenia, lui dis-je une fois avec précaution. Il ne faut pas que Lena s'en remette complètement à elle.

— C'est déjà le cas », répliqua Alice en haussant les épaules.

Elle y était sans doute moins indifférente qu'elle ne le prétendait, mais c'était impossible d'aborder la question. En feignant le détachement, elle créait entre nous une distance infranchissable. Au bout d'un moment, je renonçai et décidai de m'en remettre au temps pour que la situation s'améliore.

Aujourd'hui, je me reproche d'avoir en quelque sorte jeté l'éponge intérieurement. J'étais épuisé. De plus en plus excédé par les problèmes domestiques, j'avais le plus grand mal à me concentrer sur mon travail. Il fallait que je fasse quelque chose et je réagis en fermant les yeux. Je me disais que l'état d'Alice finirait bien par se stabiliser.

L'été arriva, et on avait réussi à prendre nos marques. Xenia vivait toujours chez nous avec son visa de tourisme et je savais que ça ne pourrait pas durer éternellement. On la faisait travailler au noir, je ne payais ni charges sociales ni assurance maladie. Une situation plutôt périlleuse – les accidents domestiques, on le sait, font partie des plus graves. Et si Xenia causait un préjudice à quelqu'un ou qu'il arrive quelque chose à un des enfants sous sa garde, qu'en serait-il concernant les assurances ? Il fallait que je m'occupe de ces questions. Mais je ne cessais de repousser le moment de m'y atteler.

Pourtant, ce ne fut pas Xenia qui déclencha la catastrophe.

Mais Alice.

Et j'aurais dû le deviner.

Vendredi 2 août 2019

1

Ce matin-là, Kate s'était rendue très tôt à l'hôpital afin de parler aux infirmières et aux aides-soignantes qui avaient préparé Sophia Lewis pour son transfert. Kate était déjà passée la veille en fin d'après-midi, mais l'équipe avait changé. Elle avait montré à l'un des médecins les deux portraits-robots, celui du tireur et le nouveau, établi en fonction des indications de Mark Winslow. Le médecin les avait longuement examinés, puis avait haussé les épaules.

« Honnêtement, je ne sais pas. Je ne pourrais pas dire si c'est lui ou pas. Il y avait beaucoup d'allées et venues, et en ce qui me concerne je n'ai fait qu'une brève apparition. Et, à ce moment-là, je n'ai rien remarqué de particulier. »

Kate s'était également rendue au domicile de deux employés de l'hôpital, mais ni l'un ni l'autre n'avaient de souvenirs précis. Quant aux autres, elle n'avait pu les rencontrer. Elle espérait avoir plus de chance aujourd'hui.

Elle avait cependant fait quelques découvertes. L'école d'infirmiers où Jack Gregory était censé avoir étudié n'existait pas. Le diplôme lui-même était un faux assez grossier – mais Mark Winslow ne l'avait pas regardé de très près, comme il l'avait reconnu avec consternation.

Jack Gregory était un jeune étudiant de Manchester porté disparu depuis neuf mois, ce qui n'augurait rien de bon, étant donné que ses papiers se trouvaient entre les mains d'un assassin et kidnappeur présumé. En parlant avec la police de

Manchester, Helen Bennett avait appris que le voisin de Jack à la résidence universitaire avait averti la police lorsque Jack n'était pas rentré d'un long week-end prévu en Écosse avec son vieux Ford Transit reconverti en camping-car. Ses parents, qui vivaient dans un petit village du Suffolk, n'avaient pas de nouvelles.

Ni l'étudiant ni son véhicule n'avaient fait leur réapparition. Jack Gregory semblait s'être volatilisé. Kate supposait que son corps se décomposait sous un buisson quelque part dans les environs de Manchester. On ne le retrouverait sans doute jamais.

À l'hôpital, Kate avait fini par rencontrer quelques employés présents lors de la préparation du transfert. Certains n'avaient gardé aucun souvenir de l'ambulancier. Personne en tout cas ne l'avait reconnu sur le portrait-robot réalisé sur les indications de Winslow, en revanche deux infirmières l'avaient identifié sans hésiter en voyant celui du tireur du train.

« C'est lui, aucun doute. C'est l'ambulancier qui était chargé d'accompagner la patiente !

— Ah... », avait répondu Kate, perplexe.

Caleb ne s'était pas trompé : on avait affaire à deux criminels.

— Mais pourquoi ? demanda Robert Stewart trois quarts d'heure plus tard, quand Kate lui fit le compte rendu de ses entretiens à l'hôpital. Pourquoi on a un type qui se fait embaucher comme ambulancier et un autre qui se présente le jour du transfert pour accompagner Sophia Lewis ?

Il avait l'air contrarié. Cette affaire devenait de plus en plus obscure au fur et à mesure que Kate Linville creusait. Il ne pouvait pourtant pas lui en tenir rigueur : elle n'inventait rien – c'est juste que ça n'avait ni queue ni tête.

— Je suppose, répondit Kate, que le type du train ne voulait pas risquer d'être reconnu. Son portrait-robot était dans tous les journaux. Mark Winslow aurait pu faire le rapprochement.

— Mais ça aurait pu aussi être le cas à l'hôpital.

— La situation n'était pas la même. Pendant un entretien d'embauche, on se retrouve face à quelqu'un pendant une demi-heure ou plus. Le recruteur a tout le temps d'examiner le candidat et de se demander où diable il a bien pu voir ce visage dernièrement. Mais dans un hôpital où une foule de gens sont occupés à préparer une patiente en vue de son transfert, personne ne va regarder l'ambulancier. Plusieurs employés ne se souvenaient même pas de lui. Il a dû tout simplement faire profil bas. Et ça a plutôt bien marché.

— Pourquoi le chauffeur n'a rien remarqué ? demanda Helen.

Kate avait déjà éclairci ce point avec Mark Winslow.

— Lui et Jack Gregory ne se connaissaient pas. Gregory était là depuis seulement une semaine et ils n'avaient pas encore travaillé ensemble. Ils se sont rencontrés pour la première fois ce jour-là. Autrement, notre tireur du train aurait dû intervenir plus tard pour tuer le chauffeur. Mais là, c'était plus commode pour lui.

— Deux criminels, fit Stewart, agacé. Mais pourquoi ?

Kate se résolut à lui exposer la théorie de Caleb sans toutefois lui dire de qui elle venait.

— Ça expliquerait, dit-elle, pourquoi on n'a pas réussi à établir de liens entre Sophia Lewis et Xenia Paget. On a sans doute affaire à deux histoires complètement différentes qui n'ont aucun point commun.

— Mais…, fit Helen.

Kate ne lui laissa pas le temps de poursuivre.

— À un moment donné, les deux hommes se sont rencontrés et ont décidé de s'associer.

— Ça me paraît vraiment tiré par les cheveux, protesta Stewart.

Toutefois, l'idée paraissait se frayer peu à peu un chemin dans son esprit.

— Il pourrait s'agir d'une vengeance, suggéra Kate.

— Vous voulez dire que Xenia Paget et Sophia Lewis seraient

poursuivies toutes les deux par des types qui voudraient les tuer par désir de vengeance ? demanda Stewart.

— Ça me paraît très vraisemblable.

— Hum, deux hommes...

— C'est ce que montrent de manière évidente les témoignages *et* les portraits-robots.

— Et pourquoi est-ce qu'ils font cause commune ?

Kate haussa les épaules.

— C'est plus simple pour eux. Manifestement. Ils s'entraident. Comme « Jack Gregory » est recherché, son complice prend le relais pour des choses comme cet entretien d'embauche. Ils collaborent sans doute aussi pour les armes, les faux papiers, etc. À deux ils se sentent plus forts et embrouillent tout le monde, et surtout nous.

— D'après vous, deux hommes qui veulent se venger pourraient se rencontrer par hasard ? fit Stewart.

— Ça n'a peut-être pas été par hasard, répliqua Kate.

Elle trouvait son chef un peu entêté et regrettait plus que jamais Caleb. Il avait suffisamment de hauteur de vue pour être capable d'accepter les bonnes idées des autres.

— Ils auraient pu se rencontrer en prison. Et le fait d'atterrir en prison est peut-être même à l'origine de leur désir de vengeance.

— Vous voulez dire que Paget et Lewis auraient l'une et l'autre envoyé un homme en prison ? demanda Helen.

Kate opina.

— Leur témoignage a peut-être été déterminant.

— Dans ce cas, on le saurait, rétorqua Robert. Leurs noms figureraient dans nos fichiers.

— Et si c'était une dénonciation anonyme ? suggéra Helen. Mais que les criminels sauraient en fait de qui ça vient ?

— Tout à fait possible, répondit Kate.

— On n'a rien d'autre que ces foutus portraits-robots, dit Robert.

— Je pourrais les envoyer par mail à toutes les prisons du

pays, proposa Helen, que cette perspective ne semblait guère réjouir. Grâce à ça, on parviendra peut-être à les identifier.

— Je ne vois pas d'autre possibilité, convint Robert.

— Notre priorité, c'est Sophia Lewis, ajouta Kate. Elle est gravement malade et se trouve entre les mains d'un assassin sans scrupules.

— Les recherches pour retrouver l'ambulance ont été lancées dès hier, rappela Robert. Je ne comprends pas qu'il n'y ait encore aucun retour. Une patrouille aurait bien dû la remarquer. Ce genre de véhicule ne passe pas inaperçu. Il ne s'est quand même pas volatilisé !

— J'ai bien peur que Gregory n'ait eu le temps de planquer l'ambulance avant que l'alerte soit donnée. À l'heure qu'il est, elle doit être dans une arrière-cour ou au fond d'un garage.

Il y eut un silence accablé. Sophia Lewis devait vivre un véritable cauchemar.

— La seule chance qu'on ait de découvrir l'endroit où Lewis a été conduite, c'est d'identifier le ou les criminels, déclara Robert.

— Le temps travaille contre nous, lança Helen en se levant d'un air déterminé. Je vais ratisser les prisons. Il est possible que la théorie du sergent Linville soit juste.

— En tout cas, on n'a rien d'autre sous la main, rétorqua Robert, qui avait de nouveau une mine épouvantable.

— Les recherches se poursuivent pour localiser la voiture de Colin Blair, dit Kate. Xenia Paget est sans doute avec lui et elle aussi est en grand danger, on ne doit pas la perdre de vue.

— Précisément, riposta Robert d'un ton mordant. On a perdu les deux personnes qu'on était censés protéger.

Kate se sentit particulièrement visée. Elle ravala cependant une réponse insolente – après tout, il ne l'avait pas mise directement en cause – et se leva à son tour.

— Je retourne à l'hôpital, dit-elle. Tout à l'heure, le Dr Dane était en salle d'opération, mais maintenant je devrais pouvoir lui parler. J'aimerais savoir combien de temps Sophia Lewis peut survivre dans son état.

— Autrement dit, combien de temps il nous reste pour la retrouver, ajouta Robert.

— Exactement.

2

Étendue, elle respirait. Étendue, elle respirait. Étendue, elle respirait.

Elle avait pleuré et avait dû attendre que ses larmes sèchent – sensation désagréable. À présent, elle avait la peau du visage qui tirait. Peut-être l'effet du sel.

Mais c'était un détail dans la situation où elle se trouvait.

Elle fixait l'obscurité, prêtait l'oreille aux bruits alentour. Est-ce qu'il était encore là ? Tout près ? Elle avait cru entendre une porte se fermer. Peut-être la porte d'entrée, peut-être était-il sorti. Pour faire des courses ?

Il faisait sombre dans la pièce où elle était, mais ce n'était pas une cave. Il l'avait sortie de l'ambulance sur son brancard et l'avait conduite dans une maison. Sans emprunter d'escalier.

Combien de temps allait-elle survivre à tout ça ? L'intention de son ravisseur n'était pas a priori de la laisser en vie. De toute façon son état exigeait des soins constants, et l'équipement médical d'un hôpital moderne.

Il n'y connaissait rien, elle s'en était rendu compte quand il l'avait tournée et retournée une fois ou deux, avec maladresse. Il ignorait assurément comment changer une sonde urinaire. Il avait tout de même vidé la poche à urine, puis l'avait de nouveau fixée sur le cathéter.

« Qui l'eût cru ? avait-il dit en gloussant. L'orgueilleuse Sophia Lewis ! Tu n'aurais sans doute jamais imaginé qu'on se reverrait un jour dans ces circonstances. »

Elle ne pouvait pas répondre, mais des larmes d'humiliation et de désespoir lui étaient montées aux yeux.

Mourir, avait-elle songé. Mourir. C'est ce qui pourrait arriver de mieux.

Là, pourtant, ça n'avait rien de simple.

Sur sa droite filtrait un peu de lumière. Sans doute une fenêtre, masquée par un store noir. Elle ne lui était d'aucune utilité – Sophia ne pouvait ni crier pour attirer l'attention, ni ramper jusque-là pour se glisser au-dehors.

Elle se demandait si on était déjà à sa recherche. Elle n'était jamais arrivée à Hull. Le chauffeur avait été abattu. Il était descendu du véhicule, un pistolet sur la tempe, et peu après elle avait entendu un coup de feu.

Son ravisseur était revenu, s'était penché sur elle et avait souri. Un rictus abominable.

« Maintenant, on est seuls, Sophia », avait-il dit en lui caressant les cheveux.

Puis ils étaient repartis. Arrivé à destination, il lui avait bandé les yeux avant de la faire entrer dans la maison. Elle n'avait aucune idée de l'endroit où elle se trouvait. Qu'était devenue l'ambulance ? Il avait dû la dissimuler aux regards des curieux. À supposer que la police ait lancé des recherches, elle n'avait quasiment aucune chance de la retrouver.

Elle se sentit envahie par la panique mais refusa d'y céder.

Réfléchis. Réfléchis à ce que tu peux faire.

Rien, conclut-elle, accablée. Elle était étendue comme un cafard sur le dos. Sauf que lui au moins pouvait encore agiter les pattes.

En haut, il y eut un nouveau bruit de porte. À présent, Sophia était à peu près sûre qu'il s'agissait de la porte d'entrée. Il s'était absenté et maintenant il était de retour. Elle en éprouva à la fois du soulagement et de la peur. Sans lui, elle était totalement démunie. S'il n'était pas rentré, elle aurait crevé dans son coin. Mais c'était un démon, et se retrouver avec lui dans cette maison, entièrement à sa merci, était effroyable.

Pourquoi est-ce qu'elle n'arrivait pas à se réveiller enfin de ce cauchemar ?

Étendue, elle respirait. Étendue, elle respirait. Étendue, elle respirait.

3

L'après-midi, alors que Kate était à son bureau, elle reçut un appel de Lydia Myers. Elle mit quelques secondes à la situer. Ah oui, c'était la directrice de la Chorlton Highschool à Manchester, qu'elle était allée voir à son domicile quelques jours plus tôt – une éternité, songea-t-elle.

Mme Myers avait effectué quelques recherches sur l'élève qui avait accusé Sophia Lewis de l'avoir mal noté et dont les parents avaient fait appel à un avocat.

— La famille vit toujours à Dubaï, dit-elle. Le fils aussi. Ils gèrent un restaurant. J'ai parlé à un de ses anciens camarades de classe, qui est resté ami avec lui. D'après lui, plus personne de la famille ne réside en Angleterre depuis plus de deux ans. Il en mettrait sa main au feu.

Kate la remercia et raya l'élève de Manchester de sa liste. Il aurait pu revenir en Angleterre sans prévenir son ami, mais c'était hautement improbable. De toute façon, elle n'avait jamais cru sérieusement à cette piste.

Elle relut les notes prises durant son entretien avec un Dr Dane pâle et soucieux.

Combien de temps Sophia Lewis pouvait-elle tenir ?

« Elle peut respirer sans assistance, c'est une bonne chose, avait-il répondu. Les intestins fonctionnent à peu près, mais elle a besoin de médicaments pour aider le transit. La vessie, non, mais avec la sonde il n'y a pas de danger immédiat.

— Que voulez-vous dire ?

— Le cathéter doit être changé régulièrement pour éviter les risques d'infection.

— Et vous pensez que ce Gregory en est capable ? »

Dane avait haussé les épaules.

« En théorie, oui, à condition que quelqu'un lui ait montré comment s'y prendre. Peut-être aussi qu'il peut y arriver tout seul… Je ne sais pas.

— Et pour l'alimentation ?

— Elle arrive à déglutir. Difficilement pour le moment. Il lui faut des aliments quasi liquides. Ça me paraît faisable. »

Puis il avait ajouté à voix basse :

« La question est : est-ce que l'homme qui l'a enlevée veut la garder en vie ? Elle dépend entièrement de lui. Il n'y aurait rien de plus facile pour lui que de la laisser mourir.

— Elle ressent la douleur ?

— Malheureusement oui. La douleur est un gros problème, particulièrement en cas de tétraplégie. Sophia Lewis peut développer des douleurs neuropathiques, c'est-à-dire qui affectent les nerfs, et ces douleurs peuvent devenir chroniques. Il peut aussi y avoir des douleurs inflammatoires. Dans le cas d'une infection urinaire provoquée par la sonde, par exemple. Il se peut même qu'elle ressente la douleur avec une intensité supérieure à la normale.

— Je vois.

— Retrouvez-la le plus vite possible !

— Nous le ferons », avait répondu Kate.

Elle était loin de se sentir aussi confiante qu'elle voulait le paraître.

Une piste, se disait-elle à présent, il nous faudrait enfin une piste. C'est à devenir fou.

La porte s'ouvrit sur Robert Stewart et Helen Bennett – une Helen visiblement stressée et frustrée.

— Rien, dit-elle. J'ai contacté toutes les prisons, les portraits-robots n'ont rien donné. Soit ces deux hommes n'ont jamais été en prison, soit les portraits n'ont pas permis de les identifier.

— Des portraits-robots, lâcha Robert avec dédain. Établis par un ordinateur d'après les souvenirs de deux personnes... C'est peu.

— C'est tout ce qu'on a pour le moment, répliqua Kate.

— Ce moment a tendance à s'éterniser, grogna-t-il. On piétine.

— J'ai appelé les clubs de handball de West Bromwich, reprit Helen.

Kate trouva qu'au cours des derniers jours celle-ci s'était vraiment investie à fond. En raison du manque d'effectifs, son rôle de psychologue passait au second plan et elle était sur tous les fronts. Elle avait l'air pâle et fatiguée. Kate était persuadée que Caleb l'aurait félicitée comme il savait le faire pour motiver et encourager ses collaborateurs. Robert, en revanche, semblait bien loin de ce genre de considérations. Il paraissait lui aussi extrêmement stressé et n'avait rien à proposer.

— En fait, il n'y en a que deux, poursuivit Helen. Et là, bingo : Sophia Lewis a été membre d'un des clubs de 1998 à 2007, c'est ce que m'a appris une dame très aimable.

— Et ensuite ? s'impatienta Robert.

— À la même époque, il y avait dans l'équipe masculine un certain Samuel Howard. C'est le seul qu'on puisse relier au prénom « Sam ». La dame n'était pas en poste à ce moment-là, elle n'a rien pu me dire sur cette histoire de harcèlement.

— Et à quoi ça nous avance ?

Helen eut un sourire.

— J'ai l'adresse actuelle de Samuel Howard. Il vit toujours à West Bromwich.

— Est-ce qu'il pourra nous apprendre quelque chose ? fit Robert en fronçant les sourcils.

— D'après Geoffroy Lewis, il a harcelé Sophia lorsqu'ils étaient adolescents, rappela Kate. C'est une piste qu'on doit au moins explorer.

— Le père de Sophia ne me paraît plus avoir toute sa tête. Vous croyez qu'on peut se fier à ce qu'il a dit à ce propos ?

Kate soupira. Elle ne comptait pas faire une avancée décisive grâce à ce Samuel Howard, qui, à l'époque, avait peut-être tout simplement été fou amoureux de Sophia. Mais qu'avaient-ils d'autre sous la main ? Ils n'avaient pas le choix, il fallait examiner tout ce qui se présentait, même le plus petit indice.

— J'ai fait une recherche sur lui, intervint Helen. Il ne figure pas dans notre base de données. Pas d'empreintes digitales, rien. Ce qui veut dire qu'il n'a jamais été enregistré. Il n'y a eu aucune plainte contre lui.

— Donc ça fiche par terre cette formidable théorie selon laquelle les deux types se seraient connus en prison, déclara Robert en haussant les sourcils.

Il a décidément du mal à accepter les idées des autres, se répéta Kate.

— En effet, ce n'est qu'une théorie, répondit-elle. Et tant que nous n'en savons pas plus, il faut tout prendre en compte. Demain, j'irai à West Bromwich. Je veux parler à Samuel Howard. Il est possible que le père de Sophia ait exagéré, mais ce Howard a connu Sophia dans son adolescence, il l'aimait beaucoup et il sait peut-être quelque chose.

— J'irai avec vous, dit Robert à la grande surprise de Kate. Il faut que je m'investisse davantage sur le terrain. C'était ce que je faisais avant.

Sous-entendu : *ça ira mieux si je suis présent.*

Kate aurait de loin préféré s'y rendre seule.

— J'aimerais bien partir tôt, si ça vous convient, répliqua-t-elle, agacée.

— Je serai chez vous à 7 heures.

4

Elle avait trouvé Oliver Walsh sur LinkedIn, et son profil indiquait sa ville de résidence actuelle : Leeds.

Incroyable, avait-elle songé, on a vécu dans la même ville. Probablement pendant des années.

Puis elle avait consulté l'annuaire en ligne et dégoté l'adresse d'Oliver, à la périphérie de Leeds. Elle l'entra dans le GPS – le GPS de la voiture de Colin Blair.

La mauvaise conscience la fit tressaillir. Une nuit avait passé depuis qu'elle avait abandonné Colin dans la forêt. Il devait encore être en train d'errer. Non, elle noircissait le tableau. Ils s'étaient arrêtés non loin d'une route. Il avait déjà dû la rejoindre, il ne pouvait pas se perdre.

Cependant il avait été forcé de dormir à la belle étoile. Xenia, qui s'était pelotonnée à l'arrière de la voiture sous une couverture, ne s'en était pas moins réveillée à l'aube en grelottant. Maintenant que la canicule touchait à sa fin, les nuits devenaient fraîches. Or Colin n'avait rien pour se couvrir.

Ne pense plus à ça, s'exhorta-t-elle.

Il avait été si facile de retrouver Oliver après toutes ces années qu'elle n'en revenait pas. Elle se gara devant l'immeuble, un bâtiment sans fantaisie avec un jardin bien entretenu, une façade en clinker rouge, des fenêtres à croisillons encadrées de blanc, un chemin dallé conduisant à la porte d'entrée. Elle se demanda si Alice était encore en vie et s'ils étaient toujours ensemble. Il n'y avait rien la concernant ni sur LinkedIn ni dans l'annuaire, mais ça ne voulait rien dire. Alice, l'éternelle dépressive. Insignifiante, recroquevillée sur elle-même, noyée dans les méandres de sa psyché.

Xenia sortit de la voiture en tenant son sac devant elle tel un bouclier. Elle passa la main sur sa robe pour la lisser – cette affreuse robe démodée en batik aux motifs dans les tons verts. Elle se faisait l'impression d'être habillée d'un sac à patates. En outre, elle ne s'était pas changée depuis l'avant-veille et avait pris sa dernière douche dans la pension miteuse de Whitby. Entre-temps, il y avait eu la nuit passée dans la voiture. Xenia craignait de sentir mauvais. Elle avait essayé de se redonner forme humaine à l'aide de son miroir de poche et de son rouge à lèvres et avait passé ses doigts dans ses cheveux pour les peigner. Le résultat n'avait guère été convaincant, mais au fond quelle importance ? Après tout ce qui s'était passé.

Le nom de Walsh figurait bien sur une des sonnettes à l'entrée du jardin. Xenia sonna d'un doigt hésitant. Un instant plus tard, l'interphone grésilla.

— Oui ? fit la voix un peu déformée, mais bien reconnaissable, d'Oliver Walsh.

Elle prit une profonde inspiration.

— Bonjour, c'est Xenia.

Ils se tenaient l'un en face de l'autre sur le seuil. Oliver et Xenia. Quinze ans après.

Il a pris un sacré coup de vieux, songea Xenia, effrayée. Un instant, elle se demanda ce qu'il pouvait bien penser d'elle. Sans doute : *Qu'est-ce qu'elle a grossi !*

— Xenia, dit-il, Seigneur, après tout ce temps.

— Oui, fit-elle, après tout ce temps.

Il recula d'un pas.

— Entrez donc.

Il n'avait pas l'air ravi. Mais il avait toujours été poli et ne lui aurait jamais claqué la porte au nez.

— Merci, dit-elle.

Elle entra dans l'appartement, reconnut aussitôt quelques-uns des meubles d'autrefois. L'armoire de l'entrée. Le tapis du couloir. La porte du salon était ouverte, elle aperçut le vieux canapé sur lequel Alice passait ses journées, accablée par un épuisement chronique. Xenia ne l'avait jamais connue autrement que fatiguée.

— Un café ? demanda Oliver, qui paraissait nerveux.

— Oui, avec plaisir.

Elle le suivit à la cuisine, où il mit du café dans le filtre et alluma la machine.

— Alice est là ? demanda-t-elle prudemment.

Il suspendit son geste un bref instant.

— On a divorcé.

— Ah... Depuis longtemps ?

— Oui. On s'est séparés... après.

— Je comprends.

Elle s'en était plus ou moins doutée. Qu'une relation ne pouvait pas survivre à *ça*.

Ils s'installèrent l'un en face de l'autre à la table en bois de la cuisine, qui datait de Nottingham. On y voyait encore les gribouillis au feutre de Sacha. L'enfant dessinait beaucoup, mais n'arrivait pas à s'arrêter aux bords de la feuille. Xenia avait placé du papier journal en dessous, mais ça n'avait servi à rien : le petit avait également débordé sur le journal et sur la table. Le temps que Xenia s'avise de recouvrir la table d'un film de plastique, il était trop tard. Le plateau était passablement abîmé. Mais cela plaisait peut-être à Oliver, autrement il aurait pu le faire poncer. Cette table devait lui rappeler la famille qu'il avait eue autrefois. Des temps meilleurs.

Mais cette famille n'avait jamais connu de temps meilleurs, songea Xenia. En tout cas, pas depuis qu'elle la connaissait. Et ça devait être pareil avant.

Le café était fade, mais elle le but avec gratitude. Il était chaud et lui redonna un peu d'énergie.

— Alice habite où maintenant ? demanda-t-elle.

Oliver haussa les épaules.

— Nous n'avons plus aucun contact depuis des années. Je ne sais pas du tout. J'ai entendu dire qu'elle avait déménagé en Cornouailles. Elle a sans doute vendu la maison de Nottingham, mais même ça je n'en suis pas certain.

— Vous n'avez plus aucune relation ?

— Non, c'est ce qu'elle a voulu. Elle n'a même pas demandé de pension alimentaire. D'ailleurs je ne sais pas si elle y aurait eu droit, parce que la maison lui appartenait, elle n'avait pas de souci à se faire. En tout cas, elle a voulu couper les ponts. J'ai respecté sa volonté.

— Dégueu, dit Xenia.

— Oui, approuva Oliver. Dégueu.

Ce mot sonna étrangement à leurs oreilles. Il n'appartenait pas à leur vocabulaire habituel.

Du langage de jeune, pensa Xenia. Il y avait une éternité qu'elle avait cessé de se sentir jeune. En tout cas, plus depuis qu'elle était mariée avec Jacob. Mais peut-être que ça avait commencé *après* – après le drame à Nottingham.

— Et vous ? demanda Oliver. Vous vivez où ?

— Pas très loin d'ici. Également à Leeds. À Bramhope.

— Depuis longtemps ?

— Treize ans.

Il rit à son tour, sans joie, plutôt avec un étonnement amusé devant cette coïncidence.

— Et on ne s'est jamais croisés.

— Peut-être qu'on ne se serait pas reconnus.

Sans doute. Oliver avait vieilli prématurément. Et pour sa part, elle était devenue obèse en un temps record. Ils avaient tous les deux énormément changé.

— Vous êtes mariée ?

— Oui, maintenant je m'appelle Paget, Xenia Paget.

— Et vous faites quoi dans la vie ? Et votre mari ?

Il s'animait à présent qu'ils abordaient des sujets moins brûlants. Il avait craint qu'elle ne lui parle du passé. Mais peut-être était-elle réellement venue juste comme ça, pour prendre un café, bavarder un peu, et qu'ensuite elle s'en irait.

— Il est syndic d'immeubles. Et moi, je donne des cours de langue à des migrants.

— C'est formidable !

— Oui, ça me plaît. Tout va bien. On a une petite maison mitoyenne. Il ne se passe pas grand-chose, mais ça va.

Elle avait rarement raconté de tels mensonges. Mais elle ne voulait pas parler de la débâcle de son mariage à Oliver. Ils n'avaient jamais été proches et, après toutes ces années, encore moins.

— Vous avez… des enfants ? demanda-t-il avec précaution.

— Non.

Il ne chercha pas à savoir pourquoi. Il avait trop de tact pour cela. Elle en fut soulagée. Si elle avait été sincère, elle aurait dû dire qu'elle souhaitait avoir des enfants mais surtout pas avec Jacob Paget – surtout ne pas être liée à lui toute sa vie ! Mais elle n'avait pas du tout envie de parler de ça.

— Je suis heureux que vous ayez trouvé le bonheur en Angleterre, Xenia, dit-il.

Elle prit une profonde inspiration. C'était le moment. Elle était venue pour ça. Pour en parler. Pas de son mariage, non, de l'autre problème.

— En ce moment, je suis tout sauf heureuse, lâcha-t-elle.

Il eut l'air un peu surpris.

— Vraiment ? J'en suis désolé.

— Vous avez lu dans le journal ce qui s'est passé ? Les coups de feu dans le train de Londres pour York, il y a quinze jours ?

— Oui, sale histoire.

— La femme sur qui on a tiré, c'était moi.

— Quoi ?

— Mon nom n'a pas été cité dans les médias. Mais la victime, c'était moi.

Il la fixa d'un air ébahi.

— Mais ce n'est pas possible !

— Si, et je me sens toujours menacée. Le tireur m'a ratée de justesse. Une autre femme a eu la présence d'esprit de se barricader avec moi dans les toilettes du train. Il s'est trouvé que c'était une policière. C'est pour ça qu'elle a réagi aussi vite. J'ai eu une chance incroyable. Le type voulait me flinguer. Un vrai cauchemar.

— C'est ahurissant ! Qui est-ce qui pourrait vouloir faire une chose pareille ?

Xenia garda le silence.

— Et la police ? J'ai lu que l'homme avait pu s'enfuir. La police a une piste ou pas ?

— Rien. Et ils sont très inquiets pour moi. Ils pensent qu'il va recommencer.

— Et vous n'êtes pas sous protection ?

Elle haussa les épaules.

— En fait, ils ne savent pas où je suis en ce moment. Je me suis enfuie, en quelque sorte. Je suis venue ici dans une voiture volée.

— Vous avez volé une voiture ?

— C'est une histoire compliquée. Je la rendrai, bien entendu. Mais il fallait que je prenne le large. Et que je vienne vous voir.

— Ah ? Mais pourquoi ?

Avec lenteur et détermination, elle répondit :

— On a voulu m'assassiner. *Moi.* Très précisément. Il ne s'agissait pas d'un forcené qui tirait autour de lui au hasard. Il en avait après *moi*.

— Oui, je comprends, mais je ne vois pas…

— D'après vous, pourquoi on voudrait me tuer ? demanda-t-elle. Réfléchissez bien.

Il pâlit.

Revoir Xenia à l'improviste après tant d'années m'a complètement bouleversé. D'abord, sa voix dans l'interphone : « C'est Xenia. » J'ai cru que quelqu'un me faisait une blague, mais la voix, quoique légèrement déformée, avait quelque chose de familier. Et quand je l'ai vue sur le palier, je l'ai tout de suite reconnue. Pourtant elle a beaucoup changé. Elle a toujours été bien en chair, mais maintenant elle est véritablement obèse. Tout en restant séduisante avec sa belle peau blanche et lisse et ses grands yeux.

Assis dans ma cuisine, on a bu le café et discuté de choses et d'autres. On s'est raconté nos vies. Rien de bien palpitant. Je lui ai appris qu'Alice et moi on était séparés depuis des années et que je n'avais plus de nouvelles. C'est à ce moment-là qu'elle aurait dû partir. « Ça m'a fait plaisir de vous revoir, oui, pourquoi pas reprendre un café un de ces jours. » Et voilà. Mais au contraire elle a tout déballé : la véritable raison de sa visite, pourquoi elle m'a cherché et retrouvé après tout ce temps. En fait elle a été victime d'une agression. Dans un train. Elle s'en est sortie in extremis. Et maintenant elle a peur. Peur du type qui veut la tuer. Mais aussi de la police. Qui pourrait finir par découvrir ce qui s'est passé autrefois.

Peur d'être rattrapée. De tous les côtés.

Le 2 août 2004. Un lundi.

Jamais je n'oublierai ce jour. Aucun d'entre nous ne l'oubliera jamais.

La catastrophe a déboulé dans notre vie, sans crier gare, avec une violence à couper le souffle. Depuis, le désespoir ne m'a plus quitté et je ne m'en débarrasserai jamais.

Cet après-midi-là, j'étais allé à Leicester pour un entretien d'embauche. Une compagnie d'assurances qui venait de s'installer là-bas cherchait quelqu'un pour la comptabilité et faire du conseil financier et fiscal. J'avais envoyé mon CV. En fait, ce poste était un peu trop gros pour moi, mais j'avais décidé de tenter ma chance parce que ça devait être bien payé. Depuis des années, je végétais dans mon boulot à cause de mes problèmes familiaux. On ne frôlait pas le seuil de pauvreté, ça non, mais ça faisait déjà un bout de temps que je ne parvenais plus à mettre de l'argent de côté et ça me rendait nerveux. Il fallait que je passe à la vitesse supérieure. À présent que Xenia menait la barque et avait la situation bien en main, je pouvais essayer de décrocher des missions plus importantes et de nouveaux clients.

L'entretien se passa bien, on allait me recontacter et je sortis du bâtiment moderne en verre et chrome d'humeur optimiste. Ils avaient évidemment d'autres entretiens prévus, mais entre nous le courant était passé. En cette soirée d'août venteuse et plutôt fraîche, j'étais plein d'espoir. Le trajet de retour fut long. En temps normal, il ne m'aurait pas fallu plus de une heure, mais il y avait un bouchon, si bien qu'il faisait déjà nuit quand je traversai Nottingham et m'engageai sur la route bordée de prés et de champs qui conduisait à notre village. À un moment donné, un chevreuil traversa la chaussée et j'eus tout juste le temps de freiner. Je remarquai alors que je tremblais comme une feuille.

Ça aurait pu mal se terminer. Lorsque je repartis, mon humeur avait brutalement changé. À présent, j'étais tendu.

Quand je descendis de voiture, je constatai que notre maison était plongée dans le noir, du moins les pièces qui donnaient sur l'avant. C'était inhabituel. Depuis que Xenia était là, on ne lésinait pas sur la lumière : elle estimait que c'était important pour ceux qui rentraient chez eux d'avoir un accueil chaleureux. Je la laissais faire, moi aussi j'appréciais ce réconfort.

À cet instant, je me souvins que c'était l'après-midi et la soirée de congé de Xenia et qu'elle avait prévu de se rendre en bus à Nottingham pour aller au cinéma. Alice était donc seule avec les enfants. Elle devait être couchée sur le canapé dans la pénombre du salon, avec Sacha devant la télévision, en train d'essayer de calmer Lena. Mon humeur s'assombrit encore plus. Je m'aperçus à quel point j'étais devenu dépendant de la présence de Xenia. La simple idée de passer une soirée en tête à tête avec Alice et les enfants me faisait horreur.

Mais je me rappelai à l'ordre. Tout se passerait bien. Et Xenia ne tarderait sûrement pas.

En entrant, j'eus aussitôt l'impression que quelque chose clochait. Pas de lumière, ni dans le couloir ni dans la cuisine. Seul un rai lumineux sous la porte du salon. Mais la télé était éteinte, en tout cas on n'entendait aucun bruit. Lena ne hurlait pas. Il y avait un silence étrange, tendu. Un peu irréel. Une menace dans l'air.

— Bonsoir ! lançai-je en refermant la porte derrière moi.

Pas de réponse. D'habitude, quand je rentrais, Sacha arrivait comme une flèche. Peut-être que Xenia avait emmené les enfants à Nottingham ?

— Alice ? Sacha ?

Par prudence, j'évitai d'appeler Lena. Si par chance la petite était tranquille, je ne voulais pas la déranger et qu'elle se mette à brailler inlassablement.

Je poussai la porte du salon. Personne. Effectivement, la télé était éteinte. On avait allumé la petite lampe au coin du canapé. Je m'apprêtais à ressortir quand un mouvement attira mon attention. En y regardant de plus près, je découvris alors Sacha sous la table basse. Assis tout recroquevillé sur le sol, les bras autour des genoux, il tremblait, terrorisé.

— Sacha !

Je m'accroupis et me penchai vers lui. Il était livide.

— Qu'est-ce qui se passe ? Pourquoi tu es assis là-dessous ? Où est maman ? Où est ta sœur ?

Il me regarda sans répondre.

Je me relevai, alarmé.

— Alice ! criai-je.

Toujours pas de réponse. Je sortis du salon. Il serait toujours temps de s'occuper de Sacha. D'abord, il fallait que je découvre ce qui s'était passé.

Je vis de la lumière sous la porte de la salle de bains.

— Alice ?

J'ouvris brusquement.

Alice était agenouillée sur le sol au milieu de la pièce. Elle était tout habillée, mais ses vêtements étaient humides par endroits. Elle avait les cheveux mouillés et l'air au moins aussi pâle que Sacha. Elle tenait Lena dans ses bras. Notre fille – entièrement nue, molle comme une poupée de chiffon.

Il s'écoula deux ou trois secondes. J'étais paralysé, incapable de bouger ou de dire quoi que ce soit. Puis je tombai à genoux sur le sol et arrachai Lena à Alice.

— Qu'est-ce qui s'est passé ? Qu'est-ce qui lui est arrivé, au nom du ciel ?

— Je lui ai donné son bain, répondit Alice d'une voix monocorde.

Je vis alors que la baignoire était pleine. Quelques bulles mousseuses flottaient encore à la surface de l'eau. La pièce sentait les sels de bain au romarin, les préférés d'Alice. Le petit canard jaune en plastique de Lena était posé sur le rebord.

Je secouai ma fille. Aucune réaction. Sa tête retomba en arrière, ses yeux ouverts avaient le regard fixe.

— Mon Dieu, mon Dieu, mais qu'est-ce qui s'est passé ?

Je déposai Lena sur le tapis de bain et me mis à lui masser la poitrine. Ma formation aux soins de premiers secours remontait à une éternité. Si Lena avait avalé trop d'eau, il fallait la lui faire recracher. Je lui fis un massage énergique de la cage thoracique. Elle ne bougeait toujours pas.

— Arrête, dit Alice, elle est morte.

— Non ! beuglai-je si fort qu'Alice sursauta. Elle n'est pas morte ! Ma fille n'est pas morte !

— Je l'ai maintenue sous l'eau, poursuivit Alice de cette drôle de voix blanche. Jusqu'à ce qu'elle se taise. Jusqu'à ce qu'elle ne bouge plus.

— Tu as fait quoi ?!

J'arrêtai de m'acharner sur le corps inerte de mon enfant.

— Elle criait. Elle n'arrêtait pas de crier.

Je fus soudain baigné de sueur et pris de nausée – j'avais envie de vomir, les membres en coton –, si je n'avais pas été agenouillé par terre, je serais tombé.

— Elle n'arrêtait pas de… Et toi…

Alice hocha la tête.

— Je voulais qu'elle se tienne tranquille. Aussi tranquille qu'avec Xenia.

Je regardai ma fille. Ma fille morte. Un fin réseau de veines bleues apparaissait sur son cou et sur sa poitrine. Son expression était tout sauf paisible. On y lisait l'agonie, la torture de la noyade.

Alice avait noyé un enfant de 1 an. Notre fille.

Il était évident que Lena était morte, que je ne pouvais pas la ranimer. C'était trop tard.

— Dis-moi que ce n'est pas vrai, chuchotai-je.

Alice garda le silence.

Je me redressai d'un bond, me penchai vers elle, la saisis par les épaules et la secouai comme si je voulais lui faire expulser tout ce qu'il y avait en elle de malade, de cassé et de détraqué.

— Dis-moi que ce n'est pas vrai ! hurlai-je.

Elle se taisait toujours.

Je la lâchai, me retournai vers Lena, la secouai aussi, quoique avec plus de douceur. Rien, pas un sursaut. Évidemment.

Dans la salle de bains, l'air était moite. De la buée partout, sur le sol, les murs, le miroir au-dessus du lavabo, et sur la vitre de la fenêtre. Je voulus ouvrir, laisser entrer la fraîcheur sèche du dehors, mais je me ravisai. Il n'y avait a priori pas âme qui vive à des kilomètres à la ronde, mais je ne voulais pas risquer qu'on nous entende.

La situation me paraissait totalement irréelle, c'était forcément un cauchemar. En même temps, je me trouvais dans un étrange état de lucidité : ma femme venait de noyer notre fille dans la baignoire. Parce qu'elle ne supportait plus ses cris. Elle l'avait tuée pour qu'elle se taise définitivement.

Ma femme était une meurtrière.

La police viendrait l'arrêter. Il y aurait un procès. Un juge bienveillant prendrait peut-être en compte sa dépression chronique, mais quoi qu'il arrive, elle irait en prison pour longtemps.

Notre vie serait brisée. En mille morceaux.

— C'était un accident, dis-je. On doit faire passer ça pour un accident.

Alice, qui fixait le vide, releva la tête.

— Il ne faut le dire à personne.

Elle avait vraiment basculé dans la folie.

— Comment tu veux cacher la mort d'un enfant ? fis-je. Comment est-ce que tu espères cacher ça à tout ton entourage ?

Elle me regarda avec des yeux écarquillés. Elle était en état de choc. Incapable de répondre de ses actes. Elle savait ce qu'elle avait fait, sans toutefois en mesurer la portée. C'était un ultime réflexe de protection.

Je contemplai le petit corps de notre enfant. C'est alors que je vis les marques rouges sur les épaules, les bras, le cou. Elles devenaient de plus en plus visibles. Pas besoin d'être médecin légiste pour comprendre immédiatement que Lena ne s'était pas simplement noyée pendant que sa mère avait imprudemment quitté la salle de bains l'espace d'un instant. Quelqu'un l'avait maintenue sous l'eau. Avec une grande force. Ça signifiait que Lena s'était violemment débattue. Elle avait lutté pour rester en vie.

Contre sa propre mère.

Je sentis une haine monter en moi, une haine contre Alice, qui avait détruit notre vie, une haine si violente que j'aurais voulu la frapper, l'étrangler, cogner sa tête aux yeux figés contre le carrelage du mur, encore et encore... Je serrai les poings, enfonçai mes ongles dans mes paumes jusqu'à ce que la douleur devienne insupportable.

C'est foutu, disait en moi une voix, tout est foutu, foutu.

Mais la raison essayait de prendre le dessus.

On ne pourrait pas déguiser la mort de Lena en accident. Il ne fallait même pas y penser. Et on devait avertir rapidement les secours et la police. Un médecin établirait sans doute avec précision l'heure de la mort. Attendre des heures avant de réagir ne ferait que nous rendre suspects.

Mais est-ce que ça avait encore une quelconque importance ? Il ne s'agissait pas d'éveiller ou non les soupçons. Les faits étaient clairs.

— Je ne comprends pas, dis-je. Je ne comprends pas.

Alice secoua la tête.

— Je ne peux plus, Oliver.

— Qu'est-ce que tu ne peux plus ?

— Les cris, chuchota-t-elle. Elle n'arrêtait pas de crier. Elle ne faisait que crier. Et je n'ai plus de vie. Il ne reste plus rien de moi. Je me suis perdue, Oliver. Perdue dans les enfants. Depuis des années.

Elle était depuis longtemps plongée dans une profonde dépression. Je le savais. Est-ce que je n'y avais pas fait assez attention ? Est-ce que j'avais trop espéré que les choses rentreraient dans l'ordre d'elles-mêmes ?

— C'est maintenant que ta vie est foutue, répondis-je.

J'avais parlé d'une voix tremblante, que je ne reconnaissais pas. Sans doute étais-je moi aussi en état de choc.

— Tu iras en prison, Alice. Tu viens de tuer ton propre enfant. On t'enfermera. Voilà ce que tu as fait de ta vie.

Derrière moi, j'entendis un cri étouffé. Je me retournai. Xenia était sur le seuil de la salle de bains. Encore en chaussures de ville, son sac bon marché sur l'épaule. Elle était rentrée sans qu'on le remarque. Elle nous regardait, épouvantée.

Elle avait entendu ce que je venais de dire. Elle savait ce qui s'était passé.

Samedi 3 août 2019

1

Robert Stewart ne dit pas un mot de tout le trajet – plus de quatre heures de route de Scarborough jusqu'à West Bromwich. Une fois seulement, il ouvrit la bouche. Ils avaient fait halte pour prendre une petite pause et Kate était descendue de voiture chercher des cafés.

« Dépêchez-vous, s'il vous plaît », avait-il lâché. C'était tout.

Ils n'arrivèrent chez Sam Howard qu'un peu avant 11 heures. En dépit du GPS, ils s'étaient égarés à plusieurs reprises, en raison de travaux et de routes barrées. Robert n'avait fait aucun commentaire. Il conduisait les mains cramponnées au volant, le front crispé, les lèvres serrées. Il avait l'air si tendu que Kate se sentit découragée d'avance à l'idée de leur entretien avec Howard.

J'espère qu'il me laissera faire la conversation, se dit-elle.

Sam Howard habitait dans un joli quartier de West Bromwich. Maisons mitoyennes, jardinets sur le devant. Dans celui de Howard, des jouets d'enfants étaient éparpillés sur le gazon.

Un père de famille, songea Kate, sans doute tout à fait inoffensif.

Enfin, ce n'était pas toujours le cas, ainsi que l'avait montré l'affaire Jayden White.

Robert se gara le long du trottoir d'en face.

— On y est, dit-il.

Ils traversèrent la rue, entrèrent dans le jardinet avec son toboggan et ses animaux en plastique et pressèrent la sonnette. Celle-ci resta muette, et Robert frappa énergiquement à la porte.

— Sonnette cassée, grommela-t-il.

On entendit des pas, un homme ouvrit, un mug de café à la main.

— Oui ?

Robert sortit sa plaque.

— Inspecteur Stewart, Yorkshire Police, CID de Scarborough. Et voici ma collègue, le sergent détective Kate Linville. Vous êtes Sam Howard ?

— Oui. Il… il y a un problème ?

Sam, troublé, renversa à moitié son café. Kate se douta qu'il venait de passer au rang de principal suspect aux yeux de son chef. Pour sa part, ce grand homme maigre, qui avait l'air de manquer de sommeil, ne lui paraissait pas avoir l'étoffe d'un criminel – qui plus est aguerri. Et puis ce n'était assurément pas le tireur du train. A priori il ne ressemblait pas non plus à l'autre type, mais les portraits-robots n'étaient pas toujours très fiables.

— On souhaiterait entrer, dit Robert en mettant déjà un pied dans le couloir.

Kate aurait montré plus de retenue avec un homme tel que Sam Howard, mais son supérieur semblait décidé à mener les choses à sa façon.

Sam les conduisit dans un petit salon, qui était lui aussi rempli de jouets.

— Excusez-moi pour le désordre. Je ne savais pas…

— Ce n'est pas un problème, le rassura Kate.

Il débarrassa rapidement le petit canapé Ikea et deux fauteuils des objets qui s'y trouvaient.

— Asseyez-vous, je vous en prie. Qu'est-ce qui se passe ?

— Nous n'avons qu'une seule question, dit Kate.

Elle avait pris place dans un des fauteuils, Robert dans l'autre.

— Il s'agit de Sophia Lewis, dit-elle en l'observant avec attention.

Elle l'observa attentivement. Il sut manifestement tout de suite de qui elle parlait. Il ouvrit de grands yeux.

— Sophia ?

— La femme que vous avez harcelée autrefois pendant des mois, ajouta Robert. Elle a été enlevée.

Sam eut l'air sincèrement surpris.

— Enlevée ? Sophia ?

— Comme je viens de le dire.

— Mais pourquoi… Je veux dire, qui l'a enlevée ?

— C'est pour le découvrir que nous sommes ici, répondit Robert.

Sam, qui s'était assis sur le canapé, posa son mug sur la table basse.

— Vous ne croyez tout de même pas…

— On explore toutes les pistes, rien de plus, intervint Kate.

— Ça doit faire au moins quinze ans, dit Sam.

Des taches rouges étaient apparues sur ses joues pâles.

— Et ce n'était pas… Je ne l'ai pas harcelée. Qu'est-ce que c'est que cette histoire ? J'ai… Oui, j'étais amoureux d'elle, je la trouvais formidable.

— Apparemment, vous traîniez sans arrêt devant chez elle, répliqua Robert. Et ça ne lui plaisait pas.

— On était jeunes. J'avais 17 ans, elle 16. On est plutôt démonstratif à cet âge, quand on est amoureux.

— Ça pourrait bien passer pour du harcèlement sexuel.

Kate se contint à grand-peine. Il ne lui appartenait pas de reprendre son supérieur pendant un interrogatoire, mais elle trouvait qu'il allait trop loin avec ses tentatives d'intimidation. Personne n'avait jamais parlé de harcèlement sexuel. À l'époque, Sam Howard avait peut-être été lourd, mais il n'était pas du genre à devenir violent. Il n'avait rien non plus d'un tueur. Au fond, Kate s'était déjà résignée à rentrer bredouille de cet entretien. Ils étaient juste en train de traumatiser ce pauvre Sam Howard.

— Du harcèlement sexuel ? reprit Sam. Mais pas du tout ! C'est Sophia qui a dit ça ? Non, ce n'est pas possible, c'est complètement faux.

— Pour le moment, malheureusement, Sophia ne peut rien nous dire puisqu'elle a été enlevée, répliqua Robert. Mais il y a des gens de son entourage qui nous ont parlé de vous.

— Son père, je suppose.

Le policier garda le silence.

— Enfin, quoi, poursuivit Sam. Ado, j'étais raide dingue de Sophia, c'est vrai. On s'était rencontrés au club de hand. J'ai dû lui taper sur les nerfs, ça OK, mais je ne lui ai jamais rien fait, je ne l'ai jamais touchée ni quoi que ce soit. Il faut me croire. Et puis, c'était il y a longtemps. Je suis marié et heureux en ménage. On a trois enfants. Le plus jeune n'a même pas dix jours. Pourquoi est-ce que j'aurais enlevé Sophia ?

Cinq personnes dans cette petite maison… Cette simple idée donna le vertige à Kate. Un homme qui venait tout juste d'être père pour la troisième fois et qui avait l'air épuisé… Elle le voyait mal être impliqué dans cette affaire. Du reste, quel aurait été son mobile ? Elle lança à Robert un regard auquel il ne répondit pas.

— Monsieur Howard, où étiez-vous le jeudi 25 juillet ? demanda-t-il.

C'était le jour où un inconnu s'était présenté chez Mark Winslow afin de postuler à un emploi d'ambulancier. Pouvait-il s'agir de Sam Howard ? Kate en doutait.

La mine de celui-ci s'éclaira.

— Je m'en souviens très bien, évidemment. C'est le jour où ma fille est née. Lucienne. J'ai accompagné ma femme à l'hôpital à 4 heures du matin. Lucienne a pointé le bout de son nez à 20 heures. Et je suis resté sans interruption avec ma femme. Tout le monde pourra vous le confirmer à l'hôpital.

Ils étaient assis dans la voiture, toujours garée en face de chez Howard. Robert affichait un air morose.

— On peut vérifier. Cela dit…

— Cela dit, il n'aurait pas la bêtise de nous raconter un mensonge aussi facile à démentir, répondit Kate.

— OK, ce n'est pas le type qui a postulé chez Winslow Ambulance. Ça n'empêche pas qu'il puisse être mêlé à cette histoire.

— Ce qui ferait alors trois personnes.

— Et pourquoi pas ?

— Ici, on a affaire à quelque chose de très personnel. Ce n'est pas le genre d'histoire où on implique plein de gens.

— Et quand Sophia Lewis a été agressée ?

Ils avaient également posé la question et Sam Howard avait répondu qu'il était à son travail. Il bossait dans l'entrepôt d'une entreprise de transport.

« Une entreprise de transport ? avait relevé Robert en haussant les sourcils. Alors vous devez souvent être en déplacement.

— Non, je travaille exclusivement à l'entrepôt. À la date que vous indiquez, j'y ai passé toute la journée. Vous pouvez demander à mon chef. »

— Helen vérifiera, dit Robert. Mais a priori il dit la vérité.

— Je suis sûre que c'est vrai. Inspecteur, avec lui on perd notre temps. Ce Howard est un vrai paquet de nerfs, complètement dépassé par sa vie de famille et un boulot fatigant et pas intéressant. Il ne lui viendrait pas à l'idée de se coller en plus une agression et un enlèvement sur le dos.

— Mais il a harcelé Sophia Lewis. Il n'a probablement toujours pas digéré de s'être fait jeter.

— Il a enfant sur enfant. Ça semblerait plutôt indiquer qu'il est heureux avec sa femme et sa famille, même si ça le met sur les rotules. Vous ne trouvez pas ?

— Avoir des enfants ne signifie pas qu'on est heureux. Ni qu'on a surmonté ses anciens échecs.

Robert frappa du poing sur le volant.

— On n'a rien, hein ? On n'a absolument rien.

Kate ne répondit pas. Effectivement, ils n'avaient rien. Et pour Sophia, l'horloge tournait. Dramatiquement.

— Tiens, Howard a encore quelque chose à nous dire, fit soudain remarquer Robert.

Sam Howard était en effet sorti de chez lui et traversait la rue dans leur direction. Il avait toujours les joues marbrées de rouge. Il se pencha vers la fenêtre côté conducteur. Robert baissa la vitre.

— Oui ?

— J'ai repensé à un truc dont Sophia avait parlé. Un garçon qui habitait dans le voisinage et qui avait quelques années de moins qu'elle.

— Oui, et alors ? le bouscula Robert. Quel intérêt ?

— Un instant, s'interposa Kate. Le père de Sophia a mentionné quelque chose du même ordre. Un gamin du voisinage. On vous écoute, Sam.

Robert poussa un soupir.

— C'était pendant des soirées au club – Sophia, j'étais toujours suspendu à ses lèvres, reprit Sam en rougissant. Elle racontait qu'il y avait un garçon dans sa rue, qui terrorisait les autres enfants, même ceux qui étaient plus âgés et plus grands. Et qui torturait les animaux. Il faisait peur à tout le monde.

Robert soupira.

— Ce genre de types, on en trouve partout, malheureusement.

— Oui, mais… Sophia était vraiment horrifiée en parlant de lui. Et puis…

Il hésita.

— Oui ? l'encouragea Kate.

— Il y a eu une sale histoire ici, à West Bromwich. Un type, un enfant en fait, qui avait enlevé une petite fille. On a pu le choper juste à temps et on n'a pas très bien su ce qu'il comptait faire de la gamine. Mais il n'avait sûrement pas de bonnes intentions. Il paraît que la petite a été complètement traumatisée.

— Et c'était le garçon qui habitait dans la même rue que Sophia ?

— Je ne pourrais pas le certifier. Quand c'est arrivé, je n'étais pas là. J'étais aux États-Unis, pour les présélections de l'équipe nationale de hand. À l'époque, une belle carrière m'attendait.

En fait de carrière sportive, il avait atterri dans l'entrepôt d'une entreprise quelconque où il passait son temps à emballer des colis. Il ajouta, devant le regard interrogatif de Kate :

— Grave blessure à l'épaule en tombant. Fini le hand.

Sa voix trahissait la déception et le chagrin. Un grand rêve réduit en miettes.

— Quand je suis rentré, tout ça remontait déjà à un certain temps. On n'en parlait plus beaucoup. Mais quelqu'un du club m'a dit que c'était le voisin de Sophia. « Le malade dont elle parlait », c'est comme ça qu'il l'a formulé.

— Elle a sans doute mentionné bien d'autres personnes que cet idiot, répliqua Robert. Il s'agit donc d'une pure supposition quand vous dites qu'il s'agissait de ce psychopathe en herbe, non ?

— C'était ce qu'il semblait. Mais vous avez raison, c'est une supposition de ma part.

— Et vous ne connaissez pas son nom ?

— Non, désolé.

— Vous nous avez été d'une grande aide, intervint Kate. Merci, monsieur Howard.

Il les salua d'un signe de tête et se hâta de regagner sa maison. Un homme frustré, nerveux, qui restait sans doute attaché à ses vieux rêves tout en s'efforçant de tirer le meilleur de son quotidien. Certainement pas un assassin. Kate l'aurait juré.

— Hum, fit Robert, drôle d'histoire, hein ? Ça n'a sans doute rien à voir avec notre affaire.

— On ne peut pas se permettre de négliger une piste, répliqua Kate.

Elle avait sorti son portable pour appeler Helen. La matinée était déjà assez avancée pour qu'elle ne risque pas de la tirer du lit en ce samedi, mais peut-être la dérangerait-elle malheureusement pendant un brunch bien mérité.

— Il faut que Helen fasse des recherches sur cette histoire, l'enfant enlevée, le nom du coupable, celui des autres personnes éventuellement impliquées. C'est une piste.

— Je ne crois pas, mais bon, faites comme vous l'entendez. Quelle est la suite des opérations ?

— On est à deux pas de Birmingham, j'aimerais bien retourner voir le père de Sophia. Peut-être qu'il se rappellera encore cette histoire.

Robert alluma le moteur.

— Vous n'avez pas dit qu'il était confus et qu'il ne se souvenait pas de grand-chose ?

— Il a des moments de lucidité. On aura peut-être de la chance. Ça vaut la peine d'essayer. Dans notre situation, il faut tout tenter.

— Espérons que vous avez raison, répondit Robert en démarrant.

2

Deuxième nuit dans la forêt. Colin ne s'était endormi qu'à l'aube, grelottant et engourdi par l'humidité du sol. Il s'était enfoui sous un tas de feuilles comme un… comme un sanglier. Sauf que lui n'était pas fait pour la vie dans les bois. Il n'avait pas non plus l'équipement nécessaire.

Il n'en avait pas cru ses yeux lorsqu'il avait vu s'éloigner les feux arrière de sa voiture et compris que Xenia l'abandonnait sur place. Elle lui en avait trop dit. À présent, il en payait le prix. Il était devenu un danger pour elle.

Au moins, elle ne l'avait pas assassiné dans son sommeil – du reste, elle n'en aurait pas été capable. Mais elle le laissait dans un endroit complètement isolé et aurait une avance notable quand il réussirait enfin à regagner une contrée civilisée. Cela étant : une avance pour quoi faire ? Qu'est-ce qu'elle avait dans le crâne ? Se réfugier sur le continent ? Retourner en Russie ? Avec une voiture volée ?

Un coup de tête, s'était-il dit, elle a agi sur un coup de tête insensé. Elle s'apercevra que ça ne la mène nulle part.

Ce qui ne changeait rien au problème : il fallait qu'il trouve un moyen de quitter cet endroit. Il valait mieux ne pas compter sur le retour hypothétique d'une Xenia bourrelée de remords.

Elle était partie en emportant son smartphone. A priori il n'y avait pas de réseau là où il se trouvait mais, du coup, impossible aussi de contacter qui que ce soit quand il y en aurait. En tout cas, il ne pouvait pas avertir Kate. Une belle saloperie, tout ça.

Elle lui avait laissé une bouteille d'eau. Très généreux de sa part. Cependant ce n'était pas l'eau le problème, il était entouré de sources claires et de ruisseaux. En revanche, il trouverait moins facilement à se nourrir. D'un autre côté, on pouvait survivre un bon moment sans manger.

Il s'était mis en route. En suivant l'étroite et cahoteuse départementale, pour ne pas se perdre. En prenant par la forêt, ça aurait été sans doute plus court – mais il n'était pas sûr de pouvoir s'orienter. Sans compter que, sur la route, il y avait toujours l'éventualité de croiser une voiture. Enfin à ce moment-là, personne à l'horizon. Irrité, il s'était rappelé qu'à l'aller ils n'avaient pas rencontré âme qui vive.

Il s'était préparé à une longue marche.

La première nuit avait été froide et pénible, mais ce fut surtout la deuxième qui faillit l'achever. Jamais il n'aurait pensé qu'en été il puisse faire si froid la nuit dans la forêt. Et puis il n'était pas arrivé à trouver une position confortable. Il avait passé un long moment à chercher un emplacement acceptable, sans trop de racines, de creux ni de bosses. En vain. C'était épouvantable. Colin n'avait jamais beaucoup apprécié la vie en plein air, malgré les nombreuses vacances passées à faire du camping avec ses parents quand il était enfant. Pourtant, là au moins, il avait eu une tente, un sac de couchage et un matelas pneumatique. Un rêve lointain vu sa situation.

En ce samedi matin, il était dans un état physique pitoyable et éprouvait une rage croissante. Cela dit, la colère lui donnait des forces. Il était tout courbaturé, il avait mal à la gorge et sentait le rhume imminent. Il était si furieux contre Xenia qu'il l'aurait volontiers secouée comme un prunier. Il raconterait *tout* à la police – à Kate – et alors Xenia irait probablement en prison, mais à juste titre. L'acte qu'elle avait commis était abominable. Elle méritait d'être traduite en justice. OK, elle lui avait tout raconté sans fard. Mais après tout, elle aussi avait trahi sa confiance.

Alors qu'il se traînait sur la route, qui tenait davantage du chemin asphalté et où il n'avait pas croisé la moindre voiture depuis deux jours, il aperçut quelque chose au loin… Il plissa les yeux. Un toit ? Était-ce un bout de toit ? Ou une hallucination ?

Il ne voulut pas se réjouir trop vite, mais il se sentit revigoré et accéléra le pas. Enfin, il la vit sans plus aucun doute possible : une maison. Une ferme. Elle était tapie sur une pente au milieu des collines, grise comme la pierre de la région, avec un aspect peu avenant – mais c'était peut-être son imagination. Un chemin de terre battue conduisait à la propriété. Comment pouvait-on vivre dans un isolement pareil ? Colin en eut des frissons. Mais ils avaient sûrement l'électricité, le téléphone et Internet. Il pourrait appeler les secours. Tout à coup, il se sentit libéré de son fardeau et parcourut le reste du trajet d'un pas presque léger, humant le parfum des fleurs auquel il n'avait pas prêté attention jusque-là. La maison était bien réelle, grande et massive sous le ciel gris. Colin s'approcha de la porte. Comme il n'y avait pas de sonnette, il frappa du poing.

— Hé ho ! Il y a quelqu'un ? Vous m'entendez ?

Pas de réaction. Sentant l'affolement le gagner, Colin leva les yeux sur la façade. *Mon Dieu, fais qu'ils ne soient pas absents ! Où est-ce qu'ils peuvent être un samedi ? Pas au travail tout de même !*

Il entendit enfin des pas. Quelqu'un entrouvrit la porte. Colin aperçut le visage méfiant d'une femme d'un certain âge. Il essaya de la rassurer par un sourire.

— Bonjour, je suis désolé de…

La femme le regarda, horrifiée. Colin comprit qu'il devait avoir un air passablement effrayant. Pas rasé, pas lavé, les cheveux en bataille, les yeux rougis. Après deux jours et deux nuits dehors, ses vêtements étaient sales et fripés. Il avait l'allure d'un SDF, or la femme était probablement seule chez elle. Il ne pourrait pas lui en vouloir si elle refusait de le laisser entrer.

— J'ai eu une panne, expliqua-t-il.

Ça faisait mieux que « On m'a piqué ma voiture », moins suspect.

— Au milieu de nulle part, évidemment, poursuivit-il en faisant un geste en direction de l'immensité boisée qui s'étendait derrière lui. Vous êtes la première personne que je…

— Fichez le camp ! lança la femme, dont la peur était presque palpable. Fichez le camp, je vous dis.

Et elle lui claqua la porte au nez.

— Je vous en prie ! cria Colin. J'ai besoin d'aide, s'il vous plaît ! Vous pourriez me prêter un téléphone ? Je…

— Fichez-moi le camp !

— Je vous en prie !

— Si vous ne partez pas tout de suite, j'appelle la police !

Le dos contre la porte, Colin se laissa lentement glisser jusqu'au sol, épuisé, le regard fixé devant lui.

— Oui, dit-il, appelez la police, s'il vous plaît.

3

Xenia savait qu'elle ne pouvait pas rester éternellement chez Oliver. Il l'avait laissée passer la nuit chez lui. Par politesse. Et puis parce qu'elle n'avait pas fait mine de s'en aller. Peut-être aussi se sentait-il seul. Xenia s'était retirée dans la petite chambre d'amis dès midi : elle était si fatiguée qu'elle tenait à peine sur ses jambes. Elle avait dormi tout l'après-midi. Le soir, Oliver et elle avaient mangé un morceau, puis elle s'était recouchée et n'était réapparue dans la cuisine qu'à 10 heures le lendemain matin. Oliver lui fit du café et poussa vers elle une corbeille de pain et un pot de confiture.

— Il n'y a pas grand-chose, dit-il en s'excusant. J'ai du mal à aller faire les courses, ce n'est pas évident quand on vit seul.

— Aucun problème, le rassura Xenia. C'est parfait comme ça.

Pendant qu'elle mettait du sucre dans son café – adieu à sa résolution de perdre enfin du poids ! –, elle se demanda comment aborder de nouveau le sujet. *Le sujet.* La veille, Oliver avait refusé d'aller plus loin quand elle lui avait demandé qui, à son avis, pouvait bien avoir une raison de vouloir la tuer. Il avait immédiatement su de quoi elle parlait. Il avait pâli, puis avait répondu :

« Je ne veux pas parler de ça. Pas maintenant. »

Elle n'avait pas osé insister.

Mais alors qu'ils étaient dans la cuisine en cette matinée morose, il dit soudain :

— J'ai vu un homme, plusieurs fois. En bas, dans la rue.

— Dans la rue ?

Oliver fit un signe de tête en direction de la fenêtre.

— Sur le trottoir d'en face, là où votre voiture est garée. J'ai eu l'impression qu'il observait l'immeuble. Mais je ne sais pas si c'est à moi qu'il s'intéressait.

— Est-ce que ça pourrait...

— Je n'ai pas pu voir qui c'était, il se trouvait trop loin. Et puis il a dû changer depuis.

— Sûrement.

— L'homme du train...

— Je ne le connaissais pas.

Ils se regardèrent par-dessus la table.

— Tout ça n'a peut-être aucune importance, dit enfin Oliver.

— Je ne dirais pas ça de l'homme qui a essayé de me tuer, répliqua Xenia.

— Mais ce n'est pas forcément en rapport avec ce qui s'est passé autrefois.

Ils se turent. Ils savaient l'un comme l'autre que si.

— J'aimerais bien...

Xenia fut interrompue par la sonnette.

— Vous attendez quelqu'un ?

— Non, répondit Oliver en se levant. Personne ne vient jamais me voir. C'est peut-être le facteur.

Il se dirigea vers la porte. Elle suivit des yeux sa démarche traînante. Il avait terriblement vieilli, ça se voyait surtout à ses gestes. Il se trimballait un lourd fardeau – et jamais il ne s'en débarrasserait.

Elle l'entendit demander dans l'interphone qui était là. Elle ne comprit pas la réponse, mais perçut le bourdonnement de l'ouverture automatique.

— Une livraison, dit Oliver, visiblement surpris.

Plus tard, Xenia ne cesserait de repenser à son étonnement. Et de se demander pourquoi elle n'y avait pas accordé plus d'importance. Oliver n'attendait aucun coursier, il venait en outre de lui parler d'un étrange inconnu qu'il avait vu à plusieurs reprises devant l'immeuble. Est-ce qu'elle aurait dû lui dire de se méfier ? Au lieu de ça, elle avait baissé les yeux sur sa tasse de café à moitié pleine, absorbée par ses pensées. Un grand bruit dans l'entrée lui fit relever la tête. Elle vit Oliver, effrayé, reculer en titubant contre le mur du couloir. Devant lui se tenait un homme avec une arme à la main.

— Oliver, dit-il.

Puis il sursauta en entendant Xenia, qui s'était levée d'un bond. Il ne s'attendait manifestement pas à trouver quelqu'un d'autre dans l'appartement, et parut épouvanté. Il tourna son arme vers elle, les yeux écarquillés.

— Xenia ! fit-il, hagard.

Elle le reconnut. En dépit des années et du fait qu'il était devenu un homme.

— Sacha, lâcha-t-elle, sous le choc.

4

Geoffrey Lewis accueillit Kate et Robert avec amabilité, mais sans bien comprendre la raison de leur visite impromptue.

— Je suis passée vous voir il y a peu, monsieur Lewis, expliqua Kate.

Il acquiesça avec un sourire, mais Kate eut l'impression qu'il n'arrivait pas à la situer. Il régnait dans sa petite maison une terrible odeur de renfermé, comme si l'on n'avait pas aéré depuis des mois. Dans la cuisine, une chose indéfinissable mijotait sur le fourneau. Au passage, Kate éteignit discrètement le gaz.

Cette fois, il ne servit pas de café, mais leur proposa de l'eau dans des verres à la propreté très approximative. Les deux policiers refusèrent poliment.

— Monsieur Lewis, vous m'avez parlé d'un petit voisin de Sophia, quand elle était enfant, dit Kate. Vous vous souvenez ? Sophia avait peur de lui.

Geoffrey Lewis réfléchit.

— Oui, c'est juste, répondit-il au bout d'un instant.

— Est-ce que vous vous rappelez son nom ?

Lewis fronça les sourcils.

— Le nom de qui ?

— Du garçon qui habitait dans la même rue. Et dont Sophia avait peur.

Robert lança à Kate un regard agacé qui signifiait : *je vous l'avais bien dit*.

— Tout le monde avait peur de lui, déclara Geoffrey. D'ailleurs c'est bien lui qui a enlevé la fillette par la suite, non ?

Kate se pencha en avant.

— Il a enlevé une fillette ?

— Oui, dans un garage.

— Il avait quel âge ?

Geoffrey réfléchit.

— Onze, douze ans.

— Donc lui-même était presque encore un enfant.

— Il n'a jamais été un enfant. Ça a toujours été un monstre.

— Il avait caché la fillette dans un garage ? intervint Robert.

— Nous aussi, on a eu un garage, dit Geoffrey. On l'avait loué, et puis on a arrêté parce qu'on a vendu notre voiture.

Il parut triste à ce souvenir.

— J'avais perdu mon travail. On était vraiment mal.

— Qu'est-ce qui est arrivé à la fillette ? demanda Kate.

Elle jeta un coup d'œil discret sur son portable. Rien de Helen pour l'instant.

— Je ne sais pas, répondit Geoffrey. Elle doit être adulte aujourd'hui.

— Il ne l'a donc pas tuée ? fit Robert.

Geoffrey secoua la tête.

— Non, les flics sont arrivés à temps.

— Les parents de la petite fille avaient averti la police ?

Geoffrey eut l'air déconcerté.

— Je ne sais pas.

— Mais la police était manifestement à la recherche de l'enfant ?

— Je ne sais pas.

Il ne fallait pas lui laisser perdre le fil, or les questions insistantes de Robert concernant la police semblaient le désorienter. Kate décida d'intervenir.

— Ce garage m'intéresse, monsieur Lewis. Est-ce que je peux vous appeler Geoffrey ?

— Oui, répondit-il en souriant, l'air soudain plus détendu.

Voilà comment il faut s'y prendre, aurait bien voulu dire Kate à son supérieur.

— Geoffrey, ce garage, il était dans la rue où vous habitiez autrefois, vous et ce garçon ?

— Non, beaucoup plus loin, à côté d'une usine désaffectée. Il y avait de longues rangées de garages. À l'époque, on pouvait les louer, mais ils étaient déjà vides depuis longtemps et très délabrés. À l'usine aussi, tout était en ruine.

— Sophia, elle connaissait ces garages vides ?

— Oui, elle faisait du jogging vers là-bas tous les soirs.

— Elle traversait le terrain de l'usine désaffectée et passait devant les garages ?

— Oui.

— D'accord. Vous vous rappelez le nom du garçon ? Celui qui habitait dans la même rue que vous ?

— Non, ça ne me revient pas, répondit Geoffrey, presque désespéré.

Puis sa mine s'éclaira, il se leva et se dirigea d'un pas traînant vers une étagère, fouilla parmi des montagnes de papiers, de cahiers et de journaux et revint avec une grande enveloppe.

— Tenez, dit-il en l'ouvrant, c'est une photo prise lors d'une fête du sport à l'école primaire. Toutes les classes avaient participé. Sophia était en dernière année, le garçon en CP.

Kate prit la photo et l'examina : une cinquantaine d'enfants de différents âges en tenue de sport et quelques instituteurs fixaient l'objectif avec naturel ou avec gêne, souriants ou sérieux, en fonction de leur tempérament. Certains paraissaient avoir du mal à rester en place. Kate repensa à ses propres photos d'école. Elle se rappela avoir été un peu effrayée, bien des années plus tard, en voyant l'air renfermé qu'elle affichait alors. Complètement repliée sur elle-même. Et avoir songé : ça se voyait déjà. La suite de ma vie. Cette solitude. Sans amis. Sans compagnon. C'était déjà là à l'école primaire.

Ce constat l'avait emplie de tristesse. Ça ne faisait pourtant pas si longtemps – après sa désastreuse histoire avec David, un homme dont elle était tombée éperdument amoureuse – qu'elle l'avait enfin admis : son rêve de grand amour ne se réaliserait pas.

Elle se ressaisit. Ce n'était pas du tout le moment de penser au naufrage de sa vie privée.

— La petite fille au premier rang, tout à droite, c'est ma Sophia, dit Geoffrey avec une joyeuse fierté.

Kate vit le visage rieur d'une gamine d'une dizaine d'années. Très brune, cheveux épais, yeux clairs. Elle n'aurait pas reconnu Sophia dans cette enfant, mais ce contraste marqué entre le regard et la chevelure l'avait effectivement frappée sur les photos de Sophia plus âgée. Une enfant très jolie, devenue par la suite une femme qui ne passait pas inaperçue.

— Et le garçon ? demanda-t-elle. Il est aussi sur la photo ?

Geoffrey acquiesça. Ses doigts tremblants glissèrent sur les rangées d'enfants.

— Là, dit-il, c'est lui.

Les yeux plissés, Kate constata que ce visage n'avait rien de particulier. Si le gamin était en CP à ce moment-là, il devait avoir 6 ans. L'expression un peu figée, peut-être, mais c'était vrai aussi pour d'autres enfants. À cet âge, ils réagissaient avec timidité devant l'objectif. Le garçon avait des cheveux et des yeux sombres. Il n'avait pas l'air spécialement sympathique, mais rien de plus. Pas un profil de futur psychopathe en tout cas. En réalité, cette photo ne permettait de tirer aucune conclusion. Un gamin de 6 ans. Qui, quelques années plus tard, kidnapperait une petite fille et la retiendrait prisonnière dans un garage ? Elle repensa à l'affaire James Bulger, une des plus horribles des annales judiciaires de la Grande-Bretagne, un traumatisme dans la mémoire collective de la nation : James Bulger, 2 ans, avait été enlevé en plein jour par deux garçons de 10 ans dans un centre commercial, puis torturé à mort. À cette époque, Kate avait 19 ou 20 ans. Elle se souvenait de ce qui l'avait le plus ébranlée : les visages des coupables. Des visages d'enfants. Si jeunes. Un peu apeurés. Inoffensifs.

Rien, absolument rien, n'aurait pu laisser deviner ce qu'ils allaient faire.

— Ça fait très longtemps que Sophia n'est pas venue me voir, dit tristement Geoffrey.

— Sophia a été enlevée, expliqua Robert. C'est pour ça que nous sommes là.

Son interlocuteur le regarda d'un air épouvanté.

— Enlevée ? Mais par qui ?

— On espérait que vous pourriez nous fournir une piste. Vous avez peut-être une idée de ce qui aurait pu inciter quelqu'un à enlever votre fille ?

— Ils veulent de l'argent ? demanda Geoffrey. Je n'en ai pas, vous savez. J'ai une toute petite retraite qui me permet à peine de vivre.

— Il ne s'agit pas d'argent, répondit Kate d'un ton apaisant.

— Je n'ai pas d'argent, répéta Geoffrey. Je n'ai qu'une petite retraite.

Ses lèvres se mirent à trembler.

Le portable de Kate sonna. Elle se leva et sortit dans le couloir.

C'était Helen.

— Sergent, j'ai du neuf, dit-elle. L'affaire n'a pas fait grand bruit, parce qu'elle s'est finalement bien terminée, mais on en a quand même parlé un certain temps à West Bromwich. Le garçon s'appelait Ian Slade. À cette époque, il avait 12 ans. Le 3 novembre 2006, en fin d'après-midi, il a abordé Patricia Baldwin, 3 ans, qui jouait dans le jardin de ses parents, et l'a emmenée avec lui. La fillette l'a suivi parce qu'il lui avait proposé de lui montrer sa chatte et ses petits. Il l'a conduite dans un garage à la périphérie de la ville. À cet endroit, il y avait apparemment toute une série de garages vides.

— Je sais, répondit Kate. Et ensuite ?

— On n'a jamais réussi à savoir ce qu'il voulait faire à la gamine. Pendant l'interrogatoire, il a évidemment déclaré qu'il n'avait eu aucune mauvaise intention. Il voulait juste effrayer un peu les parents. Quoi qu'il en soit, quand on l'a retrouvée, Patricia était en larmes et n'arrêtait pas de réclamer sa mère.

— Elle n'avait pas été abusée sexuellement ?

— Non, apparemment pas. Ce qui ne veut rien dire. Slade a été surpris par la police avant d'avoir pu faire quoi que ce soit.

— Comment la police a été informée ? demanda Kate.

— C'est un peu mystérieux, répondit Helen.

Kate l'entendit feuilleter ses notes.

— À 17 h 02 précises, le commissariat de West Bromwich a reçu un appel anonyme. D'une cabine publique. Il y en avait encore beaucoup à l'époque. Une voix de jeune femme ou d'adolescente leur a appris qu'un enfant était retenu prisonnier dans un garage. Puis ça a raccroché. À ce moment-là, les parents de Patricia Baldwin avaient déjà déclaré la disparition de leur fille. La police a immédiatement réagi et a pu éviter le pire.

— Sophia Lewis, dit Kate. C'est sans doute elle qui a appelé.

— C'est bien possible.

— Qu'est-ce qui est arrivé au gamin ? À Ian Slade ?

— Il y a eu une audience au tribunal pour enfants et il a été envoyé dans un centre éducatif fermé.

— C'est ça ! s'exclama Kate en sentant son pouls s'accélérer.

Elle était convaincue qu'ils tenaient enfin un début de piste. Quelque chose émergeait du brouillard et commençait à prendre forme.

— On n'était pas loin en pensant à la prison. Sauf qu'il s'agissait d'un centre éducatif fermé. Deux gamins envoyés là par décision judiciaire qui grandissent, deviennent des hommes et veulent se venger.

— Ça tient debout, répondit Helen.

— C'est quoi, le nom du centre ?

— Centre éducatif fermé, c'est tout. Il est situé à Birmingham. Il accueille les cas particulièrement difficiles.

— OK, on y fonce, Stewart et moi. On est à côté. Il nous faut des infos sur Ian Slade et sur ses copains de l'époque.

— OK.

— Merci, Helen, vous avez fait du beau travail. Appelez aussi les collègues de la West Midlands Police, s'il vous plaît. Qu'ils envoient quelqu'un au garage où le gamin avait emmené la fillette. Et au domicile de la famille Slade – ou leur ancien domicile si plus personne n'y habite.

— Pour y faire quoi ?

— Qu'ils jettent un coup d'œil. Je n'y crois pas trop, mais on ne doit rien négliger. L'ambulance est forcément cachée quelque part. Pareil pour Slade et Sophia. Il faut au moins tenter le coup.

— Bien sûr.

5

Sophia savait que son existence ne valait plus un clou. Il ne la laisserait pas en vie, il ne pouvait pas prendre ce risque. Elle connaissait son identité. Elle pouvait l'envoyer en prison pour le restant de ses jours. Il n'avait jamais été dans ses intentions qu'elle survive à son accident, elle mourrait juste un peu plus tard que prévu. Son seul espoir résidait dans une mort rapide. Qu'il lui tire une balle dans la tête, et point barre. Moins dangereux que de rester caché avec elle. Mais elle le connaissait. C'était un sadique avéré, et pour l'instant son plaisir l'emportait sur le risque de se faire arrêter. Pour l'instant.

Elle ne pouvait toujours pas bouger, ni jambes, ni bras, ni rien. Son ravisseur n'avait pas la moindre inquiétude à avoir, il ne l'avait même pas attachée. S'il verrouillait toujours la porte de la pièce où elle se trouvait, c'était sans doute juste par habitude. À moins que ce ne soit une mesure de précaution. Est-ce que ça signifiait qu'il y avait d'autres occupants dans la maison ? Ou qu'il y avait du passage ? C'était peu probable. Au cas où, cependant, elle essayait de recouvrer la parole. Le Dr Dane avait été optimiste sur ce point.

« Après un AVC, beaucoup de gens parviennent à bien récupérer, lui avait-il assuré. Je suis sûr qu'un jour vous pourrez de nouveau parler, Sophia. »

À l'époque, cette promesse lui avait paru ambiguë et peu réjouissante. Car plus il lui parlait de ça, plus elle se rendait compte qu'il évitait soigneusement d'évoquer le reste. Elle n'avait pas les moyens de l'interroger, ne pouvait que lui adresser des regards implorants où se lisaient ses questions : *Quand je vais pouvoir remarcher ? Faire du vélo ? Retrouver une vie normale ?*

Il avait un visage intelligent, sensible. Elle était presque certaine qu'il comprenait ce qu'elle essayait de lui faire entendre. Son absence de réponse n'était pas bon signe.

Pas bon signe du tout.

Mais dans la situation où elle était, elle se cramponnait à cet espoir. Elle s'évertuait sans relâche à former des mots. De temps à autre, elle parvenait à émettre quelques sons. Au début, ça ressemblait à une espèce de borborygme, à peine audible, qui l'épuisait tant qu'elle s'endormait aussitôt. À présent, elle tenait plus longtemps. Malgré tout, elle n'allait pas au-delà de ce grognement qui ne lui permettrait pas d'attirer l'attention de qui que ce soit. Dans ces conditions, il ne fallait même pas imaginer prononcer « Au secours ».

De toute façon, à supposer même qu'elle reparle, ses chances d'être secourue étaient quasi nulles. En dehors de son ravisseur, il n'y avait sans doute personne aux alentours.

Chaque fois que cette évidence lui sautait de nouveau aux yeux, Sophia sentait monter les larmes et elle devait mobiliser toutes ses forces pour les réprimer. Pleurer ne l'avançait à rien, et ça ne faisait que réjouir son bourreau. Ce matin, quand il lui avait apporté son petit déjeuner – du thé, une répugnante bouillie et un yaourt à la banane –, il avait ri en voyant ses yeux gonflés et ses joues mouillées. Désespérée, elle avait en effet passé la moitié de la nuit à pleurer.

« Aïe, aïe, aïe, la petite Sophia ! avait-il lancé avec un rictus. Elle pleure, elle pleure. C'est un peu tard, non ? Parfois, il vaut mieux se triturer la cervelle avant pour éviter de faire des choses moches. Du genre de pourrir la vie aux gens et de leur voler leur jeunesse. Tu n'as pas réfléchi, chère Sophia, et maintenant c'est à ton tour de morfler. »

Il avait sorti un mouchoir passablement sale et avait essuyé ses larmes d'un geste presque tendre qui n'en était que plus ironique.

« On est toujours rattrapé par ce qu'on a fait dans la vie. Zéro hasard. C'est bête, hein ? Tu croyais sans doute pouvoir t'en tirer comme ça ? »

Puis il avait vidé la poche d'urine et lui avait demandé si elle avait besoin d'une nouvelle couche. Elle avait secoué la tête. Elle n'avait pas de transit, heureusement étant donné la situation. Elle éprouvait une légère douleur, difficilement localisable, dans le bas-ventre et espérait que ça n'allait pas empirer. Au moins, son corps mort ressentait la douleur, ce qui représentait peut-être une lueur d'espoir – enfin en d'autres circonstances. Car elle allait mourir.

Mais peut-être que ça vaudrait mieux finalement.

Toute la question était de savoir quand il la tuerait. Et comment. Et si, d'ici-là, il y avait une chance qu'on la retrouve.

Est-ce que c'était possible ?

Elle n'était pas arrivée au centre de rééducation, l'ambulance avait disparu. On avait perdu tout contact avec l'infirmier et le chauffeur. Elle ignorait si l'on avait déjà retrouvé le corps de ce dernier.

Désormais, il devait être clair pour tout le monde qu'il s'était passé quelque chose. Mais qui serait en mesure de comprendre l'enchaînement des événements ? Elle se torturait l'esprit pour tenter de se souvenir à qui elle avait parlé de ses craintes. Durant son enfance et son adolescence, à personne – à part son père. Lui savait qu'elle avait toujours eu peur de Ian, mais il avait l'esprit confus et parvenait rarement à tenir un discours cohérent. Quand sa mémoire ne lui faisait pas défaut.

Son père. Elle eut de nouveau les larmes aux yeux. Il était si vieux. Si seul. Il n'avait plus qu'elle au monde. Rien que pour lui, déjà, elle devait s'accrocher à la vie. Il avait besoin d'elle.

Elle repoussa ces pensées. Trop douloureux. Ça ne faisait que l'affaiblir.

Elle devait s'exercer à parler. C'était la seule chose qu'elle puisse faire. Une chance minime. Son unique chance de rester en vie.

Elle mobilisa toutes ses forces.

A-u s-e-c-o-u-r-s.

Ces mots résonnèrent dans sa tête. Elle voyait chacune des lettres, essaya de les attraper, mais elles se dérobaient en sautant comme des balles. Chaque fois qu'elle croyait en avoir saisi une, elle s'échappait.

Impossible, elle n'y arrivait pas.

Elle se mit à pleurer sans plus pouvoir s'en empêcher.

6

Ils étaient assis dans le sobre bureau du directeur du centre éducatif fermé. Sean Hedges était un homme grand et massif aux épaules voûtées et aux gestes lourds. Il avait l'air fatigué des gens chez qui l'épuisement est chronique.

Un boulot difficile, songea Kate.

L'établissement était situé à la périphérie de Birmingham, en bordure d'une zone industrielle. Au-delà s'étendaient de vastes prairies. À l'horizon se dessinait la ligne ondulée d'un chapelet de collines gris-bleu, qui paraissaient curieusement inaccessibles. Comme si elles appartenaient à un autre monde que l'endroit où ils se trouvaient.

Un bâtiment comme une caserne. Une cour entourée de murs. Dans l'enceinte, des bancs, des arbres, des pelouses. On s'était efforcé de ne pas donner un aspect sinistre à ce centre, mais le résultat n'était que moyennement convaincant avec ses fenêtres minuscules et ses longs couloirs sombres. Il flottait une puissante odeur d'antiseptique parfum citron – un mélange d'hôpital et de prison. On entendait tout de même des voix au rez-de-chaussée. Quelque part, une télé était allumée. Et, à en juger d'après le bruit, quelqu'un devait jouer au baby-foot. Derrière le bâtiment, des bruits de galopade se faisaient entendre, entrecoupés de coups de sifflet perçants.

— Un match de foot, expliqua Sean Hedges. Comme tous les samedis après-midi. Nous essayons de faire faire le plus de sport possible aux gamins. Il n'y a rien de mieux pour canaliser leur agressivité. Et ça aide contre la dépression. Du reste, tout est lié.

— Vous n'avez que des détenus masculins ? demanda Robert.

— Oui, des garçons de 7 à 25 ans.

— 25 ans ? releva Kate. Autrement dit, il y en a qui sont majeurs ?

— Certains sont envoyés ici par décision de justice pour une durée déterminée, mais cela reste exceptionnel. Ou bien c'est notre psychologue expert qui, à leur majorité, estime qu'ils constituent encore un danger pour la société et plaide pour une prolongation de leur séjour. La plupart des jeunes concernés n'ont pas envie de changer d'établissement. Il y a les thérapeutes, les chefs de groupe, les enseignants médiateurs. Les amis. C'est pourquoi nous avons repoussé la limite d'âge.

— Je comprends, dit Kate.

— Donc, Ian Slade…, intervint Robert avec impatience.

— Ian… Oui, un cas difficile. Il a été libéré il y a presque un an et demi.

— Pour quelle raison ?

— Il nous avait été envoyé par la justice, qui l'avait condamné à une peine de onze ans et quelques mois. Jusqu'à ses 24 ans. Son avocat a tenté plusieurs fois de le faire libérer par anticipation, mais les experts ont toujours formulé un avis défavorable. Tant le nôtre que les experts indépendants sollicités par l'avocat. La seule autre possibilité était le centre de détention pour mineurs jusqu'à la fin de la peine, mais Slade a préféré rester chez nous.

— Il avait donc 24 ans au moment de sa libération ?

— Tout juste, oui.

— Et maintenant il en a plus de 25.

— C'est ça.

— C'est quand même jeune, fit remarquer Kate.

Sean Hedges eut l'air encore plus abattu.

— En effet, mais…

— Mais ?

— C'est une chose que je dis rarement. Je crois en ces jeunes gens, vous savez. Autrement, je ne pourrais pas faire ce métier. Mais Ian…

— Ian… ?

— Ian est vraiment très très abîmé. Et croyez-moi, j'en ai vu. Des gamins qui avaient un sacré casier et dont les perspectives étaient tout sauf roses. Pourtant, il y avait toujours quelque chose de positif, une petite lueur. En cherchant bien. On pouvait y croire et se raccrocher à ça quand on les laissait sortir. Mais chez Ian, rien. C'est le noir absolu. L'obscurité totale.

Kate vit son chef froncer les sourcils. Il voulait des précisions.

— Un psychopathe ? demanda-t-il. C'est ce que vous voulez dire ?

Le directeur acquiesça.

— Et de la pire espèce.

— Pourtant, on l'a autorisé à sortir !

Hedges eut un sourire las.

— Qu'est-ce qu'on pouvait faire ? Il ne s'est rien passé qui puisse justifier une détention à perpétuité. Ce qui arrivera tôt ou tard, j'en suis persuadé.

— L'affaire de la fillette…

— Vous êtes au courant ?

— Oui, répondit Kate. Il avait attiré une enfant de 3 ans dans un garage loin de chez elle.

— Il a dit ce qu'il avait l'intention de lui faire ? demanda Robert.

— Il a prétendu que c'était pour punir les parents parce qu'ils l'avaient laissée jouer dans le jardin sans surveillance. Il voulait leur montrer ce qui pouvait arriver. Après quoi il aurait évidemment ramené la petite sans lui faire de mal.

— Hum, de l'éducation parentale, commenta Robert en faisant une grimace écœurée. Il n'a rien trouvé de plus malin ?

— Personne n'y a cru, ça va de soi. On l'a jugé coupable d'enlèvement. Mais c'est tout. Il ne s'était effectivement rien passé d'autre.

— Parce que la police avait reçu un appel anonyme.

— Oui, une femme qui n'a pas dit son nom. Une très jeune femme, à en juger par sa voix.

— On n'a malheureusement pas encore eu le temps de parler avec les collègues de la West Midlands Police ni de demander qu'on nous communique le dossier, dit Kate. Savez-vous ce que cette femme a dit ?

Sean Hedges réfléchit un instant.

— J'ai lu le procès-verbal au moment où Ian nous a été envoyé. Je ne me souviens plus de ses propos exacts, mais elle a indiqué l'emplacement des garages et a signalé qu'il y avait un gamin dangereux avec un très jeune enfant qu'il avait forcément enlevé. Les parents avaient déjà donné l'alerte donc une patrouille a foncé immédiatement sur les lieux.

— Et qu'est-ce qu'elle a trouvé en arrivant sur place ?

— Ils étaient déjà sortis du garage et étaient en train de rentrer. Ian voulait porter la fille, mais elle se débattait en criant de toutes ses forces. Il a affirmé qu'il la ramenait chez elle. La petite était indemne.

— Et vous ne croyez pas que c'était son intention de départ ?

Hedges secoua la tête.

— Personne ne l'a cru. Même pas son avocat, si vous voulez mon avis. Ian a dû se rendre compte qu'on l'avait vu. Que quelqu'un était passé par là – la femme qui a ensuite appelé la police. Il a dû se dire qu'elle l'avait peut-être reconnu et qu'il valait mieux faire semblant de ramener l'enfant chez elle. En tout cas, il est rusé.

— Que croyez-vous qu'il avait l'intention de faire ? demanda Robert.

— La violer ? La torturer ? La tuer ? Ian était connu de la police depuis sa plus tendre enfance. Il avait commis des actes horribles sur des animaux… des chats, des lapins, des grenouilles… Tout ce qui lui tombait sous la main. Il terrorisait les autres enfants. Tout le monde avait peur de lui, dès la maternelle. Il y avait constamment des plaintes contre lui et ses parents. Mais il était encore trop jeune. L'office de protection de la jeunesse était en contact permanent avec la famille. Tout le monde était conscient d'avoir affaire à une bombe à retardement.

— Les parents, dit Kate, la famille… Qu'est-ce que vous savez d'eux ?

Hedges eut un sourire triste.

— Ce n'étaient pas des gens à problèmes. Mais ils étaient complètement dépassés par leur fils. Un enfant unique. Pourquoi il est devenu comme ça, je l'ignore. Chez eux il n'y avait ni violence, ni alcoolisme, ni aucun autre facteur classique. Un manque d'amour, peut-être. Le père travaillait à l'usine, la mère faisait des ménages. Ils s'occupaient peu de Ian, mais ils ne le maltraitaient pas. Ils ne s'en sortaient pas avec leur gamin, c'est tout, du coup ils s'étaient détachés de lui.

— Parfois, il y a des gens qui naissent comme ça, fit observer Robert. J'ai lu quelque chose à ce sujet dernièrement. Ça arrive qu'il n'y ait pas d'explication.

Kate acquiesça. Effectivement. Le père violent, la mère alcoolique – des clichés derrière lesquels on ne pouvait pas toujours s'abriter. Stewart avait raison : dans certains cas, il n'y avait pas d'explication.

Et c'était souvent le plus effrayant.

— Les parents sont encore vivants ? demanda-t-elle.

— Je ne sais pas, répondit Hedges. À l'époque, ils ont quitté West Bromwich parce qu'ils ne supportaient plus les racontars des voisins. Ils ne sont jamais venus au centre. Ils ont disparu de la circulation, ils sont sans doute allés s'installer à l'autre bout du pays.

Il s'interrompit, puis reprit :

— Qu'est-ce qui s'est passé au juste ?

— Nous devons absolument retrouver Ian Slade, dit Kate.

On le soupçonne d'avoir enlevé une femme. Cette femme est grièvement blessée et c'est probablement lui qui a provoqué l'accident. Il pourrait s'agir de celle qui a passé cet appel anonyme à l'époque.

— Une vengeance ? fit Hedges en ouvrant de grands yeux. Ian connaissait donc cette jeune femme ?

— C'est très possible. Comme vous l'avez dit, il avait dû se rendre compte qu'on l'avait vu et reconnu. Et si cette jeune femme savait qui il était, on peut supposer que l'inverse était vrai. Mais il n'a jamais rien dit à ce sujet, n'est-ce pas ?

— Non. Il avait des entretiens réguliers avec son thérapeute. S'il avait parlé de vengeance, j'en aurais été informé. Mais Ian était trop malin pour ça. Il voulait sortir d'ici, le plus vite possible, à n'importe quel prix. Il n'aurait jamais laissé entendre quoi que ce soit qui nous aurait permis de le garder plus longtemps.

— On pourrait parler à son thérapeute ?

— Malheureusement il est en vacances. Pour autant que je sache, il est avec sa famille dans le sud de la France. Il rentre dans quinze jours.

Kate soupira. Dans cette enquête, ils jouaient sans cesse de malchance.

— Est-ce que le nom de Sophia Lewis vous dit quelque chose ? demanda-t-elle.

— Non, jamais entendu.

— Ian Slade ne l'a jamais mentionné ?

— Pas devant moi en tout cas.

Mais peut-être qu'il l'avait prononcé devant son thérapeute. Qu'ils ne pourraient interroger avant quinze jours. Cela étant, Kate pressentait déjà qu'il ne leur apprendrait rien d'intéressant. Ian Slade était probablement trop retors pour avoir laissé le moindre indice. Et le fait de savoir que ceux qui auraient voulu le garder enfermé ne disposaient d'aucune arme contre lui devait le réjouir.

— Monsieur Hedges, une grave question, reprit Kate. On a

de bonnes raisons de penser que Ian Slade n'a pas agi seul. Il y a un autre homme impliqué, qui a priori veut lui aussi se venger.

Le directeur eut l'air surpris.

— Deux hommes ? Qui veulent tous les deux se venger ?

— C'est ça, répondit Robert. On a deux hommes, deux victimes et une seule et même arme. Il n'y a pas le moindre point commun entre les victimes en dehors du fait que la vengeance semble être le mobile. Ça nous a conduits à penser que les deux hommes ont pu décider de s'associer pour se venger. Dans un premier temps, on a envisagé qu'ils avaient pu se rencontrer en détention et qu'ils voulaient s'en prendre aux personnes responsables de leur emprisonnement.

— Je vois. Et à présent, vous vous dites que ce n'est peut-être pas en prison mais ici qu'ils se sont rencontrés ?

— Oui, répondit Kate. En passant un appel anonyme à la police, une femme a condamné Ian Slade à un internement de presque douze ans. Si la femme en question est Sophia Lewis, le mobile est assurément la vengeance. Mais qui est le deuxième homme ? Est-ce que Ian avait des copains ici ? Ou un ami proche ?

— Difficile à dire. Ian faisait partie des gamins dont tout le monde avait peur. Du coup, les autres essayaient de bien s'entendre avec lui. Il y en avait pas mal qui lui léchaient les bottes. Mais un ami proche… pas que je sache.

— Quelqu'un avec qui il passait plus de temps qu'avec les autres ? insista Robert.

— Je ne crois pas. Mais je suis le directeur de cet établissement, de ce fait je ne suis pas forcément au courant de tout ce qui se passe ici au quotidien. Cela étant, les relations qu'ils entretiennent sont un point important pour nous – on est très attentifs au fait que nos jeunes soient capables de créer des liens. Et je ne me souviens pas d'avoir entendu quoi que ce soit à ce sujet concernant Ian. Comme je l'ai dit, il avait des fans plutôt par intérêt. Pas vraiment de copains. Son thérapeute pourrait vous en dire plus, mais…

— Mais il est en vacances, compléta Robert d'un ton résigné. Vous devez tout de même avoir son numéro de portable, non ? On va essayer de le joindre au moins par téléphone.

— Ça risque d'être difficile, il a dit qu'il souhaitait faire un vrai break. Mais je vais vous le donner, bien sûr.

— Est-ce que vous avez déjà entendu le nom de Xenia Paget ? demanda Kate. Ou Xenia Sidorova ?

— Non.

— Par ailleurs, vous auriez une idée de l'endroit où Ian Slade aurait pu se retirer ? Et se cacher ?

— Non, malheureusement. Dans son dossier il n'y a que l'ancienne adresse de la famille Slade…

— On a envoyé des collègues sur place, dit Kate. On le saurait sans doute déjà s'il était là-bas.

La mine soucieuse de Hedges s'assombrit encore plus.

— Je le savais, dit-il. Lorsque Ian a quitté le centre, je savais que je ne tarderais pas à voir arriver la police. Pour moi, c'était évident. Mais j'étais impuissant. Complètement impuissant.

Kate se leva.

— Je vois très bien ce que vous voulez dire, monsieur Hedges. Nous aussi, on est souvent coincés. Si quelque chose vous revient concernant Ian Slade, même anodin, contactez-nous, s'il vous plaît !

— Je n'y manquerai pas, répondit le directeur.

7

Xenia se demanda comment Oliver et elle avaient pu laisser Sacha prendre le contrôle de la situation. Sacha, un pistolet à la main mais presque plus effrayé qu'eux. En étant un peu plus réactifs, ils auraient pu le désarmer. Certes, ça aurait été risqué. De toute façon, surpris et désorientés, ils n'avaient pas eu le temps de se concerter.

Après quelques secondes de silence pesant, Sacha avait lancé à Oliver :

« Dans la salle de bains ! »

Oliver avait obtempéré et l'avait précédé, le visage livide, les mains en l'air pour éviter tout dérapage. Sacha n'avait pas l'air prêt à tirer, il paraissait plutôt dépassé, mais c'était justement ce qui inquiétait Oliver. Il ne fallait surtout pas que Sacha perde les pédales.

La salle de bains n'avait pas de fenêtres, ce que Sacha ne pouvait pas savoir mais avait peut-être espéré.

« Bien, avait-il dit après y avoir jeté un coup d'œil, bien. Entre là-dedans. »

Il avait retiré la clé et verrouillé la porte de l'extérieur. Oliver était enfermé sans possibilité d'appeler du secours. Xenia le savait, car son portable trônait sur le rebord de la fenêtre dans la cuisine. Sacha n'avait pas vérifié, il avait tout simplement eu de la chance.

Puis il l'avait rejointe dans la cuisine et avait dit :

« Assieds-toi ! »

Effrayée par son irruption, elle s'était levée par réflexe, mais se rassit. Son téléphone était dans la chambre d'amis. Celui d'Oliver inaccessible tant que Sacha serait là, son arme à la main.

— Sacha, dit-elle. Qu'est-ce que tu fais ? Pourquoi tu as enfermé Oliver ?

Il approcha une chaise et s'installa en face d'elle.

— Je ne peux pas vous surveiller tous les deux à la fois, répondit-il.

Il parlait correctement, mais très lentement, et il semblait avoir du mal à trouver les mots justes.

— Pas tous les deux à la fois.

— Sacha...

— Tais-toi, je réfléchis.

Pendant qu'il était plongé dans une intense réflexion, Xenia l'observait. Si elle l'avait croisé dans la rue, elle ne l'aurait pas reconnu. Mais en cet instant elle retrouvait en lui la silhouette et les traits qui lui étaient familiers. Il avait toujours une tête qui paraissait trop petite par rapport à son corps. Un cou long et mince. Il était devenu plus grand que ce qu'on aurait pu penser à l'époque. Il était mal proportionné : des jambes courtes, un torse long, de très grands pieds, des mains fines. Il paraissait extrêmement nerveux.

— Pourquoi tu es là ? demanda-t-il enfin. Ian a dit qu'il y avait uniquement Oliver.

— Qui est Ian ?

— Pourquoi tu es là ? Oliver est tout seul normalement. La femme de ménage vient le mardi.

— Je suis arrivée hier à l'improviste. Ma première visite depuis des années.

Il se remit à réfléchir. Xenia eut l'impression qu'il lui fallait un long moment pour assimiler ce qu'elle lui avait dit et élaborer une réponse. Il était resté mentalement attardé, avait de grandes difficultés à donner un sens aux événements.

— Pourquoi ? demanda-t-il.

— Pourquoi je suis venue ? Pour rien. Juste comme ça.

— Hum.

Elle se pencha en avant.

— Et toi, pourquoi tu es ici, Sacha ? Qu'est-ce que tu veux faire ?

Il la regarda en souriant.

— Je suis libre.

— Libre ?

— Ils m'ont enfermé. Maintenant je suis libre.

— C'est une bonne nouvelle, Sacha, répondit Xenia en tentant un sourire.

— Oui.

— Mais ce que tu fais là, dit-elle en désignant l'arme qu'il tenait d'une main tremblante, ce n'est pas bien. Ça va te causer de nouveaux problèmes.

Il reprit sa réflexion.

— Tais-toi, dit-il enfin. Il faut que tu te taises, hein ?

— D'accord.

Ils gardèrent tous deux le silence. Sacha ne donnait pas l'impression d'être un tueur déterminé à exécuter son plan coûte que coûte. Son intention avait manifestement été de régler ses comptes avec Oliver, d'une manière ou d'une autre, mais sa présence à elle chamboulait tout. Elle voyait bien que son cerveau avait du mal à intégrer que les choses ne se passaient pas comme prévu. Était-ce lui l'homme qu'Oliver avait vu de l'autre côté de la rue ? En tout cas, il n'était assurément pas l'homme du train.

Est-ce qu'il y avait deux hommes ?

— Sacha, dit-elle enfin à voix basse. C'est pas bien ce que tu fais. C'est dangereux pour toi. Qui est-ce qui t'a dit de faire ça ? Ce… Ian ?

— Oui, répondit Sacha après un nouveau temps de réflexion.

— C'est un ami à toi ?

— Mon ami ! fit Sacha en opinant avec fierté.

— C'est formidable que tu aies un ami. Il ne veut sûrement

pas te faire faire des bêtises. Mais ce que tu fais là n'est pas une très bonne idée, tu sais ? Si tu posais ton arme ? Ça me rend nerveuse.

Xenia eut un petit rire parfaitement artificiel.

— Pose-la, s'il te plaît. Je vais nous faire un thé et on discutera.

Il réfléchit, puis secoua la tête.

— Non, je la garde. Jusqu'à ce que Ian arrive.

Xenia sursauta.

— Ian arrive ? Ton ami va venir ici ?

L'expression de fierté refit son apparition sur les traits de Sacha. Il avait un ami. Il était partie prenante d'un plan. Il était important.

— Oui, bientôt.

Xenia se sentit encore plus abattue. Si ce Ian était bel et bien l'homme du train, ils étaient perdus. Lui était vraiment un tueur, impitoyable et sans scrupules. A priori il tirait les ficelles. Sacha n'était qu'un instrument.

— Sacha, il faut que tu nous laisses partir ! l'exhorta Xenia. Oliver et moi. Ne bousille pas ta vie. Je ne sais pas ce que vous voulez faire de nous, mais tu vas foutre ta vie en l'air, crois-moi. Ne fais pas ça.

Il la regarda. Dans ses yeux sombres elle lut une tristesse qui manqua lui briser le cœur.

— Mais vous avez déjà foutu ma vie en l'air, répondit-il. Depuis longtemps.

8

Sur la route de Scarborough, Kate reçut un appel de Helen. Leurs collègues de la West Midlands Police n'avaient trouvé trace de Ian ou de Sophia ni dans le garage ou ses environs ni à l'ancien domicile de la famille Slade. Et rien ne laissait penser qu'ils s'y étaient rendus.

— L'ancienne maison des Slade est habitée par des gens qui, bien sûr, ne savent absolument rien de cette histoire, rapporta Kate à Robert après avoir raccroché.

— Le contraire aurait été étonnant. Slade a l'air d'un type plutôt intelligent. Il ne nous rendrait pas la tâche aussi facile.

— Effectivement, convint Kate.

Elle tourna les yeux vers la fenêtre pour contempler les champs déjà moissonnés sous un ciel d'août gris et couvert.

— Il faut dire que ce qu'il fait n'a rien de simple, reprit-elle. Il doit cacher une ambulance et une femme paralysée. Qu'il ne peut déplacer qu'en la portant. Ça ne passe pas inaperçu. Il ne peut pas être en ville, dans un appartement. Ce serait trop risqué.

— Il a dû dégoter une maison isolée ou une ferme.

— Comment il fait pour payer un loyer ? Je ne crois pas qu'il ait un emploi stable.

— Il a aussi pu chercher refuge dans une maison abandonnée. Une baraque quelconque à moitié en ruine perdue au fin fond de la campagne. C'est l'été. Ce n'est pas bien compliqué.

— Peut-être que son complice a une maison, avança Kate.

— Celui du centre ? Comment ?

— Un héritage ?

Robert grommela quelques paroles indistinctes. Le pire dans leurs discussions sur cette affaire, c'était qu'ils aboutissaient toujours au même constat : ils en savaient trop peu. Même lorsqu'ils faisaient un pas en avant, c'était toujours l'impasse. Ils connaissaient l'identité du ravisseur présumé de Sophia Lewis. Ils avaient même une idée de son mobile. Mais à quoi bon ?

— Ça fait un an et demi que Slade est sorti, reprit Robert. De quoi vit-il, bon Dieu ?

Kate haussa les épaules.

— De petits boulots, j'imagine. Pas besoin d'être déclaré pour ça.

Robert ne répondit pas.

Ils poursuivirent leur route en silence. Kate était en train de réfléchir à la suite des opérations quand son portable sonna. Elle s'attendait à ce que ce soit Helen, mais son écran affichait un numéro inconnu.

— Sergent détective Kate Linville, j'écoute.

— Kate ? Dieu soit loué ! entendit-elle à l'autre bout du fil.

Comme électrisée, Kate se redressa sur son siège.

— Colin ?

— Kate, enfin ! s'écria Colin.

Si elle s'était écoutée, elle lui aurait passé un savon, lui aurait reproché son inconscience et son indélicatesse, mais son instinct lui disait que ce n'était pas le moment.

— Où es-tu ?

Il sanglotait presque.

— Quelque part dans les North York Moors. Xenia est partie avec ma voiture en me laissant en plan.

— Pardon ?

— Oui, elle m'a abandonné dans un endroit désert et elle s'est barrée. Avec ma voiture, mon portable, tout.

— Mais pourquoi ?

— Je crois qu'elle veut quitter le pays. Elle n'a pas le choix, elle est embringuée dans une très sale histoire. Elle m'a tout raconté. Kate, tu peux venir me chercher ? Je t'en prie !

— D'où est-ce que tu appelles ?

— J'ai fini par trouver une ferme. Je crois que la femme m'a pris pour un dangereux SDF, mais elle a fini par me passer un téléphone. Kate, je…

— Écoute, j'étais à Birmingham et je suis sur la route du retour, mais je suis encore loin. Je vais envoyer une patrouille te récupérer, d'accord ? Tu devrais pouvoir obtenir une adresse ou un itinéraire, non ? Mais d'abord, explique-moi ce qui se passe avec Xenia. Dans quoi est-ce qu'elle est impliquée ? Et pourquoi elle voudrait quitter le pays ?

— Je ne sais pas si c'est vraiment son intention. Je pense juste que…

— Une chose à la fois, l'interrompit Kate. Qu'est-ce qui s'est passé, Colin ?

— Inimaginable, répondit Colin. C'est inimaginable.

Et il se mit à raconter.

Je suis dans la salle de bains de mon appartement. La pièce est plongée dans le noir. L'interrupteur se trouve à l'extérieur, la porte est verrouillée. Je me suis laissé enfermer ici sans résister, paralysé devant l'arme braquée sur moi. Je pense qu'en fait j'ai commis une erreur, j'aurais dû tenir tête à Sacha ou lui parler. L'amener à lâcher ce stupide pistolet... Maintenant que j'y réfléchis, il n'était absolument pas prêt à tirer. Il avait l'air déstabilisé, stressé, dépassé, comme s'il jouait un rôle. On aurait dit qu'il était téléguidé.

Mais c'est maintenant seulement que je le comprends. Dans l'obscurité et le calme de la salle de bains. Enfin, « calme » n'est peut-être pas le mot qui convient. Je ne suis pas calme évidemment, étant donné la situation. Mais je ne suis plus aussi secoué que tout à l'heure.

Que je l'ai été lorsqu'il est entré.

Sacha.

Je n'aurais pas dû ouvrir. Une livraison... Ça m'a tout de suite paru bizarre. Je n'avais rien commandé, et puis je ne reçois jamais de paquets. Plus depuis une éternité. J'ai été étonné. Mais pas vraiment méfiant.

Je ne m'attendais pas à revoir Xenia après toutes ces années.

Sacha non plus.

Je crois que c'est vraiment le hasard qui les a amenés tous les deux chez moi en l'espace d'une journée. Dans le sens où ils ne s'étaient pas concertés. D'un autre côté, on peut difficilement parler de hasard. Parce qu'il y a eu des signes avant-coureurs : les coups de feu tirés sur Xenia, l'homme qui observait mon immeuble.

Est-ce qu'on pouvait continuer à croire qu'on s'en sortirait comme ça ?

Quelle ironie du sort que je me retrouve enfermé dans la salle de bains. Décidément, là où tout se joue. Mais l'autre salle de bains avait une fenêtre. Et puis elle était éclairée. D'une lumière crue. En tout cas, c'est l'impression que j'ai eue à ce moment-là. Peut-être parce que le plafonnier projetait sa lumière sur quelque chose d'insupportable. De terrible.

Août 2004

— Qu'est-ce qui s'est passé ? demanda Xenia, horrifiée.

En dépit de la stupeur et de l'horreur, mon cerveau travaillait fébrilement.

Alice avait commis un meurtre. On l'enverrait en prison. Notre famille serait détruite.

Il ne fallait pas que ça arrive. Alice et moi on avait perdu notre enfant. On n'était plus que tous les deux.

Le problème, c'était Xenia. Elle était au courant. J'eus soudain la crainte affreuse qu'elle sorte précipitamment de la pièce et se rue sur le téléphone pour avertir la police. Mais je compris qu'elle ne le ferait pas. Elle se trouvait à l'étranger, sans visa, employée au noir.

— Elle n'arrêtait pas de crier, articula Alice en réponse à la question de Xenia – qui lui lança un regard halluciné.

Alice émergeait très lentement de son état de choc. Après avoir suggéré qu'on ne dise rien de ce qui s'était passé, elle semblait comprendre que j'avais raison : on ne pouvait pas cacher la mort d'un enfant en faisant comme si de rien n'était.

— On doit avertir la police, dit-elle.

— Oui, fit Xenia.

Les deux femmes avaient l'air déterminées.

— Un instant, dis-je, est-ce que tu as conscience de ce que tu fais, Alice ? Tu vas aller en prison.

— Oui.

Désespéré, je pressai mes deux poings sur mes yeux, puis sur mes tempes douloureuses. Alice ne se rendait pas compte de ce qu'elle disait. Elle était bouleversée, elle ne saisissait pas qu'elle prenait une décision qui engageait son avenir. Et le mien. Tout ce que j'avais construit. J'étais conseiller financier. Je ne pourrais pas continuer à exercer si ma femme allait en prison pour avoir noyé sa propre fille. Plus personne ne ferait appel à moi. Ce qu'avait fait Alice me poursuivrait ma vie durant. J'étais fini, tant sur le plan privé que professionnel.

Je ressentis de nouveau une telle rage envers Alice que si je m'étais écouté, j'aurais cogné sur son petit visage pâle et douloureux. Mais je me repris. Ça n'aurait servi à rien. À cet instant, une chose était claire : on avait un quart d'heure pour trouver une solution, pas plus.

Une pensée commença à prendre forme dans mon esprit. Plus exactement, elle avait été présente depuis le début, mais je n'avais pas osé la laisser émerger.

Parce qu'elle était inavouable.

Pourtant, il n'y avait pas d'autre solution.

Je regardai alternativement les deux femmes, dans l'espoir que l'une d'elles au moins aurait la même idée et m'éviterait d'avoir à la formuler. En vain. Alice avait les yeux rivés sur le corps de Lena, le regard noyé de douleur, d'épouvante et de stupeur. Elle paraissait absente. Xenia avait l'air choquée, mais maîtresse d'elle-même. Elle avait pris sa décision : il fallait avertir la police, Alice devait assumer la responsabilité de son acte. À ses yeux, il n'y avait pas d'autre choix possible. Mais elle ne courait pas le risque de voir son existence détruite.

C'était donc à moi de trancher.

— En prison, Alice sera fichue, dis-je. Il ne faut pas qu'elle y aille.

Alice releva la tête et me regarda de ses yeux voilés de souffrance.

— Je suis déjà fichue.

— Non, c'est faux. On surmontera ça, on y arrivera.

Elle gémit tout bas.

— On doit appeler la police, monsieur, insista Xenia.

— Bien sûr, mais il ne faut pas qu'Alice soit jugée responsable de tout ça.

— Monsieur… monsieur Walsh…

Je voyais que Xenia ne comprenait pas.

— C'est un autre qui a fait ça, poursuivis-je. Vous saisissez ?

Alice ne vit manifestement pas où je voulais en venir. Mais une lueur s'alluma dans le regard de Xenia.

— Seigneur, fit-elle, choquée.

J'expliquai les choses rapidement. Pour les convaincre, pour me convaincre.

— C'est la seule solution. Sacha n'ira pas en prison, lui. C'est un enfant, un enfant attardé. Pénalement, il ne peut pas être jugé responsable.

— Vous ne pouvez… vous ne pouvez pas mettre un meurtre sur le dos d'un enfant, protesta Xenia.

Ce n'était pas encore très clair pour elle.

— Justement, ça ne sera pas considéré comme un meurtre, répondis-je. Dans un mois, il aura 7 ans. Un enfant de 7 ans ne peut pas commettre un meurtre au sens pénal. Encore moins un enfant handicapé.

— Mais on ne lui permettra sans doute pas de rester ici. On le considérera comme un danger. Pour les autres enfants.

— Il ira probablement dans un foyer.

— Dans ce cas, il est foutu.

Xenia me regardait comme si j'étais un monstre. Ou un être pervers.

— Vous ne pouvez pas lui faire ça. Il va atterrir dans une institution…

— On est en Angleterre, pas en Russie, rétorquai-je avec plus de dureté que je n'en avais eu l'intention. Ici, il y a des foyers où les enfants sont suivis par du personnel extrêmement compétent. Il sera sans doute mieux là-bas qu'avec nous. Ces gens sont formés pour accueillir les cas comme le sien.

— Les cas comme le sien ? Les petits assassins ? Mais il n'a rien fait.

— Il a déjà essayé de noyer un enfant.

Alice sortit de sa transe.

— Ce n'est pas vrai. Tu l'as dit toi-même, Oliver. Il n'a rien fait de mal.

C'était exact, je l'avais dit et j'en étais convaincu. Mais l'heure n'était plus à la vérité. On avait besoin d'un plan, rapidement, d'un plan intelligent.

— Xenia, c'est très bien que vous ne vouliez pas arracher Sacha à sa famille, dis-je. Mais vous oubliez que cette famille n'existera plus. Lena est morte. Alice ira en prison pour de nombreuses années. Je dois travailler. Alors de quelle famille vous parlez ?

Elle commençait à admettre que j'avais raison.

— Mais..., fit-elle tout de même.

— On ne peut pas faire ça, Oliver, renchérit Alice, sans toutefois paraître pleinement convaincue.

— De toute façon, il atterrira dans un foyer, dis-je. Je ne peux pas m'occuper de lui. Et comme je perdrai probablement mes clients et qu'il faudra que je recommence de zéro, je n'aurai plus les moyens de payer Xenia. Il est attardé et il le restera. Il a besoin de soins constants. C'est quoi, la différence ?

— La différence, c'est que toute sa vie on verra en lui quelqu'un qui a tué sa sœur, répliqua Xenia.

— Il est handicapé mental, on ne pourra pas le juger responsable.

Il y eut un silence.

— Le temps presse, repris-je avec inquiétude.

— Et si Sacha ne joue pas le jeu ? demanda Xenia.

Je respirai profondément. Au moins, elle n'écartait plus catégoriquement mon plan.

Sans regarder les deux femmes, je répondis :

— Il ne comprendra pas vraiment.

— Il aura affaire à des psychologues, objecta Xenia. Ils lui poseront des questions, ils sauront comment s'y prendre.

Oui, oui, je voyais le problème, bien évidemment. Le risque était considérable, aucun doute, mais ce serait notre parole à Alice et à moi contre la sienne – celle d'un enfant qui avait du mal à s'exprimer et à saisir ce dont on l'accuserait.

— C'est notre seule chance, dis-je. Et vous, Xenia, vous ferez profil bas, vu vos conditions de séjour…

En réalité, visa ou pas, ce n'était pas le problème, je voulais juste l'écarter. Xenia était le maillon faible de mon plan. C'était celle qui avait le moins à perdre. Et aussi parce qu'elle s'était prise d'affection pour Sacha.

— Sacha parlera peut-être de moi, rétorqua-t-elle.

C'était plus que probable. Mais il n'avait pas la notion du temps, il mélangeait toujours tout.

— On dira qu'effectivement, vous avez séjourné chez nous, répondis-je. Comme fille au pair. Mais que ça fait déjà plusieurs semaines que vous êtes rentrée en Russie.

Son regard vacilla.

— Qu'est-ce que je dois faire ?

— Vos bagages ! Vous allez prendre le vélo avec la remorque. Vous allez un peu galérer, mais ça vous permettra d'aller jusqu'à Nottingham. Une fois là-bas, vous chercherez un taxi pour vous conduire dans un hôtel. Je vais vous donner de l'argent pour deux ou trois nuits et bien sûr pour le vol de retour à Moscou. D'accord ?

— Je…

— Ne discutez pas, fis-je tout bas. On n'a pas le temps.

Elle disparut dans sa chambre. Muette et bouleversée.

— Je vais parler à Sacha, enchaînai-je. Ensuite, j'appellerai la police. Alice, tu donnais son bain à Lena. Tu es sortie un instant pour éteindre l'eau qui bouillait dans la cuisine. Quand tu es revenue, tu es tombée sur Sacha en train de maintenir Lena sous l'eau. Tu as tout fait pour qu'il arrête. Mais quand tu as réussi à tirer Lena hors de la baignoire, il était trop tard. Tu es restée assise avec elle dans les bras. Et moi je t'ai trouvée comme ça – ce qui est vrai d'ailleurs. Tu as bien compris ?

Elle acquiesça. Elle paraissait prête à se soumettre. J'avais réussi à convaincre les deux femmes qu'il n'y avait pas d'autre solution. Est-ce qu'elles s'en tiendraient à cette version ? Seul l'avenir nous le dirait.

Je laissai Alice, toujours pétrifiée, dans la salle de bains avec le cadavre de Lena. Un rapide coup d'œil dans la petite chambre de Xenia me confirma qu'elle était bien en train de faire ses bagages. Par chance elle ne possédait pas grand-chose. Sous peu il ne resterait aucune trace de sa présence chez nous.

J'entrai dans le salon. Sacha était toujours recroquevillé sous la table, tout tremblant. Exactement l'attitude nécessaire pour faire illusion. Il avait l'air choqué, épouvanté, complètement déboussolé. Il avait dû comprendre qu'un drame s'était produit, que sa petite sœur était morte.

À présent, j'allais lui expliquer que c'était lui qui l'avait tuée.

9

Oliver fut arraché à ses souvenirs en entendant sonner à l'interphone. Il se redressa, tendit l'oreille. Qui ça pouvait être ? Du démarchage peut-être, ou la voisine du dessous qui oubliait si souvent ses clés. Mais Sacha ne la laisserait sans doute pas entrer, il l'enverrait balader. Est-ce qu'elle remarquerait quelque chose ? Cette voix inconnue, saccadée et maladroite ? De là à s'imaginer deux personnes en danger retenues contre leur gré...

S'il s'agissait de la voisine, tant mieux car elle ne lâcherait pas l'affaire avant de récupérer sa clé. Sacha finirait-il par lui ouvrir ? Et lui, Oliver, devrait-il alors crier « au secours » ? Ou est-ce qu'il risquait de mettre la jeune femme en danger ? Elle ignorait ce qui se passait et Sacha avait une arme. Sous l'effet de la panique, de quoi serait-il capable ?

Il entendit Sacha se diriger vers l'entrée, et appuyer sur le bouton de l'interphone. Sans même demander qui était là.

Ce qui ne pouvait signifier qu'une chose : il le savait. Il attendait quelqu'un.

Du renfort ?

Oliver se sentit soudain baigné de sueur. Il avait redouté que Sacha, se sentant dépassé, en arrive à commettre un acte stupide. Mais il était absolument convaincu que le jeune homme n'était pas un tueur. Dans le fond, Sacha n'aurait pas fait de mal à une mouche. Avec lui on pouvait discuter. D'ailleurs Oliver avait espéré que Xenia, justement, parviendrait à le convaincre de laisser tomber.

Mais s'il y avait quelqu'un d'autre... D'un calibre sans doute bien supérieur... Le type qui avait tiré sur Xenia dans le train. Auquel elle avait échappé de justesse.

Est-ce qu'il venait finir son sale boulot ?

Oliver rampa jusqu'à la porte, se cogna la tête au passage contre le lavabo et réprima un cri de douleur. Il pressa son oreille contre le battant. Il voulait savoir qui était le nouveau venu.

La porte de l'appartement s'ouvrit.

— Alors ? C'est bon, tout est OK ? fit une voix masculine inconnue.

— Non, pas du tout...

— Pourquoi ? Qu'est-ce qui se passe ?

— Deux..., répondit Sacha en bégayant légèrement. Y a deux... personnes.

— Comment ça, deux ?

— Tu... as... dit... qu'il était seul.

L'inconnu dut jeter un coup d'œil autour de lui et découvrir la présence de Xenia, car Oliver l'entendit dire :

— Tiens donc ! C'est ce que j'appelle une heureuse surprise, Xenia Paget. Justement je te cherchais.

Xenia répondit quelque chose qu'il ne comprit pas. L'inconnu éclata de rire.

— J'aime la chasse, figure-toi. Alors c'est pas grave que ça ait pris plus de temps que prévu. Ç'aurait été chouette de te flinguer dans le train. Mais finalement, je trouve que c'est beaucoup plus jouissif comme ça.

Puis son intonation changea, il s'était manifestement tourné vers Sacha.

— Et Oliver, où est-ce qu'il est fourré ?

— Il est... dans... la salle de bains, bafouilla Sacha.

— OK. Avant de nous occuper de lui, on va faire en sorte que Xenia ne nous fausse pas compagnie. Elle m'a l'air de quelqu'un qui aimerait bien prendre le large. Hein, Xenia ? C'est vrai que c'est pas marrant de devoir affronter ses responsabilités.

L'heure du règlement de comptes a sonné, chérie. Tu verras, on va s'amuser comme des fous tous les deux.

Puis des claquements. On ouvrait puis refermait brutalement des tiroirs, sans doute pour trouver de quoi attacher Xenia, se dit Oliver.

— Ça fera l'affaire, dit l'homme. Sorry, lady, ça va faire mal, mais je ne veux pas être pris au dépourvu.

Xenia poussa un cri de douleur. Oliver supposa qu'il était en train de la ligoter avec de la ficelle trouvée dans la cuisine.

— Non, fit Sacha, mal à l'aise. Elle ne peut pas respirer, Ian.

— On n'a pas le choix, dit l'inconnu qui répondait au nom de Ian. Autrement elle va se mettre à crier. Et ça risque d'alerter les voisins.

Il avait dû lui glisser un bâillon dans la bouche. Seigneur, la pauvre Xenia. Oliver fut bouleversé à l'idée qu'elle puisse souffrir et manquer d'air. Ça n'augurait rien de bon pour la suite, y compris pour lui. Ce Ian semblait brutal et très déterminé. Pour quelle raison ?

Ian.

Oliver fouilla désespérément dans sa mémoire, mais ce nom ne lui disait décidément rien. Comment ce type le connaissait ? Un client mécontent peut-être ? A priori non – en l'occurrence il s'en souviendrait s'il avait eu un grave différend au boulot, qui justifie d'en arriver là.

Des pas énergiques approchèrent de la salle de bains. Oliver s'écarta précipitamment de la porte, se cognant une seconde fois contre le lavabo. La clé tourna dans la serrure, le battant s'ouvrit brusquement. On alluma la lumière, et Oliver plissa les yeux, ébloui. Une grande ombre se tenait au-dessus de lui dans l'embrasure.

— Oliver, espèce de larve, fit l'ombre, c'est un plaisir d'avoir enfin l'occasion de te rencontrer.

Oliver mit quelques instants à se réhabituer à la lumière. Il commençait à distinguer des détails. La silhouette lourde. Le jean avachi. Un sweat-shirt gris avec des traces de jaune d'œuf sur le devant. Des cheveux noirs en bataille. Un visage qui... À sa vue, un frisson de terreur parcourut l'échine d'Oliver, il n'aurait su dire pourquoi. L'expression de dérision qui s'y lisait ? Le plaisir non dissimulé d'être en position de force ? La cruauté du sourire ? Ou bien à cause de la froideur incroyable de son regard ? L'homme savourait pourtant la situation, mais ses yeux n'en laissaient rien voir. Ils semblaient totalement éteints.

Oliver n'en avait encore jamais vu de pareils. Aussi complètement dénués d'humanité.

Il se mit à grelotter, frigorifié par la peur.

Ian l'examina avec un certain intérêt.

— Je ne t'avais encore jamais vu de si près. J'en connais un bout sur ta vie. J'ai fait le pied de grue là-bas...

Il fit un geste de la main en direction de la cuisine et, au-delà, de la rue.

— Je croyais tout savoir de tes habitudes. Du désert de ta vie. Il ne se passe jamais rien. Véritablement rien.

Oliver ne savait pas si l'autre attendait une réponse. Dans le doute, il préféra s'abstenir.

— Tu ne reçois absolument jamais de visites et il fallait que ça arrive aujourd'hui ! L'ancienne nounou qui débarque. Tu ne t'y attendais pas, hein ? Moi non plus. Mais Sacha s'est très bien débrouillé. D'une certaine façon, on va pouvoir faire d'une pierre deux coups.

Il se mit à rire. D'un rire brutal et cruel.

Qu'est-ce qu'il me veut ? se demanda Oliver. Qu'est-ce qu'il a contre moi ?

— D'après ce que je sais, c'est toi qui as tiré les ficelles de cette minable histoire, poursuivit Ian. Les autres n'ont fait que suivre, ce qui ne veut pas dire qu'elles sont innocentes. Mais c'est toi qui as tout manigancé, qui as eu l'idée de faire payer Sacha pour ce que ta femme avait fait.

OK, il veut venger Sacha. Mais sûrement pas par sens de la justice.

L'homme était un psychopathe. Un sadique. Il se foutait

pas mal que Sacha ait trinqué pour d'autres, Oliver en était convaincu. Ce que Ian aimait, c'était déverser sa haine et se trouver des victimes à torturer.

— Sacha a passé des années dans le pire centre éducatif fermé du pays, dit-il. À cause de vous.

Oliver n'osa pas répondre – il aurait difficilement pu objecter quoi que ce soit –, mais Ian prit son silence comme une provocation. Celui-ci fit soudain un pas en avant et lui asséna de toutes ses forces un coup de pied dans le ventre. Malgré l'été, il était chaussé de lourdes bottes de cuir. Oliver bascula en avant avec un cri de douleur et se roula en boule. Pris de nausée, il sentit un mélange de café et de bile lui remonter aux lèvres, et déglutit péniblement. Ian éclata de rire.

— Ça fait mal, hein ? Et ce n'est que le début, Oliver. Un tout petit aperçu de ce qui t'attend. Tu vas payer pour ce que tu as fait à Sacha. On finit toujours par payer dans la vie, tu le sais, hein ?

Ce type était complètement fou. Il avait l'esprit dérangé.

— Tu le sais ? répéta-t-il d'un ton menaçant.

Oliver émit un faible « oui ».

Ian eut un rictus.

— C'est bon.

Narquois, il leva de nouveau la jambe comme pour lui donner un autre coup de pied. Oliver roula sur le côté avec un cri d'appréhension en essayant de protéger son ventre et sa tête. Mais Ian avait interrompu son geste en explosant de rire.

— Il a vraiment les jetons, ce vieux couillon ! Voilà ce que c'est quand on n'est pas le plus fort !

Oliver cligna des yeux et aperçut Sacha, qui se tenait derrière Ian. Pâle et stressé, il n'avait pas l'air d'apprécier ce qui se passait. Oliver se demanda ce que Ian lui avait raconté pour le motiver. Il ne lui avait sans doute pas parlé de torture ni de meurtre. Mais de toute façon, Sacha n'avait pas dû bien saisir la portée de leur entreprise. Il paraissait entièrement soumis à Ian, prêt à le suivre n'importe où. Ce dernier lui apparaissait sans doute comme son seul ami, son unique soutien dans un monde où il ne parvenait pas à se débrouiller.

— Retire une de tes chaussettes, lança Ian.

Oliver cligna des yeux d'un air apeuré.

— Quoi ?

— Ta chaussette !

Oliver se déchaussa en tremblant et enleva une de ses chaussettes. Il la tendit à Ian, qui la roula aussitôt en boule et la lui fourra dans la bouche. Épouvanté, Oliver se mit à haleter. La laine épaisse était enfoncée si profondément dans sa gorge qu'il ressentait une irrépressible envie de vomir. Il tenta de toutes ses forces de s'en débarrasser. En vain.

— Ruban adhésif, ordonna Ian à Sacha.

Sacha lui tendit le rouleau marron, lui aussi trouvé dans un des tiroirs de la cuisine. Craignant d'étouffer, Oliver émettait des grognements désespérés.

Sans y prêter attention, Ian découpa avec les dents un bout d'adhésif et le lui colla en travers de la bouche et sur la moitié du visage. Et pour bien faire, il en ajouta un second par-dessus.

— Voilà. Ça va le calmer pour l'instant.

D'un geste rapide et expert il attacha les pieds et les mains d'Oliver avec une longue ficelle. Puis il le laissa sur le sol comme un vulgaire paquet.

Oliver ressentit de nouveau une épouvantable nausée. Il essaya de le faire comprendre à Ian. Mais sans lui accorder le moindre regard, celui-ci fit volte-face, sortit de la salle de bains, claqua la porte, tourna la clé dans la serrure. Et appuya sur l'interrupteur à l'extérieur.

Pantelant, envahi par une frayeur mortelle, Oliver se retrouva seul dans le noir.

10

Il ne s'était pas manifesté depuis le début de la matinée et Sophia commençait à avoir peur.

Le temps passait, lent et poisseux, sans que rien n'indique l'heure qu'il était.

D'habitude, Ian faisait son apparition en lui apportant à déjeuner. Mais, cette fois, la journée se traînait sans qu'il donne signe de vie. Ou bien il n'était pas encore midi ?

Sophia se demanda si l'on pouvait mourir de solitude et d'ennui. Elle avait lu des choses sur des prisons, dans des États totalitaires, où l'on plaçait les gens à l'isolement pendant des mois dans le noir. Un grand nombre d'entre eux devenaient fous. Ce que Sophia comprenait parfaitement. On commençait par perdre la notion du temps, puis on se perdait soi-même.

Cette pensée l'occupait tout entière tandis qu'elle reposait inerte dans l'obscurité.

Je vais mourir. Ça a déjà commencé.

Il y avait une seule personne au monde qui savait où elle se trouvait, et c'était Ian. Autrement dit, le diable en personne, qui avait droit de vie et de mort sur elle.

Et une mort rapide ne serait pas dans l'intérêt de Ian. Il ne se laisserait pas priver de la jouissance de la vengeance.

Les douleurs qu'elle avait ressenties dans le bas-ventre durant la matinée s'étaient intensifiées. À présent, elle était à peu près sûre qu'il s'agissait d'une cystite due à la sonde urinaire. Celle-ci n'avait pas été changée depuis son enlèvement, d'où l'infection. Si la douleur s'aggravait, que faire ? Elle ne pourrait pas alerter son ravisseur à son retour – de toute façon, ça ne pourrait que le satisfaire qu'elle souffre. Elle risquait sans doute une septicémie.

Sophia réprima un sentiment de panique. S'il y avait bien une chose qu'elle ne pouvait se permettre dans sa situation, c'était de céder à l'affolement.

Les larmes lui montèrent de nouveau aux yeux. Elle était irrémédiablement prisonnière. Prisonnière de cette pièce. Prisonnière de son corps. Même si, ce qui était hautement improbable, elle parvenait à échapper à Ian, elle resterait emprisonnée à perpétuité à l'intérieur d'elle-même.

La nuit ne cesserait jamais, quoi qu'il se passe. À cet instant, elle prit clairement conscience de sa naïveté en ayant cru qu'elle retrouverait son ancienne vie. Le Dr Dane n'avait rien dit concernant sa paralysie parce qu'il ne pouvait lui donner aucun espoir à cet égard. Elle pourrait reparler. Mais elle ne pourrait plus jamais marcher, courir, faire du vélo. Nager. Danser. Étreindre un homme. Sentir la vie pulser dans son corps.

C'était fini.

Épuisée, elle ferma les yeux.

Un bruit la fit tressaillir. Elle rouvrit les yeux. Était-il rentré ?

Ce n'était pas la première fois, ce jour-là et la veille, qu'elle avait cru percevoir du mouvement dans la maison. Il l'avait pourtant prévenue qu'il s'absenterait quelques heures.

Cette fois encore, c'était très discret, lointain. Elle commençait peut-être à perdre lentement la tête et à s'imaginer des choses. Et si Ian ne quittait pas réellement la maison et faisait juste semblant ? Pour vérifier si elle essayait de s'enfuir ? Ridicule. Elle n'avait pas la moindre possibilité de bouger. Il aurait pu la laisser là sans fermer ni portes ni fenêtres et disparaître pendant des jours. Et à son retour, il l'aurait retrouvée telle quelle.

Elle tendit l'oreille. Rien. Sans doute une illusion.

La douleur augmentait. Il fallait changer la sonde de toute urgence et elle avait besoin d'un antibiotique.

Sa bouche forma un cri. Pour la millième fois au cours de ces derniers jours.

Il se perdit silencieusement à l'intérieur de ses pensées.

11

Un accident sur la M1 avait ralenti la circulation en direction du nord. Robert ne cessait de pester à cause des bouchons. De son côté, Kate avait essayé de joindre le thérapeute de Ian Slade qui passait ses vacances en France, puis discuté avec Colin au téléphone. Une patrouille avait récupéré ce dernier dans les North York Moors. Il avait raconté à Kate l'incroyable histoire d'Oliver et de Xenia. Et d'Alice Walsh, la mère qui avait noyé sa fille de 1 an dans la baignoire.

« Pour que la petite arrête de crier », avait-il dit. Même à distance, son incompréhension était palpable. « Tu imagines un peu, Kate ? »

Celle-ci partageait son horreur mais, en policière expérimentée, elle savait que les motivations d'un tel acte étaient complexes. Surmenage, manque de sommeil, épuisement physique et émotionnel étaient le lot de beaucoup de mères d'enfants en bas âge. Sans compter les efforts pour paraître au contraire épanouies par la maternité. Pourtant on avait beaucoup de mal à comprendre une mère qui n'arrivait pas à aimer son enfant. Kate repensa à Maya Price, l'amie de Xenia qui vivait à Southend-on-Sea. Cette femme épuisée par les cris incessants de son fils, la maison en désordre, les émissions ineptes qu'elle regardait à longueur de journée simplement pour arriver à tenir jusqu'au soir. Maya ne serait pas allée jusqu'à tuer son bébé. Mais elle avait l'air de tout sauf d'une mère heureuse et elle s'en était même excusée. Parce que c'était briser un tabou.

« Et ensuite, ils ont fait porter le chapeau au fils adoptif, avait raconté Colin. Sacha. Un enfant légèrement attardé. À l'époque, il approchait de ses 7 ans. Il n'a probablement pas compris ce qui se passait. En plus, il y avait déjà eu un scandale au jardin d'enfants, on l'avait accusé d'avoir essayé de noyer une petite dans une pataugeoire. Du coup, personne n'a douté qu'il soit responsable de la mort de sa sœur. D'autant qu'il n'a pas cherché à nier. Au contraire, il a dit oui à tout.

— Xenia était là ?

— Non, elle était partie avant qu'Oliver Walsh appelle les secours. Il lui a donné un peu d'argent pour qu'elle s'en aille. Walsh savait très bien qu'elle n'aurait pas tenu le coup dans un interrogatoire. Elle était horrifiée par son plan, mais n'a pas osé s'y opposer. Elle s'est cachée. Depuis, elle n'a jamais revu les Walsh. Elle a juste entendu dire qu'ils avaient quitté leur maison de Nottingham pour s'installer dans le Nord. Le reste, elle l'a appris par les journaux.

— Sacha a été envoyé dans un centre fermé, non ? »

Les liens entre les deux affaires commençaient lentement à se dessiner.

« Oui, il n'était pas responsable pénalement. Mais il a été jugé dangereux et, d'après la police et l'office de protection de la jeunesse, on ne pouvait pas imposer à la famille de continuer à vivre avec lui sous le même toit.

— Un centre à Birmingham ? »

Colin l'ignorait. Kate décida de vérifier illico. Elle essaya de joindre le directeur sur son portable. Sans succès. Le secrétariat ne répondait pas non plus.

— Il faut qu'on se dépêche, dit-elle, exaspérée, à Robert.

— Je ne peux rien faire, répliqua celui-ci, lui aussi furieux en raison des embouteillages.

Kate rappela Helen, qui, entre-temps, avait sans doute compris qu'elle pouvait faire une croix sur son week-end. Elle lui communiqua toutes les nouvelles informations qu'ils avaient recueillies.

— Essayez de trouver dans quel centre le gamin a été envoyé. Sacha Walsh. Je suppose que c'est à Birmingham, mais il nous faut la confirmation.

— OK, répondit Helen, qui notait avec empressement.

Kate entendait son crayon gratter le papier.

— Sacha Walsh doit être le deuxième homme. Comme Slade et lui sont apparemment associés, il faut envoyer des hommes à l'ancien domicile de la famille Walsh. Il n'y a pas grande chance que Slade s'y cache avec Sophia Lewis mais il faut vérifier. L'adresse, on ne l'a pas, vous devrez la chercher. J'ai aussi besoin de l'adresse actuelle des Walsh. Commencez par celle-là, s'il vous plaît, l'inspecteur Stewart et moi on va y aller directement.

Helen poussa un soupir.

— Je m'en occupe.

Elles raccrochèrent. Robert lança un regard de côté à Kate.

— Je ne savais pas que nous allions chez les Walsh.

— Ça me paraît judicieux, non ? Ils pourraient peut-être nous donner des infos sur leur fils adoptif. Et puis ils sont en danger. Le mieux serait probablement qu'on les mette à l'abri quelque part. Cette histoire de vengeance n'est sûrement pas terminée.

Robert avança de quelques mètres, pour stopper un peu plus loin.

— On ne sait même pas si on est sur la bonne route. Ça fait des heures qu'on est coincés dans ce bouchon et, si ça se trouve, Bennett nous dira que les Walsh vivent quelque part sur la côte Sud.

— Xenia pense qu'ils ont déménagé dans le Nord. Espérons que c'est vrai.

Pour une fois, ils eurent de la chance. Helen rappela une demi-heure plus tard avec une adresse à Leeds.

— C'est le domicile d'Oliver Walsh. J'ai également découvert que les Walsh avaient divorcé. Je n'ai pas encore pu localiser Alice Walsh.

— OK, continuez à chercher, Helen. On fonce chez Oliver Walsh. Mais son ex-femme est également en danger. Il faut la retrouver au plus vite.

— Je ferai de mon mieux, promit Helen.

Ils arrivèrent enfin à l'endroit de l'accident – un carambolage de trois voitures –, encombré de véhicules de police et d'ambulances. Une fois qu'ils l'eurent dépassé, la circulation se fluidifia.

— On devrait être à Leeds dans trois quarts d'heure, fit observer Robert.

Kate le regarda à la dérobée. Il avait l'air épuisé, déprimé. Il avait bien conscience que c'était elle qui menait les opérations, lui ne faisait que suivre. Il n'était pas à la hauteur et c'était par politesse et par respect pour son grade que Kate s'abstenait de tout commentaire. Mais ce petit jeu ne pourrait pas durer, ils le savaient tous les deux.

Il était 18 heures passées lorsqu'ils arrivèrent à l'adresse indiquée par Helen. Un quartier tranquille à la périphérie de Leeds, une rue peu fréquentée, bordée de part et d'autre par des immeubles avec de petits jardins. Pas d'enfants en train de jouer dehors. Pourtant, il faisait encore jour en cette soirée d'août. Soit les résidents avaient tous un certain âge, soit les familles étaient parties en vacances.

Kate vit tout de suite la voiture de Colin garée au bord du trottoir.

— Xenia est là, dit-elle. Voilà la voiture qu'elle a piquée à mon ami Colin.

— Qu'est-ce qu'elle fait là ? demanda Robert.

Il descendit du véhicule et se dégourdit les jambes.

— Quelqu'un la poursuit. Elle doit supposer que c'est Sacha qui est derrière tout ça. C'est logique qu'elle ait envie de parler à l'homme qui est à l'origine de toute l'histoire.

— Il faudra qu'il nous mette un peu au parfum, remarqua Robert d'un air sombre. Bon sang, c'est incroyable, tout de même ! Sa femme tue leur enfant et il colle ça sur le dos de leur fils adoptif qui est attardé. Le gamin est envoyé pour des années dans un centre fermé. Je n'ai pas de mal à comprendre qu'il veuille demander des comptes aux responsables.

— Bien sûr, mais on ne peut pas se faire justice soi-même, Dieu merci.

Robert grommela quelques paroles indistinctes et traversa la rue avec Kate.

Ils sonnèrent à la porte du jardin, mais personne ne répondit. Kate réessaya, poussa la porte à tout hasard. Celle-ci s'ouvrit aussitôt. Ils s'engagèrent sur l'allée dallée qui menait à l'entrée de l'immeuble.

— Peut-être qu'ils ne sont pas là, dit Robert.

Il leva les yeux vers la façade.

— Je viens de voir quelqu'un bouger derrière une des fenêtres. Mais je ne sais pas si c'est l'appartement de Walsh.

Kate fronça les sourcils.

— Où est-ce qu'ils auraient pu aller ? Ils ont des choses très importantes à se dire, et ils ne veulent sûrement pas de témoins. En plus ils savent qu'ils sont en danger.

— C'est peut-être pour ça qu'ils sont partis. Se mettre à l'abri quelque part.

— Sans prendre la voiture de Colin ?

Ils arrivèrent à la porte de l'immeuble, devant laquelle se tenait une jeune femme en train de fouiller dans son sac. Elle leva les yeux.

— Ma clé…

Elle poussa un soupir de soulagement.

— Ouf, elle est là.

Kate sortit son insigne.

— Sergent détective Kate Linville, North Yorkshire Police. Et voici mon collègue, l'inspecteur Stewart. Vous connaissez Oliver Walsh ?

La femme eut l'air effrayée.

— Oui. Il habite l'appartement au-dessus du mien. Un monsieur très gentil. Il garde un double de mes clés parce que je n'arrête pas d'oublier les miennes à l'intérieur.

Robert fit un pas en arrière et désigna une des fenêtres.

— C'est son appartement ?

— Oui. Il est arrivé quelque chose ?

— On veut juste lui parler, la rassura Kate.

Elle réfléchissait. Si Robert ne s'était pas trompé, Walsh était chez lui. Et Xenia aussi. Pourquoi est-ce qu'ils n'ouvraient pas ? Parce qu'ils avaient peur. Ce qui était compréhensible.

Elle sonna une fois encore. Toujours rien.

— Je peux vous faire entrer, proposa la jeune femme.

Kate acquiesça d'un signe de tête. Elle avait un mauvais pressentiment, cette situation ne lui disait rien qui vaille. Il était normal qu'Oliver se montre méfiant – il avait aperçu par la fenêtre deux parfaits inconnus. Mais tout de même. Une petite voix intérieure l'exhortait à la prudence.

— On devrait peut-être demander du renfort ? chuchota-t-elle à Robert.

Celui-ci secoua la tête.

— Du renfort ? Pour interroger deux personnes ?

La jeune femme avait ouvert la porte.

— Après vous, je vous en prie.

— Votre appartement est au rez-de-chaussée ?

— Oui.

— Alors rentrez tout de suite chez vous, s'il vous plaît. Fermez la porte et, jusqu'à nouvel ordre, n'ouvrez à personne. D'accord ?

— Il est bien arrivé quelque chose, alors ?

— C'est juste une mesure de précaution, répondit Kate d'un ton apaisant.

La jeune femme suivit son conseil et se barricada chez elle.

Robert fronça les sourcils.

— Vous lui avez fichu la trouille.

— Cette situation m'inquiète, répliqua Kate.

Debout au pied de l'escalier, ils tendaient l'oreille.

— Allez, on monte, décida Robert. S'il y a un judas, ils verront nos plaques. Ils ouvriront sûrement à la police.

— Xenia a presque aussi peur de la police que de ses poursuivants, marmonna Kate.

Elle suivit Robert dans l'escalier. Il y avait un petit palier intermédiaire avec une fenêtre et un banc en bois démodé sur lequel était posé un grand pot en terre cuite contenant une plante indéfinissable, passablement flétrie. Puis une nouvelle volée de marches débouchait sur un palier principal et une porte d'appartement.

— Ça doit être là, dit Robert en posant le pied sur la première marche.

En haut, la porte s'ouvrit et, au même instant, des coups de feu retentirent. Robert s'écroula. Il resta étendu sur les marches, dans une position grotesque.

Terrorisée, Kate fit un bond en arrière et se réfugia dans l'angle de l'escalier. Dans la panique, son portable lui échappa, tomba dans la cage d'escalier et alla s'écraser sur le sol tout en bas.

Elle jura silencieusement. Son mauvais pressentiment se voyait confirmé. Quand est-ce qu'elle apprendrait enfin à se fier à son instinct ?

Il y eut de nouveaux coups de feu. Une des balles toucha Robert, qui tressauta. À plat ventre dans l'escalier, Kate rampa centimètre par centimètre. Si elle arrivait à attraper une de ses jambes, elle pourrait le tirer jusqu'à elle. C'était sans doute dangereux de le bouger, mais elle ne pouvait pas le laisser là où il était, à servir de cible à un tueur sans états d'âme. Sans compter qu'il avait un portable sur lui. Elle devait impérativement appeler du renfort, un groupe d'intervention. Au premier, un tireur arrosait sans sommation tous ceux qui approchaient. Et il détenait a priori des otages. L'immeuble devait être évacué.

Elle atteignit presque Robert, mais de nouveaux coups de feu retentirent. Kate eut juste le temps de se replier. Elle se mit à réfléchir fébrilement. Ça n'avait aucun sens de vouloir déplacer son chef. Chaque fois qu'elle esquissait un geste, le dingue tirait. Elle ne faisait qu'accroître le risque que Robert soit de nouveau touché. Kate se demanda s'il était encore vivant. De là où elle était, elle ne pouvait pas vérifier. Il gisait sur les marches, totalement immobile.

Que faire ? Elle n'avait pas d'arme, et plus de portable. Impossible aussi de téléphoner de l'appartement de la jeune femme, au rez-de-chaussée – en pareille situation les consignes étaient très strictes : ne pas mettre en danger la vie de civils innocents, surtout si on avait réussi à les mettre à l'abri.

Regagner la voiture ? Kate se remémora la disposition des lieux devant l'immeuble. Dans un premier temps, elle pourrait se déplacer en longeant le mur, mais ensuite elle se retrouverait à découvert. Ian Slade – a priori c'était lui qui tirait – pourrait tranquillement l'abattre depuis l'une des fenêtres. Il n'y avait ni arbres ni buissons, juste une pelouse. Restait la solution de passer par le jardin de derrière. Dans ce cas, elle devrait faire un détour par un des immeubles voisins pour rejoindre la rue.

Une grande perte de temps.

Mais ce serait pire si elle restait recroquevillée dans l'escalier à se demander quoi faire. Stewart était entre la vie et la mort – s'il n'avait pas déjà succombé. De plus, chaque instant qui passait augmentait le risque qu'un autre résident entre dans l'immeuble ou quitte son appartement.

Il fallait agir vite et efficacement. Kate se sentit inondée de sueur.

De nouveau, un coup de feu. Cette fois, dans l'appartement.

Est-ce qu'il avait commencé à tuer les otages ?

Kate se redressa vivement. En même temps, elle perçut un bruit de pas qui descendaient l'escalier. Quelqu'un sauta d'un bond par-dessus le corps de Stewart, qui bloquait les dernières marches. De lourdes bottes, le sol trembla. Une grande silhouette masqua la fenêtre qui éclairait le palier.

Kate vit une arme braquée sur elle.

Elle se demanda comment ce serait de mourir.

12

L'appel d'urgence à la police de Leeds fut passé à 18 h 45 ce soir-là. Une voix de femme, affolée et à peine audible. La policière de service eut bien du mal à la comprendre.

— On a tiré, fit la petite voix. Dans l'immeuble. J'avais déjà fait entrer les deux policiers.

— La police est déjà là ?

— Oui, mais ensuite ça a tiré et maintenant on n'entend plus rien. Depuis au moins dix minutes.

— Vous pouvez me donner votre adresse ?

La femme s'exécuta. Elle paraissait terrifiée.

— Il s'agit bien d'un immeuble ? demanda la policière.

— Oui. Les deux policiers venaient voir M. Walsh. Il habite juste au-dessus de chez moi. Au premier.

— Les policiers se sont identifiés ?

— Oui.

— Il y a des blessés ?

— Je ne sais pas. Je n'ai pas bougé de mon appartement.

— Il y a une patrouille dans les environs, elle sera là dans un instant. Surtout restez chez vous. Ne vous approchez pas des fenêtres et n'ouvrez à personne. D'accord ?

— D'accord.

Le conseil était sans doute superflu. Même au téléphone elle semblait paralysée par la peur.

La policière et son collègue arrivés peu après sur les lieux s'approchèrent de l'immeuble avec prudence, conscients qu'à tout instant quelqu'un pouvait ouvrir le feu sur eux.

À première vue, la porte d'entrée paraissait fermée, mais elle céda facilement. Le battant n'était pas complètement retombé, quelqu'un avait dû quitter l'immeuble en toute hâte.

Il faisait encore jour, la cage d'escalier était bien éclairée. Aucun mouvement, aucun bruit.

Les deux policiers commencèrent à monter. Arrivés sur le palier intermédiaire, ils virent un homme étendu sur les premières marches de l'escalier suivant. La policière sortit immédiatement son portable.

— On a besoin d'un médecin, vite. Et faites venir de toute urgence un groupe d'intervention. Pour le moment, un blessé.

Son collègue s'était accroupi à côté de Robert pour lui prendre le pouls.

— Un mort, corrigea-t-il. Le gars est mort.

Pendant que sa partenaire surveillait la porte de l'appartement du premier, il fouilla dans la poche de la veste de Stewart et en sortit son insigne.

— Inspecteur Robert Stewart, du CID de Scarborough. Un collègue.

Ils se regardèrent.

— Merde, fit le policier.

Les forces d'intervention arrivèrent moins d'un quart d'heure plus tard. Un médecin confirma la mort de l'inspecteur Stewart. Des policiers lourdement armés investirent l'appartement. Ce qu'ils découvrirent leur fit froid dans le dos : un autre homme abattu, étendu sur le sol du couloir, une flaque de sang autour de son visage. Il avait été tué à bout portant d'une balle dans la tête.

Dans la cuisine se trouvait une femme ligotée et bâillonnée, qui sanglotait. Et, recroquevillé dans un coin de la salle de bains, un homme également ligoté, à qui on avait enfoncé un bâillon dans la gorge et collé du ruban adhésif par-dessus.

Le sexagénaire était proche de l'asphyxie et fut immédiatement conduit à l'hôpital.

Bilan : un homme entre la vie et la mort et deux cadavres, dont celui d'un policier gradé.

La policière de la patrouille avait eu plusieurs échanges avec la centrale.

— Le CID de Scarborough confirme l'intervention, rapporta-t-elle. L'inspecteur Robert Stewart et le sergent détective Kate Linville étaient là pour interroger Oliver Walsh, le propriétaire de l'appartement.

— C'est l'homme que nous avons trouvé dans la salle de bains, intervint un des policiers. D'après ce que dit la femme qui était dans la cuisine, Xenia Paget. Le mort du couloir, c'est son fils adoptif, Sacha Walsh. Et pour ce qui est du tireur, Mme Paget ne connaît que son prénom : Ian. Il a filé après avoir abattu Sacha Walsh d'une balle dans la tête.

Il y eut un échange de regards stupéfaits.

— On a donc un criminel en fuite, reprit la policière. Un criminel en fuite et un sergent détective introuvable, Kate Linville. Mais où est-ce qu'elle est passée ?

— On est en train de fouiller tout l'immeuble et aussi les rues et les jardins alentour, déclara le chef du groupe d'intervention. Elle s'est peut-être réfugiée quelque part.

— Il y a un portable cassé au sous-sol ! cria quelqu'un. C'est peut-être celui de Linville ?

Personne n'osa l'exprimer à voix haute, mais il fallait se rendre à l'évidence : Kate Linville avait disparu sans laisser de traces.

Sans doute sous la contrainte d'un tueur sans pitié qui n'avait plus rien à perdre.

Je n'ai jamais autant souffert. Je ne me suis jamais senti aussi près de mourir. Ces heures passées dans la salle de bains, ligoté, bâillonné, la nausée permanente… J'étais persuadé que je ne tiendrais pas. Que je mourrais avant même que ce type me tire dessus. J'étais désespéré, perdu dans l'obscurité et la douleur, dans la détresse, la peur.

Puis j'ai entendu des coups de feu, mais sans savoir sur qui on tirait. Après quoi, la police est arrivée et m'a délivré. Pour un peu, j'aurais embrassé l'homme qui m'a ôté le bâillon, je n'ai jamais éprouvé une telle gratitude.

À présent, je suis à l'hôpital. Je crois que Xenia est là aussi, par mesure de sécurité et pour qu'on l'examine. J'ignore s'il y a des policiers devant la porte de nos chambres. Dans ce cas, c'est soit pour nous protéger, soit pour nous surveiller, ou bien les deux. On va être interrogés sur ce qui s'est passé autrefois. C'est inutile de vouloir continuer à le cacher et, de toute façon, je suis trop épuisé pour ça. Est-ce qu'il y a prescription ? Quoi qu'il en soit, on doit affronter la réalité.

D'une certaine manière, c'est un soulagement.

À l'époque, notre version des faits est passée avec une facilité déconcertante. Quand la police et, plus tard, les psychologues lui ont demandé s'il avait maintenu sa petite sœur sous l'eau, Sacha a répondu « oui ». Je savais qu'il était toujours d'accord avec tout et tout le monde, sans doute parce qu'il reconnaissait immédiatement la supériorité et l'autorité de l'autre et qu'il s'y soumettait. Pour lui c'était impossible que sa version des faits puisse être la bonne, donc il se taisait. Il était le petit imbécile, tous les autres étaient forts et intelligents. Ce qu'ils disaient devait donc être juste, même si sa mémoire lui disait le contraire.

Alice ne fut pas soupçonnée. On lui reprocha certes d'être allée à la cuisine en laissant sa fille de 1 an sous la garde de son frère adoptif handicapé mental, alors que celui-ci s'était déjà fait remarquer pour des faits quasi similaires. Mais comme elle vivait une tragédie insupportable, on se garda de l'accabler, on la traita au contraire avec douceur et ménagement. Mère d'un enfant à problèmes et d'un nourrisson – on n'avait aucune peine à imaginer à quel point elle avait dû être stressée et surmenée. Elle avait commis une terrible erreur, elle en payait déjà suffisamment le prix.

Sur la recommandation de l'office de protection de la jeunesse, Sacha fut envoyé par un juge dans un centre éducatif fermé. J'avais terriblement mauvaise conscience, mais en protestant je craignais d'attirer les soupçons. Comment on aurait pu supporter de continuer à vivre ensemble sous le même toit après ce drame ? Il fut placé dans ce centre, à Birmingham. C'était ce qu'il y avait de plus proche.

Tout alla très vite. Le soir même, une dame de la protection de la jeunesse l'avait emmené avec elle, tandis qu'Alice, assise dans un coin du salon, était prise en charge par un psychologue. On me l'avait également proposé, mais j'avais refusé. Je préférais rester non loin d'Alice pour surveiller ce qui se passait. J'avais très peur qu'elle s'effondre et avoue son geste ou qu'elle s'enferre dans des contradictions. On n'avait pas eu le temps de répéter notre version des faits jusqu'à ce qu'elle se grave pour ainsi dire dans notre tête. On était face à la police, aux psychologues, à l'office de protection de la jeunesse, avec une histoire bricolée à la hâte censée résister à toutes les questions. Y compris, plus tard, à celles des médias. Alors qu'on était à bout de nerfs, choqués et traumatisés. Pas du tout capables de pouvoir réagir avec sang-froid. Cela étant, c'était tout aussi bien : il était logique qu'on soit au bout du rouleau, le contraire aurait paru bizarre.

Xenia avait disparu, comme convenu. Mais je restais sur le qui-vive. Elle avait beau avoir suivi mes directives, j'avais bien vu qu'elle était extrêmement choquée. Par l'acte d'Alice, mais aussi et peut-être plus encore par la solution que j'avais imaginée et mise en œuvre. Elle pouvait encore trouver une explication à ce qu'avait fait Alice – la dépression, le surmenage, le désespoir chronique. Non le justifier, mais d'une certaine manière comprendre comment elle en était arrivée là. Mon comportement, en revanche, l'avait révulsée. Est-ce qu'elle réussirait à surmonter ça ? Pas sûr.

Sacha resta quelques jours dans une famille d'accueil avant d'être envoyé à Birmingham. On nous informa que nous pouvions le voir avant son départ car, au centre éducatif fermé, les visites seraient très strictement réglementées. Alice refusa, mais pour ma part j'acceptai, tellement je me sentais coupable. La rencontre eut lieu dans une pièce lugubre des locaux de l'office de protection de la jeunesse : linoléum jaune au sol, un lavabo dans un coin, un bureau. Au mur, quelques affiches d'événements quelconques.

Sacha était assis sur une chaise, pâle et maigrichon. Lorsqu'il me vit, son visage s'illumina. Il bondit de son siège et se précipita vers moi. Je le pris dans mes bras. J'avalai péniblement ma salive. J'avais sauvé Alice de la prison – ça l'aurait détruite –, mais à quel prix ?

— On rentre à la maison ? demanda Sacha à sa manière saccadée et laborieuse.

Je secouai la tête.

— Non, mon bonhomme, ce n'est pas possible. Tu sais pourquoi ce n'est pas possible, hein ?

Il me regarda de ses grands yeux sombres où se lisait une profonde tristesse.

— Lena, dit-il.

— Oui. Tu sais ce que tu as fait à Lena, hein ?

Il acquiesça d'un signe de tête. Il l'avait intériorisé.

— Très méchant, dit-il tout bas.

— Oui, très méchant, répétai-je.

Il était innocent, mais tenait son rôle à la perfection. Parce qu'il y croyait ? Ou pensait conserver notre amour en jouant le jeu ? Peut-être les deux à la fois.

Il glissa un coup d'œil en direction de la porte, où se tenait la collaboratrice de l'office de protection de la jeunesse.

— Elle est où, Alice ? demanda-t-il.

— Elle n'a pas pu venir, répondis-je avec un soupir. Elle ne va pas bien, elle est très triste à cause de Lena.

Il réfléchit un moment.

— Je la reverrai plus jamais ?

— Peut-être dans quelque temps, dis-je.

— Dans quelque temps, répéta-t-il.

— Tu seras bien là où tu vas aller, expliquai-je. Il y a beaucoup d'autres enfants…

Ce n'était évidemment pas la chose à dire. Sacha n'avait jamais eu d'expériences positives avec les autres enfants, bien au contraire. Il me jeta un regard effrayé.

— Des enfants ?

— Des enfants très gentils. Et aussi des adultes très gentils. Ça te plaira, j'en suis certain.

Il n'eut pas l'air convaincu.

— Alice, répéta-t-il.

Il était étonnant de voir à quel point il lui était attaché. Bien sûr, c'était elle qui avait passé le plus de temps avec lui. Mais dans le fond, elle ne s'était jamais habituée à lui. Elle avait bien essayé d'accepter son handicap, mais n'y était jamais parvenue. Du coup, elle l'avait toujours traité avec une forme de perplexité.

Comment est-ce qu'elle avait pu devenir sa figure d'attachement, le centre de sa vie ? C'était incompréhensible pour moi. Il l'aimait, quelle qu'en soit la raison.

— Alice viendra te voir quand elle ira mieux, dis-je.

Je n'oublierai jamais l'instant où il quitta la pièce en tenant la main de la dame de l'office de protection de la jeunesse. Il s'en alla sans se rebeller, l'air désespéré mais résigné. De toute façon, qu'est-ce qu'il aurait pu faire ? Il avait 7 ans, on l'avait banni de notre vie. Pour le moment, il n'avait rien d'autre que la main de l'inconnue qui l'accompagnait.

Je rentrai auprès d'Alice.

Je voulais tenter de sauver ce qui restait encore de notre vie commune.

Mais il n'y avait plus rien.

Dimanche 4 août 2019

La journée s'était écoulée avec une lenteur effrayante. Caleb Hale était resté à fixer les murs de son salon, accablé. Depuis sa mise à pied, son quotidien s'était complètement délité. Plus d'horaires pour rien – à quelle heure se lever ou se coucher, manger, se doucher et se raser, peu lui importait. La plupart du temps, il passait la journée en caleçon et tee-shirt assis à la table du salon, le regard dans le vide. Parfois, lorsqu'il y avait un match de foot ou une course de Formule 1, il laissait la télé allumée. Ça faisait des voix autour de lui. Mais ça ne l'aidait pas vraiment à se sentir mieux.

Ce jour-là, cependant, tout était différent.

Caleb avait gardé des relations à la North Yorkshire Police. D'ailleurs plusieurs de ses collègues estimaient que sa suspension était injuste et certains des policiers qui avaient participé à l'opération « Jayden White » avaient protesté. Deux d'entre eux, qui l'avaient entendu parler au forcené, avaient certifié auprès du commissaire principal que Hale avait parfaitement suivi la procédure. L'inspecteur n'était en rien responsable du drame. Mais au final l'argument de l'alcoolémie avait quand même été imparable.

La veille, en début de soirée, d'anciens collègues l'avaient appelé pour l'informer que Robert Stewart était mort, abattu par un criminel qui avait pris la fuite. Et que Kate Linville, qui était a priori avec Stewart lorsqu'il avait été tué, s'était volatilisée.

Caleb n'avait pas fermé l'œil de la nuit.

Robert Stewart était mort.

Certes il s'était senti trahi quand Stewart l'avait dénoncé auprès de son supérieur. Il ne l'aurait jamais cru capable d'une chose pareille après presque deux décennies passées comme coéquipiers – dans un métier où il est vital de pouvoir s'en remettre à son partenaire. Pendant toutes ces années, ils avaient eu la certitude de pouvoir compter l'un sur l'autre même dans les instants les plus critiques.

Cette confiance, Robert l'avait détruite.

Pourtant, Caleb Hale était en deuil. En dépit de tout ce qui venait de se passer. Il était en deuil de son partenaire et avait le sentiment de vivre un cauchemar. Robert Stewart avait été abattu. Dans l'escalier d'un immeuble quelconque à la périphérie de Leeds. C'était inconcevable.

En plus, impossible de s'abandonner à son chagrin. Les pensées se bousculaient dans sa tête : qu'était-il arrivé à Kate ?

Elle avait disparu. Sans laisser de traces. Avant cela, elle avait appelé au bureau pour prévenir que Robert et elle, après leur entretien à Birmingham, étaient en route pour Leeds afin d'interroger quelqu'un.

On avait fouillé tout l'immeuble dans l'espoir qu'elle ait cherché refuge quelque part lorsque les premiers coups de feu avaient éclaté. Mais sans succès. Ni au sous-sol, où on avait récupéré son portable fracassé, ni sous les combles, ni dans le jardin, ni dans les environs. Restait une seule hypothèse, de plus en plus probable : Ian Slade, le criminel en fuite, l'avait embarquée.

Ça signifiait que Kate se trouvait aux mains d'un psychopathe. Qu'est-ce qui pouvait être pire ? Et ce qui était encore plus douloureux pour Hale, c'était sa propre impuissance. Kate et son ravisseur pouvaient être n'importe où.

Caleb était dévasté. C'était insupportable d'être coincé là. De ne plus être en service. Il ignorait où en était l'enquête. Et Stewart était mort. D'après Kate, l'inspecteur avait eu du mal à prendre les choses en main, mais tout de même. Caleb se doutait qu'au commissariat on se démenait pour tenter d'y voir clair dans l'affaire.

Pour Kate, le temps était compté. L'heure tournait, inexorablement.

Caleb avait passé la journée à résister. À la bouteille. Le whisky était posé sur la table devant lui, il avait les yeux rivés dessus. Une promesse d'oubli, quand la vie devenait insupportable. Mais ce serait en dernier recours. Pour la première fois depuis longtemps, il voulait avoir les idées claires.

Il fallait qu'il soit présent, lucide, pour aider Kate, même si pour l'instant il ne savait pas comment. En tout cas, ce n'était pas en restant dans son salon à contempler une bouteille qu'il lui serait d'un quelconque secours.

Au crépuscule, il se leva. La vue de son reflet dans le miroir en face de la table le fit sursauter. Pour une fois son cerveau n'était pas embrumé et la réalité l'atterra : il avisa un homme aux joues creuses, aux yeux rougis, aux cheveux en bataille et trop longs, la figure mangée par une barbe grise. Son tee-shirt était taché et marqué d'auréoles de transpiration sous les bras.

Il avait l'air déglingué. Vieux. Et ne ressemblait en rien au héros qui sauverait Kate Linville.

Il tressaillit violemment en entendant sonner à la porte d'entrée. Il hésita avant de répondre. Mais se dit qu'il risquait de passer à côté d'informations importantes.

Il alla ouvrir d'un pas traînant – il se sentait complètement rouillé. C'était le sergent Helen Bennett, l'air épuisée et bouleversée.

— Bonsoir, chef, dit-elle. J'ai besoin de parler à quelqu'un. Vous avez un instant ?

— Entrez.

Il la précéda au salon, gêné de l'état dans lequel Helen le voyait. Sale, négligé. Mais pas ivre. Il aurait parié qu'elle était arrivée avec cette crainte et qu'elle poussait à présent en son for intérieur un soupir de soulagement. Il ne bafouillait pas, il ne titubait pas. Il espérait que cela la rendrait indulgente face au spectacle qu'il offrait.

— Des nouvelles de Kate ? s'enquit-il.

Ils se tenaient l'un en face de l'autre dans le salon.

— Non, répondit Helen. Ça… ça n'avance pas. J'ai peur.

— Asseyez-vous. Je n'ai malheureusement rien à vous offrir, même pas du café.

— Ce n'est pas grave, répondit Helen.

Elle s'assit. Caleb vit qu'elle évitait soigneusement de regarder la bouteille de whisky. Elle ne cessait de se malaxer les doigts.

— Vous savez que l'inspecteur Stewart est mort, n'est-ce pas ? dit-elle d'une voix éteinte.

Hale acquiesça d'un signe de tête. La phrase résonna dans sa tête. « L'inspecteur Stewart est mort. »

Invraisemblable.

— Je n'arrive pas à y croire, fit-il.

Le regard de Helen trahissait sa souffrance.

— Moi non plus, c'est totalement irréel.

Caleb s'assit à son tour.

— Vous en êtes où ? demanda-t-il en s'obligeant à être factuel. Je connais les grands traits de l'affaire. Et je sais ce qui s'est passé à Leeds. Qu'il y a deux criminels, dont l'un est mort et l'autre en fuite.

Helen opina.

— Ian Slade. C'est sûrement l'assassin de l'inspecteur Stewart, et il a abattu son complice Sacha Walsh avant de prendre la fuite. Sans doute pour éviter qu'il puisse dire quoi que ce soit à la police. Sacha Walsh était attardé, d'après les déclarations de Xenia Paget, qui a été autrefois sa nounou, et celles du directeur d'un centre éducatif fermé où Walsh a passé plus de treize ans. Il n'avait sans doute pas vraiment l'intention de tuer, Slade a dû se servir de lui.

— Donc Walsh et Slade se sont connus au centre, en déduisit Caleb.

Il avait parié pour la prison, il n'était pas tombé très loin.

— Exact, répondit Helen. Hier, j'ai eu le directeur au téléphone. Kate et l'inspecteur Stewart étaient allés le voir au sujet de Ian Slade, mais à ce moment-là ils n'étaient pas encore au courant pour Sacha. Ian et lui appartenaient au même groupe. Ils n'avaient pas l'air spécialement proches, mais il faut dire que tout le monde courait après Slade. Par peur. C'était important de se mettre bien avec lui.

— Je vois. Et c'est quoi le mobile de Slade ?

Helen lui rapporta l'histoire de la fillette enlevée. D'après Kate, l'auteur de l'appel anonyme aurait été Sophia Lewis.

— Ce serait à cause d'elle que Ian a été envoyé en centre fermé.

— Il connaissait l'identité de la personne qui avait appelé ?

Helen haussa les épaules.

— Si notre théorie est juste, il devait savoir.

— Et Walsh ?

— Sacha Walsh est le fils adoptif russe de la famille Walsh. Oliver et Alice. Ils l'ont adopté parce qu'ils ne pouvaient pas avoir d'enfants.

Helen lui résuma aussi précisément que possible les événements tragiques de sa courte vie jusqu'à la mort de la petite Lena.

— On lui a collé le meurtre sur le dos. C'était un enfant, à l'époque il n'avait pas tout à fait 7 ans. Avec un retard de développement très marqué, voire un léger handicap mental. Il n'était donc pas responsable pénalement, bien sûr.

— C'est vraiment…

— Oui. C'est vraiment immonde. On pouvait le convaincre de n'importe quoi, il a dû croire à ce qu'on voulait lui faire dire. La police, le juge et l'office de protection de la jeunesse n'ont pas mis cette version en doute. Il se peut même que Sacha ait avoué, il faudra que je vérifie. Quoi qu'il en soit, il a été envoyé en centre éducatif fermé.

— La vengeance, dit Caleb. Le mobile de ces deux jeunes gens.

— J'ai longuement parlé avec Xenia Paget. Elle pense que pour Sacha, c'est exclu. Il a certainement été manipulé une fois de plus. Par Ian Slade. Slade avait besoin d'un complice pour pouvoir agir plus facilement et embrouiller tout le monde. Il a dû convaincre Sacha qu'il devait demander des comptes à tous ceux qui avaient été mêlés à l'affaire. Mais c'est lui qui a pris les choses en main. C'est l'homme qui a tiré sur Xenia dans le train, elle l'a reconnu.

— Ceux qui étaient mêlés à l'affaire, reprit Caleb. C'est-à-dire Xenia Paget, Oliver Walsh et sa femme Alice ?

— Oui. En ce moment, Oliver Walsh et Xenia sont à l'hôpital à Leeds, sous protection policière. Oliver et Alice ont divorcé il y a des années. On essaie de retrouver Alice.

— Elle est également en danger.

— En effet.

— Et Slade tient Sophia Lewis. Et Kate.

— Oui.

— Bon Dieu !

Hale réfléchit un instant.

— Il doit avoir une voiture, non ? Autrement il n'aurait pas pu quitter Leeds.

— Ian Slade s'est présenté à l'hôpital de Scarborough sous l'identité d'un certain Jack Gregory. Un étudiant de Manchester porté disparu depuis un an. Son fourgon non plus n'a jamais refait surface. On peut donc supposer…

— Que Slade se sert du véhicule de Gregory.

— C'est un Ford Transit, on a lancé un avis de recherche.

Caleb frotta ses tempes douloureuses.

— Il a forcément une planque. Un endroit où il a conduit Sophia Lewis. Et où il est en train d'emmener Kate. S'il…

— S'il ne les a pas déjà tuées, compléta Helen, la mine sombre.

Ils se regardèrent.

— Non, dit tout bas Caleb. Pas Kate…

— On doit absolument partir de l'idée qu'elle est vivante,

répliqua Helen. C'est ce qui nous permettra de faire ce qu'il faut pour la sauver.

Faire ce qu'il faut. Et, pour commencer, faire quelque chose. Mais quoi ?

— Des collègues ont foncé à l'ancien domicile de la famille Slade à Bromwich et aussi à la maison des Walsh à Nottingham, poursuivit Helen. Il y avait une petite chance que ce soit inoccupé et que ça puisse servir de planque. Mais non. La maison des Slade est habitée par un couple d'un certain âge qui n'a jamais entendu parler d'eux. Les Slade ont déménagé il y a longtemps et personne ne sait où ils sont allés. Et chez les Walsh, c'est une mère célibataire avec deux enfants qui, elle non plus, ne sait rien des anciens occupants. Les collègues ont dit que dans les deux cas personne n'a été ravi de voir débarquer la police, mais que c'était impossible que Slade se soit caché dans l'un ou l'autre endroit.

— Il a un point de chute, c'est obligé, dit Caleb en serrant le poing. Enfin quoi, il ne se balade pas comme une fleur avec maintenant *deux* femmes qu'il a enlevées, dont l'une dans un état critique. Il a un point de chute. Sacha Walsh devait le connaître et c'est pour ça qu'il l'a tué.

— Le problème, c'est qu'on est en sous-effectif, souligna Helen. Vous avez été mis à pied. Le responsable de l'enquête est mort, et Kate Linville est portée disparue. On est en train de monter une équipe, mais il faudra reprendre tous les détails de l'affaire. Ça me rend folle. Et le pire, c'est que j'ai l'impression qu'on n'a plus le temps. Il est possible que Kate et Sophia soient encore en vie. Mais plus pour longtemps. Il sera obligé de les tuer.

— Qu'est-ce que je peux faire, Helen ? Je suis suspendu.

Tout en disant ça, il repensa à Kate. À deux reprises, elle s'était lancée de son propre chef dans une enquête, ici, à Scarborough, sans y être habilitée. Dans le premier cas, il s'agissait de son père, qui avait été agressé chez lui en pleine nuit et assassiné d'une façon particulièrement horrible. Elle avait pris l'affaire en main sans se soucier du reste, et en particulier de

Caleb. On avait tué son père. Il aurait fallu l'enchaîner pour l'empêcher d'agir.

Et voilà que, dans une situation analogue, il envisageait sérieusement de s'écraser et de se soumettre au règlement ! Si Kate et lui se retrouvaient un jour l'un en face de l'autre, qu'est-ce qu'elle penserait de lui ?

Helen se leva, lasse et bouleversée. Le sort de Kate l'accablait, mais elle ne la connaissait pas depuis longtemps. En revanche, elle aussi avait travaillé de longues années avec Stewart. Sa mort la laissait anéantie. Comme Caleb, elle n'arrivait pas encore à réaliser ce qui s'était passé.

— Excusez-moi, chef, dit-elle, je sais que vous ne pouvez rien faire. Que vous n'avez pas le droit d'intervenir. J'avais juste besoin de parler à quelqu'un, autrement j'allais craquer.

Caleb se leva à son tour et la raccompagna à la porte.

— Je suis de la partie, déclara-t-il. Je ne sais pas encore comment, mais j'en suis. D'une manière ou d'une autre.

Elle lui jeta un regard interrogateur. Il haussa les épaules.

— Je n'ai pas encore de plan. Mais je trouverai bien quelque chose.

Pour la première fois ce soir-là, un semblant de sourire apparut sur le visage de Helen.

— Je sais, dit-elle à voix basse, vous trouvez toujours quelque chose.

Hale se sentit presque dépassé par cette marque de confiance, mais il répondit :

— En effet, j'y compte bien.

Même si ça n'était encore d'aucune aide à Kate, il se décida à de grands travaux après le départ de Helen. Il se rendit dans la salle de bains, se doucha longuement. Se rasa. Se changea, fourra tous ses vêtements sales dans le lave-linge. Il était trop tard pour entreprendre quoi que ce soit ce soir-là, mais reprendre forme humaine lui permit d'éprouver de nouveau un sentiment de force et de confiance. De ne plus avoir envie de se borner à une existence végétative.

Il redescendit dans le salon, prit la bouteille de whisky et la vida dans l'évier. L'odeur de l'alcool lui donna le tournis. Seigneur, comme il en avait envie ! Il se sentit baigné de sueur. Il regarda son élixir disparaître dans le siphon en glougloutant légèrement.

Il respira à fond.

Kate avait besoin qu'il soit sobre. Elle avait besoin qu'il soit à 100 % de ses capacités intellectuelles et opérationnelles.

Elle avait plus que mérité de pouvoir compter sur lui.

Lundi 5 août 2019

1

Depuis la veille, elle était sûre de ne pas être seule dans la maison. À un moment donné, elle avait même cru entendre un moteur de voiture, mais n'aurait pas pu le jurer. Elle s'était endormie, d'un sommeil agité, superficiel en raison de la douleur qui la tourmentait. L'infection s'aggravait. Qui plus est, elle avait faim et terriblement soif. D'après ses calculs, il avait dû s'écouler quarante-huit heures depuis que Ian était venu pour la dernière fois lui apporter à manger.

Elle ne tiendrait plus très longtemps.

Elle ne savait plus quel jour on était ni quelle date, mais le jour qui pointait derrière le store l'amenait à penser qu'on était le matin. Et en dehors du fait que, la veille, une voiture était peut-être arrivée, elle avait l'impression d'avoir entendu à l'instant des pas dans la maison. Le parquet avait craqué. Ou alors c'était le vent dans la charpente. Mais non, elle ne pouvait pas se tromper de la sorte. Ian était rentré. Elle avait entendu sa voiture et ses pas.

Mais alors pourquoi est-ce qu'il ne venait pas la voir ?

Par pur sadisme ? C'était tout à fait plausible. Il savait qu'elle avait faim et soif. Qu'elle avait peur.

Il n'aurait pas pu rêver mieux.

Toute la question était de savoir jusqu'où il irait.

À présent, elle sentait qu'elle avait une forte fièvre, ce qui signifiait que l'infection était grave. En plus, elle avait l'horrible impression qu'il ne s'écoulait plus rien par la sonde. Soit elle était bouchée, soit sa vessie ne fonctionnait plus normalement. Elle essaya de se souvenir de ce qu'elle avait pu lire ou entendre sur le sujet, mais rien ne lui vint. Pour l'instant, ce n'était pas encore insupportable. Cependant si la douleur augmentait, elle deviendrait vite intolérable.

Sophia continuait désespérément à tenter de former des mots. Ils flottaient dans sa tête, mais ne voulaient pas franchir ses lèvres. De toute façon, comment Ian aurait-il réagi s'il avait entendu ses appels à l'aide ? Il aurait probablement ricané.

Elle ne comptait plus trop sur une mort rapide. Elle était grièvement blessée, mais dans le fond elle était forte, en bonne forme et en bonne santé. Son corps ne renoncerait pas si facilement. Elle pouvait s'attendre à une terrible et interminable agonie.

Elle ne savait pas ce qui était pire : la soif ou la douleur. Les deux associées constituaient une vraie torture.

Sans même parler de la peur. Ni de l'impuissance.

Au point où elle en était, elle espérait que la fièvre augmente jusqu'à lui donner l'impression de rêver.

2

Caleb était parti tôt en voiture et arriva à Birmingham en fin de matinée. Il n'avait pas rendez-vous avec le directeur du centre éducatif fermé, mais comptait bien le voir. Par chance, il n'avait pas encore rendu son insigne. Dans le chaos provoqué par l'affaire White, c'était passé inaperçu. Il savait qu'il ne manquerait pas d'aggraver sa situation en s'en servant, mais rien ne comptait plus. Il s'agissait de Kate.

Il savait qu'à une certaine époque, elle avait été très amoureuse de lui, mais ignorait si elle était passée à autre chose. Lui n'avait pas donné suite, parce qu'elle n'était absolument pas son type de femme. Il ne la trouvait pas séduisante en dépit de toute l'estime qu'il éprouvait pour elle. Une souris grise, presque invisible à force d'insignifiance. Et elle s'habillait n'importe comment. Lui-même avait été marié quelques années et, avant, après, parfois même pendant son mariage, avait eu de nombreuses liaisons passionnées et sans lendemain. De très belles femmes, sûres d'elles, sexy. Des femmes qui apportaient de la légèreté dans sa vie, qui aimaient le sexe et dissipaient ses idées noires – comme lorsqu'il buvait. Il lui arrivait de ne plus savoir ce qui était le plus efficace, le sexe ou l'alcool. La combinaison des deux était explosive.

Concernant Kate, ce qu'il jugeait le plus gênant, c'était le peu d'estime qu'elle avait pour elle-même. Elle était tout le temps sur la défensive. Il ne comprenait pas son manque de confiance en soi, car elle était intelligente et faisait preuve d'un grand esprit d'analyse. Par ailleurs elle était douée d'une intuition remarquable quand il s'agissait de résoudre une affaire. Il lui arrivait de sentir des choses sans pouvoir les expliquer logiquement. Caleb avait toujours été fasciné par cette faculté de percevoir l'invisible, si peu répandue chez ses collègues.

À présent qu'elle était en danger, il se rendait compte qu'il éprouvait pour elle plus que de la simple admiration envers une collègue plutôt douée. Ce n'était pas une femme qu'il pourrait un jour désirer, mais il ne voulait surtout pas la perdre. Ça allait même plus loin : le simple fait d'imaginer qu'elle pourrait ne plus être là lui était proprement insupportable. Il n'avait jamais ressenti ce genre de choses avec les femmes qu'il avait fréquentées.

Or, là, il était proche de la panique. Il devait retrouver Kate. La sauver. La délivrer. Faire en sorte qu'elle reste en vie. Dans sa vie à lui.

Troublé par la violence de ce sentiment nouveau pour lui, il se dit que ce n'était pas le moment d'y regarder de plus près. Il verrait ça plus tard.

Sean Hedges, le directeur du centre fermé, ne fut pas surpris de voir revenir la police. Depuis son entretien téléphonique avec Helen, il était informé de ce qui s'était passé le samedi précédent et s'attendait à ce qu'on l'interroge de nouveau. Il ne jeta qu'un rapide coup d'œil sur la plaque de Caleb.

— Je suis abasourdi. Horrifié, dit-il, l'air de n'avoir pas beaucoup dormi au cours des dernières nuits. Sacha est mort. Un policier a été tué. C'est épouvantable. Je ne trouve pas d'autres mots.

— Et une de nos collègues a disparu. Sans doute enlevée par Ian Slade.

— Toujours aucune nouvelle d'elle ?

— Non. Il faut absolument que je parle au thérapeute qui a suivi Slade. Et avec le professeur médiateur, le chef de groupe ou celui qui était son interlocuteur au quotidien.

— Dans le cas de Ian, c'était la même personne. Son

professeur médiateur était aussi son thérapeute. Mais il est en vacances dans le sud de la France.

— Il me faut son numéro de portable, je dois absolument lui parler.

Hedges poussa un soupir.

— Moi-même j'essaie depuis samedi. Il avait dit qu'il éteindrait son portable. Ses vacances…

— Ses vacances ne m'intéressent pas, le coupa Caleb. On doit sauver deux femmes qui se trouvent aux mains de ce psychopathe. Essayez encore de le joindre, ce… ce thérapeute qui n'a manifestement pas réussi, c'est le moins qu'on puisse dire, à faire en sorte que Ian Slade ne représente plus un danger pour ses semblables !

Sean Hedges rougit.

— Excusez-moi, mais ça n'est pas si simple que ça avec un psychopathe.

— En tout cas, vous l'avez laissé sortir.

— Nous n'avions aucun motif valable de le garder ici.

Caleb se rendit compte qu'il était injuste.

— OK, je ne vous reproche rien. Mais il faut que je parle à cet homme quel que soit l'endroit où il se dore au soleil dans sa chaise longue !

Il n'espérait pas grand-chose de cette nouvelle tentative mais, contre toute attente, le thérapeute décrocha – le week-end était passé, sans doute avait-il décidé de se montrer moins strict. Il s'appelait Kamil Abrowsky et se trouvait au bord de la piscine de sa location de vacances à Sanary-sur-Mer. Il n'avait pas encore consulté son portable et n'avait donc pas connaissance des messages que Kate lui avait laissés. Il fut choqué en entendant le bref résumé des événements que lui fit Sean Hedges avant de lui passer Caleb. Les cigales chantaient en arrière-fond.

— Ici l'inspecteur principal Caleb Hale du CID de Scarborough. On doit retrouver de toute urgence votre ancien patient Ian Slade. Il a enlevé deux femmes.

— Grand dieu, marmonna Kamil Abrowsky.

La bulle de bien-être, ciel bleu, cigales, odeur de pin, température estivale, avait éclaté en l'espace d'une seconde.

— Le temps nous est compté, monsieur Abrowsky, on pense que ces deux femmes sont en danger de mort.

— C'est probable, répondit le psychologue d'un ton résigné.

Il ne semblait guère se faire d'illusions sur l'état psychique de son ancien patient.

— Monsieur Abrowsky, est-ce que vous étiez également le thérapeute de Sacha Walsh ?

— Oui, mais lui ne peut pas avoir commis d'acte répréhensible. Ce garçon n'aurait pas fait de mal à une mouche.

— Vous avez eu des doutes au sujet de ce qu'il était censé avoir fait ? Vous savez, avoir noyé sa petite sœur dans la baignoire ?

Abrowsky eut une hésitation.

— Il avait avoué. Pourtant je reconnais que cette histoire reste une énigme dans ma carrière de psychologue. Il y a un truc qui ne colle pas...

Il n'acheva pas sa phrase.

— C'est normal, ce n'est pas lui qui a causé sa mort, expliqua Caleb. On vient de le découvrir. C'est sa mère adoptive qui a tué la fillette. Ils lui ont fait porter le chapeau.

— Non ! fit Abrowsky, abasourdi.

— Eh si... Mais revenons-en à Slade. Est-ce qu'il aurait parlé d'un endroit, d'une cachette possible, où il aurait pu emmener les deux femmes ? Réfléchissez, s'il vous plaît. Un logement quelconque ? L'appartement d'un copain ? Un... un vieux hangar où il aurait joué étant enfant ? Enfin, quelque chose, quoi ! Je sais que vous êtes tenu au secret professionnel, mais c'est vraiment une question de vie ou de mort.

Compte tenu des circonstances, Abrowsky ne trouva pas la formule exagérée. Il se plongea dans les souvenirs de ses séances avec Slade.

— Je ne sais pas. Bon sang, je ne vois vraiment pas. Il y a ce garage où il avait entraîné la fillette...

— On a déjà vérifié, il n'y est pas. On est allé aussi à l'ancien domicile des Slade et à celui de la famille Walsh. D'autres personnes y habitent. Aucune trace de Ian Slade.

— Je voudrais vraiment pouvoir vous aider. Mais Ian est arrivé chez nous à l'âge de 12 ans. Il n'avait logé nulle part ailleurs que chez ses parents. Il n'y avait rien d'autre.

— Et Sacha ? Ils ont fait cause commune, même si Slade était le meneur. Slade l'a abattu avant de prendre la fuite sans doute parce que Sacha connaissait la planque.

— C'est un véritable cauchemar, fit Abrowsky, bouleversé.

— C'est le moins qu'on puisse dire. Et Sacha, est-ce qu'il vous aurait parlé de quelque chose ? D'un endroit ?

— Je suis profondément navré, inspecteur. Je voudrais vraiment vous aider, mais je ne vois rien, absolument rien.

— OK, je vais vous donner mon numéro de portable. Appelez-moi immédiatement s'il vous revient quoi que ce soit, d'accord ?

— Bien entendu. Mais… J'ignorais complètement que Ian et Sacha… Qu'il y avait un lien entre eux. Ian n'avait aucun ami, vous savez. Tout le monde le craignait.

— Ils ont été libérés à peu près à la même époque ?

— Ian est parti six mois plus tôt.

— En tout cas, apparemment Sacha lui avait confié qu'il n'avait pas tué sa petite sœur et qu'il avait été sacrifié par sa famille.

— Oui, répondit tristement Abrowsky.

C'était un coup dur pour lui. Il se rendait compte à présent qu'au cours de toutes ces années il n'avait pas réussi à gagner la confiance de Sacha alors qu'un psychopathe comme Slade, lui, y était parvenu.

Il poussa un profond soupir. Au temps pour ses vacances.

Il nota le numéro de Caleb et promit de le rappeler le cas échéant. Le policier espéra qu'il passerait le reste de la journée à se creuser les méninges.

Il prit congé de Hedges en le priant également de le contacter s'il lui revenait un élément important. Une fois dans la rue, il inspira profondément l'air frais de cette journée d'août où la chaleur marquait le pas. Deux jours plus tôt, Kate s'était trouvée au même endroit. En compagnie de Robert Stewart.

— Kate, où es-tu ? chuchota-t-il. Où es-tu ? Et maintenant, qu'est-ce que je dois faire ?

Kamil Abrowsky ne lui avait rien appris. À supposer même qu'il lui revienne en mémoire un fait crucial, il ne pouvait pas patienter jusque-là. Le temps était compté. Pour Kate. Et a fortiori pour Sophia Lewis.

— Qu'est-ce que tu ferais maintenant, Kate ?

Il écouta l'écho de ses paroles, espérant une réponse. *Que ferait Kate à sa place ?*

Il savait qu'elle procédait de manière rationnelle et méticuleuse et qu'elle avait parfois du mal à déléguer. Elle avait besoin de se convaincre des choses par elle-même. Non parce qu'elle ne faisait pas confiance aux rapports et aux comptes rendus de ses collègues, mais parce qu'elle ne pouvait laisser parler son intuition que si elle s'était rendue elle-même sur place. Elle avait besoin de voir, d'écouter, de respirer, de sentir sans se laisser influencer par d'autres.

Caleb décida de se rendre à l'ancien domicile des Slade à Bromwich, puis à celui de la famille Walsh à Nottingham. Il n'espérait pas vraiment y faire de découvertes, sans compter qu'il n'avait pas les facultés de Kate. Son intuition était loin d'égaler la sienne. Mais ça l'aurait rendu fou de rester inactif.

Helen lui avait envoyé les adresses. Il entra la première dans son GPS et se mit en route. West Bromwich n'était pas loin de Birmingham, il arriva devant la maison une demi-heure plus tard. Elle se trouvait au bout d'une longue rue sinistre où se succédaient des bâtisses délabrées. Un certain nombre paraissaient inoccupées, voire à peine habitables. Vitres cassées et même, parfois, portes envolées. L'ancien domicile des Slade ne faisait pas partie de ces maisons mitoyennes. Au lieu de n'avoir qu'un minuscule jardinet devant et un tout petit bout de gazon à l'arrière, elle était entourée d'un vrai jardin. Celui-ci était néanmoins à l'abandon, envahi par des ronces et entouré d'une clôture miteuse. Pas de voiture sur la place de stationnement dans la cour. Elle était peut-être garée dans la remise qui se trouvait à l'arrière du jardin, à demi cachée par la maison. Caleb l'examina d'un œil soupçonneux. Est-ce qu'on pouvait y entreposer une ambulance ?

Comme il n'y avait pas de sonnette à l'entrée du jardin, il s'approcha de la porte et toqua. Au bout d'un moment, il entendit des pas. Un homme ouvrit. Une femme se tenait derrière lui. Ils n'étaient ni l'un ni l'autre très vieux, mais accablés par la pauvreté, l'absence de perspectives et la léthargie. Ils regardèrent Caleb avec méfiance.

— Oui ?

L'inspecteur sortit son insigne.

— Inspecteur principal Hale, du CID de Scarborough. Je suis ici parce qu'une famille du nom de Slade a vécu dans cette maison il y a un certain temps.

Il se sentait un peu stupide, les collègues étaient déjà venus pour la même raison et ça n'avait rien donné.

— Quelqu'un de la police nous a déjà interrogés à ce sujet, répondit l'homme. Nous n'avons pas pu l'aider.

— Je voulais me faire une idée par moi-même. Il faut absolument qu'on entre en contact avec la famille Slade.

— On ne sait pas où ils sont. On est juste locataires.

— Et vous vous appelez ?

— M. et Mme Dales.

— Qui est votre propriétaire ?

— La Ville. C'est du logement social. On paie un tout petit loyer. Ça fait longtemps que je n'ai plus de travail.

M. Dales eut l'air inquiet.

— Est-ce que ça pose un problème ? C'est aussi ce que j'ai expliqué à votre collègue.

— Non, ne vous inquiétez pas.

Caleb réfléchit. Ça confirmait les informations qu'il avait

déjà. Les parents de Ian Slade avaient disparu sans laisser de traces, la maison était propriété de la commune, qui l'avait relouée quand il avait été clair qu'on ne les reverrait plus.

— Une question, poursuivit Caleb. Qu'est-ce qu'il y a dans la remise, derrière la maison ?

— Rien, répondit Dales. Elle est vide.

— Je pourrais y jeter un coup d'œil ?

Il savait que si les Dales refusaient, il ne pourrait pas les y obliger. D'ailleurs cet entretien, tout comme son échange avec Kamil Abrowsky, était parfaitement illégal, mais l'heure n'était plus aux subtilités de ce genre.

— Bien sûr, s'empressa de répondre Dales, ignorant sans doute qu'il aurait pu s'y opposer. Allez-y, c'est ouvert.

Caleb se dirigea vers la remise, ouvrit la grande porte en bois. De minces filets de lumière s'insinuaient à l'intérieur par les interstices des murs et les chevrons manquants. Effectivement, la remise était vide. En tout cas, il y aurait eu la place d'y garer un véhicule de la taille d'une ambulance. Caleb scruta le sol en terre battue. Il ne vit aucune trace de pneus, mais le sol était sans doute trop dur.

Peut-être que c'était absurde. Penser que ces gens sans malice pouvaient être complices d'un dangereux criminel. Ils avaient paru déstabilisés, mais c'était la deuxième fois que la police se présentait chez eux. Ils n'avaient sans doute rien à cacher. Ils commençaient juste à craindre qu'il y ait un problème avec leur bail.

Je tâtonne dans le noir, se dit Caleb.

Il prit congé des Dales, qui se tenaient sur le pas de la porte, l'air anxieux, et regagna sa voiture.

Il y avait quelque chose qui le gênait. Plus exactement, qui lui paraissait curieux. Mais il n'arrivait pas à mettre le doigt dessus. Peut-être était-ce son imagination.

Et maintenant, Nottingham. Sans grand espoir.

L'ancienne maison de la famille Walsh se trouvait à bonne distance de la ville, en bordure d'un petit village. Une vieille ferme qui avait été rénovée. Fenêtres récentes et toit flambant neuf. À côté, une grange, dont les murs avaient été enlevés pour en faire un abri voiture. Cela dit, on n'y voyait pas de véhicule. À cet instant du moins.

Caleb se gara et se dirigea vers la porte. Là non plus, le terrain n'était pas entretenu, mais l'ensemble ne donnait pas la même impression de délabrement et de négligence qu'à Bromwich. Au contraire, la propriété, avec cette absence de limite bien définie entre le jardin et le paysage alentour, avait un côté charmant.

Ici, au moins, il y avait une sonnette – qui émit un son strident. Caleb attendit. Au bout d'un moment, une femme lui ouvrit, l'air méfiant.

— Oui ?

Il sortit son insigne.

— Inspecteur principal Caleb Hale, CID de Scarborough. Je n'aurais qu'une ou deux questions à vous poser.

La femme soupira.

— Mais vos collègues sont déjà venus !

— Je sais, c'est juste une vérification de routine, répondit Caleb, conscient du peu de crédibilité de sa réponse. Vous êtes madame… ?

— Callaghan. Maud Callaghan.

— Madame Callaghan, est-ce que vous pourriez me dire qui vous a loué cette maison ?

— Je l'ai achetée. Plus exactement, c'est mon ex-mari qui l'a achetée. Pour moi et les enfants.

Sa voix trahissait l'amertume et le cynisme.

— Il fallait bien qu'il se donne un peu bonne conscience après s'être tiré avec une salope de l'âge de sa fille.

— Je comprends. Et donc vous vivez ici avec vos enfants ?

— Mes deux garçons, oui, 13 et 15 ans.

— Ils sont à la maison ?

— Non, en colonie de vacances. Au bord de la mer, à Bournemouth.

Personne dans les parages. Il ne servait manifestement à rien de s'attarder ici.

Il tourna son regard vers l'abri voiture.

— Vous n'avez pas de voiture ?

— Non, je n'ai pas beaucoup d'argent.

— Mais comment faites-vous ? C'est très loin de tout ici.

Maud Callaghan fit un signe de tête en direction de l'arrière de la maison.

— J'ai un vélo. Je me débrouille.

— Je vois.

Il n'y avait rien, pas le moindre indice. Ce qui au fond n'était pas étonnant. Les familles Slade et Walsh avaient cessé depuis longtemps d'exister en tant que telles. Elles avaient toutes les deux été frappées par une tragédie qui avait tout dévasté. Il ne restait plus rien d'elles.

Caleb prit congé de Maud Callaghan, regagna sa voiture et se mit à réfléchir.

Ian Slade s'était volatilisé alors qu'il avait enlevé deux femmes, qu'il roulait dans un véhicule volé et qu'il avait dû se débarrasser d'une ambulance. Il avait dû envoyer celle-ci par le fond dans n'importe quel lac de gravière. Il n'était pas assez stupide pour l'avoir entreposée à proximité immédiate de l'endroit où il se tenait, Caleb l'aurait parié. Trop encombrante, trop voyante. Inutile de chercher des garages de grande taille. On pouvait rayer l'ambulance de la liste, elle avait définitivement disparu.

En revanche, Slade devait avoir gardé le Ford Transit de l'étudiant de Manchester – qui était très certainement mort. C'était une fourgonnette, mais elle était relativement facile à cacher. Il suffisait de se garer quelques rues plus loin, dans un grand parking ou sur un chemin de terre. Ce n'était pas sans risque, mais comme Slade devait se douter qu'on avait découvert sa fausse identité et que le véhicule était sous le coup d'un avis de recherche, il ne ferait rien d'irréfléchi. Sans compter qu'il pouvait tout à fait avoir volé depuis longtemps une plaque minéralogique, auquel cas la police n'avait pas grande chance de le retrouver.

Il tourna son regard vers la maison, mais Mme Callaghan était rentrée et ne s'étonnait probablement pas de le voir rester là.

Hale avait conscience que Ian Slade pouvait se trouver n'importe où. Pourquoi pas dans une résidence secondaire isolée de la côte Sud ? Il avait peut-être dégoté une villa pour s'y cacher avec ses victimes et assassiné ses occupants sans que quiconque le sache. Une autre possibilité était qu'il ait conservé des liens avec d'autres jeunes du centre fermé. On le redoutait à l'époque, et sans doute que d'anciens camarades, par crainte, étaient encore prêts à lui rendre service et à l'héberger.

Est-ce que se procurer les noms des anciens détenus du centre pour les interroger constituait un bon point de départ ? Ce serait long et fastidieux, prendrait plus de temps qu'il n'en restait à Kate et à Sophia. Qui plus est, Caleb n'était pas habilité pour initier pareille recherche. Tout ce qu'il pouvait faire, c'était donner l'idée à Helen, qui se chargerait ensuite de la mettre en œuvre avec ses collègues. Il sortit son portable pour l'appeler, mais sans conviction.

Il fallait qu'il trouve autre chose. L'idée géniale qui provoquerait une avancée décisive.

Qu'est-ce que tu ferais, Kate ? s'interrogea-t-il de nouveau silencieusement en attendant que Helen réponde. Qu'est-ce que tu ferais ?

Helen finit par décrocher.

Kate resta muette.

3

Elle était assise par terre, dans une petite pièce. Où ? Elle n'en avait aucune idée. Incapable de parler. Respirant difficilement. Ian l'avait obligée à retirer une de ses chaussettes et, après avoir roulée celle-ci en boule, la lui avait enfoncée dans la bouche. Après quoi, il lui avait collé une bande de ruban adhésif sur les lèvres. Il y avait visiblement trouvé du plaisir.

« Je fais toujours ça, avait-il expliqué. La chaussette dans le gosier. Le plus profondément possible. C'est agréable, hein ? »

Elle n'avait rien pu répondre, s'était bornée à un gargouillement. Sans compter qu'elle luttait contre la nausée.

« Au centre, il y avait quelques grands qui nous faisaient ça, à nous les petits. Ils adoraient ça. Tantôt ils nous plongeaient la tête dans la cuvette des toilettes et on devait boire l'eau, tantôt ils nous enfonçaient la chaussette dans la gorge et ils nous abandonnaient une heure ou deux dans les WC. Les éducateurs ne voyaient rien ou faisaient semblant de ne rien voir. Et on n'avait pas intérêt à cafter ! On aurait vécu l'enfer ! »

Il avait souri.

« Je suis arrivé au centre à 12 ans. Je n'ai pas eu à souffrir longtemps. Je suis vite devenu grand et fort. Et alors j'ai fait la même chose aux autres. C'était cool. Vraiment jouissif. »

Kate essaya de positionner sa langue de manière à pouvoir repousser légèrement la chaussette vers l'avant, ne serait-ce que de quelques millimètres – pour respirer plus facilement. Peine perdue.

Elle s'était demandé combien de temps ça allait durer. La réponse était simple : aussi longtemps que le voudrait le type qui était devant elle. Et aussi longtemps qu'elle n'étoufferait pas.

« Sacha a beaucoup souffert. Il a eu 7 ans quand il est arrivé au centre et en plus il était très maigrichon. Et il avait une case en moins. Les grands ont fait de lui ce qu'ils voulaient. Ils le harcelaient, ne laissaient jamais passer la moindre occasion de s'en prendre à lui. Apparemment, il avait noyé sa petite sœur dans la baignoire. Les autres en avaient fait des vertes et des pas mûres, ceux qui atterrissaient au centre n'étaient pas vraiment des anges. Mais ils se sont posés en grands défenseurs de la morale. Sacha était un *tueur d'enfants*. Il était tout en bas de l'échelle. »

Il avait eu un nouveau sourire.

« Il en faut toujours un. Qui soit tout en bas. Celui-là, il se prend tout dans la tronche. Les autres ont besoin de se sentir supérieurs. Et il y a toujours une bonne raison pour que quelqu'un se retrouve en bas de l'échelle. Quand on a noyé un enfant de 1 an… »

Elle haletait, l'envie de vomir montait.

Il était accroupi devant elle. Toujours ce satané sourire sur les lèvres. Un sourire mauvais. Un sourire de dément, de malade. Mais en même temps très rusé. Ian Slade était un psychopathe, néanmoins, Kate ne le savait que trop bien, les psychopathes étaient tout sauf stupides. Il ne fallait pas s'attendre à ce qu'il ait commis une erreur – une erreur qui permette à la police de découvrir sa planque. Il était malin et très sûr de lui. Et il maîtrisait visiblement la situation. À aucun moment il n'avait perdu le contrôle, même quand deux personnes avaient sonné à l'improviste chez Oliver Walsh. Il ne savait pas alors qu'il s'agissait de policiers, mais il avait tiré avant que quelque chose puisse lui échapper. Puis il avait pris le large. Kate se demandait pourquoi il l'avait emmenée au lieu de l'abattre sur place. Au fond, elle représentait une charge pour lui. Mais elle était flic, et il le savait. Au moment où il avait surgi devant elle dans l'escalier, elle avait lancé, alors qu'elle se trouvait deux marches plus bas, désarmée : « Sergent détective Kate Linville, CID de Scarborough. Posez immédiatement votre arme ! »

Il l'avait considérée avec perplexité et, s'il n'avait pas tiré, c'était sans doute que son audace l'avait cloué sur place un instant. Ensuite, un sourire était apparu sur ses lèvres, ce sourire répugnant qui exaspérait Kate, et il avait dit tout bas : « Tiens donc. Une flic... »

Elle avait eu l'impression qu'à ce moment-là il avait décidé de la laisser en vie – au moins temporairement. Peut-être pensait-il qu'un otage de cette valeur pourrait lui être utile. Ou peut-être était-ce juste le plaisir de la dominer.

Torturer une policière. Kate savait que certains criminels en éprouvaient un sentiment de puissance grisant.

Il l'avait obligée à monter dans le Ford Transit sous la menace de son pistolet. Une fourgonnette en piteux état, très probablement celle du malheureux Jack Gregory. Kate avait marché le plus lentement possible, dans l'espoir de gagner du temps et de permettre éventuellement aux voisins d'observer la scène et d'appeler la police. Mais apparemment, personne n'avait regardé dehors à cet instant. Un matelas était posé sur le sol du coffre. Sur les côtés se trouvaient de grandes boîtes en plastique. Kate se souvint que Jack Gregory s'était servi de son Ford Transit pour faire du camping. Les boîtes contenaient sans doute de la vaisselle, des couverts et autres ustensiles d'usage courant. Malheureusement, impossible de s'en servir. Slade lui avait attaché les mains et les pieds. Aucune chance d'atteindre quelque objet que ce soit et de l'utiliser comme arme. Au moins, il ne l'avait pas bâillonnée.

Elle s'était demandé ce qu'il comptait faire d'elle. Et comment allait Robert Stewart. Lorsque Slade et elle étaient partis, il ne bougeait plus – telle une grande poupée de chiffon jetée négligemment sur les marches. Elle espérait qu'il était encore en vie et qu'il recevrait au plus vite les soins dont il avait besoin.

Pour sa part, ses chances de survie étaient minces, mais elle ne pouvait pas s'empêcher de garder espoir.

Le trajet avait duré dans les deux heures. Il faisait nuit lorsqu'ils s'étaient enfin arrêtés. Ian avait rouvert les portières de la fourgonnette, collé du ruban adhésif sur les yeux de Kate. Après quoi il lui avait détaché les pieds et ordonné de sortir du véhicule. Au début, Kate avait eu de la peine à se tenir debout, elle avait les membres complètement engourdis après être restée trop longtemps dans une mauvaise position. Elle avait poussé un cri de douleur, mais Slade lui avait enfoncé un objet dur entre les omoplates – sans doute son arme – et lui avait intimé l'ordre d'avancer.

« Allez ! On arrête de faire sa feignasse ! »

Elle avait avancé à l'aveuglette à petits pas prudents. Puis Ian était passé devant elle et avait ouvert une porte. Ils étaient entrés à l'intérieur d'une maison. Des dalles de pierre sous les pieds. Kate s'était cogné le coude contre le crépi râpeux des murs. Il y avait une odeur désagréable, d'humidité, de moisissure. Une maison depuis longtemps inoccupée. Le peu d'optimisme qui lui restait s'évanouit. Pendant tout le trajet, Kate s'était demandé où pouvait bien se trouver sa planque. À présent, elle supposait qu'il avait investi une maison vide, peut-être située à proximité de la côte, et que dans l'immédiat personne ne viendrait les déranger. Slade était du genre à assurer ses arrières.

C'était fini.

Sauf si Sacha Walsh connaissait l'endroit. C'était son ultime bouée de sauvetage – on parviendrait sans doute à le faire parler. Cependant, un doute la rongeait : Ian n'était pas reparti avec Sacha. Il l'avait laissé dans l'appartement de Walsh. Un risque énorme. Ça ne lui ressemblait pas.

Ou alors Sacha ignorait tout de cette planque. Dans ce cas, sa bouée de sauvetage avait déjà coulé, avec tout le reste.

Et Sophia. Est-ce qu'elle était là aussi ? Elle avait osé l'interroger :

« C'est là que vous avez planqué Sophia Lewis ? Elle est vivante ? »

Pour toute réponse, il lui avait donné une gifle si brutale que la tête de Kate avait cogné contre le mur. Des larmes de douleur lui étaient montées aux yeux.

« Tu ne poses pas de questions, avait-il sifflé. Compris ? Celui qui pose les questions, ici, c'est moi. »

Ils étaient arrivés dans la pièce où Kate se trouvait à présent, une pièce exiguë. Elle avait pu s'en rendre compte lorsque Slade avait ôté le ruban adhésif de ses yeux. D'un geste si brusque qu'elle avait eu l'impression qu'il lui arrachait tous les cils. Elle n'avait pu réprimer un gémissement. Il avait ri.

« Personne ne t'a encore traitée comme ça, hein ? Eh bien, il y a un début à tout, petite salope ! »

La pièce était une sorte de débarras, avec quelques étagères vides sur un des murs. La fenêtre, située en hauteur, était masquée par un volet roulant. La lumière venait d'une ampoule électrique suspendue au plafond. Ian avait veillé à ce que Kate ne sache pas où elle se trouvait, mais il ne faisait pas le moindre effort pour dissimuler son identité. Il la laissait voir son visage, lui avait parlé du centre fermé. Il partait du principe qu'elle savait qui il était et ne s'en inquiétait nullement.

Ce qui était d'autant plus angoissant pour Kate.

Puis il l'avait brutalement bâillonnée au moyen de sa chaussette, lui avait de nouveau attaché les jambes et avait resserré les liens de ses mains. Bientôt, elle aurait mal, elle le savait. Dans l'immédiat, cependant, le plus pénible était la nausée. Et la sécheresse provoquée par la laine de la chaussette. Kate n'aurait pas soupçonné qu'on puisse avoir aussi vite la bouche sèche. Et que ça provoquait de pareilles douleurs dans la muqueuse.

Pour finir, il l'avait palpée, avait fouillé toutes ses poches, glissé ses mains sous ses vêtements, lui avait pris son insigne.

« Tu le sais bien, avait-il expliqué, la prudence paie toujours. Faudrait pas que tu aies encore une arme quelque part. Ou un portable. »

Après s'être convaincu que Kate ne représenterait aucun danger pour lui, il s'était accroupi devant elle et lui avait parlé du centre fermé et de ce que lui et surtout Sacha avaient subi là-bas. Puis il avait caressé son pistolet avec ce qui ressemblait à de la tendresse.

« C'est un ancien pote du centre qui me l'a procuré. Il est sorti depuis trois ans. Les contacts, c'est important, hein ? J'ai toujours eu envie de buter un flic. D'ailleurs c'est ce que j'ai fait aujourd'hui. Je pense que ton collègue est mort. Il avait vraiment l'air mort dans l'escalier. Malheureusement, je ne savais pas que c'était un flic quand j'ai tiré. Ça aurait été carrément géant. Mais après coup c'est pas mal non plus. »

Elle avait espéré qu'il se trompait. Que Robert survivrait.

« J'ai buté Sacha, aussi. Une balle dans la tête. »

Il avait poussé un soupir hypocrite.

« Pauvre gars. Mais je ne pouvais pas faire autrement. »

Sacha était mort. C'était sûrement le coup de feu qu'elle avait entendu dans l'appartement. À présent, elle avait la réponse à sa question : Sacha connaissait la planque. Ian n'avait pris aucun risque. Les morts ne parlaient pas.

« Sacha n'était malheureusement pas bon à grand-chose, avait poursuivi Ian. Il était censé s'occuper de Sophia – c'est à cause d'elle que je me suis retrouvé dans ce truc de tarés à Birmingham. Comme ça, ni vu ni connu. Et pareil pour Sacha. Je devais me charger de sa famille. On avait tous les deux des alibis pour le moment des meurtres, on était au café avec un tas de gens. Quelqu'un s'en serait souvenu... Sacha devait simplement flinguer Sophia quand elle sortirait de chez elle le matin. Mais j'ai compris que c'était trop dur pour lui, et qu'il la raterait sûrement. Et puis j'ai eu l'idée du fil métallique. J'avais étudié ses habitudes et ce plan me paraissait génial. Si tout se passait bien, elle se tuerait en tombant, mais par mesure de sécurité Sacha était chargé de lui flanquer une balle dans le crâne. Ça ne serait pas compliqué, une fois qu'elle serait éclatée par terre. Mais même ça, il n'y est pas arrivé, il a tiré n'importe où et il a décampé vite fait. »

La faille dans le plan de Ian. La sensibilité de Sacha. Le pauvre gosse n'avait aucunement la fibre d'un tueur.

« Quand j'ai lu dans le journal que Sophia serait paralysée pour le restant de ses jours, je me suis dit que c'était bon. Même carrément génial, non ? On ne pouvait pas rêver meilleure punition pour cette garce. Mais je me suis rendu compte qu'il y avait un risque. Elle allait forcément comprendre que ça venait de moi. Et elle parlerait. Chaque jour qui passait me faisait flipper. Il fallait que je la mette hors d'état de nuire. »

Il eut de nouveau son sourire mauvais.

« J'ai réussi, c'est le moins qu'on puisse dire. Je réussis toujours ce que j'entreprends. Son enlèvement a été un coup de génie, non ? Je n'ai absolument pas galéré pour me procurer un faux diplôme d'infirmier, j'ai des relations. L'ambulance, je l'ai balancée dans un lac. Vous l'avez cherchée comme des fous, hein ? Mais je ne suis pas assez bête pour l'avoir laissée près de l'endroit où j'étais. »

Il jubilait. De son point de vue, hélas, il avait toutes les raisons de le faire.

« Tu sais, Kate – il avait bien enregistré son prénom –, ce qu'il y a, c'est que je suis vraiment plus malin que la plupart des gens. Moi j'en ai dans le crâne. Au centre, par exemple… Je suis arrivé deux ans après Sacha. J'ai très vite capté que ce pauvre garçon n'avait rien à voir avec la mort de sa sœur. C'était clair. Il n'était pas du genre à noyer qui que ce soit. Quand il avait plu, Sacha sortait ramasser les vers pour les remettre dans la terre. Il faisait attention où il marchait pour ne pas risquer d'écraser un insecte ou une chenille ou je ne sais quoi. Il était comme ça. Je savais qu'il ne pouvait pas avoir tué sa sœur. Mais les thérapeutes, les éducateurs, ce con de directeur, ils croyaient tous qu'il l'avait fait et ils se creusaient la cervelle, ils s'inquiétaient… N'importe quoi ! Moi, je me suis toujours dit, au lieu de vous acharner sur le pauvre Sacha, vous devriez plutôt vous demander qui a fait ça. Je veux dire, il y a quelqu'un qui noie un bébé et qui se balade pénard dans la nature. C'est dingue, non ? »

Kate n'avait rien à répondre à ça. Elle ne voulait pas lui donner la satisfaction de s'arracher un bruit de la gorge. Au risque en plus d'accroître sa nausée.

« J'ai fini par réussir à faire parler Sacha. Il me faisait davantage confiance qu'aux adultes, c'est pour ça qu'il m'a tout raconté. C'était sa tarée de mère adoptive qui avait tué la petite. Et son père adoptif qui avait décidé de lui faire porter le chapeau à lui. La nounou avait joué le jeu. Alors j'ai pensé qu'il fallait qu'on se venge. On a imaginé un plan, tous les deux, mais c'était clair que ce n'était pas Sacha qui allait être le meneur. Il voulait me faire plaisir, vu qu'en plus je le protégeais. Tant qu'il disait ce que je voulais entendre, il pouvait compter sur moi, les grands n'osaient plus rien lui faire. Il devait croire qu'on n'exécuterait jamais notre plan. Mais il connaissait mal Ian Slade. La parlote, ça va bien deux minutes. Après, j'agis. »

Il était complètement imbu de lui-même. Parfois, c'était justement ce qui conduisait les criminels à leur perte. Kate l'avait souvent constaté. Cela dit, Ian ne pouvait plus guère commettre d'erreurs. Il avait la situation bien en main.

« Je les ai filés pendant des mois. Sophia. Oliver. Alice. Xenia. J'ai découvert où ils habitaient. J'ai observé leurs habitudes. Ça a été un sacré boulot. Mais j'ai fini par savoir tout ce qu'il me fallait. J'ai suivi Xenia à Londres. En train. Même chose pour le retour. Au début, je voulais juste la déstabiliser un peu en m'asseyant en face d'elle et en la regardant fixement. Mais ensuite... C'était juste trop tentant de la flinguer sur place. »

Il aimait jouer avec le feu. C'était peut-être ça qui allait lui faire commettre un faux pas.

Il avait regardé Kate comme on examinerait un cas intéressant sur une table de dissection.

« Qu'est-ce que je vais faire de vous ? De toi et de Sophia ? »

Ce qui voulait dire que Sophia était toujours vivante. Elle se trouvait certainement dans la même maison. Et alors ? Les pensées de Kate se bousculaient sans qu'elle parvienne à élaborer une stratégie. Il n'y avait pas d'issue. Au fond, ses collègues représentaient le seul espoir qui lui restait, or elle n'avait pas de peine à imaginer leur désarroi.

« Sophia a détruit ma vie, avait poursuivi Ian. Quand tu te retrouves dans un centre fermé, il y a un truc qui se casse en toi. Tu n'imagines sans doute pas ce que ça peut être. Tu as sûrement grandi dans un cocon, bien protégée par papa et maman. Je me suis dit que j'allais enterrer Sophia. Dans une caisse. Qu'est-ce que tu en penses ? »

Kate n'avait pu réprimer une sorte de gémissement étrange, qui ne rendait absolument pas compte de ce qu'elle ressentait : de la terreur pure. Car elle pensait déjà le connaître assez pour savoir qu'il ne bluffait pas. Il était brutal, aimait la cruauté, c'était son élixir de vie, sa dope. Et en plus, il haïssait Sophia. À un point inimaginable. Il était totalement narcissique et de ce fait incapable de comprendre que c'était son propre comportement, l'enlèvement de la fillette, qui l'avait envoyé dans un centre fermé. Il en rejetait toute la responsabilité sur Sophia. Ça le rendait fou de rage. Une rage qui n'avait fait que croître au fil des années. Et à présent qu'il n'y avait plus rien pour lui faire barrage, elle était comme un tsunami – prête à tout emporter.

« Peut-être, avait-il dit lentement, que je te ferai la même chose. Qu'est-ce que tu en dis ? Comme ça, personne ne vous retrouverait. »

Il avait souri.

Épouvantée, Kate avait compris qu'il nourrissait probablement envers la police autant de haine qu'envers Sophia.

Elle mourrait et il s'arrangerait pour que ce soit le plus douloureux possible.

4

Caleb se dit qu'il pourrait être utile de parler à Xenia Paget et à Oliver Walsh. Peut-être auraient-ils une idée de l'endroit où Slade se cachait avec ses victimes. Là encore, il n'espérait pas grand-chose de cette démarche. On les avait probablement déjà interrogés sans qu'il en ressorte rien de concluant. Cependant Caleb avait souvent constaté que parfois ça valait la peine de multiplier les entretiens en faisant appel à des personnes différentes. Que ce soit dans les questions ou les réponses, le hasard jouait fréquemment un rôle déterminant.

Il s'était donc remis en route pour Leeds, où Walsh et Xenia Paget avaient été conduits à l'hôpital. Tous deux devaient être sous protection policière. Comment allait-il passer sous les radars ?

Mais c'était trop tôt pour s'en inquiéter, il verrait bien une fois sur place.

Il avait pris la M1. Plongé dans ses pensées, il sursauta en se voyant soudain dépassé par un véhicule de police, qui lui indiqua de se ranger à la prochaine aire de stationnement. Caleb jura tout bas. Savait-on déjà qu'il enquêtait illégalement ? Les Dales à Bromwich ou Maud Callaghan à Nottingham avaient-ils passé un appel furieux au commissariat le plus proche pour se plaindre que la police les harcelait ?

De là à lui coller aussitôt une patrouille aux trousses...

Il se rangea sur le côté. Un policier en uniforme sortit du véhicule et s'approcha de sa voiture. Caleb baissa la vitre.

— Bonjour monsieur, vous n'ignorez pas que vous roulez à une vitesse excessive. Pourrais-je voir vos papiers, s'il vous plaît ?

Caleb eut un soupir de soulagement. Il était évidemment stupide de ne pas avoir respecté la limitation de vitesse, mais heureusement ça n'avait rien à voir avec son enquête.

Il tendit son permis de conduire et les papiers du véhicule à l'agent, ainsi que son insigne de police. L'homme se mit aussitôt au garde-à-vous.

— Oh, inspecteur principal Hale… Je ne me doutais pas…

— Aucun problème, dit Caleb avec un geste de la main. Je roulais visiblement trop vite.

— Si c'est dans le cadre d'une enquête, monsieur…

— Un enlèvement.

Le policier lui rendit ses papiers, porta la main à son képi.

— C'est bon, nous n'avons pas de raisons de vous retenir. Désolé de vous avoir arrêté. On ne peut pas savoir à qui on a affaire.

Il le salua, puis regagna son véhicule.

Caleb le suivit des yeux. Ça venait de faire tilt.

« On ne peut pas savoir à qui on a affaire. »

Plus tôt dans la journée, il avait éprouvé un sentiment bizarre. Une gêne qu'il ne parvenait pas à définir.

Ce couple à West Bromwich. M. et Mme Dales.

Dales.

Slade.

Les mêmes lettres. Dans un ordre différent.

Il reprit les informations qu'il avait. Ian Slade avait été envoyé au centre éducatif fermé de Birmingham en 2006. Ses parents avaient déménagé peu après, personne ne savait où.

On n'avait sans doute jamais lancé de recherches pour les retrouver. Les gens étaient libres de disparaître, tant qu'ils ne laissaient pas de dettes ou ce genre de choses. Personne ne s'était étonné que les Slade soient partis. Leur fils, qui avait présenté des troubles du comportement quasiment depuis la naissance, avait enlevé une fillette, a priori avec les pires intentions. Et il s'était retrouvé dans un centre fermé de triste réputation où l'on envoyait les jeunes les plus difficiles du pays. Continuer à vivre à Bromwich aurait été pour eux une torture quotidienne.

Mais peut-être qu'ils étaient revenus ?

Qu'est-ce qui prouvait que la Ville avait loué la maison à des bénéficiaires de l'aide sociale ? Personne n'avait dû vérifier. Leur avait-on demandé leurs papiers ? Lui, en tout cas, ne l'avait pas fait. Ses collègues probablement non plus. On s'était borné à une simple vérification d'adresse.

Mais si c'étaient les parents de Ian Slade ? Qui étaient tout simplement retournés vivre dans leur ancienne maison ? Qui l'avaient relouée ? Ou qui n'avaient jamais résilié le bail initial – une plaisanterie qui leur serait revenue cher, mais on ne pouvait rien exclure.

Cependant les gens du quartier auraient bien remarqué leur retour. Est-ce qu'on avait fait une enquête de voisinage ?

Peut-être que les Dales ne sortaient pas de chez eux. Qu'ils étaient approvisionnés par leur fils.

Ian.

Cette hypothèse tenait-elle debout ? Les voisins auraient reconnu Ian, non ?

Il était parti à l'âge de 12 ans. À présent, il en avait 25. Il avait forcément changé de tête ! En plus, il se déplaçait peut-être la nuit. Faisait les courses loin de chez lui. Se garait à quelques rues de distance.

C'était concevable.

Ce qui voudrait dire que Kate était retenue dans la maison de Bromwich. Là où il avait sonné. Peut-être juste à quelques pas de l'endroit où elle se trouvait.

Les Dales s'étaient montrés très nerveux. Maud Callaghan avait réagi avec agacement en voyant revenir la police au sujet de la même affaire, mais elle n'avait manifesté aucune inquiétude. L'anxiété des Dales, en revanche, avait été palpable.

Dales. Slade. Ces noms l'obsédaient.

Il fit le numéro de Helen en priant pour qu'elle soit joignable. Par chance, elle décrocha aussitôt.

— Sergent, est-ce que vous sauriez par hasard comment s'est passé l'entretien avec les Dales ? demanda-t-il sans préambule. On a vérifié leurs déclarations ? Est-ce qu'il y a eu une enquête de voisinage ?

Helen parut surprise.

— Pour autant que je sache, on ne leur a posé que quelques questions sur le pas de la porte. Pourquoi ? Vous avez relevé des incohérences ? Et vous êtes où en ce moment ?

— Je reviens de Nottingham, je suis allé à l'ancienne maison des Walsh. Avant, je suis passé chez les Slade. Personne n'a remarqué quoi que ce soit à propos du nom de ces gens ? *Dales* ?

— Ah ! s'exclama Helen au bout de quelques secondes.

— J'ai mis un petit moment à m'en rendre compte, avoua Caleb. Vous savez si les collègues leur ont demandé leurs papiers ?

— Je l'ignore, mais je suppose que non. Les Dales n'étaient soupçonnés de rien, on voulait juste voir la maison et leur demander s'ils savaient quoi que ce soit à propos des Slade. Mais apparemment ça n'a rien donné.

— Les Dales étaient hyper nerveux. Vraiment.

— Et vous pensez que… ?

— Ça pourrait être les Slade, non ? Les parents de Ian qui avaient disparu sans laisser de traces.

— Et qui seraient revenus ?

— Pourquoi pas ?

— Mais leurs voisins les auraient reconnus.

— Personne n'a vérifié. Du reste, le voisinage a dû changer au cours de ces années. Et puis il est possible que les Dales ne sortent que rarement de chez eux.

— Il faut bien qu'ils fassent les courses.

— Ian s'en charge peut-être.

Helen observa un instant de silence, essayant de digérer toutes ces hypothèses.

— Ce scénario n'est pas totalement à exclure, reprit-elle

enfin d'un ton hésitant. Mais à ce stade, ce n'est que de la spéculation. Qu'est-ce qu'on fait ? Si je vais voir le chef et que...

— Qui a repris la direction de l'enquête ? l'interrompit Caleb.

— Le commissaire lui-même.

Le grand ami de Hale. L'homme qui l'avait mis à pied. Caleb imaginait facilement sa réaction s'il apprenait que son ex-collaborateur alcoolique cherchait de sa propre initiative à retrouver Kate Linville et se servait à cet effet de l'insigne qu'il aurait dû restituer depuis longtemps.

— Écoutez, sergent, dit-il, je retourne chez les Dales. Je vais voir si je peux en apprendre davantage. Pendant ce temps, vous pourriez essayer de savoir à qui la Ville a loué la maison. Ça nous ferait faire un grand pas en avant.

— Oui, mais vous ne préférez pas attendre que j'aie vérifié ? Avant d'entreprendre quoi que ce soit ?

Helen paraissait inquiète et stressée. Si Caleb se lançait dans une opération hasardeuse et que ça dérapait, ça ne serait pas sans conséquences pour elle, surtout si on découvrait qu'elle-même avait prêté main-forte à son ancien chef.

Caleb n'eut pas de peine à deviner ses pensées.

— Je serai très prudent. Je ne vais prendre aucun risque en attendant vos infos. Mais je veux retourner chez eux. C'est possible que cette deuxième visite de la police les pousse à réagir. Si Kate et Sophia sont dans la maison, on ne doit pas attendre que Slade les déplace.

— Je vous rappelle dès que j'ai du neuf, promit Helen.

Caleb poursuivit sa route. Le temps se leva, un ciel bleu apparut entre les nuages. Lorsqu'il arriva à Bromwich, le soleil brillait. L'été faisait enfin son retour – mais Hale ne s'en souciait guère à ce moment-là.

L'inspecteur se gara en face de la maison des Dales. Personne à l'horizon. Le jardin à l'abandon, les fenêtres fermées, le silence – la maison paraissait vide et inhabitée. Ces gens menaient une vie de reclus. Pourquoi ?

Il descendit de voiture. Le temps s'était nettement réchauffé. Il ôta sa veste, la jeta négligemment sur le siège conducteur et mit ses lunettes de soleil. L'idée que Kate était retenue prisonnière quelque part derrière ces fenêtres fermées le rendait fébrile. Mais ce qui l'inquiétait encore plus, c'était la possibilité qu'on l'ait déjà emmenée ailleurs. Il avait passé deux heures sur la route. Est-ce que ça avait suffi à son ravisseur ?

Il traversa la rue, pénétra dans le jardin. Il ne savait pas encore ce qu'il dirait aux Dales et priait pour avoir une inspiration au bon moment, un prétexte plausible.

Il fallait qu'il puisse entrer dans la maison.

Il frappa à la porte. Personne ne répondit, tout resta silencieux. Il attendit, frappa une deuxième, puis une troisième fois. Rien. Soit les Dales n'étaient pas là, soit ils ne voulaient pas ouvrir.

Caleb fit le tour de la maison à pas lents et prudents. Son délabrement le déprima. Le toit était une vraie passoire, tout comme les fenêtres, avec leurs cadres gonflés par des décennies d'humidité. On n'avait jamais effectué la moindre réparation sur cette baraque et la seule chose qui restait à faire était de la raser.

Caleb avait fait le tour jusqu'à un deuxième bout de jardin à l'arrière, où proliféraient des ronces et de hautes herbes jaunies. Au bout, un mur de brique rouge partiellement en ruine marquait la limite avec la parcelle voisine.

Caleb fut électrisé par la vue des fenêtres de la façade arrière, condamnées par des planches. Est-ce qu'elles étaient en très mauvais état ou bien voulait-on empêcher qu'on puisse regarder à l'intérieur ?

De toute façon, jeter un coup d'œil aurait été difficile. Le terrain était légèrement en pente, si bien que les fenêtres se trouvaient plus haut que de l'autre côté. En se tenant sur la pointe des pieds, un homme de grande taille comme Caleb y serait tout juste arrivé. Donc impossible à plus petit que lui. Pourtant, on avait fait en sorte de masquer les fenêtres. Pour quelle raison ?

Le policier sentit son cœur et son pouls s'accélérer. Quelque chose clochait, il en était certain. La maison avait l'air déserte mais, pour une raison qu'il ne s'expliquait pas, il n'avait pas l'impression que les Dales étaient dans leur salon et ne réagissaient pas. Ils s'étaient absentés. Après sa visite. Pure coïncidence ?

Ou était-ce pour transférer Kate et Sophia ?

Seuls, ils n'auraient pas été en état de le faire. Sans être très vieux, ils étaient usés par la vie. Et certainement pas capables de transporter une femme tétraplégique dans une voiture. Qui plus est en plein jour. Au vu et au su de tout le monde.

Et pourtant... Caleb ressentait la nécessité de vérifier. Il voulait savoir qui étaient ces gens. Et il tomberait peut-être sur des indices de la présence de Kate et Sophia.

Il tira à tout hasard sur une des planches qui condamnaient l'une des fenêtres. Elle lui resta dans la main. Les clous ne valaient rien ou alors ils s'étaient abîmés avec le temps. La planche était complètement pourrie. Rien n'avait l'air récent, ce qui semblait aller à l'encontre de... Mais peu importait.

Il arracha les autres planches et se retrouva devant une fenêtre cassée. Plus de vitre, mais encore quelques débris dangereusement coupants. Caleb se hissa sur le rebord de la fenêtre et se glissa avec précaution dans la pièce. Tout à coup, il sentit une vive douleur à l'épaule – il n'avait pu éviter un des éclats de verre. Il serra les dents, sauta et atterrit dans une petite pièce. Il retira ses lunettes de soleil.

Un grand lit avec un dessus soigneusement lissé. Une penderie sur le point de s'effondrer. Un panier débordant de linge sale dans un coin. Cet endroit était très probablement la chambre à coucher des époux Dales.

La porte donnant sur le couloir était ouverte. Caleb risqua un coup d'œil à l'extérieur. Au mur, des patères avec deux ou trois manteaux. Rien d'autre.

À présent, il était presque sûr que la maison était vide. Il ne s'était pas montré particulièrement discret en arrachant les planches, on l'aurait entendu. Mais aucun signe de présence.

Il y avait trois portes dans le couloir, dont l'une était ouverte. Caleb glissa un regard à l'intérieur. Une grande cuisine en très piteux état. De la moisissure dans les coins. Une cuisinière à gaz hors d'âge. Un robinet rouillé qui gouttait, sans doute n'était-il plus possible de le fermer correctement. Une table et deux chaises, quelques placards démodés en hauteur. Sous la fenêtre, un canapé gris fatigué. Un grand téléviseur sur une étagère. Il régnait une odeur désagréable d'humidité et de nourriture avariée.

Tout transpirait la pauvreté. Enfant, Ian Slade n'avait connu que ça. Pourtant, ces conditions de vie n'étaient ni une excuse ni même une explication à ce qu'il était devenu et à ce qui s'était profilé en lui dès son plus jeune âge. Bien des gamins affrontaient pire sans pour autant devenir des psychopathes.

Caleb sortit de la cuisine, ouvrit les deux autres portes du couloir. L'une donnait dans une sorte de débarras où l'on entassait à l'évidence tout ce dont on n'avait pas besoin : meubles estropiés, cartons, bâches en plastique, pots de fleurs vides, vaisselle brisée. Il y en avait presque jusqu'au plafond. On n'aurait assurément pas pu y caser quelqu'un.

La dernière porte était celle de la salle de bains. La pièce était sombre, la fenêtre également condamnée par des planches. Caleb appuya sur l'interrupteur et eut un mouvement de recul en la voyant envahie par la moisissure. Sans ouverture, rien d'étonnant. Il y avait une baignoire avec un rideau de douche en plastique jauni, un WC, un petit lavabo surmonté d'un miroir fissuré en son milieu. Le tapis de bain à poils longs donna à Caleb l'impression de grouiller de vie, mais ce n'était sans doute que l'effet de son imagination.

Cette maison ressemblait à une véritable poubelle, mais pas à une prison. À moins qu'il y eût un grenier. Ou une cave. Cependant il ne vit aucune trappe ni au plafond ni sur le sol. Pourtant il avait la certitude que quelque chose clochait.

Tandis qu'il réfléchissait à la suite des opérations, planté devant la porte de la salle de bains, il entendit la clé tourner dans la serrure. M. et Mme Dales entrèrent et sursautèrent à sa vue. Ils venaient visiblement de faire les courses et paraissaient épuisés et en nage.

Un silence. Puis Mme Dales se mit à crier.

— Au secours ! Un cambrioleur ! À l'aide !

Son mari examina l'intrus de plus près et reconnut Caleb.

— Vous ? fit-il, surpris. Mais vous êtes de la police, non ?

— En effet, répondit Caleb.

— Mais vous n'avez pas le droit d'entrer chez nous ! répliqua M. Dales. Pas comme ça !

Sa femme sortit un portable de son sac de courses. Caleb se fit une fois de plus la réflexion que même les gens pauvres possédaient toujours le dernier modèle de smartphone ainsi qu'un grand téléviseur à écran plat. Le regard rivé sur l'inspecteur, Mme Dales tapa hâtivement un numéro.

— Bonjour, ici Mme Dales. Venez vite, je vous en prie. Il y a un cambrioleur dans la maison. Oui, s'il vous plaît !

Elle donna l'adresse.

— Ils seront là dans un instant, dit-elle.

Caleb soupira. De gros ennuis en perspective. Il se rendit compte également qu'il s'était engagé sur une fausse piste. Cette femme n'aurait jamais appelé la police si elle avait été impliquée dans une affaire criminelle.

Il pensa à Kate, et à ses élans d'inspiration. Son intuition à lui, cette fois, l'avait complètement laissé en plan.

5

Dehors, les gens profitaient de cette journée d'août ensoleillée. Elle, pour sa part, tournait en rond dans la sinistre cafétéria de l'hôpital. Xenia avait rarement éprouvé une telle envie de s'échapper pour se retrouver à l'air libre, sentir la chaleur du soleil sur sa peau et respirer le parfum de l'été. Au lieu de ça, elle végétait dans la grande salle avec ses chaises en plastique, son odeur de nourriture qui lui donnait la nausée, son brouhaha permanent et ses cliquetis de vaisselle, et ses patients en robe de chambre, jogging et pantoufles, armés pour certains de leur pied de perfusion.

C'était déprimant.

Oliver et elle étaient assis l'un en face de l'autre avec chacun un gobelet de café. Xenia avait aussi acheté un muffin au chocolat, mais elle n'y avait pas touché. Elle voulait enfin perdre du poids et le mieux était de commencer sans attendre.

L'hôpital disposait d'un petit jardin, mais ni Oliver ni Xenia ne savaient s'ils étaient autorisés à sortir. Le policier qui était en faction devant leurs chambres voisines et qui les avait suivis à la cafétéria était chargé de les protéger tant que Ian Slade n'aurait pas été arrêté. Mais sans doute était-il également censé les empêcher de prendre le large. Ils allaient devoir répondre de leurs actes devant la justice. Quinze ans auparavant, ils avaient aidé à couvrir le meurtre d'un bébé en accusant à tort un enfant attardé d'être l'auteur du crime. Xenia ignorait tout des délais de prescription. Elle espérait que la longue période qui s'était écoulée depuis jouerait d'une manière ou d'une autre en sa faveur. Alice apparaîtrait comme la principale responsable, mais il allait de soi qu'Oliver et elle n'étaient pas innocents. Est-ce qu'on tiendrait compte du fait qu'à l'époque elle n'avait pas de visa de travail et se trouvait dans un rapport de dépendance vis-à-vis de son employeur ? En tout cas, elle allait avoir besoin d'un avocat.

— Comment se fait-il que vous ayez épousé un homme avec lequel vous êtes si malheureuse ? demanda Oliver.

Elle lui avait parlé de sa vie un peu plus tôt dans la matinée, tandis qu'ils marchaient lentement de long en large dans les couloirs. Elle avait cessé de se cacher derrière la façade sage et proprette des paisibles maisons mitoyennes de Bramhope. Elle lui avait raconté à quel point son mariage allait mal. À quoi bon sauver encore les apparences ?

Elle se rappelait avec effroi la période qui avait suivi la mort de Lena. Ne voulant à aucun prix rentrer en Russie, elle avait vécu dans la peur continuelle de se faire arrêter par la police. Son visa était sur le point d'expirer, elle savait qu'elle aurait dû partir. Qui plus est, elle redoutait que ce qui s'était produit éclate au grand jour et que sa responsabilité soit engagée. Pendant des mois, elle s'était réfugiée en tremblant dans les entrées d'immeubles ou sous les porches dès qu'elle apercevait ne serait-ce que de loin un policier ou une voiture de patrouille. Elle s'était maintenue à flot durant un an grâce à des petits boulots – elle avait été serveuse dans des pubs, elle avait fait la plonge, nettoyé les toilettes. Elle logeait dans des chambres miteuses incroyablement bon marché, qui avaient pour seul avantage d'être accessibles à ceux dont les papiers n'étaient pas en règle, ne restait jamais plus de huit ou dix semaines au même endroit. Elle avait été partie prenante d'un crime monstrueux, il ne fallait pas qu'elle attire l'attention.

Elle s'était progressivement éloignée de Nottingham et avait finalement atterri à Leeds, une ville dont elle ignorait tout mais à son avis suffisamment éloignée du lieu du crime.

C'était l'hiver, le deuxième hiver après la mort de Lena. Elle avait dégoté un boulot d'intérimaire en cuisine dans une maison de retraite, mais n'avait pas de logement. Désespérée, elle avait fini par se réfugier dans le sous-sol d'un bâtiment neuf, un endroit glacial, humide, qui sentait le béton frais et où les portes, n'ayant pas encore été pourvues de poignées, étaient simplement poussées. Au moins avait-elle un toit au-dessus de sa tête et n'avait-elle plus à souffrir de la neige et du mauvais temps. Elle réchauffait des conserves sur un petit réchaud à gaz, enveloppée dans le sac de couchage qu'elle s'était offert en dépit de l'état de ses finances et sans lequel elle serait morte de froid.

— C'est là que Jacob m'a trouvée un matin, dit-elle. Il travaille pour une société de gestion immobilière. Il était venu avec quelques personnes de l'entreprise de bâtiment pour une inspection. J'étais dans mon sac de couchage et j'avais l'air en piteux état. Ils m'ont prise pour une junkie. Jacob m'a sauvée. Les autres voulaient appeler la police, mais il a calmé le jeu et dit qu'il allait s'occuper de moi. Il m'a emmenée chez lui, m'a donné à manger. J'ai pu me doucher et faire une lessive.

Elle s'interrompit.

— À ce moment-là, je pensais encore que la chance avait enfin tourné pour moi.

— Mais il ne faisait pas ça par philanthropie, si je comprends bien, répondit Oliver.

Xenia secoua la tête.

— Ça faisait longtemps qu'il cherchait à se marier. Mais ça ne marchait jamais, parce que aucune femme ne supportait de vivre avec lui. Et voilà qu'il tombait sur quelqu'un qu'il pouvait aider et qui serait obligé de lui en être reconnaissant. Et moi, j'ai été assez bête pour…

— Pour quoi ?

— Au début, il s'est montré à peu près agréable et, dans un moment de faiblesse, je lui ai tout raconté.

— Tout ? fit Oliver, épouvanté. Vous lui avez parlé d'Alice ? De Lena ? De Sacha et de moi ?

Elle acquiesça d'un signe de tête. Le regard baissé sur son café, elle repensait à cette froide journée dans le salon de Jacob, à son désespoir, son sentiment de culpabilité, sa peur.

— Je n'en pouvais plus, il fallait que j'en parle à quelqu'un. Ça m'étouffait.

— Je comprends, répondit Oliver.

À l'époque, lui-même avait encore Alice. Leur mariage n'avait pas résisté à ce drame, mais au moins ils avaient pu en reparler pendant un bon moment. Xenia, elle, avait été complètement abandonnée à elle-même.

— J'espérais qu'il me réconforterait. Que je me sentirais un peu mieux. J'avais besoin qu'on me dise que je n'étais pas responsable de tout ça et que je n'aurais pas pu agir autrement. Je ne connaissais pas encore assez Jacob pour savoir que ce n'était vraiment pas la bonne personne à qui en parler. Le malheur des autres lui fait plaisir. Il n'a jamais dû apporter du réconfort à qui que ce soit.

— Et en l'occurrence il ne vous a pas consolée.

— Non, au contraire, il a encore plus dramatisé. Il m'a raconté avec une sorte de volupté tout ce qui m'arriverait si cette histoire s'ébruitait. D'après lui, j'étais près de finir mes jours dans un cul-de-basse-fosse à la tour de Londres. Cela étant, j'étais bien consciente que sur le principe il avait raison : je ne pourrais pas m'en sortir indemne. C'était impossible.

Oliver la regarda tristement.

— On n'aurait jamais dû vous entraîner là-dedans.

Non, songea Xenia. Et, l'espace d'un instant, elle ressentit une grande colère contre l'homme perdu et malheureux qui était assis en face d'elle.

— Rien de tout ça n'aurait dû arriver, enchaîna-t-elle. Il aurait fallu qu'Alice assume la responsabilité de son acte. Ça aurait été la seule chose à faire.

— Elle n'aurait pas survécu à la prison.

— Et là, c'est Sacha qui n'a pas survécu.

Oliver se tut. Qu'aurait-il pu répondre ? Rien ne pouvait justifier son comportement.

— Quoi qu'il en soit, poursuivit Xenia, dès que Jacob a su ce qui s'était passé, il a montré son vrai visage. J'étais en son pouvoir. Il m'a menacée ouvertement d'aller trouver la police si je ne faisais pas ce qu'il disait. C'est de cette façon qu'il m'a forcée à l'épouser, à vivre à peu près enfermée chez lui, comme une esclave. Je faisais la cuisine, le ménage, je m'occupais du jardin. Il commandait et trouvait toujours le moyen de râler. Il m'enfonçait continuellement, disait que j'étais grosse et laide, que j'étais une ratée, que j'avais bien de la chance de l'avoir rencontré. À la longue, j'ai fini par le croire. Je me sentais nulle, minable. Souvent, j'avais l'impression que je ne pourrais pas supporter cet homme un jour de plus. Mais j'étais coincée. Il serait immédiatement allé chez les flics.

— Qui sait ? Lui-même n'était pas si clair que ça. Il était au courant de l'histoire, pourtant il n'a rien dit pendant des années.

— Il aurait toujours pu affirmer qu'il venait juste de l'apprendre. Ça aurait été sa parole contre la mienne. C'était trop risqué. Je n'ai pas osé.

— Maintenant, vous pouvez le quitter.

— Oui. C'est étrange, hein ? Je vais peut-être aller en prison, mais ça fait longtemps que je ne m'étais pas sentie aussi libre.

Oliver prit une gorgée de café.

— Moi pas encore. L'histoire n'est pas terminée. Cette policière qui a été enlevée...

Cette simple idée les terrorisait. Ils avaient été confrontés à Ian Slade, ils imaginaient sans peine ce qui attendait Kate. Ils n'étaient en rien concernés par la vengeance de Ian, mais les deux histoires s'étaient entremêlées et c'était à cause d'eux que Sacha était tombé entre les griffes d'un psychopathe et était devenu son instrument. Par leur faute, il avait passé son enfance et son adolescence dans un établissement où l'on rencontrait des individus comme ce Ian Slade. C'était toujours le même problème avec les prisons, les centres fermés et autres institutions similaires : la plupart du temps, les mauvaises rencontres se faisaient précisément là.

Ça avait coûté la vie à Sacha. Ils étaient tous coupables et il n'y avait plus de réparation possible.

Ils avaient été interrogés par deux policiers qui cherchaient à déterminer où Ian pouvait se cacher avec ses victimes. Ils n'avaient malheureusement pas pu les aider.

— Je suppose que demain on pourra quitter l'hôpital, reprit Oliver. Je me demande s'ils nous laisseront rentrer chez nous.

— Bah, ils ne doivent pas craindre qu'on s'envole bien loin. Mon seul problème, c'est que je n'ai nulle part où aller. Il est hors de question que je retourne chez Jacob.

— C'est bizarre qu'il ne soit pas venu.

— Notre gardien ne le laisse pas entrer, expliqua Xenia en désignant d'un signe de tête le policier adossé au mur et qui avait l'air de s'ennuyer. J'ai dit que je ne voulais pas le voir.

— Je comprends. Vous voulez venir chez moi ?

— C'est gentil, merci. Mais si je suis libre de mes mouvements, je commencerai par contacter Colin Blair. L'homme dont j'ai pris la voiture. Il faut absolument que je règle cette histoire avec lui.

— D'accord. Ma porte vous est ouverte, en tout cas.

Xenia eut un faible sourire. Pour la première fois depuis des années, une éclaircie semblait se profiler malgré la perspective possible de la prison. Elle endossait enfin la responsabilité de son acte, ce serait pour elle une libération.

Mais il y avait encore Kate Linville. L'incertitude sur son sort.

Si Kate ne devait plus revenir, Xenia resterait à jamais prisonnière de ce drame.

6

— Le commissaire est furax, rapporta Helen, soucieuse. Ce serait peut-être bien que vous veniez vous expliquer.

Caleb pressentait, en effet, qu'il pourrait éventuellement sauver comme ça son avenir dans la police. Pourtant il n'avait aucune intention d'aller voir son chef. Après lui avoir parlé, il ne pourrait plus continuer à rechercher Kate. Or il savait qu'il ne supporterait pas de rester chez lui, condamné à l'inactivité. Son supérieur avait déjà tenté en vain de le joindre à plusieurs reprises. Mieux valait se mettre d'ores et déjà en quête d'un boulot de veilleur de nuit ou de videur.

— Sergent, je reste sur le coup, déclara-t-il.

Une phrase plutôt drôle, en fait. « Sur le coup »... Mais il n'avait rien, pas le moindre début de piste.

— Le nouvel interrogatoire d'Oliver Walsh et de Xenia Paget n'a rien donné, répondit Helen. Et j'ai pu vérifier que les services municipaux de Bromwich avaient effectivement loué l'ancienne maison des Slade aux époux Dales. Tout est parfaitement en règle.

— Je sais, répondit Caleb avec lassitude.

Il regarda par la fenêtre de sa voiture. Le temps devenait de plus en plus radieux et ensoleillé, à l'inverse de son humeur. Il était garé devant un pub, dans un petit village qu'il ne connaissait pas. Il avait eu l'intention d'y manger un morceau mais, n'ayant pas d'appétit, il était resté dans sa voiture pour appeler Helen. Les policiers qui avaient répondu à l'appel de

Mme Dales avaient bien voulu contrôler les papiers du couple. Ils s'étaient révélés parfaitement authentiques. Ces gens étaient bien ce qu'ils prétendaient être. Et non les parents disparus d'un dangereux psychopathe, qu'ils auraient hébergé et aidé. La scène qui s'était déroulée dans la vieille baraque avait été pénible et particulièrement embarrassante. Caleb s'était présenté à la patrouille, mais tous avaient vite compris qu'il avait suivi une fausse piste et pénétré illégalement dans la maison. Il avait fait valoir l'urgence de la situation, mais sans convaincre vraiment. Au vu de son grade, aucune mesure n'avait été prise contre lui, mais ses collègues avaient dû faire un rapport.

Éternel refrain : si Kate et Sophia avaient été retenues dans la maison, l'intrusion de Caleb serait restée illégale, mais il ne se serait pas trop fait taper sur les doigts. On l'aurait même applaudi pour avoir fait progresser l'enquête de façon décisive. Mais là, il s'était fourré dans le pétrin. Il avait tout misé sur une seule carte – et perdu.

— Il y a tout de même du nouveau en provenance de la Cornouailles, reprit Helen. J'ai eu au bout du fil une policière de Camborne. Alice Walsh, qui a repris son nom de naissance après son divorce et s'appelle désormais Alice Coleman, est portée disparue depuis le 24 juillet.

— Ah ! fit Caleb en se redressant sur son siège. Et qu'est-ce que vous savez d'autre ?

— Depuis sa séparation d'avec Oliver Walsh, elle vit à Redruth. Sa compagne a signalé sa disparition, parce que Alice était partie pour un séminaire à Barnstaple, mais n'est jamais arrivée à destination. Des enfants ont découvert sa voiture au bord d'une départementale près de Taunton et ont averti la police. Les portières n'étaient pas verrouillées et la clé de contact était sur le tableau de bord. Son bagage et son sac à main avaient disparu. Depuis, on a perdu la trace d'Alice Coleman.

— Ce n'est pas bon signe, marmonna Caleb. Elle est forcément sur la liste de Slade. On espérait pouvoir encore la protéger, mais...

— Elle a sûrement été la première victime. Mais à ce moment-là, personne n'en savait rien.

— Évidemment puisqu'il y a deux jours, on ignorait tout de cette affaire. Bon Dieu ! La question est de savoir si elle a été enlevée, elle aussi.

— Ce qui voudrait dire que Slade retiendrait en fait trois prisonnières.

— Il pourrait aussi s'être débarrassé d'elle et l'avoir abandonnée quelque part dans un fourré.

— Ça me paraît plus probable.

Ils gardèrent le silence quelques instants. Certes Alice Coleman avait tué son bébé. Mais c'était une femme complètement dépassée, qui s'était effondrée nerveusement. Elle avait tué sous l'empire d'un désespoir incommensurable. En dépit de tout, elle n'avait pas mérité d'être exécutée par un individu tel que Slade.

— OK, reprit Caleb. Il a toujours une longueur d'avance sur nous.

— Qu'est-ce que vous comptez faire, inspecteur ? demanda Helen.

— Je ne sais pas, répondit-il, démoralisé.

Il avait rarement éprouvé pareil désarroi. L'espace de quelques heures, il s'était senti comme galvanisé, mais ça s'était soldé par un fiasco monumental. À présent, il se demandait comment il avait pu se montrer aussi stupide : comme si Ian Slade allait choisir l'ancienne maison de ses parents pour se planquer. Il était trop malin pour ça, trop retors, trop prudent.

Il décida de déjeuner, se disant que quelques calories lui remettraient peut-être les idées en place.

— Je vais manger un bout vite fait, reprit-il. Je reste joignable. Rappelez-moi si vous avez du nouveau, d'accord ?

— OK, répondit Helen après une seconde d'hésitation.

Il savait dans quelle situation il la plaçait.

— Merci. Ça n'a rien d'évident pour vous, j'en suis bien conscient. Je vous revaudrai ça, sergent.

Il y eut deux secondes de silence gêné. Helen ne voyait pas comment, et lui non plus : professionnellement, Caleb ne serait plus jamais en position de lui témoigner sa reconnaissance.

Ils raccrochèrent et Caleb sortit de sa voiture. En dépit de la chaleur, il enfila sa veste pour dissimuler sa chemise tachée de sang à l'épaule. Une odeur d'herbe fraîchement tondue vint frapper ses narines. Une magnifique journée d'août.

Une journée qui pouvait se terminer à tout instant par la mort pour Kate.

Le pub disposait d'un petit jardin à l'arrière. Caleb s'installa à une table sous un arbre. En dehors de lui, il n'y avait qu'un jeune couple qui se tenait la main et n'avait pas un regard pour ce qui se passait autour. Et un homme d'un certain âge, qui buvait un café en lisant l'*Observer*.

Caleb consulta le menu, puis commanda une quiche, une salade verte et une bouteille d'eau minérale. Il essaya de se détendre un peu, de se laisser pénétrer par la sérénité et la chaleur de cette journée. Il ne servait à rien de ruminer.

Son portable émit un bip. Un message de Helen. Il se jeta dessus comme un homme à la mer sur une bouée de sauvetage. Mais nouvelle déception.

Rien de neuf, chef, malheureusement. Juste l'avis de disparition d'Alice Coleman. J'ai pensé que ça pourrait vous intéresser. Mais à mon avis, ça ne nous apprend rien de nouveau.

Suivaient les informations personnelles d'Alice Coleman, puis un bref compte rendu de la déclaration que sa compagne avait faite à la police et le rapport de l'agent qui avait été appelé pour examiner sa voiture, trouvée vide au bord d'une route dans le Somerset.

Rien que Caleb ne sût déjà.

Pour finir, Helen avait envoyé une photo d'Alice Coleman, prise sur une plage, probablement en Cornouailles. Les cheveux ébouriffés par le vent, le sourire contraint. Elle avait l'air d'une femme profondément triste, qui s'efforce d'afficher une mine à peu près avenante pour les besoins de la photo.

Caleb ouvrit de grands yeux.

— Ça alors ! s'exclama-t-il, s'attirant un regard surpris des jeunes gens.

Il se leva d'un bond.

7

Il y avait la douleur, la fièvre, la faim et la soif. C'était étonnant. Par le passé, quand elle était malade, elle ne pouvait pas avaler la moindre bouchée. À l'époque, toutefois, elle n'était pas aussi affamée qu'aujourd'hui. Maintenant, elle était convaincue que Ian avait l'intention de la laisser mourir de faim. Mais peut-être qu'une septicémie aurait raison d'elle avant.

Elle ne voulait pas mourir. Même si elle était quasiment sûre qu'elle ne retrouverait plus l'usage de ses membres. Même s'il arriverait peut-être un jour où elle ne supporterait plus son existence de tétraplégique. À ce moment-là, elle pourrait repenser à la mort. Une mort volontaire.

En tout cas, elle ne voulait pas mourir comme ça. Pas dans cette pièce. Pas dans cette maison. Pas de manière lente et atroce.

Et pas parce que Ian Slade le voulait.

Il ne fallait plus qu'elle pleure. Ça l'affaiblissait. En revanche, elle ne savait pas si le fait de ne pas pleurer lui serait d'une quelconque utilité.

Quelle stratégie adopter ? Elle n'en savait rien.

Elle entendit des pas approcher et banda involontairement ses muscles. Ceux qui fonctionnaient encore…

La porte s'ouvrit. Derrière, elle aperçut de la lumière artificielle, comme les autres fois. Un couloir sombre sans fenêtres. Une des multiples observations qu'elle avait pu faire et qui ne lui étaient d'aucun profit.

La grande silhouette massive de Ian Slade se pencha sur elle. Sophia se força à le regarder alors que son premier réflexe aurait été de fermer les yeux.

— Bonjour, Sophia, dit-il en souriant. Comment ça va ?

Va te faire foutre, aurait-elle aimé répondre si elle avait pu parler.

— Tu dois avoir faim et soif, poursuivit-il avec une inquiétude ostensiblement feinte.

Il approcha de ses lèvres une tasse remplie d'eau. Elle aurait aimé la lui jeter à la figure. Mais elle ne le pouvait pas, et puis ça aurait été stupide. Elle était proche de la déshydratation complète.

Il la fit boire, puis lui donna de la purée de légumes. Salée et revigorante. Mais elle ne supportait pas de devoir s'en remettre à lui pour se faire nourrir. Comme un bébé. Cependant la faim et la raison l'avaient emporté.

— À part ça, tout semble OK, hein ? fit-il une fois qu'elle eut vidé l'assiette.

Rien n'était OK, mais comment aurait-elle pu le lui expliquer. Et lui faire changer la sonde… Elle ignorait s'il en était capable. Et à la simple idée de ses mains entre ses cuisses, elle se sentait prise de nausée.

Il lui toucha brièvement la joue.

— Tu es brûlante. Est-ce que tu as de la fièvre ?

Pourquoi lui poser des questions ? Il savait très bien qu'elle ne pouvait pas répondre.

— Tu as dû attraper quelque chose. Je vais te donner du paracétamol. Pour que tu tiennes plus longtemps.

« Paracétamol » et « tenir plus longtemps » n'avaient rien d'encourageant dans la bouche de Ian. Bien au contraire.

— Même si, ajouta-t-il avec un sourire, tu souhaiterais sans doute que ça aille plus vite.

Qu'est-ce que tu veux dire, connard ?

Il repoussa une mèche qui tombait sur le front de Sophia.

— J'ai la police aux trousses. Il faut que je me débarrasse de toi. Même si ça me fait de la peine, tu penses bien.

Tu vas cracher le morceau, oui ou non ? La peur lui serrait la gorge.

Slade se pencha un peu plus sur elle.

— Je vais t'enterrer, chérie. Personne ne te retrouvera jamais.

Tu vas me tuer et m'enterrer ?

Il ne pouvait entendre ce qu'elle pensait, mais dut le deviner.

— J'ai longuement réfléchi à la manière de te détruire, poursuivit-il, toujours souriant. Mais je n'ai rien trouvé d'intéressant. Je veux dire, qui aurait envie de se salir les mains avec de la merde ?

Il affichait un sourire d'une douceur angélique – contraste terrifiant avec le vide de son regard sombre.

— Et puis comment trouver la punition adaptée pour quelqu'un qui a séparé un enfant de sa famille et l'a envoyé grandir dans un des pires établissements d'Angleterre ? C'est hyper difficile.

Elle entrevit à cet instant ce qu'il avait l'intention de faire. Elle en eut le souffle coupé et se sentit gagnée par une sensation de froid. Non… Il n'allait quand même pas faire ça…

— Une caisse confortable, expliqua-t-il. Et un joli trou dans la terre. Il fera froid et sombre, Sophia. Comme quand j'étais ado. Imagine-toi mon adolescence : froide, sombre, et sans espoir.

Elle n'osait toujours pas respirer.

— Personne ne te retrouvera. L'endroit est très isolé. Absolument personne dans les parages, même pas des randonneurs. Et même si c'était le cas, de toute façon tu ne peux pas crier.

Elle le fixait de ses yeux écarquillés.

Il se mit à rire.

— Ne fais pas cette tête ! Tu ne pensais tout de même pas pouvoir t'en sortir comme ça ? Après tout ce que tu m'as fait. Tu ne savais pas qu'on doit toujours payer pour ses actes ? Toujours.

Il passa ses deux bras sous son corps et la souleva.

— Allons-y, dit-il.

Un cri se forma dans la tête de Sophia.

Un cri de peur, de désespoir, de douleur. Un cri plus violent que tous ceux qu'elle avait jamais entendus.

Un cri silencieux.

8

La soirée était encore claire, mais le crépuscule ne tarderait plus. Avec cette chaleur, sa promenade avait été fatigante, mais mieux valait sortir que rester à l'intérieur à fixer les murs.

Et à se demander si ce qu'ils faisaient était juste.

Au début, c'était le sentiment qu'elle avait eu, mais à présent ce n'était plus le cas. Depuis longtemps. Sans compter que rien ne s'était passé comme prévu. Aucune des promesses n'avait été tenue. Au lieu de ça, il y avait cette pauvre femme paralysée et sans défense dans la petite pièce du fond. Elle aurait eu besoin de soins médicaux urgents. Et maintenant la policière… Pourquoi est-ce que Ian l'avait enlevée et traînée jusqu'ici ? Et pourquoi Sacha ne revenait pas ?

Elle s'arrêta à quelques pas de la porte, repoussa les cheveux qui lui tombaient sur le front. Devait-elle quitter le navire et disparaître ? Appeler la police ? Ce serait prendre le risque que Ian Slade la poursuive toute sa vie pour se venger.

Elle avait peur.

Elle sortit la clé de la poche de son jean.

À cet instant, deux bras la saisirent par-derrière, et une voix d'homme lui glissa à l'oreille :

— Ne criez pas ! Surtout ne criez pas !

Elle obtempéra – de toute façon, elle était trop effrayée pour tenter quoi que ce soit.

— Madame Coleman ? Madame Callaghan ? Ou devrais-je dire madame Walsh ? Comment il faut vous appeler ?

Elle ne bougea pas.

Son agresseur lui écarta les doigts et lui prit la clé à laquelle elle s'était cramponnée. Elle n'opposa pas la moindre résistance. Il desserra son étreinte, la fit se retourner.

— Oh ! fit-elle, surprise.

Le policier qui était venu à midi. Elle ne se souvenait plus de son nom. Mais c'était la deuxième fois en tout juste trois jours que la police se présentait. Lorsqu'elle en avait parlé à Ian, il avait piqué une crise.

« Merde ! Ça devient trop risqué ici. Il faut qu'on se tire au plus vite.

— Et les prisonnières ? » avait-elle osé demander.

En disant ça, elle avait eu l'impression d'être dans un mauvais film. Des prisonnières… Elle n'avait jamais imaginé qu'il y en aurait.

« J'ai déjà un plan. Tu n'as pas besoin de le connaître. Je m'occupe de tout. »

Et voilà que le policier était de nouveau là.

Elle en éprouva du soulagement.

— Inspecteur principal Caleb Hale, dit-il. Vous vous souvenez ?

— Oui.

— Vous êtes Alice Coleman. Ex-Walsh. Je vous ai reconnue sur la photo que votre compagne a donnée à la police quand elle a déclaré votre disparition.

Elle poussa un soupir. Nier ne servirait à rien. De toute façon, tout était fini. Et c'était tant mieux.

— Est-ce que Sophia Lewis est là ? Et Kate Linville ?

— Oui, Sophia Lewis est ici. Et il y a aussi une policière, mais je ne connais pas son nom.

— Où est Ian Slade en ce moment ?

— Je ne sais pas.

— Il pourrait être à l'intérieur ?

— Oui, c'est possible, je suis sortie me promener pendant deux heures.

— Il a encore son arme, je suppose ?

— Oui.

— OK. Vous, restez à l'extérieur. De préférence en dehors de la propriété et derrière un arbre ou un buisson. Compris ?

— Oui.

Elle sortit du jardin, se mit à l'abri derrière un bosquet. Observa Hale ouvrir la porte et pénétrer dans la maison. Elle priait pour que Ian ne soit pas là. Le policier n'aurait aucune chance contre lui. Contre son arme. Contre son absence totale d'humanité.

Normalement, Caleb aurait dû réclamer des renforts, mais il ne pouvait pas – pas après tout ce qu'il avait déjà fait ce jour-là. D'ailleurs on ne les lui aurait sans doute pas accordés. Le commissaire en aurait une attaque s'il apprenait de cette manière que son inspecteur principal poursuivait son enquête en douce.

Il passa prudemment en revue toutes les pièces de la maison, qui heureusement était de plain-pied. Salon, deux petites chambres équipées chacune d'un canapé-lit, la salle de bains, une autre chambre… Dans l'une des pièces du fond, il tomba sur un brancard. Vide.

Une petite voix lui dit que Ian Slade n'était effectivement pas là et que ce brancard vide n'augurait rien de bon concernant Sophia Lewis. Il passa devant la cuisine, ouvrit la porte suivante, se tint prudemment à couvert du mur.

Et vit Kate.

Elle était dans un coin, éclairée par une unique ampoule qui pendait du plafond, les pieds et les mains attachés, le visage en partie recouvert d'une large bande d'adhésif marron. En l'apercevant, elle émit des sons étranglés.

D'un bond, il fut près d'elle. Il savait qu'il allait lui faire mal, mais elle paraissait proche de l'étouffement. D'un geste vif, il lui arracha le ruban adhésif. Des larmes de douleur lui montèrent aux yeux. Il lui retira une épaisse chaussette de la bouche et frissonna en pensant à ce qu'elle avait dû endurer.

— De l'eau, articula-t-elle péniblement.

— Tout de suite.

Il trancha à l'aide de son couteau de poche les liens en nylon avec lesquels le salopard l'avait ligotée. En voyant les mains bleues de Kate, il sentit monter en lui une rage presque incontrôlable. Ce type était un vrai sadique. Caleb en eut des envies de meurtre.

Il laissa Kate un instant seule pour se rendre à la cuisine. Avisant quelques bouteilles d'eau sur le rebord de la fenêtre, il en prit une et retourna auprès de Kate. Elle but à longs traits.

— Sophia Lewis… où est-ce qu'elle est ? dit-elle enfin d'une voix encore mal assurée.

— Partie. Mais je suppose qu'elle était ici. Il y a un brancard dans une pièce plus loin.

Kate se leva d'un bond, mais ses jambes se dérobèrent sous elle. Caleb la rattrapa, sentit combien elle était tentée de rester dans ses bras, les yeux fermés. Elle était épuisée, à bout de forces.

Mais impossible pour elle de déclarer forfait en pareille situation. Elle devait se ressaisir.

Elle se dégagea, se remit tant bien que mal debout.

— Il veut l'enterrer. Vivante. Et faire la même chose avec moi.

— Quoi ? se récria Caleb. Vous voulez dire qu'il est déjà en train de…

— C'est bien possible.

Un bruit les fit sursauter. Alice se tenait sur le seuil, livide.

— Il n'est pas là, n'est-ce pas ? demanda-t-elle. Mais il va forcément revenir.

— Alice Walsh, expliqua Caleb. Ou plus exactement Alice Coleman, c'est son nom maintenant.

— Alice Walsh, répéta Kate.

— Je suppose que cette maison est toujours la vôtre ? s'enquit Caleb. Celle où vous habitiez autrefois avec votre famille ?

Alice acquiesça.

— Je ne l'ai jamais vendue. Mais je n'y suis jamais retournée. Jusqu'à il y a quinze jours.

— Mais pourquoi vous vous êtes associée à Ian Slade ? voulut savoir Kate.

Ce n'était pas le moment de discuter. Mais elle ne comprenait pas comment…

— Sacha m'a appelée, expliqua Alice. Quand il a été libéré, l'année dernière. J'étais restée en contact avec lui pendant toutes ces années, il avait mon numéro de portable. Je n'avais rien dit de tout ça à ma compagne, elle n'était pas au courant pour Sacha ni pour Lena. De toute façon je ne vois pas comment j'aurais pu lui dire.

— La voiture abandonnée dans le Somerset…, fit Caleb.

Alice opina.

— J'ai tout abandonné. J'ai longtemps hésité, mais j'ai finalement décidé de repartir sur de nouvelles bases. Avec Sacha. J'avais des choses à réparer.

Caleb ne savait pour ainsi dire rien d'Alice Coleman, mais les quelques informations qu'il détenait cadraient avec son comportement. Dans le fond, ce n'était pas une mauvaise personne, même s'il pouvait paraître étrange de parler comme ça d'une mère qui avait tué son enfant. Mais sa profonde dépression pouvait expliquer ses sautes d'humeur déroutantes, ses émotions excessives, ses peurs – et bien sûr son égocentrisme. Elle avait choisi de tout envoyer balader pour ne pas avoir à révéler son passé à sa compagne. Sans avoir conscience des craintes que cette voiture abandonnée ferait naître. Les nuits d'insomnie, les larmes de la femme avec qui elle avait vécu ne la touchaient pas, elle ne se rendait sans doute même pas compte que celle-ci vivait un enfer. Au fond, Alice ne pensait jamais qu'à elle. Même sa décision de rejoindre Sacha pour « réparer des choses » n'était qu'une tentative de plus de se soigner.

— Comme prévu, un ami de Sacha, Ian Slade, est venu me chercher sur cette route à proximité de Taunton. Il ne m'a pas plu du tout, mais je n'y pouvais plus grand-chose.

Elle haussa les épaules d'un air désemparé. Elle s'était soudain retrouvée entraînée dans la frénésie de vengeance de Slade sans plus savoir comment s'en dépêtrer.

— Quand il a commencé à « entreposer » ses victimes chez vous, reprit Caleb, cynique – la femme paralysée, puis Kate, une policière… Vous ne vous êtes pas dit qu'il aurait été préférable d'avertir la police ?

— J'avais peur, répondit simplement Alice.

Caleb ne pouvait pas vraiment lui en tenir rigueur. Comment ne pas être terrorisée par Ian Slade ? Alice jeta autour d'elle un regard de bête traquée.

— Il peut revenir à tout instant. Seigneur, je suis si inquiète pour Sacha !

Caleb se dit que ce n'était pas le moment de lui apprendre que Sacha était mort, abattu par celui qu'il avait considéré comme son ami. Si Alice s'effondrait, ça ne ferait que compliquer encore plus la situation.

Il se contenta de lui presser le bras d'un geste encourageant et apaisant.

— On ne devrait pas demander du renfort ? intervint Kate. Je peux le faire, je…

Elle n'acheva pas sa phrase. *Je suis en service*, voulait-elle dire.

— Il me faudrait juste votre portable, Caleb, poursuivit-elle.

— Le problème, c'est que…

Kate comprit aussitôt ce qu'il voulait dire.

— S'il tombe sur la police en rentrant, il ne dira sûrement pas où est Sophia.

— Évidemment. Même si ça peut jouer en sa faveur au procès.

— De toute façon, est-ce que ça pourrait encore faire une différence ? L'inspecteur Stewart est vivant ?

— Non, répondit Caleb.

Kate poussa un gémissement. Certes, ça n'avait pas été le grand amour avec Stewart, mais le savoir mort, abattu froidement dans l'escalier d'un immeuble, c'était insupportable. Et Slade avait rajouté un policier sur la liste déjà fournie de ses victimes, effectives ou présumées – Jack Gregory, le chauffeur de l'ambulance, Sacha ... D'une manière ou d'une autre, il serait condamné à une très longue peine d'emprisonnement. Ce qui le rendrait moins disposé à négocier.

— Mais il voudra peut-être passer un accord, dit Caleb comme s'il avait lu dans ses pensées. Un allègement de sa peine s'il nous révèle l'endroit où il a caché Sophia Lewis.

— Il faut se dépêcher, insista Alice.

Caleb et Kate échangèrent un regard.

— Trop risqué, dit Kate.

Ian était un psychopathe. Rendre les enquêteurs à moitié dingues en refusant de leur révéler où il avait enterré Sophia lui procurerait une telle satisfaction que ça ne l'intéresserait pas de passer un accord. Puisque de toute façon il devait s'attendre à prendre perpète avec une très longue période de sûreté.

— Mais faites quelque chose ! gémit Alice, qui ne cessait de jeter autour d'elle des regards angoissés comme si elle s'attendait à tout instant à voir surgir Slade.

— Il n'y a qu'une seule solution, reprit Kate.

Caleb comprit aussitôt ce qu'elle avait en tête.

— Hors de question.

— Il veut m'enterrer vivante comme Sophia. Si vous nous suivez...

— Il peut choisir un autre endroit.

— C'est un risque.

— Non, bon Dieu ! C'est beaucoup trop dangereux. Qu'est-ce qui se passera si je perds sa fourgonnette de vue ? S'il remarque ma voiture et me sème ? On ne peut pas faire ça, Kate.

— Vous voyez une autre possibilité de sauver Sophia ?

Il garda le silence.

— Le temps presse.

Ils étaient déjà restés trop longtemps à discuter. Ian pouvait rentrer à tout instant.

— Où est-ce que vous êtes garé, Caleb ?

— Assez loin. Exprès. Il ne verra pas ma voiture.

— Moi, je ne l'ai pas vue, confirma Alice.

— Si je vous perds…, commença Caleb.

Kate l'interrompit d'un geste.

— Vous connaîtrez au moins la direction dans laquelle on va partir. J'ai relevé sa plaque quand il m'a obligée à partir avec lui à Leeds. Je vais vous noter ça. Vous mobiliserez toutes les troupes de la région.

— Ça peut tout de même mal tourner, Kate.

— Je sais.

— C'est de la folie, vous en êtes bien consciente ?

— C'est à moi que vous dites ça ? Vous ne devriez même pas être là, Caleb !

— Je n'ai plus grand-chose à perdre.

— Si on appelle les collègues, Slade ne dira plus un mot, je vous parie ce que vous voulez. Et ils refuseront que je serve d'appât. Ou on fait ça tout seuls, et vite, ou Sophia est perdue. C'est la seule solution.

— OK… Vous n'avez plus votre portable, Kate ?

— Non, je l'ai perdu dans l'immeuble de Walsh.

— Dans ce cas, je vous donne le mien. Il faut que vous puissiez passer des appels et qu'on soit en mesure de vous localiser.

— Et vous ?

— J'ai un portable prépayé, intervint Alice. Vous pouvez l'utiliser.

— Je ne le sens pas, ce truc, déclara Caleb.

— Allons-y, répondit Kate. Il faut foncer.

9

Ian Slade avait la vague impression que quelque chose clochait, mais quoi ?

Le calme régnait dans la maison. Alice ne semblait pas être là, ce qui n'avait rien d'inhabituel. Elle faisait souvent de longues promenades solitaires. Elle s'était imaginé les choses tout autrement et était de plus en plus déstabilisée par ce qui arrivait. D'abord Sophia, puis Kate. Alice n'avait rien compris, mais s'était évidemment rendu compte qu'elle était mouillée dans une très sale histoire. Est-ce qu'il ne valait pas mieux l'éliminer ? De toute façon, elle figurait sur sa liste. Face à lui, elle était paralysée par la peur. Elle craignait pour elle-même et pour Sacha. Mais a priori, elle ne s'attaquerait pas à lui. Pourtant, il ne lui faisait pas confiance. Cette femme était imprévisible. Gravement dépressive. Passablement dingue. Il n'était pas particulièrement sensible, mais ce qu'elle avait fait à sa gosse, non... Et ensuite ce qu'elle avait fait à Sacha. C'était vraiment gonflé. Même si c'était son ordure de mari qui avait été à l'origine de tout. Alice n'avait pas du tout résisté. Elle les avait regardés emmener Sacha sans moufter. Ça, on pouvait dire que cette femme avait provoqué une sacrée merde dans sa vie.

C'était pour Sacha qu'il ne l'avait pas éliminée. Jusqu'à présent du moins. Pour une raison qu'il ignorait, Sacha avait été attaché à elle et tant qu'il avait eu besoin de lui, il n'avait pas voulu courir de risques. D'ailleurs, quand la police s'était pointée, Alice lui avait été utile. Ian n'avait pas été étonné, il savait que son identité et celle de Sacha ainsi que leurs liens avaient été découverts. Il avait inventé un autre nom et une histoire à peu près crédible pour Alice – divorcée, deux enfants partis en colonie de vacances, aigrie, solitaire – et elle s'était bien débrouillée. Il faut dire que ça lui correspondait : elle était effectivement seule et amère.

Il avait abattu Sacha pour éviter que celui-ci ne révèle leur planque. Il avait bien conscience qu'Alice changerait de bord dès qu'elle l'apprendrait. L'éliminer n'était pas un problème, mais la police était déjà venue deux fois, ce qui lui avait mis la puce à l'oreille. Est-ce que les flics étaient déjà en train d'assembler les pièces du puzzle ? Ça sentait le roussi. Il fallait qu'il se débarrasse des deux femmes et qu'il quitte le pays. Il tenait absolument à réserver une mort atroce à Sophia Lewis – et est-ce qu'on pouvait imaginer pire que d'être enterrée vivante dans une caisse à six pieds sous terre dans un bois isolé ? Kate Linville, elle, ne lui avait rien fait. Certes, elle avait mené son enquête, mais c'était son boulot. Même si, à ses yeux, c'était un boulot de barjot.

Un instant, il avait été tenté de l'abandonner à son sort sans prendre de risques supplémentaires. Qui pouvait savoir si Alice n'avait pas changé de camp ? Peut-être qu'il devait tout simplement prendre le large au plus vite après avoir enterré Sophia. Mais il s'était dit que ça pourrait être pas mal de partir avec un otage – surtout une flic. S'ils le coinçaient, ses collègues y réfléchiraient à deux fois avant d'ouvrir le feu. Il exigerait qu'on le laisse partir en menaçant de lui loger une balle dans le crâne. Son plan était de se rendre en France avec elle, puis d'essayer de rejoindre les Balkans. Une fois là-bas, aucun problème pour disparaître de la circulation. Et alors, il se débarrasserait de Kate. Tant pis pour elle. Elle aurait dû choisir un autre métier.

Pourtant il avait un mauvais pressentiment.

Sur le qui-vive, il traversa à pas prudents la maison, jeta un coup d'œil dans chaque pièce. Alice n'était effectivement pas là, la porte d'entrée était verrouillée. Sale garce. Elle aurait pu se dire qu'il avait besoin de manger. Ça l'aurait étouffée de lui préparer un repas ? Mais, dans la cuisine, que dalle. Elle n'avait sans doute même pas fait les courses, même pas de quoi se faire un quelconque sandwich. De quoi vivait-elle d'ailleurs ? Elle était maigre comme un clou. S'affamer faisait sans doute partie de cette forme d'autopunition qu'elle s'infligeait.

Kate était dans la position où il l'avait laissée. Il ne put s'empêcher de ricaner à la vue de ses membres tordus. Il avait joliment serré ses liens, elle devait sacrément souffrir. Le plus pénible était sûrement la chaussette dans la bouche.

Il arracha le ruban adhésif et lui ôta son bâillon. Quelle idée aussi de porter des chaussettes de laine en plein mois d'août ? C'était bien digne de son absence totale de coquetterie. Des chaussures plates marron, moches. Et des chaussettes de laine.

— De l'eau, haleta Kate.

— Plus tard. Il faut qu'on parte.

Il trancha les liens qui attachaient ses pieds à l'aide d'un couteau de poche.

— Voilà, comme ça tu pourras marcher.

— Vous pourriez me détacher les mains ? Je ne sens plus mes doigts.

— Désolé, trop risqué.

Les mains libres, et puis quoi encore ! Il était armé et elle non, mais en tant que policière elle devait être formée aux techniques de combat et parviendrait peut-être à le maîtriser. Il devait rester sur ses gardes. Elle était coriace et maligne et ne se laisserait pas faire sans résistance.

Ce ne serait pas aussi facile qu'avec Sophia.

— Lève-toi, ordonna-t-il.

Elle se redressa péniblement et mit quelques instants à retrouver son équilibre.

— Je pourrais avoir de l'eau ? répéta-t-elle.

— Quand on sera dans la voiture. Allez, on y va.

D'un geste impatient, il l'attrapa par le bras et la traîna dans le couloir. Être restée longtemps immobile la rendait maladroite et, à deux reprises, elle faillit tomber.

— Je ne peux pas marcher.

— Arrête ton cirque ! Tu crois que j'ai du temps à perdre ?

— Sophia Lewis vient avec nous ?

— Elle est déjà partie, répliqua-t-il avec un rictus.

— Elle est où ?

— Je te l'ai déjà dit.

Kate s'arrêta.

— Vous n'avez pas fait ça !

— Bien sûr que si. Je fais toujours ce que je dis.

— Monsieur Slade, vous commettez un acte extrêmement grave, vous le savez. Peu importe ce que vous avez fait jusqu'à présent, là, on a franchi un cap. Si vous me dites où se trouve Sophia, si vous laissez tomber, je verrai avec le procureur…

— Ta gueule ! Tu veux négocier un deal merdique ? Deux années de taule en moins, c'est ça ?

Il approcha son visage tout près du sien et observa avec satisfaction son mouvement de recul.

— Je n'irai pas en prison, tiens-toi-le pour dit ! Toi et moi, on va quitter l'Angleterre. Je m'arrangerai pour disparaître sur le continent. Et toi, tu me serviras de bouclier au cas où tes collègues chercheraient les embrouilles en cours de route. Voilà le plan, alors arrête de me soûler avec tes salades à la con !

— Monsieur Slade, si vous avez vraiment enterré Sophia…

— Ça, tu peux en être sûre !

— Écoutez-moi, avec ça, vous pouvez être sûr de prendre la perpétuité. Si vous me dites maintenant où est Sophia, je vous fais une offre : vous pourrez quitter l'Angleterre sans être retenu à la frontière.

— C'est ça ! Bien sûr qu'on m'arrêtera à la frontière.

— On donnera l'ordre de ne pas le faire.

Il sourit. Quelle tarée, quand même ! Et ce qui était pire : elle le prenait pour un débile.

— Enfin quoi, *Kate Linville*, poursuivit-il en donnant à son nom une tournure affectée et méprisante, vous ne faites pas partie du gratin de la police. Je m'y connais un peu. « Sergent détective ». Vous n'avez pas du tout le grade pour me proposer ce genre de deal, vos supérieurs vous écrabouilleraient et ils ne marcheraient pas dans la combine. Et puis de toute façon, je n'ai pas la moindre envie de sauver cette salope de Sophia. Elle a eu ce qu'elle méritait. Un point c'est tout.

— On vous traquera. Et on vous retrouvera.

— C'est ce que tu crois, sergent !

— Monsieur Slade… Ian…

— « Monsieur Slade… Ian… », la singea-t-il d'une voix maniérée et haut perchée. Ferme-la ou je te loge une balle dans le crâne séance tenante. Pigé ?

Il se disait déjà que le seul moyen de la faire taire était de lui remettre son bâillon, quand il entendit un bourdonnement. Un bruit de vibration.

Il se figea.

Quelque chose bourdonnait sur le corps de cette maudite flic. Pourtant, il s'était assuré qu'elle n'avait pas de portable. Or c'était un portable qui vibrait.

Son intuition ne le trompait jamais. Il avait senti que quelque chose n'allait pas.

10

Il entendit le bruit du moteur, puis le Ford Transit rouillé surgit et dévala la route cahoteuse en soulevant un nuage de poussière. Caleb était en alerte, pourtant il sursauta.

Pourquoi Ian Slade fonçait-il comme s'il avait le diable à ses trousses ?

— Qu'est-ce qui lui arrive ? demanda Alice, recroquevillée sur le siège passager.

— Descendez de la voiture et barricadez-vous dans la maison, ordonna Caleb. Faites comme on a dit. Dépêchez-vous !

Quoi qu'il puisse se passer, il fallait la mettre en sécurité.

Alice bondit hors du véhicule et claqua la portière. Caleb démarra aussitôt. Il avait déjà perdu de vue le Ford Transit, ce qui était une bonne chose pour le moment. Ian ne devait pas le voir déboucher des buissons en regardant dans son rétroviseur. Le policier savait que Slade devrait prendre la route principale du village. C'était le seul trajet sensé pour rejoindre la départementale en direction de Nottingham – d'où il pourrait alors se rendre n'importe où. À partir de ce moment-là, il faudrait que Hale soit en contact visuel avec la fourgonnette. Une fois dans le village, Slade ne pourrait pas savoir d'où il venait. Comme il ne l'avait jamais vu, on pouvait être à peu près sûr qu'il ne se méfierait pas. Si le terme « sûr » avait encore un sens… Dans le fond, ce qu'ils faisaient là était complètement dément. Savoir Kate ligotée dans le Ford Transit, livrée sans défense à un psychopathe qui tuait tous ceux qui se mettaient en travers de sa route, lui donnait des sueurs froides. Il n'aurait pas dû céder, mais c'était trop tard. Il comprenait la volonté forcenée de Kate de sauver Sophia Lewis, et elle avait sans doute raison : il n'y avait qu'une seule solution. Cependant, une opération de sauvetage ne devait pas entraîner de risques pour d'autres, c'était le b.a.-ba du travail de la police. Or le risque que courait Kate était trop élevé.

Beaucoup trop élevé.

Il avait atteint la rue qui traversait le petit village en ligne droite. Elle s'étendait devant lui, silencieuse et déserte. Quelques voitures étaient garées de part et d'autre, dans une atmosphère de calme et d'indolence – août, les grandes vacances. Personne à l'horizon. Où pouvait bien être Slade, bon sang ? À cet endroit, il n'avait pas intérêt à rouler trop vite s'il ne voulait pas attirer l'attention. Caleb aurait dû l'apercevoir.

— Merde ! jura-t-il.

Il poursuivit sa route en accélérant. Pourquoi Slade était-il parti en trombe ? Il devait pourtant se croire en sécurité. Pour quelle raison prendre le risque de se faire remarquer par une patrouille ? On aurait presque dit qu'il voulait semer quelqu'un… Mais il ne pouvait pas savoir, pourtant !

Caleb avait attaché Kate exactement comme il l'avait trouvée. Même en sachant que ce serait douloureux. C'est elle qui avait insisté.

« S'il remarque une différence, on aura fait tout ça pour rien. »

Elle avait replacé l'horrible chaussette dans sa bouche et Caleb avait collé une bande de ruban adhésif sur ses lèvres. Ils avaient rangé la bouteille d'eau et tout remis en l'état. L'instinct de Caleb clignotait rouge, mais Kate était déterminée à ne pas laisser tomber.

Au préalable, ils avaient mis le portable de Caleb sur silencieux. Ils s'étaient demandé s'il était préférable de l'éteindre complètement. Mais en cas de besoin, Kate aurait dû alors le rallumer et entrer le code PIN – trop long. Elle avait glissé le téléphone dans sa culotte.

« Espérons qu'il n'y mettra pas la main », avait-elle dit.

Caleb avait poussé un soupir.

« Tout ça est…

— Indispensable », l'avait coupé Kate.

Hale avait sorti le canif avec lequel il avait tranché ses liens.

« Tenez, prenez ça. Je ne pense pas que ce soit hyper utile face à un homme armé, mais c'est mieux que rien.

— Mais où voulez-vous que je le mette ? »

Finalement, Kate l'avait dissimulé dans une de ses chaussures. Pas très agréable, mais elle n'aurait sans doute pas l'occasion de beaucoup marcher.

Elle avait un téléphone et un couteau – ce que Caleb avait trouvé très insuffisant.

À présent, il roulait dans cette maudite rue sans voir la moindre trace de la fourgonnette ni comprendre ce qui se passait. Ian était parti comme une flèche et avait continué à ce rythme, autrement il aurait désormais été visible.

Le portable d'Alice sonna. Il vit s'afficher son propre numéro, qu'ils avaient enregistré pour reconnaître immédiatement un appel de Kate.

— Kate ?

— Non, c'est Alice.

— Alice ?

Comment était-ce possible ?

— Le portable était par terre, dans le couloir. À côté du couteau.

— Quoi ?

— Il a dû les trouver.

— Mais c'est impossible ! Ça voudrait dire qu'il l'aurait de nouveau fouillée ?

Caleb se sentit presque submergé par la panique, un sentiment qu'il ne connaissait guère. Il n'était pas du genre à céder facilement à l'affolement. Mais là…

— Le téléphone affiche un appel, expliqua Alice. Qui date d'il y a une vingtaine de minutes.

— Il était sur silencieux.

— Le mode vibreur n'a pas été désactivé, je viens de vérifier.

— Merde ! C'est pas possible, comment on a pu oublier ? Il a pu l'entendre ?

— Sûrement, tout était calme, répondit Alice, qui paraissait au désespoir.

— Alors c'est pour ça qu'il est parti aussi vite. Il savait qu'il y avait quelqu'un. Il a voulu nous semer.

Caleb frappa du poing sur le volant.

— Et il a réussi.

Il se rangea sur le bas-côté et s'arrêta. Ça ne servait à rien de continuer à rouler. Ian n'était pas sur cette route. Il l'aurait prise s'il s'était cru en sécurité. Il avait dû tourner à droite ou à gauche dans le village en direction des lotissements, puis s'échapper en empruntant une route secondaire ou un chemin de terre. À présent, il était loin. Où ? Caleb n'en avait pas la moindre idée.

Il en aurait pleuré – encore une émotion rare chez lui.

Allez, reprends-toi, s'exhorta-t-il. Si tu cèdes à l'affolement, ça ne fera qu'aggraver les choses.

— Qui a cherché à me joindre ? Est-ce que vous voyez un nom ?

— Non, mais vous avez un message.

— Vous pourriez l'écouter et me dire de quoi il retourne ?

Ça n'avait sans doute pas grande importance, mais tant pis.

Alice raccrocha et le rappela au bout de quelques instants.

— C'était un certain Kamil Abrowsky, le thérapeute de Sacha. Vous vous êtes parlé ce matin.

Caleb poussa un gémissement. Le thérapeute. Qui avait probablement eu une idée et avait appelé au plus mauvais moment.

— Il s'est souvenu d'une chose. Que Sacha avait parlé de notre maison dans les environs de Nottingham. Et qu'en fait lui et moi on avait renoué le contact. Sacha lui avait dit aussi qu'il espérait un jour retourner vivre là-bas avec moi. M. Abrowsky s'est dit que c'était peut-être un endroit que Slade et Sacha pourraient utiliser comme planque.

Alice, embarrassée, marqua un instant de silence.

— Quel idiot ! s'écria Caleb, furieux.

S'il y avait pensé ce matin, on aurait certainement pu les sauver toutes les deux. Sophia aurait encore été là. Inutile de s'énerver. Il fallait aller de l'avant. Sauver ce qu'il y avait à sauver – s'il restait encore une chance.

Il raccrocha, il ne voulait pas avoir à entendre les commentaires d'Alice à propos du vibreur. Elle avait trop longtemps été complice des agissements de Slade. Lorsque celui-ci avait amené Sophia Lewis, elle aurait dû prévenir la police, peur ou pas.

Qu'est-ce que Kate avait dit ? « Vous avez sa plaque et une localisation approximative. S'il y a un problème, mobilisez tout le monde. »

Il y avait effectivement un problème. Un gros problème.

Il fit le numéro de Helen. Par chance, elle répondit rapidement. Il commençait vraiment à apprécier cette femme. Elle était la seule à assurer dans cette foutue situation.

— Helen, j'ai absolument besoin de votre aide. Écoutez-moi attentivement. Voilà ce qui s'est passé…

11

Il avait démarré sur les chapeaux de roues et continué à fond, effaçant les virages. Puis il avait ralenti et roulait désormais à un rythme à peu près normal. Il ne voulait pas se faire repérer. En plus, on connaissait certainement son numéro d'immatriculation. L'alerte avait dû être lancée dans tout le pays. Le seul atout qui lui restait, c'était son otage.

Apparemment, il était parvenu à semer ceux qui avaient sans aucun doute encerclé la maison. Au lieu d'emprunter la grand-rue du village, il avait pris les ruelles et quitté la localité par un sentier caillouteux. Personne ne l'avait suivi.

Lorsque le portable avait vibré, il s'était figé sur place, puis avait fait volte-face, son pistolet à la main, cran de sûreté enlevé, prêt à tirer. Il avait compris soudain pourquoi il avait retrouvé Kate bâillonnée et ligotée telle qu'il l'avait laissée. La police devait être tout près, en planque. Les flics voulaient sauver Sophia Lewis. Il était censé les conduire à l'endroit où il l'avait enterrée. Ils le fileraient prudemment, avec toutes les précautions d'usage. Du coup, il allait devoir partir comme une fusée… Il espérait qu'ils n'étaient pas postés partout dans le village et à toutes les sorties. En réalité, il n'y avait qu'une seule rue proprement dite, le reste n'était que chemins de terre ou sentiers pierreux longeant les pâturages et les champs.

Il regrettait d'être revenu. Il avait éprouvé un sentiment de malaise et comprenait à présent pourquoi. Il aurait dû écouter son radar intérieur – ça ne lui réussissait pas quand il ne le faisait pas.

Mais impossible de revenir en arrière. Il fallait qu'il trouve un moyen de s'en sortir. Hors de question d'atterrir en taule !

Il avait palpé Kate avec brutalité. Et il avait trouvé le portable dans sa culotte. Il avait eu très envie de la punir en conséquence, mais le temps pressait. Plus tard, peut-être, l'occasion se présenterait de lui faire payer.

« Combien il y a de flics autour de la maison ? avait-il demandé.

— Il n'y a personne », avait-elle répondu.

Cette salope, elle avait l'audace de nier l'évidence. Il l'avait frappée au visage avec une telle violence que sa tête avait valdingué, comme dévissée. Il s'était un peu retenu, pour ne pas la mettre KO. Ça n'aurait fait que compliquer les choses.

Il avait aussi trouvé un couteau de poche dans sa chaussure. Furieux, il l'avait jeté par terre. Ils le prenaient vraiment pour un crétin.

À présent qu'ils roulaient sous le ciel étoilé de cette nuit d'août, il commençait à se sentir plus en sécurité. Kate était à l'arrière, ligotée et bâillonnée, étendue sur le matelas nauséabond de Jack Gregory. Des effluves de fluides corporels, en particulier les suées d'angoisse de Sophia Lewis. Celle-ci savait ce qui l'attendait quand il l'avait emmenée faire son dernier voyage. Il avait pu lire l'épouvante dans son regard. Peine perdue. Il avait toujours su que c'était elle qui l'avait balancé. Au cours de son maudit jogging du soir, elle était passée devant le garage vide. Sans elle, il aurait pu faire des choses merveilleuses avec la fillette qui avait eu la bêtise de quitter le jardin de ses parents pour le suivre. Il avait vu le visage de Sophia lorsqu'elle avait tourné les yeux dans leur direction. À cet instant, elle était partie en flèche, espérant sans doute qu'il ne l'avait pas reconnue. Lui avait tout de suite compris qu'elle avertirait les flics.

Une fois sorti du centre fermé, il avait cherché son adresse, ce qui n'avait pas été facile. Anxieuse comme elle avait dû l'être toutes ces années, elle n'apparaissait dans aucun annuaire. Mais d'anciennes connaissances de West Bromwich lui avaient appris qu'elle enseignait à Manchester. Il avait fait tous les établissements scolaires jusqu'à ce qu'il la trouve. Il lui avait alors envoyé une lettre anonyme l'informant que lui, Ian Slade, avait été libéré. Il l'avait observée avec un grand amusement prendre ses dispositions pour déménager et postuler dans un autre collège. Elle crevait de trouille, cette idiote, et elle avait raison d'avoir peur. Là où elle était désormais, elle avait amplement le temps de réfléchir à ses erreurs. En réalité, elle n'en avait fait qu'une seule : le dénoncer à la police.

Devant lui s'étendait la départementale, sombre et déserte. Ils roulaient en direction de la côte Sud-Est, en n'empruntant que les voies secondaires et en changeant continuellement de route. Il ne croisait quasiment personne. Ça faisait plus d'une heure qu'il n'avait pas vu de phares dans son rétroviseur. Personne n'avait réussi à le suivre. Génial ! Ils devaient flipper à mort, tous autant qu'ils étaient. Il détenait leur collègue – en fait d'appât, c'était elle qui se retrouvait à présent prise au piège. Celui qui avait eu l'idée de ce plan foireux se ferait dézinguer. Perspective délicieuse. Ian aurait volontiers siffloté tant il se sentait satisfait et sûr de la victoire. Il était imbattable. Il avait tellement assuré. Il les avait tous espionnés : Sophia, Xenia, Oliver, Alice. Il en avait bien bavé, mais il était tenace et hyper malin. Il avait fini par savoir où ils vivaient, quelles étaient leurs habitudes. Mais ça avait été possible uniquement parce qu'il s'était occupé très tôt de trouver un véhicule dans lequel dormir aussi. Ce pauvre gars, Jack Gregory, qui l'avait pris en stop – il levait le pouce chaque fois qu'arrivaient une camionnette, un camping-car ou une fourgonnette. Gregory s'était arrêté et l'avait fait monter. Ian avait trouvé que le vieux Ford Transit laissait un peu à désirer, mais c'était toujours mieux que rien. Il avait tout de même constaté par la suite que Jack l'avait aménagé pour le camping : matelas, réchaud à gaz, vaisselle... Il s'était débarrassé de Gregory sur une aire de repos déserte dans les Yorkshire Dales en lui tranchant proprement la gorge, puis en jetant son corps dans un ravin. Il était probable qu'on ne le retrouverait jamais.

Le Transit leur avait été utile à Sacha et à lui jusqu'à ce que Sacha parvienne à convaincre Alice d'emménager avec lui dans leur maison près de Nottingham. C'était nettement plus grand et plus confortable. Mais les problèmes avaient commencé à ce moment-là : il n'avait jamais eu confiance en Alice et la maison lui avait toujours fait l'effet d'un piège. Ce qu'elle avait finalement été. Ce qu'elle *aurait* été, rectifia-t-il, s'il ne s'était pas montré plus malin que tout le monde.

Quoique… Pour être honnête, il avait bien failli se faire avoir. C'était le portable qui l'avait sauvé. Le hasard, donc. Il s'en était tiré de justesse. Il ne fallait surtout pas se montrer négligent, il était encore loin d'être en sécurité.

Que faire à présent ? Il n'avait pas renoncé à son plan de gagner le continent en emmenant Kate en otage, mais la police surveillerait à coup sûr le moindre navire partant d'un port anglais dans les deux prochains jours. Il ne fallait pas non plus espérer pouvoir prendre l'Eurostar. Et ce cirque pourrait durer des semaines, car ils mettraient tout en œuvre pour libérer Kate. On ne l'abattrait pas, on le voulait vivant pour avoir une chance de retrouver Sophia Lewis. Dans une certaine mesure, c'était plutôt rassurant. Mais ils réussiraient certainement à l'arrêter, il ne se faisait pas d'illusions. Malgré l'otage. Il était seul et ne pourrait pas tenir le coup bien longtemps. Pour le moment, il fonctionnait encore à l'adrénaline, mais il y avait un bon moment qu'il n'avait pas dormi. Il avait devant lui, quoi, vingt-quatre ou quarante-huit heures tout au plus. S'il s'endormait, il était foutu.

Il leva les yeux vers le rétroviseur et jeta un regard à l'arrière du véhicule. Une cloison de séparation montait jusqu'à environ 20 centimètres du plafond. En fait, on ne voyait rien, cependant il n'était pas inquiet. Kate était bien ficelée et reposait sur le matelas tel un colis abandonné. Le bâillon l'empêchait de parler, mais il aurait parié qu'elle était éveillée. Pleinement éveillée.

Elle devait désespérément chercher le moyen de lui échapper. Il l'avait prévenue qu'il ne la mènerait pas à Sophia, donc elle ne devait plus cogiter que sur son propre sort.

Mais elle ne pourrait rien faire. La pauvre créature.

— Je crois que nous allons repousser notre voyage en France, lança-t-il.

Il avait tourné à demi la tête et haussé la voix pour se faire entendre. La vieille fourgonnette faisait un boucan du diable.

— On a tout le temps qu'il faut, non ?

Ce qui était faux, évidemment, du simple fait déjà qu'ils n'avaient pas d'argent. Mais pour ça, il était plutôt débrouillard.

— Je penche plutôt pour une résidence de vacances. Dans le sud de l'Angleterre. Ça te dirait, la Cornouailles ? C'est une chouette région. C'est là que j'ai trouvé Alice. Ça m'a plu.

Pas de réponse, évidemment.

— Le mieux, ce serait un couple de retraités, poursuivit-il. Ils ont des réserves, du liquide et une carte bancaire. Et il est facile de s'en débarrasser. On peut les enfermer à la cave. Ou les buter tout simplement. Je verrai ça une fois sur place.

Ce n'était pas aussi simple qu'il le laissait entendre. À l'heure actuelle, même les personnes âgées étaient connectées d'une façon ou d'une autre à leurs proches. Chez Oliver Walsh, il avait piqué quelques billets de banque dans un tiroir, mais avec ça ils n'iraient pas très loin. Et puis traîner dans un supermarché, une station-service pouvait être dangereux... Il jeta un coup d'œil sur le niveau d'essence. Le réservoir était aux trois quarts vide. Là aussi, il se retrouverait bientôt à court.

Il se sentit tout à coup inondé de sueur. Un instant plus tôt, il s'était cru invincible. Mais en y réfléchissant mieux, il se rendit compte qu'il n'y avait pas de quoi sauter au plafond. Il n'aurait décidément pas dû retourner à la maison. Pourquoi est-ce qu'il ne s'était pas tiré une fois la question de Sophia réglée ? Son plan d'utiliser Kate comme un bouclier n'était pas bête au départ, mais ça lui avait fait perdre beaucoup trop de temps – entre autres. Désormais, il était coincé en Angleterre, dans un véhicule recherché par tous les policiers du pays, avec un visage en une de tous les journaux dès le lendemain et qui circulait sans doute déjà sur Internet. Et avec une policière retenue à l'arrière de sa fourgonnette…

Ne cède pas à l'affolement, se répéta-t-il, comme un mantra. Tu trouveras quelque chose. Tu trouves *toujours* quelque chose.

Il lança de nouveau un regard dans le rétroviseur. Tout était sombre à l'arrière du Transit. Il aurait aimé pouvoir entendre respirer Kate. Il n'aurait su dire pourquoi, mais ça l'aurait calmé.

Mardi 6 août 2019

1

Minuit était passé. C'était du moins ce qu'elle supposait. Elle avait l'impression qu'ils roulaient depuis des heures et que la fourgonnette ne s'arrêterait plus jamais. Ian ne l'emmenait pas à l'endroit où se trouvait Sophia. Et c'était évident qu'il avait semé Caleb depuis longtemps.

Désormais, Kate ne pouvait plus compter que sur elle-même.

Pour le moment, il ne s'agissait plus de localiser Sophia. Juste de sauver sa peau. Elle servait temporairement de bouclier vivant à Ian. Mais, quand il n'aurait plus besoin d'elle, il l'éliminerait.

Le matelas sur lequel elle était couchée sentait horriblement mauvais. Restes de nourriture, sperme, urine et un tas de choses indéfinissables. Il lui avait fallu un certain temps pour parvenir à se tourner sur le côté. Elle continuait de respirer cette puanteur, mais au moins elle n'avait plus le nez collé dessus. Et elle avait un peu plus d'air. Elle aurait bien voulu pouvoir se mettre sur le dos, mais comme ça elle aurait pesé de tout son poids sur ses mains liées, et tiré ses épaules encore plus en arrière.

En levant légèrement la tête, elle apercevait par-dessus la cloison de séparation la nuit de l'autre côté du pare-brise. Elle voyait aussi le haut du crâne de Ian Slade. Même assis, il était grand, sa tête touchait presque le plafond. Elle repensa à ses larges épaules, à ses bras musclés. Elle n'était pas de taille à se mesurer à lui. De toute façon, il était armé.

Sa seule chance était de le prendre par surprise.

Ses yeux s'étaient rapidement accoutumés à l'obscurité et elle distinguait vaguement les boîtes rangées le long des parois. Elle les avait repérées quand Ian l'avait enlevée, et s'était dit que ce matériel de camping pourrait peut-être lui être utile – en particulier les couverts. Même un couteau à pain pouvait servir d'arme.

Mais tout ça était hors de sa portée.

L'essentiel, à présent, était de ne pas céder trop vite au découragement. Ça restait un défi vu le bilan de son ravisseur : il avait abattu l'inspecteur Stewart et supprimé son complice Sacha de sang-froid, tué l'étudiant à qui appartenait la fourgonnette parce qu'il avait besoin d'un véhicule, tiré sur Xenia dans le train. Sans même parler de ce qu'il avait pu faire à Sophia...

La course folle de ses pensées s'interrompit brusquement. Sophia. Il y avait quelque chose... Quelque chose en rapport avec Sophia...

Il l'avait enterrée. Dans une caisse sous terre. Quelque part. La question était : quid de la pelle ?

Elle roula sur le dos en ignorant la douleur. Elle avait l'impression que ses épaules allaient finir par se déboîter.

Heureusement, Slade n'avait aucune idée de ce qui se passait derrière lui. Entre le vacarme du moteur et les cahots de la route, impossible d'entendre quoi que ce soit. Et il ne devait rien voir dans son rétroviseur en raison de l'obscurité. Sans doute ne distinguait-il même pas sa silhouette.

En se donnant un peu d'élan, elle réussit à se mettre sur le côté gauche. À présent, elle avait sous les yeux les boîtes en plastique. Et juste devant...

La pelle.

Elle sentit l'odeur de la terre collée sur le fer. Une bouffée d'air frais dans cet espace saturé par la puanteur du matelas. Comme par une première journée de printemps.

Lentement elle se rapprocha de l'outil. Puis, rassemblant tout son courage, elle se remit sur le dos et roula de nouveau sur le côté droit. Ses poignets attachés tout contre le bord tranchant du fer.

Elle commença à frotter les liens de nylon contre l'arête coupante. Sa position rendait l'exercice si douloureux et difficile qu'elle en aurait pleuré. Ses bras et ses épaules la faisaient souffrir horriblement. Mais elle tint bon. Si elle arrivait à libérer ses mains et à s'emparer de la pelle, elle aurait une chance de pouvoir se défendre, même contre une baraque comme Ian Slade.

La corde de nylon se déchira juste au moment où, à en juger par les soubresauts du véhicule, Ian quittait la route pour s'engager sur un chemin de terre. Au bout de quelques instants, il s'arrêta.

Kate arracha le ruban adhésif qui lui couvrait une partie du visage et ôta la chaussette de sa bouche. Elle reprit son souffle, le plus silencieusement possible. Elle n'avait pas encore détaché ses pieds et n'était pas en état de se mouvoir. Si Slade descendait du véhicule et venait jeter un coup d'œil à l'arrière, tous ses efforts seraient réduits à néant.

2

Il urina dans un champ de blé moissonné et se sentit mieux, au moins physiquement. En levant la tête, il voyait des étoiles dans le ciel. Une nuit d'août de carte postale. Velours noir. L'automne se faisait déjà légèrement sentir.

Il se frappa le front. Comme s'il n'avait rien de mieux à faire que de penser à l'automne ou à la couleur du ciel nocturne.

Le temps pressait. Il fallait qu'il quitte cette route. De préférence avant l'aube. Ils devaient se trouver dans le Kent. Ses connaissances géographiques de l'Angleterre étaient très limitées. Il était arrivé à 12 ans dans ce foutu centre fermé et n'en était sorti qu'au milieu de la vingtaine. Pendant le cours de géo, il avait roupillé. Du coup, il n'avait qu'une idée approximative de l'emplacement des différents comtés. Mais l'hypothèse du Kent était plausible.

Il allait se mettre en quête d'une maison isolée, surprendre ses occupants pendant leur sommeil et les liquider ou, mieux encore, trouver une bâtisse vide et s'y cacher. Il fallait absolument qu'il dorme, autrement il risquait de s'assoupir au volant. Et qu'il disparaisse de la circulation, le temps d'échafauder un plan.

Il remonta dans le Transit et alluma le moteur. Un cottage quelconque… De nuit, se repérer n'était pas une mince affaire. Mais il ne pouvait attendre qu'il fasse jour. Il était 2 heures du matin. Par chance, en août, le soleil ne se levait pas aussi tôt qu'en mai ou juin. Mais il ne lui restait plus beaucoup de temps.

Il regagna la départementale. Elle était si étroite et si sinueuse qu'il n'aurait pas fallu qu'il croise quelqu'un. S'il tombait sur un contrôle de police, il était foutu. Il ne pourrait pas faire demi-tour. Raison de plus pour trouver une planque au plus tôt.

Il roulait vite. Trop vite. Mais peu importait. Alentour, tout était désert.

Il sentait en lui une panique latente, désagréable. Due à la situation, évidemment, mais aussi parce qu'il avait conscience d'avoir commis une énorme erreur en retournant récupérer Kate. Cette idée le torturait depuis des heures. Car ce n'était pas dans ses habitudes. Son estime et sa confiance en soi en prenaient un sale coup – et c'était un cercle vicieux… Il devait arrêter de ruminer, et s'interdit de penser plus loin.

Si la radio de cette fichue fourgonnette n'avait pas été hors d'usage, il aurait pu au moins se soûler de musique. Mais même ça il ne pouvait pas…

Il freina d'un coup sec : une clôture de pâturage lui barrait la route. Son pistolet – ou son portable –, posé sur le siège passager, tomba sur le plancher, mais il n'y prêta pas attention. La route sur laquelle il s'était engagé aboutissait à un pré. Fin du voyage.

Furieux, il donna un coup de poing sur le volant. Tout semblait se liguer contre lui. Ces foutues petites routes, ces foutus villages anglais. Il n'avait jamais compris comment on pouvait vivre à la campagne. Il n'y avait que des moutons, des vaches et des clôtures.

Il n'avait pas d'autre solution que de faire demi-tour sur cette route étroite.

Il sortit sa lampe torche de la boîte à gants, descendit de la fourgonnette et éclaira les alentours : des champs de maïs à perte de vue, mais surtout des fossés de chaque côté de la route. Une vraie galère pour manœuvrer.

Il jura copieusement, puis remonta dans la fourgonnette et millimètre par millimètre entreprit de braquer à fond, puis d'avancer, de contrebraquer à fond et de reculer... Ce maudit tas de ferraille n'avait pas la direction assistée, il ne tarda pas à avoir mal aux bras. Il n'avait aucune visibilité par l'arrière, seuls les rétroviseurs extérieurs lui étaient d'une certaine aide – et encore : il ne voyait pas grand-chose dans le noir. En fait, il manœuvrait presque à l'instinct.

Soudain il sentit le Transit s'affaisser vers l'arrière.

— Merde ! beugla-t-il.

Une des roues au moins avait dû glisser dans le fossé. Furieux, il appuya une fois ou deux sur l'accélérateur, mais ne réussit qu'à faire rugir le moteur. Il n'avait pas affaire à un 4 x 4, c'était foutu.

Il redescendit de la fourgonnette. Il transpirait à grosses gouttes, pas seulement en raison des efforts pour manœuvrer, mais aussi de rage, de frustration et d'angoisse en voyant le temps s'amenuiser. Il devait impérativement avoir trouvé une planque avant l'aurore, et il était coincé dans un fossé en pleine campagne. Ici il n'avait rien à craindre des flics, mais des paysans pouvaient débarquer en ayant vu son visage et sa voiture au journal télévisé du matin... Fou de rage, il flanqua un coup de pied dans un des pneus avant hors d'âge.

La roue arrière droite était effectivement dans le fossé. Pour remettre le véhicule d'aplomb, Ian ne voyait pas d'autre solution que de combler le fossé de terre et de gravier en dessous de la roue. Il leva les yeux vers le ciel. Son noir velouté commençait à s'effilocher et à se colorer d'un doux gris anthracite. L'aube n'était plus très loin.

— OK, OK, réfléchissons, se dit-il.

Inutile de s'énerver. Il devait au contraire rester concentré.

Il pensa à la pelle qui se trouvait à l'arrière. Il n'avait pas particulièrement envie de voir cette stupide fliquette, qui l'avait fourré dans cette situation impossible. Mais au moins elle ne pouvait pas lui adresser la parole, c'était déjà pas mal. Il ouvrit la portière latérale, qu'il avait huilée quelques semaines plus tôt. Dans l'obscurité nauséabonde qui régnait à l'intérieur, il distingua la silhouette de Kate. Elle était couchée sur le flanc, à l'endroit où il l'avait laissée.

Dans son souvenir, la pelle se trouvait devant les boîtes en plastique, mais en cherchant à l'aide de sa lampe, il ne la vit pas. Ce n'était pas très étonnant : il avait roulé comme un fou, l'outil avait dû glisser au fond.

Rien à faire, il fallait qu'il monte. Il grimpa à l'intérieur et rampa sur les genoux vers l'arrière du coffre en promenant la lumière de sa lampe dans les coins. Où était donc passée cette foutue pelle ? Ce genre de truc ne disparaissait pas comme ça, quand même !

Soudain il sentit un mouvement derrière lui et voulut se retourner, mais trop tard. Quelque chose fendit l'air en une fraction de seconde et une douleur épouvantable lui transperça le pied droit pour remonter jusqu'à son torse – si violente qu'il poussa un hurlement et crut qu'il allait s'évanouir. Le souffle coupé, il se demanda ce qui s'était passé… *Mais qu'est-ce que ça peut être, bordel ?*

La souffrance le paralysait au point qu'il eut la plus grande peine à se retourner. La lampe lui avait échappé et éclairait le plancher du coffre. Il vit Kate sauter d'un bond hors de la fourgonnette, la pelle à la main. Il comprit qu'elle avait dû lui en donner un coup sur le talon d'Achille. Celui-ci devait être sectionné, l'os était peut-être même fendu. Pris d'une brusque nausée, il vomit. La douleur lui martelait le crâne. Il avait l'impression de ne plus pouvoir bouger, et, inquiet, remua successivement les doigts de ses deux mains pour vérifier. Tout fonctionnait. C'était juste la douleur qui le mettait KO.

Mais hors de question de se laisser aller. Il n'allait tout de même pas rester couché à geindre en attendant que la police vienne le cueillir.

La portière coulissante se referma.

Il serra les dents, rampa vers la porte en pleurant de douleur. Il allait tuer Kate. Même si c'était la dernière chose qu'il avait la possibilité de faire dans sa vie.

Elle ne s'en sortirait pas comme ça.

3

Kate avait les jambes complètement engourdies après les longues heures passées sur le sol de la fourgonnette mais, ignorant ses muscles douloureux, elle bondit hors du véhicule et referma la portière. Elle avait encore la pelle à la main. Elle avait dû se concentrer au maximum. Impossible de cogner à l'aveuglette, le risque de blesser mortellement Ian était trop élevé. Le fer de la pelle pouvait fendre un crâne. Or il fallait prendre Slade vivant, autrement Sophia était perdue. Kate n'avait disposé que de quelques secondes pour le mettre hors de combat. Quand Ian avait grimpé à l'intérieur, elle avait craint que les battements de son cœur ne la trahissent, mais non. Il avait promené le rayon de sa lampe un peu partout à la recherche de la pelle, elle avait senti l'odeur de sa transpiration. À cet instant, elle s'était redressée en un éclair, avait visé ses jambes et frappé. Et elle ne l'avait pas raté. Son hurlement le lui avait confirmé.

À présent, elle était dehors sur un chemin de terre, haletante. Un regard circulaire lui permit de comprendre immédiatement la situation : la fourgonnette était en travers de la route, le pneu arrière droit suspendu au-dessus du fossé. Devant, une barrière. Ian avait été obligé de faire demi-tour et avait planté le Transit. Elle savait maintenant pourquoi il était descendu : il voulait récupérer la pelle parce que sa seule chance de dégager le véhicule était de combler le vide sous la roue.

Elle jeta un coup d'œil dans l'habitacle. La clé de contact était bien sur le tableau de bord. Mais elle se rendit compte à quel point c'était inutile, désormais. Son plan avait été de démarrer en trombe, car Ian ne pourrait pas sauter en route de l'arrière de la fourgonnette. Et elle aurait rejoint le commissariat le plus proche.

Mais il fallait abandonner cette idée.

Elle regarda autour d'elle. Il n'y avait rien à la ronde, ni village ni ferme. Rien que des champs et des pâturages. À l'horizon, un bois se dessinait sur le ciel pâlissant. Le jour se levait rapidement. Un oiseau lança un trille jubilant.

Un tableau idyllique, mais elle aurait de loin préféré pouvoir trouver de l'aide. Ian n'allait pas rester sans rien faire. La portière n'avait pas de serrure.

Kate jeta la pelle. Suffisamment près pour pouvoir la récupérer en cas de besoin, mais trop loin pour Ian, dans l'incapacité de marcher. Elle se pencha sur le siège conducteur, chercha frénétiquement sur le tableau de bord un système de verrouillage central, mais le véhicule datait de Mathusalem. À tout hasard, elle tourna la clé de contact et appuya sur tout ce qui aurait pu verrouiller les portes, sans résultat.

Pas de verrouillage ni de départ possibles. Ian possédait un portable et une arme. S'il ne les avait pas sur lui – Kate pria que ce ne soit pas le cas –, ils devaient se trouver quelque part tout près.

Kate n'avait pas de torche et, à l'extérieur, le jour n'était pas encore levé. Elle appuya sur l'interrupteur du plafonnier, mais en vain. Il n'y avait même pas d'ampoule.

Puis elle entraperçut quelque chose sur le sol devant le siège passager. Qu'est-ce que ça pouvait être ? Peut-être le portable, ou l'arme, ou les deux.

D'un geste vif, elle se pencha par-dessus le siège conducteur et essaya d'attraper l'objet. Au même instant, elle sentit une poigne de fer lui enserrer la cheville droite. Elle fut tirée en arrière et retournée si brutalement qu'elle se cogna le visage contre le volant. L'espace de quelques secondes, tout devint noir.

— Je vais te tuer, lança Ian Slade d'une voix entrecoupée. Je vais te tuer.

Elle se ressaisit aussitôt. Elle avait l'impression que son nez était cassé, mais pour l'instant c'était vraiment un détail. Étendue sur le dos sur le siège conducteur, elle eut un instant de panique : Slade se dressait devant elle, gigantesque et menaçant. À la pâle lueur de l'aube, elle s'aperçut qu'il était livide et en sueur. Il se tenait bizarrement, tout son poids sur le côté gauche du corps, pour épargner sa jambe blessée. Ravagé par la douleur, il avait quand même réussi à sortir de la fourgonnette et à la maîtriser. Et son regard disait qu'il n'allait pas s'arrêter là.

Elle essaya de dégager sa jambe, en vain. Il aurait déjà dû s'être jeté sur elle, mais sa blessure le ralentissait. Elle le voyait vaciller en serrant les dents. Kate replia sa jambe libre et, rassemblant toutes ses forces, lui donna un coup de pied dans la hanche. Déstabilisé, il tituba et s'appuya involontairement sur sa jambe blessée. Il lâcha un beuglement, la douleur devait être insupportable. Kate sentit son étreinte se desserrer, elle en profita pour se dégager et rouler sur le siège passager, ramassa le pistolet et se redressa. Une lueur de folie brillait dans les yeux de Slade.

— Restez où vous êtes, ordonna Kate, l'arme braquée sur lui. Ne bougez pas !

Il la jaugea. A priori elle n'allait pas tirer, mais vu la situation, il ne pouvait jurer de rien. Kate comprit qu'il attendait un moment favorable pour lui arracher le pistolet. Il n'accepterait jamais de se rendre.

Soudain, il bondit vers elle. Sans hésiter, Kate tira.

Slade s'effondra devant le Transit, essaya de se retenir à la portière, mais glissa sur le sol. Il marmonna quelques mots que Kate ne comprit pas. L'arme toujours à la main, elle rampa sur le siège conducteur et jeta un regard au-dehors. Elle vit une tache sombre s'élargir sur le pantalon de Slade à hauteur de la cuisse. Elle l'avait touché à la jambe. Il ne mourrait pas tout de suite, mais il avait besoin d'être secouru de toute urgence, sinon il se viderait de son sang.

Les yeux fermés, il respirait faiblement. Il ne représentait sans doute plus aucun danger, mais Kate garda le pistolet braqué sur lui pendant qu'elle le palpait à la recherche du portable. Elle le trouva enfin – sans doute un modèle prépayé.

Elle fit le numéro de Caleb en espérant qu'entre-temps il avait récupéré le sien. Il répondit aussitôt.

— Caleb ? C'est Kate !

— Kate ? cria-t-il. Kate ?

— Oui, c'est bien moi.

— Bon Dieu, où êtes-vous ? On vous cherche partout ! Est-ce que ça va ?

— Oui.

Elle avait le nez douloureux et respirait avec difficulté, mais il ne lui parut pas utile de le mentionner.

— Je vais bien. Mais je ne sais pas où on est.

— Et Slade ?

— Il est par terre, à côté de la voiture, avec une balle dans la jambe. Caleb, il lui faut un médecin de toute urgence. Il perd beaucoup de sang.

— Est-ce qu'il y a quelque chose qui pourrait nous aider à vous localiser ?

Kate regarda par le pare-brise. Il faisait nettement plus clair, à présent, mais ça ne servait pas à grand-chose. Des champs, des pâturages. Un bois.

— La région est plutôt plate, répondit-elle. Je pense qu'on n'a pas pris la direction du nord. On serait déjà en Écosse à l'heure qu'il est. Il y a plus de relief, là-bas.

— Pas partout.

— Bref, je dirais le Kent ou le Sussex. Caleb, je ne peux pas repartir, le Transit est bloqué avec une roue dans le fossé.

— Vous pouvez le sortir de là ?

— Je ne sais pas…

Elle tourna les yeux vers la pelle, qu'elle avait jetée dans le champ.

— Peut-être, oui. Mais aucune chance que j'arrive à

transporter Slade dans la fourgonnette. Toute seule, je ne pourrai pas le déplacer. Je serais obligée de le laisser là…

— Ça ne serait pas une bonne idée, vous devez vous occuper de lui. Il faut qu'il reste en vie.

— Je sais. Je vais lui parler.

Elle éloigna le portable de son oreille.

— Ian ? Ian, vous m'entendez ?

Il cligna d'un œil. Génial ! Il était si pâle qu'elle l'avait déjà cru mort.

— Ian, il vous faut un médecin de toute urgence, vous perdez trop de sang. Dites-moi où nous sommes, s'il vous plaît. C'était quoi le dernier village que nous avons traversé ?

Il ouvrit les deux yeux et la regarda, retroussa légèrement la lèvre supérieure, en un rictus qui se voulait méprisant et signifiait clairement : *Va te faire foutre.*

Puis il referma les yeux.

— Kate ? fit Caleb.

Elle colla de nouveau le téléphone contre son oreille.

— Le sud de l'Angleterre, j'en suis quasiment certaine. Quelque part en pleine cambrousse.

Elle l'entendit soupirer.

— On essaie de vous localiser. On n'avait pas réussi à dégoter le numéro de portable de Slade, mais maintenant, je l'ai. Vous pensez pouvoir le maintenir en vie ?

— Je vais faire tout mon possible.

— On se dépêche.

Il raccrocha. Kate descendit prudemment de la fourgonnette, s'attendant à tout instant à ce que Slade l'attrape de nouveau par la jambe. Cependant il n'avait plus vraiment l'air d'en être capable. Sa respiration avait encore faibli et son teint était devenu grisâtre. Son pantalon était maintenant imbibé jusqu'au genou et son sang formait une flaque. Il perdait trop de sang, et trop vite.

À la vue de son pied droit, Kate eut de la peine à réprimer une nausée. Celui-ci ne semblait plus tenir que par un dernier tendon. Elle lui avait quasiment tranché l'os avec la pelle. Elle ne pouvait mesurer combien de sang il avait perdu, mais elle n'avait pas besoin d'être médecin pour se rendre compte que Ian Slade n'avait plus beaucoup de temps à vivre.

Elle monta à l'arrière du Transit, fouilla dans les boîtes et trouva un grand chiffon. Elle redescendit, s'agenouilla à côté de Ian, plaqua le chiffon plié en carré sur la blessure et appuya de toutes ses forces pour stopper l'hémorragie. Sans succès. La balle avait dû toucher une artère importante.

— Slade, je vous en prie, vous ne tiendrez pas. Dites-moi où nous sommes.

Il ne réagit pas.

— Dites-moi où est Sophia. S'il vous plaît !

Toujours pas de réaction.

Elle reprit le chiffon, et, en désespoir de cause, s'appliqua à lui poser un garrot. Puis elle alla chercher la bouteille d'eau que Ian avait glissée dans le filet intérieur de la portière et lui fit avaler quelques gorgées. Il buvait avec peine, respirait avec peine. Il avait l'air extrêmement mal en point.

Elle but à son tour, prit le portable et le pistolet.

— Je reviens tout de suite, dit-elle, sans pouvoir être sûre qu'il l'entendait.

Déterminée, elle s'élança sur l'étroite route où ils s'étaient engagés et qui tenait plutôt du chemin de terre mal goudronné. Elle réussirait peut-être à rejoindre un axe plus important où elle croiserait une voiture. Ou bien elle découvrirait un panneau indicateur ou le nom d'une localité. Elle courait aussi vite qu'elle le pouvait malgré son nez qui enflait et lui rendait la respiration difficile.

Elle tomba bientôt sur une autre départementale, visiblement plus passante. Elle décida au hasard de prendre sur la gauche, mais autant jouer à pile ou face.

Elle reprit sa route en courant et commençait à se dire qu'il serait peut-être plus indiqué de faire demi-tour et de tenter sa chance dans l'autre sens, quand elle vit arriver une voiture.

Elle glissa promptement son arme sous son tee-shirt maculé de taches de sang.

La voiture approchait. Une Fiat bleue, conduite par une femme. Kate espéra que celle-ci aurait le courage de s'arrêter et regretta de ne plus avoir son insigne sur elle. Ça aurait pu rassurer la conductrice.

Le véhicule ralentit, stoppa. La femme baissa très légèrement la vitre et regarda Kate d'un œil méfiant.

— Qu'est-ce qui vous est arrivé ?

— J'ai eu un accident, répondit Kate. Plus loin sur la route.

— Vous saignez !

— Mon compagnon est blessé. Je me suis débrouillée pour lui faire un garrot. Il faut que j'appelle la police et les secours, mais je ne sais pas où je suis.

— Vous ne savez pas où vous êtes ?

— C'est lui qui conduisait, moi, je dormais. Je ne sais pas comment s'appelle le dernier village qu'on a traversé.

— Le prochain, c'est Charing, à un peu plus de 6 kilomètres d'ici. Ça, c'est une départementale qui est grosso modo parallèle à la M20 en direction de Folkestone.

— Oh, merci ! C'est ce que je voulais savoir.

— OK, fit la femme, qui considérait avec suspicion le tee-shirt ensanglanté de Kate.

— Est-ce que vous pourriez me reconduire jusqu'à l'endroit de l'accident ?

Pour toute réponse, la femme remonta sa vitre, redémarra précipitamment et reprit sa route. Kate ne pouvait pas lui en vouloir. Elle-même passait son temps à dissuader les gens de prendre des inconnus en stop.

Pendant qu'elle retournait à la voiture, elle rappela Caleb.

— Il nous faut un médecin de toute urgence, dit-elle, la voix hachée. Slade est vraiment dans un sale état. S'il n'est pas secouru, il mourra dans l'heure.

— On vous en envoie un au plus vite. Est-ce que vous pouvez faire quelque chose pour lui en attendant ?

— Je lui ai posé un garrot sur la jambe…

Parler au téléphone tout en courant avec un nez qui ne cessait d'enfler… Ça devenait difficile de respirer.

— Dépêchez-vous, articula-t-elle péniblement.

Puis elle raccrocha et recommença à courir de toutes ses forces.

Lorsqu'elle arriva en vue de la clôture qui barrait la route, le spectacle qui s'offrit à ses yeux lui parut irréel : le jour qui se levait, l'horizon teinté de rouge, le gazouillis des oiseaux. Des moutons, qui auparavant dormaient dans le pré, déambulaient maintenant paisiblement.

Au premier plan, le Transit en travers de la route et, devant, le blessé étendu sur le sol.

L'homme qui était le seul à savoir où Sophia Lewis se trouvait en cet instant.

Hors d'haleine, Kate se laissa tomber à genoux à côté de lui. Elle lui prit le pouls avec angoisse. Il était extrêmement faible, tout comme les battements de son cœur. L'hémorragie avait continué, évidemment. Ian Slade était limite. Kate comprit qu'il ne tiendrait pas jusqu'à l'arrivée des secours.

Elle lui toucha le visage.

— Ian ! Ian, est-ce que vous m'entendez ?

Ses paupières frémirent.

— Ian, je vous en prie !

Il ouvrit les yeux. Son regard était embrumé. Slade ne tenait plus qu'à un fil. Kate sentit un sanglot sec lui monter dans la gorge. Elle pensait à Sophia.

— Ian, écoutez-moi. Dans quelques minutes, vous serez mort. Le médecin est en route, mais il arrivera trop tard. Vous comprenez ce que je dis ?

Ian émit un son indistinct.

— Ian, dites-moi où est Sophia. Qu'est-ce que vous avez à y perdre ?

Elle ne pensait pas que Slade croyait en Dieu. Elle n'essaya même pas de jouer là-dessus.

— Ian, ne partez pas comme ça, je vous en prie ! Dites-moi où elle est.

Il tourna les yeux vers elle. Son regard s'était éclairci. Il tordit les lèvres en une sorte de rictus.

Puis sa tête retomba sur le côté.

Ian Slade était mort.

Pendant toutes ces années, je ne m'étais rendu que deux fois au centre de Birmingham pour voir Sacha. Je n'aimais pas y aller en raison de la culpabilité qui était la mienne. Mais à deux reprises j'avais réussi à rassembler tout mon courage pour sauter le pas. Lors de ma première visite, il avait 12 ans, lors de la seconde, 15.

Il n'allait pas bien, c'était visible. Il avait toujours été... bizarre, mais gai, surtout à la fin avec Xenia. Maintenant, il paraissait replié sur lui-même. Pâle et maigre, apeuré, perturbé. J'aperçus quelques-uns des garçons avec lesquels il vivait et me doutai qu'ils ne devaient pas lui faire la vie en rose. Sacha était le genre de personne à se retrouver toujours et partout la victime désignée et, plus l'environnement était dur, plus son existence était difficile.

Il m'apprit qu'Alice lui écrivait de temps en temps, ce qui m'étonna. J'avais toujours eu l'impression qu'à l'époque où nous vivions tous ensemble, elle s'était déjà détournée de lui, que c'étaient précisément les problèmes qu'il nous avait causés qui avaient eu raison d'elle. Et voilà qu'elle semblait renouer une relation qu'elle avait toujours fuie.

Mais peut-être que c'était plus facile pour elle de loin. Sans les contraintes du quotidien ni le poids de la responsabilité.

Peut-être aussi que la culpabilité la rongeait, encore plus que moi.

Lorsque, trois ans plus tard, je revis Sacha et me trouvai devant un adolescent de 15 ans encore trop petit, trop mince et trop pâle, je remarquai tout de même qu'il avait l'air plus détendu. J'espérai que les autres jeunes le harcelaient moins. Pourtant, même s'il avait grandi, il était resté maigrichon et ne paraissait pas en mesure de se défendre. C'était bizarre.

Je pris de ses nouvelles et il me répondit que les choses s'étaient améliorées.

« Tu t'es fait des amis ? » demandai-je.

Il hésita.

« J'ai quelqu'un qui veille sur moi, répondit-il finalement.

— Qui veille sur toi ? »

Il opina du chef.

« Les autres n'ont pas le droit de m'embêter. Autrement ils ont affaire à lui. »

C'était de plus en plus bizarre. Il avait un protecteur ? Ce genre de relations était rarement désintéressé. Inquiet, je me demandai quel profit l'autre retirait de la situation.

« Tu devrais me le présenter », dis-je en affectant l'insouciance.

Sacha devint aussitôt agité et évasif.

« Il faut que je voie si... s'il a le temps... Il... »

Le reste se perdit dans un marmonnement incompréhensible.

Je compris que Sacha était dépendant de son protecteur. Mais aussi qu'il avait peur de lui.

« Pourquoi ton... camarade est-il ici ? » voulus-je savoir.

On n'atterrissait pas dans ce centre par hasard.

« Il a enlevé un enfant.

— Enlevé un enfant ? me récriai-je, effrayé. Mais lui, il devait être très jeune aussi !

— Il avait 12 ans. Il a enlevé un enfant.

— Et qu'est-ce qu'il lui a fait ?

— Rien, répondit Sacha en haussant les épaules. Il s'est fait prendre.

— OK. »

On échangea un regard. Je me sentis très mal à l'idée que le codétenu de Sacha avait kidnappé un enfant alors que Sacha, lui, n'avait rien fait de mal. Il se retrouvait entouré de criminels précoces.

On n'aurait pas dû faire ça. Mais c'était trop tard.

Je n'eus pas l'occasion de rencontrer son copain ce jour-là. Il n'était pas dans les parages, et Sacha était trop timide pour aller le chercher. Peut-être aussi avait-il deviné que ce garçon ne me plairait pas.

L'après-midi, j'emmenai Sacha manger une glace à l'extérieur. Assis en face de moi, il se mit à déguster son sorbet au citron à toutes petites bouchées pour faire durer le plaisir, avec une expression de bonheur sur ses traits délicats. En le voyant comme ça, je ressentis pour lui une brusque affection. Et, l'espace d'un instant, le poids de ma faute me coupa presque la respiration. Sacha était un être doux et généreux. Il était obligé de s'affirmer dans un environnement hostile et contraint de s'en remettre à un protecteur douteux parce que c'était sa seule chance de survie.

Et tout ça sans avoir rien à se reprocher.

D'un geste spontané, je posai ma main sur la sienne. Il lâcha sa cuillère et leva les yeux, perplexe.

— Je suis désolé de tout ce qui s'est passé, Sacha, dis-je à voix basse.

Il eut un léger sourire, un sourire d'une tristesse déchirante.

— Je sais, répondit-il, mais il ne faut pas que tu sois désolé. Je le fais pour Alice.

J'en laissai presque échapper ma cuillère. J'ignore ce que j'avais cru. Quand il s'agissait de Sacha, je n'allais jamais au bout de mes pensées, c'était trop douloureux. Mais j'avais toujours plus ou moins imaginé qu'il devait se croire responsable de la mort de sa petite sœur. À l'époque, il avait 7 ans et souffrait d'un retard de développement avéré. J'avais toujours espéré qu'il n'avait plus qu'un vague souvenir du drame.

— Pour Alice ? répétai-je d'une voix à peine audible.

— Oui, répondit-il. Pour pas qu'elle aille en prison.

Il savait. Il avait compris. Il était peut-être différent, *mais ce n'était pas un idiot. Il avait toujours su ce qui s'était passé. Probablement aussi quand il avait avoué devant l'office de protection de la jeunesse et la police.*

Il aimait Alice. Et, par amour pour elle, il s'était sacrifié avec une grandeur et une abnégation inimaginables. Alice, moi-même ou qui que ce soit de ma connaissance en aurions été incapables.

Je ne retournai plus jamais le voir.

Je ne l'aurais pas supporté.

Vendredi 9 août 2019

— Ils arrivent, dit Xenia.

Debout à la fenêtre du salon de Kate, elle admirait la belle journée ensoleillée.

— Je vais faire du café, dit Colin.

Il alluma la machine dans la cuisine. Messy prenait le frais sur le carrelage. À l'extérieur, il faisait trop chaud.

Colin regagna le salon et rejoignit Xenia à la fenêtre pour regarder Kate et Caleb, qui traversaient le jardin en direction de l'entrée. Caleb en complet noir, Kate vêtue d'une robe noire informe – comme la plupart de ses vêtements –, trop chaude pour la saison et parfaitement ringarde. Colin trouvait adorable cette incapacité à s'habiller chic, c'était du Kate tout craché.

Ils revenaient de l'enterrement de Robert Stewart. Colin n'avait aucune peine à imaginer leur état.

— Entrez, dit-il en leur ouvrant. Ça va ? Vous voulez du café ?

Ils avaient l'air déprimés et en nage.

— Je prendrais bien un café, oui, répondit Kate.

Elle ôta ses chaussures et entra pieds nus dans la cuisine. Caleb retira sa veste et la suivit.

Colin posa deux grandes tasses de cappuccino et deux verres d'eau sur la table de la cuisine. Xenia glissa sous leur nez un crumble aux cerises.

— J'ai pensé que vous auriez peut-être faim, dit-elle.

Colin et elle observaient Kate et Caleb comme des parents inquiets et désemparés.

— C'est très gentil, Xenia, merci, dit Kate.

Son nez cassé était enflé, marbré de rouge. Elle avait l'air exténuée, et pas seulement en raison de l'enterrement.

Colin effleura doucement le bras de Xenia.

— Viens, je crois qu'ils ont besoin d'être seuls, dit-il.

Xenia acquiesça. Ils sortirent de la cuisine et fermèrent discrètement la porte derrière eux.

Le café la revigora. L'enterrement avait été terrible, Kate avait cru qu'elle n'aurait pas la force d'aller jusqu'au bout. Et elle s'était retenue de pleurer uniquement pour ne pas avoir encore plus de mal à respirer. Le confort de la petite cuisine, le jardin, Messy qui s'était levée et se frottait contre ses jambes – tout ça l'apaisait un peu.

Caleb reposa sa tasse. Il avait un reste d'écume de lait sur la lèvre supérieure.

— Ils logent ici ? demanda-t-il en faisant un mouvement de tête en direction de la porte. Xenia et Colin ?

Kate haussa les épaules.

— Je suis bien contente qu'ils soient là. Xenia ne veut en aucun cas rentrer chez son mari et, en attendant la suite, elle reste ici. Et Colin a posé des vacances. Apparemment, il a envie de les passer ici.

Elle s'interrompit un bref instant.

— Je crois qu'il se passe quelque chose entre eux. Ça me ferait plaisir.

— Alors il ne lui en veut pas de l'avoir planté dans un coin perdu et d'être partie avec sa voiture ?

— Je ne crois pas. Ils ont beaucoup parlé et il sait qu'elle n'avait pas trop le choix.

— Tant mieux. Au moins une petite lumière dans toute cette foutue affaire.

Elle acquiesça. Ils se sentaient encore sonnés. Enterrer

Robert Stewart avait été encore plus épouvantable pour Caleb que pour Kate. Malgré la rupture des dernières semaines, c'étaient les bons souvenirs qui l'emportaient – vingt ans de collaboration étroite.

Kate, elle, avait perdu son supérieur. Abattu à quelques mètres d'elle. Cette image la hanterait pour longtemps.

Mais le pire, c'était Sophia.

L'incertitude.

Ou la certitude – c'était selon.

Ça faisait quatre jours que Ian Slade l'avait emmenée vers une destination inconnue. Est-ce qu'il l'avait effectivement enterrée vivante ou lui avait-il d'abord logé une balle dans la tête ? On la recherchait fébrilement. La police avait pris en compte tous les paramètres possibles : jusqu'où il avait pu aller vu l'état de sa voiture, sa façon de conduire, en incluant le temps dont il avait eu besoin pour se débarrasser de Sophia. On avait ainsi délimité une zone immense, qui était maintenant ratissée jour et nuit par des centaines de policiers avec des chiens. Entre-temps, il y avait eu un orage avec de fortes pluies, qui avait fait disparaître l'essentiel des traces et des odeurs. Sans compter qu'on ne savait pas si Sophia Lewis était encore vivante. Chaque heure qui passait rendait sa situation plus critique. Est-ce que Slade lui avait laissé juste de quoi boire et manger pour prolonger ses souffrances ?

Tout était encore possible, et personne n'était prêt à abandonner cette femme.

Toute l'Angleterre était suspendue à son sort. Dans les médias, Sophia Lewis avait même réussi à chasser des gros titres Boris Johnson et sa campagne en faveur du Brexit. C'était sa dernière chance : le pays tout entier participait aux recherches. Promeneurs, randonneurs, propriétaires de chien – tous ouvraient l'œil. Il y avait des centaines de signalements, dont beaucoup avaient trait à la fourgonnette. La police ne négligeait aucune piste.

Kate remit une cuillerée de sucre dans ce qui restait de son café. Pas bon pour la santé, mais le sucré lui faisait du bien.

— Kate, dit Caleb.

Elle leva les yeux, déstabilisée par l'urgence perceptible dans sa voix.

— Oui ?

— J'arrête.

— Vous arrêtez ? Qu'est-ce que vous voulez dire ?

Il jouait avec sa cuillère, l'air à la fois tourmenté et déterminé.

— Pendant tout ce temps, j'avais l'intention de reprendre mon boulot, d'une manière ou d'une autre. J'étais complètement KO, vous le savez, mais dans un coin de ma tête je me disais que c'était passager. Une période épouvantable à passer, mais que je finirais par m'en sortir et que je recommencerais à travailler comme inspecteur principal.

Kate eut l'air effrayée.

— Et ce n'est plus le cas ?

— Non. L'affaire Jayden White, qui m'aura finalement été fatale, mais aussi toute cette histoire autour de Sophia Lewis m'ont fait comprendre une chose : si je reste dans ce métier, je n'arriverai jamais à guérir. Jamais. Je ne supporte plus ce genre de choses, d'ailleurs je ne les ai sans doute jamais supportées. Si je bois, ce n'est pas pour rien. Je n'en peux plus d'être confronté à tout ça – les turpitudes de l'esprit humain. Et notre impuissance face à tout ça.

— On n'est pas toujours impuissants.

— Pas toujours, mais souvent, Kate. Trop souvent, je trouve.

— Mais alors qu'est-ce que vous comptez faire ?

— Aucune idée. Je verrai bien.

Elle se renfonça dans son siège. Visiblement, la décision de Caleb était irrévocable.

— C'est pour vous que je suis venue à Scarborough, dit-elle.

— Je sais. Ce n'est pas comme ça qu'on avait imaginé les choses. Mais il faut que vous restiez, Kate.

— Ce n'est pas gagné, vous le savez.

Pour le moment, Kate était officiellement en congés, ce qui n'était pas la même chose qu'une mise à pied, mais elle n'en avait pas fait la demande. Un commissaire hors de lui lui avait fortement suggéré de « se reposer » pendant au moins dix jours – comme il avait dit avec cynisme. Après quoi on aviserait. Il était clair que la façon dont Caleb et Kate s'étaient affranchis de la procédure habituelle – initiative qui s'était en outre soldée par un désastre – ne resterait pas sans conséquences. Le commissaire avait parlé de « fiasco total ». D'après lui, Sophia Lewis aurait pu être sauvée si, après sa libération par Caleb – pour laquelle il n'avait pas été félicité –, Kate avait averti ses collègues et fait arrêter Ian Slade à son retour chez Alice Walsh. Kate était sûre qu'il se trompait. Elle savait que Ian n'aurait jamais lâché le morceau et que leur seule chance de réussite était le plan que Caleb et elle avaient élaboré. Son échec ne changeait rien à l'affaire.

— Il ne vous mettra pas à pied, Kate. Pour l'instant, il faut qu'il fasse son numéro, mais vous vous en tirerez avec un avertissement. Ils n'ont pas tant de gens compétents que ça. Je ne suis plus là. Stewart est mort. Le chef ne peut pas se permettre de vous virer. Il faudra que vous gardiez le petit doigt sur la couture du pantalon pendant pas mal de temps, mais ensuite il n'y aura plus de problèmes.

« Pendant pas mal de temps »... Dit comme ça, ça paraissait terriblement long. Une éternité, sans lui.

— Mais c'est avec *vous* que je voulais travailler !

— Je ne peux plus, Kate, dit-il à voix basse. Je me suis planté. Sur toute la ligne.

— Non !

— Si. D'abord avec Jayden White. Et puis dans cette affaire. Je n'aurais jamais dû accepter que vous serviez d'appât. C'était de la folie. Slade est mort, Sophia Lewis introuvable. On aurait dû l'arrêter et l'interroger.

C'était aussi l'avis du commissaire. Mais comment Caleb, lui, pouvait dire ça ?

— On avait nos raisons de ne pas le faire, Caleb. On était convaincus qu'il ne parlerait pas. Et je le pense toujours : il n'aurait rien dit. Dans deux mois, peut-être. Pour qu'on découvre son cadavre. Il aurait adoré. Mais il n'aurait pas parlé plus tôt.

— Comment est-ce que vous pouvez en être si sûre ?

— Je l'ai côtoyé de très près. Je n'ai jamais vu quelqu'un d'aussi tordu, d'aussi pervers. Il n'aurait pas parlé, je serais prête à le parier.

— OK, OK.

Caleb avait l'air brisé intérieurement. Elle aurait bien aimé lui caresser la joue, mais elle n'osa pas.

— Mais le pire, reprit-il, c'est que vous auriez pu mourir, Kate. Je ne peux plus me défaire de cette idée. On est allés trop loin.

Elle acquiesça. Ça aussi ça leur vaudrait de sacrés ennuis.

— Je me suis rendu compte…, commença-t-il, puis, interrompant sa phrase, il lâcha soudain : Ne partez pas, Kate. S'il vous plaît. Quoi qu'il arrive, ne partez pas.

— Partir ? De Scarborough ?

— De ma vie. Loin de moi. Je ne veux pas que vous vous en alliez.

— Je ne m'en irai pas, répondit Kate.

— Vous me le promettez ?

— Je vous le promets.

Ils regardèrent au-dehors, le temps était radieux. Ils pensaient tous deux à Sophia Lewis. Combien de temps est-ce qu'ils mettraient à se pardonner si on ne la retrouvait pas vivante ?

Kate songea au terme que Caleb avait utilisé : « l'impuissance ». L'impuissance le terrassait. Chez Kate, au contraire, ce sentiment la poussait à se dépasser, toujours plus. Même en un moment comme celui qu'ils étaient en train de vivre.

Alors elle osa. Elle tendit le bras par-dessus la table et lui prit la main. Elle était lourde et glacée.

Ils restèrent là, à se tenir la main. Il n'y avait rien de mieux à faire.

Pour le moment, il faudrait s'en contenter.

Composition : Facompo, Rouen

MIXTE
Papier issu de sources responsables
FSC® C003309

L'éditeur de cet ouvrage s'engage dans une démarche de certification FSC® qui contribue à la préservation des forêts pour les générations futures.

Pour en savoir plus :
www.editis.com/engagement-rse/

CET OUVRAGE
A ÉTÉ ACHEVÉ D'IMPRIMER
SUR ROTO-PAGE
PAR L'IMPRIMERIE FLOCH
À MAYENNE EN MARS 2022

N° d'impression : 100228
Imprimé en France